[鹿小姐书系]

哥哥的朋友是我男朋友

彭湃 著

陕西新华出版传媒集团
三秦出版社

图书在版编目（CIP）数据

哥哥的朋友是我男朋友 / 彭湃著. —西安：三秦出版社，2018.10

ISBN 978-7-5518-1858-2

Ⅰ．①哥…　Ⅱ．①彭…　Ⅲ．①长篇小说－中国－当代　Ⅳ．①I247.5

中国版本图书馆CIP数据核字(2018)第159364号

哥哥的朋友是我男朋友

彭湃　著

出　　品	大周互娱
总 策 划	周　政
总 监 制	杨翔森　曾筱佳
责任编辑	韩　星
特约策划	李龙飞
特约编辑	唐梦莎　陈凤芝
封面设计	周　丽
版式设计	李映龙
封面绘制	扎小扎
出版发行	陕西新华出版传媒集团　三秦出版社
社　　址	西安市北大街147号
电　　话	（029）87205121
邮政编码	710003
印　　刷	长沙鸿安印刷有限公司
开　　本	880mm×1230mm　1/32
印　　张	10.5
字　　数	355千字
版　　次	2018年10月第1版 2018年10月第1次印刷
标准书号	ISBN 978-7-5518-1858-2
定　　价	36.80元
网　　址	http://www.sqcbs.cn

目录
CONTENTS

Prologue 001	
Chapter 1 005	Chapter 7 148
Chapter 2 036	Chapter 8 175
Chapter 3 057	Chapter 9 220
Chapter 4 081	Chapter 10 255
Chapter 5 097	Chapter 11 278
Chapter 6 120	Chapter 12 305

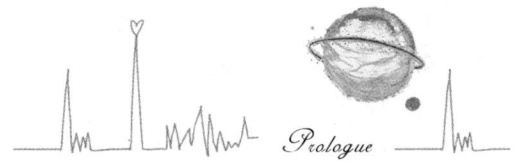

我,张爱珊,一个刚上大学的十八岁少女,喜爱粉色,喜欢韩剧,理想是成为职业漫画家,每天早睡早起,饮食清淡,偶尔吃顿火锅还不忘撒一把养生的枸杞,满满的正能量,怎么就躺在市医院的手术床上了呢?

"妈,您要不嫌弃,来世我还做您的女儿……"我语带哭腔。

"瞎说什么呢!"老妈抓紧我的手,也湿了眼眶,"陈医生年轻有为,悬壶济世,一定保你平安!"

说时迟那时快,我哥张家男立马塞给了陈医生一个大红包。陈医生是知名的脑科专家,也是我这次开颅手术的主治医生,他面不改色地推掉红包:"请放心,救人是我的职责,我一定竭尽全力,只是病人的情况不容乐观……"陈医生停顿了一下,"你们要有心理准备。"

其实陈医生不说这些,我也早有觉悟了。我拿出手机依依不舍地看了一眼记事本上的"张爱珊遗愿清单",九条遗愿都打上了钩,除了最后一条:找到毛毛哥。而我知道,这个遗愿只能变成遗憾了。

"陈医生,我准备好了。"我收回手机,静静躺下。

此刻,就如狗血电视剧中上演的那样,两名护士推着我的手术床快步穿过长长的走廊,老妈、继父航爸,还有哥哥张家男全程护送。

老妈紧随其后，还在不停地安慰我："珊珊，一会儿不用怕啊，想点开心的事。你不是一直在找毛毛哥吗，等手术结束，妈就帮你去找。"

"妈，算了，我放弃了。"

"不能放弃！"老妈再次抓紧我的手，"我当年跟江阿姨关系可好了，我努力回忆一下，肯定能想起线索。"

"真的吗？"我半信半疑。

"对对对！我当年跟江阿姨的关系也特别——"航爸话没讲完就挨了老妈一个白眼，立马改口，"一般。"

一时间，我更难过了，大家都在千方百计地哄我开心，看来我这次是真的凶多吉少。以前上学那会儿，我老爱装病，一点点流感都要描述得特别严重，这样就可以不用做作业，不上早自习，还有老妈端茶倒水的贴心伺候，张家男也不会再来欺负我，那时我经常想着要是能生一场大病就好了。多讽刺啊，如今我果真生了一场大病，可我却希望变回那个活蹦乱跳、没心没肺的张爱珊。

回顾我这短暂的十八年，真是苍白得可怜呀！我没能好好旅行一次，也没能好好谈一场恋爱，大把的时间和热情都用来思念一个永远不会再出现的男孩。我不后悔，我只是有点失落，在我生命弥留之际，竟然连一个愿意为我伤心落泪的心上人都没有。

我发誓，我也就随便一想，哪料到十秒后奇迹竟然发生了。这个奇迹，始于张家男公鸭嗓一般的叫声："你可算来了！咦，你怎么也来啦，你们……"

你？你们？

等等，还有谁？

两名护士比我更好奇，她们纷纷回头看去，然后情不自禁地捂住嘴巴，一脸花痴。当然，从我的角度只能看到她们的鼻孔。与此同时，我的手术床脱离了控制，快速滑向前方转角的楼梯道，要不是老妈跟航爸眼疾手快一把抓住，我看去手术室也免了，收拾收拾就可以送太平间了。

我有些吃力地从床上坐起来，立刻闻到了淡淡的花香，紧接着，两个高大的身影前后出现，将我的手术床包围。

我认出来了，是我的大学学长，金少天和夏之翰。

张家男也凑过来："金少天，你怎么才来？"

"刚有点事。"金少天淡淡地回答。

"行了,来了就行。"张家男赶紧朝他使了个眼色。

周围寂静了一秒,金少天低头看向我,清了清嗓子:"张爱珊,听好了,你转正了!"

"啊?什么转正?我没入团啊!"我莫名其妙。

金少天微微一愣,扭头瞪了眼张家男,脸上写满了"这跟说好的不一样"。

张家男急了:"珊珊,快答应呀!金少天跟你表白了!金少天欸,校草欸,惊不惊喜?意不意外?"

惊喜没有,惊吓倒是有一点,我还没搞明白这是演的哪一出,金少天已经将一簇花塞到我眼前,这花怎么看都像是住院部楼下花坛里的月季。

"那个……为什么是我呀?"我弱弱地问。

金少天努力挤出一个迷人的微笑:"因为,我喜欢——"

"我不同意!"

打断金少天的是夏之翰,夏之翰拿出另外一束玫瑰花,这束花明显比金少天的有诚意多了,怎么看也得一两百元。夏之翰很绅士地将花递到我眼前,同时很不绅士地将金少天挤到了一边。

"夏学长,你、你这是……你们……"

"珊珊!"夏之翰表情诚恳,"别被他骗了,刚才他的嘴角稍微上扬了一下,这个微表情说明他内心对你极为不屑,更加谈不上喜欢。"

"啧啧啧。"金少天咂了咂嘴,"有追求者了啊,早说嘛,那没我事了。"

"哇!老妹,两个帅哥任你选,开不开心,幸不幸福?"张家男鬼喊鬼叫了起来,我现在要是还有力气就一个劈腿盖他脸上了。

夏之翰见我不收鲜花,立刻从背包里掏出了平板电脑,对比着上面的数据分析起来:"珊珊,你看,我从双商、三观、家庭背景、食物喜好、星座等十几个维度对我们的数据进行了深入分析,我们的匹配率是99.4%,我们显然更适合,做我的女朋友吧?"

"天哪,这也太浪漫了吧!"两个小护士应该是刚来实习,没见过什么世面,花痴得快要晕过去。

虽然不是时候,但我还是介绍一下这两位告白者。

站在我左边的金少天,是我哥张家男的头号狐朋狗友,也是我的学长。此人又高又瘦,颜值在长南大学里算得上一霸,但永远摆着一副冷淡的面瘫脸，眼神特别丧，仔细看还透着一丁点愤世嫉俗。这家伙，仗着成绩好，又跟系主任搞好了关系，在大学开办了一家万能委托社，美其名曰接受委托、助人为乐，实则招摇撞骗，赚得盆满钵满，就是一只大尾巴狼。

如果说金少天是一抹神秘而邪魅的白月光，那么夏之翰就是一颗纯净又温暖的小朝阳。同样的成绩优异、颜值爆表，夏之翰整个人都散发出如江直树一样的优质气息，尤其是他的笑容，特别治愈，完全可以开成药方治病了。事实上，心理系学霸的他也经常为同学们做心理疏导，为大家排忧解难，但据我所知，找他的大部分同学除了太为他着迷外，基本没啥烦恼。

现在，回到医院，回到我这张被两位学长包夹的手术床上。

问题来了。

我，张爱珊，一个普通家庭长大的平凡少女，一个恋爱经历为零，唯一收到过的情书还是要转交给闺密的小透明，一个除了能瞎画点漫画干啥都不行的大一新生，怎么就被长南大学的梦幻男神二人组给告白了呢？

一切，得从三个月前说起。

那就是我们的初遇，敷衍得像是随手一写的剧本，可对我而言却是那么无可取代。后来无论我身处何方，只要一想起他，舌尖仍会泛起儿童牙膏的香草味。

01

三个月前我刚参加完高考，和大部分对未来感到迷茫又无所事事的应届生一样，我整天窝在家里吹空调，喝可乐，吃西瓜，刷着百看不腻的芒果台暑假神剧《还珠格格》。那是一个昏昏欲睡的午后，当电视里的尔康跟紫薇上演着"到底谁无情无义无理取闹"的经典论战时，我的手机"丁零"一声响了。

我花了整整一分钟，反复确认这是长南大学的录取通知而不是什么诈骗短信后，发出了一声尖叫，睡衣都顾不上换，穿着人字拖冲去隔壁家找林欣欣，可一问阿姨才知道林欣欣去菜市场了。

我一边打林欣欣电话一边跑向菜市场，她的手机却一直占线。五分钟后，当我狂奔到菜市场的家禽区时已经大汗淋漓，我跟林欣欣隔着几十个鸡笼子遥遥相望，我朝林欣欣大喊："欣欣，我考上了！第一志愿长南大学！"

林欣欣提着一瓶酱油，朝我激动地挥舞着手机："我也是！刚收到的短信，想给你打电话老打不通！"

"啊——"我又是一声尖叫，"太棒了！林欣欣，我爱你！"

"我也是！"

盛夏的下午三点，我跟林欣欣疯了似的穿过鸡鸣鸭叫的家禽区，满身鸡毛地相拥在一起，现场上演了一出惊吓大过感人的青春励志剧，菜市场的大叔大妈一边嗑瓜子一边津津乐道。

三天后的中午，我跟林欣欣两家人在某三星级酒店举办了一场隆重的谢师宴。我跟林欣欣就读同一所高中，但不同班，我在美术班，林欣欣在文化班，但是我们从小就是好朋友，几乎形影不离。

那天，应该是我人生中最扬眉吐气的一天，我最后一次穿着母校的校服，拿着我妈替我手写的三千字演讲稿，站在酒店大堂的礼台上，对台下的家人、老师和亲戚朋友进行了长达半小时的致辞感谢，念到后面我已经紧张得不知道自己在念什么了，念完后我猛地一鞠躬，台下掌声雷动；我没忍住又鞠了一次躬，台下依然掌声雷动；就在我要三鞠躬时，我妈喊起来："干吗呢这是，拜天地呀！"

我赶紧红着脸跑下来。

我跟林欣欣没来得及吃两口菜，就被父母领着给老师敬酒去了，学生不能喝酒，我们就以营养快线代酒。林欣欣实在是厉害，饮料都能喝得满脸通红，可谓酒不醉人人自醉。但只有我知道她是太腼腆了，从小就这样，一有陌生人跟她搭话，她就恨不能像骆驼一样把头埋进土里。

我妈这些年开了一家中药足疗店，每天都跟各路顾客斗智斗勇，早已练就一身"江湖本事"。反观我的班主任陈老师，业余时间写写诗、下下棋、遛遛鸟，这种退休老干部完全不是我妈的对手，很快就让我妈给灌醉了。被灌醉的刘老师说起了实话，但这实话可不好听，总结一下就是，他打死都想不到我能考上长南大学，毕竟我的专业课成绩虽然拔尖，但文化课成绩惨不忍睹，离985院校还是有一定的距离。

我当场不服了："陈老师，我哥那种饭桶都能考上，我凭什么不行呀？"

饭桶张家男正在吃鸡爪，他"扑哧"一下吐出好几根骨头："张爱珊你皮痒——"他话没说完脑袋上就挨了航爸一巴掌："吃你的东西。"

嘿嘿，今天我可是最大。

"也是……也是。"陈老师耳根通红，打着酒嗝，摇摇晃晃地站起来，从公文包里掏出一沓速写纸，上面全是一个男生的肖像素描，正脸、侧脸、仰头、低头，可谓三百六十度无死角。我激动地抢过，这可都是我心爱的毛毛哥啊，我上文化课时老爱偷画毛毛哥，陈老师经常会在门口的小窗口巡视，一经发现就没收，我以为他都撕了呢，没想到他竟然全留着。

"珊珊这孩子呀，什么都好，就是精神世界太强大，太沉醉于幻想了……"陈老师又开始诲人不倦了。

我妈赶紧拉着我反省："是啊，整天幻想着她的毛毛哥，谁说都不听。"

"不是幻想！是念想！"我较劲了，毛毛哥是真实存在的好不好，才不是我幻想出来的。

"正所谓关关雎鸠，在河之洲。帅哥欧巴，爱珊好求！"陈老师即兴来了一首打油诗，摸着啤酒肚哈哈大笑，"珊珊啊，上大学就成年了，可以好好谈场恋爱啦！"

"是！我一定谨遵教诲，不辱使命！"

"是你个头！"我妈一筷子敲过来。

02

中文里有个成语叫乐极生悲，意指开心到极点时就会发生不幸。说的就是我，谢师宴才结束我就悲伤逆流成河了。事情是这样的，下午一回到家，我就屁颠屁颠地跑到我妈跟前，大手一伸："给我！"

老妈迟疑片刻，伸出手跟我击了个掌："OK！"

"妈——你干吗啊？！"我生气了。

"你想干吗呀？"老妈很无辜。

"毛毛哥的地址呢！"

"哦——"老妈总算想起来，拍了下脑袋，"哦哦哦。"

"快别哦啦，给我。你之前怕我早恋说先替我保存，等我上大学了再给。我现在大学也考上了，谢师宴也办了，致谢辞也念了，你是不是该履行承诺了？"

老妈目光闪躲，露出她平时哄骗顾客办会员卡时的虚假微笑："傻孩子，骗你的，哪有什么地址呀，当年他们一家人搬得突然，这都多少年了，早没联系了。"

我愣在原地，虽然隐约已经猜到，但还是难以接受这个结果：苦等了一整个青春的希望，竟然是一场彻头彻尾的骗局！

我生无可恋，本想一屁股坐倒在地，考虑到地板有点硬，我后退几步，一头倒在沙发上,准备发起暴风雨式的哭泣。

正窝在沙发上玩手机的张家男踢我一脚:"要哭去别处哭,别影响我'吃鸡'!"

"'吃鸡''吃鸡',你上辈子是黄鼠狼吗?"我一拳打在他肩上,他开始鬼喊鬼叫。

老妈今天不用去店里,她站在镜子前卷着头发,哼着欢快的小曲,看样子是打算去麻将馆大战三百回合。果然,不一会儿她就提着高仿LV包包出门,出门前她又想起了什么,回头看我一眼:"说起来好像是有那么一张纸条,你当时生病了,江阿姨拿给你哥了,这么多年,你哥也没跟你提起过?"

张家男吓得手机一扔:"妈你说话要负责任啊,什么时候给我了?"

我仇恨的目光已经扫射过去,老妈刚一关上门,我就扑向张家男,强行用双手捂住他的脸,张家男大喊大叫,但来不及了。

三秒后,我将他成功催眠。

张家男的眼神慢慢涣散,接着,他便浑身瘫软,失去了自由意志。我开始发号施令:"坐好了。"

张家男立马坐正身体。

"张家男你是狗!"

"汪!"张家男叫了一声。

"刚绝育的狗。"

"汪……"张家男哀鸣。

"尿急的狗。"

"汪!汪!汪!"

"找到了电线杆……"

"汪汪汪!"

"电线杆旁有其他狗……"

"汪、汪汪……"

我消气了,决定进入正题:"张家男,五岁那年的夏天,隔壁江阿姨搬走前给过你一张纸条,上面写着毛毛哥的地址,纸条放哪儿了?"

张家男一脸迷茫,慢慢摇头:"没有纸条……"

"仔细想想!"

"想不起来,没有纸条……"张家男继续摇头,看来他是真不知道。我叹了口气，原本也没抱希望。

我打了个清脆的响指，张家男瞬间清醒过来，他猛地从沙发上蹿起来，双手交叉抱住双肩，一脸惊恐："张爱珊！你你你，刚又对我做什么了？"

"你说呢？"我没好气地道。

他赶紧扒开衣领检查自己的身体，这家伙，到底哪来的自信？

相信你们都看到了，是的，我跟常人有点不太一样，我有一种特殊能力：催眠术。这事得从头说起。三岁那年，我的亲生父亲死于一场车祸，一年后，我妈带着我改嫁给了航爸，航爸离过婚，带着一个大我两岁的儿子，也就是张家男，这样，我们四人组建了新家庭。

小时候的张家男可坏了，每天最热衷的事情就是欺负我。我五岁那年的中秋节，外婆过来看我们，带着我和张家男去动物园玩。张家男竟然趁外婆不注意把我推进了老虎园里，那次我可真是九死一生，在场的游客全吓傻了，还有人直接晕过去。我事后想想也挺后怕的，可事发的时候我可能是当场摔蒙了，竟然把那只老虎当成了大花猫，还陪它玩游戏，叫它趴下它就趴下，叫它打滚它就打滚。

不一会儿，老虎被麻醉枪给放倒了，工作人员告诉我外婆，说我也是命大，幸好这只老虎是马戏团的"退役老兵"，而且刚吃过午饭，才有闲心陪我玩游戏。

回家后，航爸二话不说，拿着皮带就往张家男身上抽，跟平时那个敦厚爱笑的叔叔判若两人。张家男缩在地上，不辩解，也不哭，闷声承受着，也不知道叔叔抽了多久，妈妈赶回家把张家男护进怀里，航爸这才停了手。

满身伤痕的张家男被妈妈护住，终于哭出来，一边哭一边说："我不是故意的，我真的不是故意的……"航爸也扔掉皮带，跪下来抱住儿子一起哭，然后我跟妈妈也哭了。从那以后，张家男就懂事了不少，改口叫妈妈了，我也叫航叔为航爸了。

当然这事还没完，深夜，外婆悄悄来到我房间，告诉了我真相。原来当时的我因为惊吓过度，激发了体内的潜能，把老虎给催眠了，让它相信自己是一只大花猫。按照外婆的说法，催眠术是我们张家的能力，也是我们张家的秘密，这得追溯到古代的老祖宗了，而且这能力是隔代遗传，传女不传男，外婆的外婆当年就会催眠术，外婆自然也有会。

"珊珊，千万记住，催眠术要慎用，更不能拿来做坏事，否则会遭报应！"外婆的教诲我一直谨记在心。我上初中后，妈妈也发现了我的能力，她早知道外婆的事，对此没感到意外，但她特意叮嘱我，千万要隐藏好这个能力，否则指不定哪天就被什么科研机构抓去做研究了。我脑补了某些恐怖电影的情节，吓得瑟瑟发抖。

从那以后，我不轻易对人使用催眠术，更不敢用来干坏事。当然捉弄张家男不算，这叫为民除害。

张家男不傻，被我捉弄几次后，便隐约猜到我有一种古怪的能力，可以通过视线交流短暂地控制他，从此他便对我忌惮三分。比如现在，毛毛哥的事让我心烦意乱，我朝张家男大喊："我想吃哈根达斯，快给我去买！"

"张爱珊，我警告你我不怕你，我那是……"

"真的？"我一个眼神瞪过去。

"是宠着你！老妹你爱吃啥口味的？"

"香草味。"

"你等着，我马上给你买！"张家男一溜烟跑了，这家伙最大的优点就是识时务，关键时刻骨气全无。

03

之后的日子，为了缓解我对毛毛哥的思念，我化悲痛为食欲，在间歇性难过和持续性胡吃海喝中度过了一整个没有作业的漫长暑假，战况也很惊人：我又画了三十张毛毛哥的肖像素描，同时胖了七斤。

开学前一晚，我的家人和林欣欣家人一起坐在天台上乘凉——忘了说，我生活的这条街还是二层楼的老房子，虽然一直喊着要拆迁，但附近挨着一个旅游景点，所以迟迟没动工。街坊邻居都等着拆迁后换上高档小区，老实说我倒是更爱现在的家，有前院，有后庭，还有天台，冬暖夏凉，还不用挤电梯，多好的地方呀。

我妈也爱老房子，她闲来没事还在天台搭上木架，种上葡萄，每年夏天葡萄藤都会郁郁葱葱地爬满木架，长出一串串青葡萄。小时候我常坐在葡萄架下看星星，幻想着自己是某个异域国度的公主，等着毛毛哥扮演的王子上门提亲。转眼，我已经十八岁，童年的公主梦也随着毛毛哥的离开而一同破碎，想到这我格外伤感，捧着西瓜又咬了一大口。

"吃慢点，没人跟你抢！多大人了，一点淑女样子都没有。"亲妈就是亲妈，分分秒秒都在嫌弃我。

"她这叫女汉子，新型物种。"张家男嘿嘿笑。

"闭嘴吧，你这个直男癌。"我反击。

"矮冬瓜。"

"香港脚……"

我跟张家男吵起来，吵到后面干脆隔空互吐西瓜子，家长们哈哈大笑，把我俩当成一对活宝。很快大人们聊起了街坊邻居间的八卦，我跟林欣欣坐到天台另一边，听张家男炫耀着大学的自由生活。

林欣欣见张家男讲累了，便把半边西瓜用勺子挖好，递给张家男，张家男连句谢谢都没有，接过来就吃。过了一会儿，我见差不多了，赶紧朝林欣欣使眼色，林欣欣有些害羞，低头抠着手指头不吱声。

真没出息！关键时刻还是得靠我。

我叫了一声："欸，张家男，别吃了！"

张家男这个饭桶完全没听见，我踢了他一脚，他放下西瓜："干吗啊？"

"林欣欣想回家了，我们送她。"

"哦。"张家男一抹嘴巴，放下西瓜，"走呗。"

我们三人下楼，出了院子，往林欣欣家的方向走。林欣欣家离我家也就两百米的路程，一分钟就走完了。刚走几步，我就捂着肚子说想上厕所，然后跑了。当然是骗人的啦，我找准机会折回来，偷偷跟在张家男和林欣欣后面，果然，不一会儿他们就停下来，转进一个僻静的小巷里。

我兴奋地跟过去，躲在一旁偷听，我的心扑通扑通跳个不停，比当事人还紧张。今晚，林欣欣要跟张家男表白，虽然好闺密这棵大白菜要让一只猪给拱了使我扼腕，但有什么办法呢，谁让林欣欣就是喜欢他。

早在高考前，我就跟林欣欣约定好了，如果我考上了第一志愿的长南大学，我就去找我青梅竹马的毛毛哥；林欣欣要是考上了，她就鼓起勇气跟暗恋已久的张家男表白。现在，我的毛毛哥杳无音讯，但林欣欣的心上人近在咫尺，我比谁都希望她能成功。

我正想着，林欣欣已经红着眼睛跑出来，我大吃一惊，怎么回事？这也太快了吧？！我慌忙拦住林欣欣："欣欣，怎么样？"

林欣欣被我一问，再也忍不住，眼泪簌簌地流下来，她摇摇头，跑回了家。我犹豫了两秒，转身冲进了小巷。

张家男这会儿正靠在墙角刷手机，手机的荧光照亮了他的小半边侧脸，平心而论，张家男条件不错，自小学街舞，高中还是篮球队的中锋，身材高大，八块腹肌，染着一头还算时尚的黄毛，左耳打着黑色耳钉，笑起来的时候带着一点坏坏的阳光。当然缺点也很明显，张家男是"直男癌"，而且自我感觉过于良好，有句话说得对，帅而不自知才叫帅，帅而到处臭美那叫油腻。

我冲上去，一把揪住张家男的耳朵。

"疼疼疼……老妹你干吗呀？"张家男喊起来。

"干吗？！林欣欣刚跟你表白了知不知道？"

"知道啊。"

"知道你还在这玩手机！"

"我这不……跟她说清楚了吗？社团来信息了，我得回一下。"

"你怎么跟她说的？"

"我跟林欣欣……"张家男不敢看我的眼睛，"我跟她不合适。"

"怎么不合适？你平时对她不是挺好的吗？"

"不是那种好。"

"为什么啊？"我不明白。

"珊珊，你是不是我妹？"

"是！"

"那你跟林欣欣是不是从小到大的好朋友？"

"是！"

"这不就结了嘛，妹妹的朋友也是妹妹啊，我对她就从没有过这方面的想法，我跟她……那是乱伦！"

我发誓，我现在手上要是有枪我已经大义灭亲了。

04

次日一大清早，我跟林欣欣还有张家男提着大包小包的行李在院子里会合，准备前往长南大学报到。

长南大学在星城的西边，以前要转上两趟公交车，得花四十分钟。最近开通地铁就便捷了，二十分钟就可以到。尽管如此，我跟林欣欣还是依依不舍地跟父母拥抱告别，毕竟这是我们第一次独自出门，第一次离开熟悉的家去一个陌生的集体环境生活。

林欣欣这次比我还娇气，抱着阿姨哭得梨花带雨，大家都以为她是舍不得家，但只有我知道，她伤心的主要原因来自另一个人。这个人，此刻就像一只大猪蹄子似的杵在路边吃油条,吃得满嘴都是油,张家男把沾满油的手在路旁的电线杆上抹了抹:"走啦,哭哭啼啼的,多大点事啊。"

嘁,张家男,你怕是还不清楚自己摊上多大的事了。

一路上,我没给张家男好脸色看。张家男要帮我提行李,我拒绝;张家男要给林欣欣买矿泉水,我帮林欣欣拒绝。地铁上,张家男叫我俩跟他一块坐,我们双双拒绝,宁愿站着也不过去。张家男有点尴尬,但是没过多久他就恬不知耻地接受了这种气氛,坦然地刷起了手机,我简直要被他气死!

我拉着林欣欣走到另一节车厢坐下,地铁新开不久,人不算多,晃晃荡荡的,地下风从车厢尽头吹过来,凉飕飕的,叫人感伤。其实该说的昨晚上我都跟林欣欣说了,该骂的我昨晚上也骂了,此刻我不知道还能怎么安慰她,只能陪她一块沉默。

"珊珊,我现在特别后悔。"林欣欣声音发颤,眼看又要哭了,"我就不应该跟他说的,现在真的不知道要怎么面对他,我们连朋友都没得做了。"

"没得做就没得做!"我有点生气,"你真打算一辈子跟他做朋友啊?"

"可是……"林欣欣欲言又止,叹了口气。

我也跟着叹气:"不管怎么样,你也比我强。你喜欢的人至少看得见摸得着,我的毛毛哥,还不知道在哪里。"

"珊珊……"林欣欣轻轻抱了我一下,"别担心,你一定可以找到他的。"

"嗯!"我拿出香草味的木糖醇,倒出两颗,一颗给林欣欣,一颗扔进自己嘴里。

香草味,是我这辈子最喜欢的味道,没有之一。

要解释这件事,还得回到我四岁那年的夏天。我记得很清楚,那是我跟我妈来航爸家生活的第二个星期。清晨的空气清新,院落里的水仙叶子刚沾上露水,夏蝉在树上吱吱地叫着。我穿着粉色的米奇凉拖鞋,蹲在院门口刷牙,当我仰起下巴"咕噜咕噜"地漱口时,一对母子走进隔壁的院子。

一个年轻好看的阿姨穿着知性而典雅的藏蓝色旗袍,手里拉着一个行李箱,一个清秀的男生穿着干净的白衬衫,背着天蓝色的小背包,安静而乖顺地跟在阿姨身旁。这种画风完全跟我不一样的邻居,正是江阿姨和她的孩子毛毛哥,那天,他们刚从凤凰旅游回来。

可能是心心相通，也可能是缘分到了，总之，天雷地火之间，毛毛哥忽然转身看向我，我俩四目相对，初夏剔透的阳光落在他柔软的发间，他修长的黑色睫毛根根分明，清澈的眼睛就像一汪泉水。我心跳蓦然漏掉一拍，强行憋住要吐出来的漱口水，又硬生生地吞回去。然后，我傻笑着朝他挥手，毛毛哥面无表情，酷酷地转过脸，进了屋。那就是我们的初遇，敷衍得像是随手一写的剧本，可对我而言却是那么无可取代——后来无论我身处何方，只要一想起他，舌尖仍会泛起儿童牙膏的香草味。

自那以后，我爱上了所有香草味的食物，同时还爱上了航爸家的小阁楼。因为对面的毛毛哥也睡阁楼，每晚八点他都趴在窗台边认真写作业。我那会儿还没上学，对于上学的孩子有一种莫名的崇拜，当然张家男除外，他那副派头哪是在上学，根本就是"大王叫我来巡山"。

大部分时间，毛毛哥都会关上窗户，不肯让我瞻仰他的盛世美颜，那会儿我总是托腮幻想着，什么时候才能跟毛毛哥做朋友呢？

一个月后，命运女神眷顾了我。

那天，我也不知道自己哪根筋搭错了，忽然心血来潮跟着张家男去河边玩水。张家男也破天荒地没有嫌弃我，反而特别热心地骑自行车载我去，我还有点感动呢，事后发现自己果然想多了。

张家男下河没多久就抓到一条蚯蚓扔给我，把我吓哭后，他还哈哈大笑："笨蛋！这是蚯蚓啦，蚯蚓你都怕……"

他没再笑下去，很快他发现这条"蚯蚓"正紧紧吸附在我的小腿上，身体在蠕动中不断地肥大，第一次见蚂蟥的他吓得脸色惨白，哇哇大叫着跑了。我既害怕又无助，瘫坐在河边不敢动。

当时我真的以为自己要死了，我想起农夫与蛇的故事，在我眼里，这个蚂蟥就跟那条咬死农夫的蛇一样可怕。在恐惧的自我暗示下，我觉得身体越来越虚弱，我躺在河边，一边流着眼泪一边轻声呢喃着爸爸的名字。如果爸爸还在就好了，爸爸是警察，是我心目中无所不能的大英雄，他一定会来救我。

爸爸没来救我，来救我的人是毛毛哥。

那天，毛毛哥正好全副武装来河里抓螃蟹，那是他们班的户外作业。他一言不发地走到我身边，脸上是他那个年纪不应该有的冷静。他将我扶起，帮我把腿舒展开，然后从小背包里掏出一袋食盐，一层一层地撒在蚂蟥肥大的身体上。不一会儿，我伤口处的疼痛感减轻了，蚂蟥的吸盘舒展开来，说时迟那时快，毛毛哥一甩手，蚂蟥就被打落下来，他抓起一块石头，"啪"的一下把它压扁了。

一时间我竟忘记了疼痛，欢欣鼓舞地拍起手来。

"别动！"毛毛哥一副小大人的模样，他皱着眉头，帮我将伤口处的淤血挤压出来，问，"疼吗？"

我紧咬着牙，整个过程一声不吭。那是我第一次意识到，在喜欢的人面前，一个人可以有多勇敢。

挤完淤血，毛毛哥又从包里拿出碘酒瓶，将碘酒涂抹在我的伤口上，我只感觉火辣辣地疼，他一丝不苟地做完这些事后，慢条斯理地收拾好小背包，然后站起来，朝我伸出手："我送你回家。"

我说不上羞涩还是紧张地"嗯"了一声，伸出小手。

毛毛哥抓住我的小臂，将我一把拉起来，在那奇妙的瞬间，我觉得自己好像长了一双翅膀，轻飘飘地，整个人一下飞了起来。尽管才那么小，可是我知道，我就是知道，我张爱珊，恋爱了。

05

我跟林欣欣、张家男出了地铁站，不一会儿就来到了长南大学。张家男那家伙刚把我们领到报到处就不见人影了，关键时刻完全不能指望他。我没急着去报到，而是打开塞得鼓鼓的行李箱，从里面掏出了一个真人等身高的人形抱枕，抱枕的头部还印有毛毛哥的脸。

林欣欣吓了一跳："天哪，你怎么把抱枕也带过来了！"

"当然是为了找毛毛哥啊！"我嘿嘿傻笑，暑假的时候我下载了一款APP，可以通过小时候的脸预测长大后的模样。我按照回忆把小时候的毛毛哥画出来，软件便显示出他长大后的样子，然后，我就把这张脸印在了人形抱枕上，以后大学四年，它就陪床了。

"这个……能找到吗？"林欣欣有点怀疑。

"肯定可以！"我拍了拍抱枕，"怎么样，毛毛哥帅吧？"

"嗯，蛮好看的，不过你确定他会在长南大学吗？"林欣欣又问。

"确定。"我头头是道地分析起来，"以前毛毛哥跟我说过，他想考长南大学。他成绩那么好，肯定能考上，毛毛哥大我两岁，今年正好读大三。毛毛哥这么帅，肯定全校有名，我只要拿着这个抱枕去人多的地方，就算没遇见他本人，说不定也会撞见认识他的同学，这样就能找到他了！"

"你……认真的？"林欣欣笑容牵强。

"当然啊！"其实我心里也没底，但事已至此，我绝不能放弃任何机会。事实上，我当初那么努力想要考上长南大学也是为了这一天。

"好吧。"林欣欣心一横，"珊珊，我无条件支持你。"

"那好，陪我去男生宿舍蹲点！"

"啊？！"

由于林欣欣宁死不屈，我俩没能去成男生宿舍，改为了校门口。开学这天的校门口人山人海，大批来自外地的新生在父母的陪同下大包小包地走进校园，处处都在上演着挥泪告别的感人场面，我跟林欣欣这种本地人反而像个异类。

之后的二十分钟里，我抱着心爱的"毛毛哥"，跟林欣欣站在门卫室的屋檐下，一边跟门卫大爷侃大山，一边打量着往来的男生。我锁定一个，Pass；继续锁定，继续Pass。有那么一瞬间，我觉得自己像一位眼光犀利的大导演，正在片场选角。可能是我的目光太鸡血，不少男生都被我吓跑了。

没多久，林欣欣就弱弱地拉了一下我的衣角。

"怎么啦？"

"珊珊，我们还是先去报名吧……"林欣欣的脸已经红透了，她声音越来越小，"有人在拍照……"

我侧目一看，不远处，三个打扮得花枝招展的女孩正朝我们指指点点，我隐约能听见她们的讲话声。

"天哪，这也太夸张了！"一个脸蛋甜美还有着一双大长腿的女孩捂嘴笑起来。

"她手上是什么玩意儿啊，枕头？该不会是上炕用的吧，大学寝室可没有炕呀！哈哈哈……"一个瘦得过分的、一头大波浪的黄发女孩子开怀大笑。

"别看啦，咱们回宿舍吧。"另外一个相对文静的齐刘海女孩拉着两个女孩要走。

"等一下，拍两张！"长腿美女赶紧掏出手机，明目张胆地拍起来。

"喂，不要拍！这是在侵犯肖像权……"我刚要上前理论，就被林欣欣拦住，"珊珊，算了，这才开学第一天，别跟她们一般见识了。"

三个女孩扬长而去，我刚平复了一下心情，低头刷手机的林欣欣"啊"的一下叫出来，她满脸通红，羞愧得恨不能掘地三尺。

我凑过去一看，整个人都蒙了。原来是张家男在咱们三人的微信组里发了一张照片，照片里的人正是我跟林欣欣。必须申明，虽然我的颜值属于半夜走在路上都很安全的类型，但此人的拍照技术也太"毁"人不倦了，照片里的我正在跟林欣欣讲话，嘴巴噘成了一个"O"字，就跟"豌豆射手"似的，手里头还抱着一个人形抱枕，更增添了几分傻气。

微信里，张家男还在幸灾乐祸："哈哈哈哈，我刚在朋友圈刷到的。老妹可以啊，这么快就在咱大学出名了！"

"张家男你个王八蛋，给我等着！"我迅速回了一条微信，宣布此次作战失败，抓着林欣欣跑了。

我跟林欣欣来到报到处，由于我们一个是中文系，一个是动漫设计系，只能分头报到。一想到要跟林欣欣分开，我心里既不舍，又有点害怕，毕竟在这个陌生的校园里，我就林欣欣一个朋友。

我按照程序交了学费，领到了新被褥、床单和脸盆，这才发现一双手完全不够用。我正想着给张家男打电话，一个戴着鸭舌帽和口罩的瘦弱男生走上前，别看他弱不禁风的样子，力气倒不小，他二话不说，提着东西就走。

"欸欸欸，同学，那是我的被子……"我追上去。

"帮你。"男生的眼睛很小，慌张闪躲着，透着小鹿般的羞涩。后来我才知道，此人叫万念，是张家男的朋友，软件编程系的，据说是个黑客天才。我哥专门托他来帮我的，对此我十分意外，想不到张家男还能交到这么靠谱的朋友。

万念惜字如金，每次讲话都只说两个字，他带我稍微熟悉了一下校园，顺便帮我把东西搬到寝室门口。我连声谢过万念，表示要加个微信，他拿出手机，轻轻在我手机上一滑，我手机"叮"的一声，微信好友申请就发过来了。

"哇，厉害了！"我还沉浸在黑科技的震惊中，万念已经走了。

我收拾好心情，提起被褥，推开寝室门，一股浓郁的香水味迎面扑来，伴随着一阵欢快的笑声。我顿时心情大好，看来室友们都是活泼开朗、朝气蓬勃、团结友爱的好姑娘，正好我也活泼开朗、朝气蓬勃、团结友爱，一定能跟她们成为好姐妹——才怪啊！为什么是她们？！

这不是在校门口拍我丑照还发到朋友圈的三个人吗？

她们也一眼就认出了我，毕竟我手里还抱着毛毛哥的抱枕，辨识度十分之高。

一时间大家都没说话，此刻我只想唱一句：最怕空气突然安静。

我尴尬得不行，但还是硬着头皮走进寝室，来到离厕所最近的一个空床位旁，默默整理床铺，安置行李。

不一会儿，寝室里的三个女孩又聊了起来。我心里七上八下，琢磨着这样下去不是办法啊，必须主动搞好关系，不然今后的大学生活可怎么办，我会被排挤吗？会被霸凌吗？会被反锁在厕所然后被人泼冷水吗？天哪，这也太惨了吧。关键时刻，我想起了老妈的一句名言：伸手不打笑脸人。

我深吸一口气，笑着转身，伸出了手："大家好呀，我叫张爱珊，以后大家就是一家人啦，还请多多关照。"

"陈安娜。"长腿美女无论是妆容还是打扮都特别精致，一看就是养尊处优的白富美，她微微扬起下巴，皮笑肉不笑，"握手就免了。"

我尴尬地缩回手。

"叫我苗苗吧。"特别瘦且有着一头大波浪黄发的女孩光着两条腿，坐在床铺上涂着脚指甲油，看都懒得看我一眼。

"你好，我叫杨晓奇，你叫我小七就好啦。"叫小七的女孩留着齐刘海，笑起来人畜无害，看上去比较好相处，谢天谢地，我总算找到一个突破口了。

"嗯，你叫我珊珊就行。"

"珊珊，你刚不在，我们已经票选了安娜当寝室长，没问题吧？"

"没问题，没问题！听从组织安排。"

"安娜可厉害啦！"小七凑到安娜身旁，撒娇地挽着她的手，"她人好，成绩好，长得又漂亮……"

"胸还特别大，真讨厌！"苗苗笑着插嘴。

"你才讨厌！"安娜白了苗苗一眼，脸上却荡漾着开心，三个女孩嘻嘻哈哈地打闹起来。

"啊哈哈哈……哈哈……哈……"我赶紧跟着尬笑。

"哎，珊珊，你手里的是什么东西啊？"小七走过来，"我能跟他打个招呼不？嗨，帅哥你好呀！"

陈安娜跟苗苗都被逗笑了，苗苗拿着涂指甲油的刷子走过来："来，我给这位帅哥涂个口红……"

"别碰他！"我大喝一声，三个女孩都僵住了。

室内再次安静，过了老半天，小七率先打破了沉默："珊珊，你别激动……我们就是开个玩笑啦。"

"唉,一个破枕头,至于吗?"苗苗的脸黑了下来。

陈安娜皮笑肉不笑,轻飘飘地瞄我一眼:"这么宝贝?该不会是你男朋友吧?"

此话一出,三个女孩哈哈大笑,像是听到了全世界最好笑的笑话。

我尴尬得无地自容,只能跟着她们嘿嘿傻笑,我抱紧枕头,在心里叹息一声:今后的日子可怎么过哪。

06

下午三点,班里召开了第一次班会。我赶去教室时,同学们差不多都到齐了。大家走上讲台,轮流做了一下自我介绍。我比较紧张,说了一句"我叫张爱珊,今后还请多关照"的万年开场白便下了讲台。虽然只是一眨眼的工夫,我还是凭借着多年人像素描攒下的扎实功力,快速把班里的同学打量了一遍。

我惊讶地发现,我们班竟然只有五六个男生,每个男生都毫无记忆点——呃,通俗点说就是完全不帅。不帅就算了,偏偏他们还像商量好了似的,全围在陈安娜身边,那殷切的嘴脸就差没流哈喇子了。

我承认,陈安娜是很漂亮,身材也一级棒,穿衣品位也绝不输微博上那些网红小姐姐,但是,好歹咱班上还有三十多个女生呢,你们敢不敢绅士一点,敢不敢照顾一下其他女同学的心情啊。

我气愤地走下讲台,这时候,坐在教室中央的陈安娜一改寝室里的高冷形象,热情地朝我招手:"珊珊,过来坐。"

"好呀!"我屁颠屁颠跑过去,对不起!尊严是什么我不知道。张爱珊啊张爱珊,你真是以小人之心度君子之腹,难道长得好看又有钱又爱打扮的女孩就一定属绿茶系吗?正所谓不打不相识,我相信之前在寝室的摩擦,不过是我跟陈安娜由于个人经历和生长环境的不对等而产生的小小误会,只要改天我们找个机会彻夜长谈,互诉衷肠,一定能成为交心的好朋友,一定能成为《小时代》里的"时代姐妹花"!

我在陈安娜身旁坐下,陈安娜笑靥如花:"珊珊,快跟他们说说你的男朋友,他们都不信,非说我骗人。"

"啊?"我蒙了。

"就是你那枕头呀!"

几个男生立刻发出一阵爆笑，其中一个满脸青春痘的男生笑得眼泪都出来了："把枕头当男朋友这也太傻了吧，哈哈哈……"

我果然太天真，什么不打不相识，什么时代姐妹花，小说里都是骗人的。几个男生把我嘲笑得体无完肤后，继续跟陈安娜聊得火热，话题里充斥着谄媚的味道。我很自觉地起身，找到靠窗的角落默默坐下，并在心中安慰自己：等着吧，看我坐上热血漫主角的专座，从此逆袭全场走向人生巅峰！

这会儿，班主任开始交代学校的规章制度以及军训前的相关准备，教室里吵闹起来，同学们互相攀谈，很快就找到自己的小团体。别看我平时没心没肺，其实骨子里很慢热，熟人面前我是疯子，公共场合我是呆子。忽然间，我格外地想念林欣欣，我刚打算给她发个微信，教室里就爆发出一阵惊叹声。

这惊叹声可讲究了，首先，它不约而同，多来自女生，且气运丹田、发自肺腑，以我多年的经验，这时候一定是出现了颜霸。

我的推理完全正确，一个穿白衬衫的学长不知何时来到了讲台上。可能是角度问题，下午三点的斜阳刚好从窗口照进来，跳跃在他亚麻色的发隙间和那张美好又温柔的脸庞上，毫不夸张地说，对上他眼神的瞬间我有一种时光静止的感觉，我想这就叫惊艳吧。

此刻，这个惊艳了我和绝大多数女同学的学长站在讲台上，如沐春风地微笑着。

"同学们好，我叫夏之翰，大三心理系，是你们的学长。从今以后，我还有另一个身份，那就是你们班的代理辅导员，大家有什么问题都可以找我。"

怎么回事？现在的大学都这么Open了吗？这种偶像剧一般的展开路线真的合适吗？现在的大学为了招生率真是已经堕落到要用美色来勾引无知的学弟学妹了吗？后来我才知道自己想多了，这已经是长南大学的惯例，大三的优秀学长都会被派来兼任大一的代理辅导员，让学长学姐和学弟学妹之间的关系更融洽，调动学习积极性。当然啦，并不是每个学长都像夏之翰这样好看，我们班算是走狗屎运了！

显然，大家没打算放过这好运，一堆女生立刻把夏之翰团团围住，开始咨询各种问题。有"学校图书馆在哪儿"这种小清新风，也有"学长你是什么星座"这种社交风，还有"学长你有没有女朋友"这种八卦风，甚至有"学长你初夜还在吗"这种流氓风。

夏之翰学长不愧是见过大世面的人，不慌不乱，应对自如，永远面带无懈可击的微笑。我在一旁看得叹为观止，这智商、这情商、这风度、这气场，我跟他之间至少隔着几百个张家男。

我这人的优点之一就是特有自知之明，我决定不去凑热闹了，远远地花痴就好。我一边花痴一边给林欣欣发微信："林欣欣！我跟你说！我们班来了一个超级帅的代理辅导员！帅到炸裂！你等着，我偷拍张照给你看！"

我鬼鬼祟祟地举起手机，夏之翰已经出现在我眼前。

"啊——"我大喊一声，吓得手机一扔。

夏之翰眼疾手快，稳稳地接住，他把手机递给我，我赶快夺回来，生怕他看到我的微信内容。

"同学，我有这么可怕吗？"夏之翰微笑。

"不、不是……"

"你也加下班里的微信群吧，以后有什么事都可以在群里咨询。"夏之翰伸过自己的手机。

我赶忙挥手："不用不用！"

夏之翰微笑："有什么原因吗？"

我本想说我哥也在这儿上大学，有事找他就行。偏偏我这人一紧张就忍不住乱说话，当我反应过来时我已经脱口而出："学长你太帅了，我怕精神出轨……"

夏之翰估计死也想不到我会是这种回答，微笑渐渐凝固，两秒后，他没忍住再次笑了，这次的笑容更自然了："你男朋友真幸福，你这么爱他。"

"对！不过，她男朋友是个枕头，哈哈哈……"满脸青春痘的男生又出现了。我真的很想问一句：这有什么好笑的？你笑点也太低了吧？当然，在帅气的学长面前我还是要保持优雅的，于是我面带微笑地回敬他："呵呵，同学你别笑了，额头上的痘痘都要爆了。"

笑声戛然而止，很好，张爱珊你又多了一个敌人。

我真想掐死我自己。

07

第二天，为期十天的新生军训开始了。都说军训的主要意图是锻炼大学生的身体素质和意志力，但在不少人看来，它最大的作用就是把所有同学都晒黑一圈，人人平等。而那些即使黑了一圈还依然好看的小哥哥小姐姐，则是实至名归的颜霸,绝对能吸引到更多同学的关注,在今后脱单的道路上占尽先机,很遗憾,我跟这个高贵的群体没有半毛钱关系。

我们班的教官是个很年轻的湖南小哥哥,口音比较重,L和N不分,H和F也不分,所以只要你路过我们班,肯定可以听到这种话:"二排最左边的蓝生给我站直了,一个军姿有那么蓝吗?笑,还笑!我真是和了你们!"最后一句话是教官的口头禅,那些天我们班就像一桌麻将子,不停地被教官"和"来"和"去。

满脸青春痘的男生叫朱飞翔,我发现我误会他了,可能开学报到那天他对我真的没有恶意,因为他就是单纯的笑点太低了。每次教官一开口他就会笑,然后就被叫过去罚站。更有意思的是,他这家伙不仅笑点低,脑回路还特别清奇,比如那天上午,他忽然大喊一声:"报告长官!我卫生巾要掉了!"

此话一出,同学们哄堂大笑。教官呵斥大家安静,上前一看,一坨夜用型的卫生巾眼看就要从朱飞翔的腋窝里滑出来,教练一脸怒容:"谁告诉你那玩意儿是放在胳肢窝下面的?"

"报告长官!他们说男生也可以用卫生巾吸汗!"

"那是垫鞋底用来防磨脚的!"教官恨铁不成钢,"我真是和了你!"

这次我也没忍住,扑哧一声笑了。

五分钟后,我和朱飞翔在操场上跑圈,我一边跑一边埋怨他连累了我,他死不认账,就在我俩争执不下时,朱飞翔的眼睛忽然直了,我顺着他的目光看过去,陈安娜正坐在跑道旁边的树荫下,朝我俩挥手,一脸看似无辜实则炫耀的微笑。

我惊诧不已——没想到啊,还有这种操作?!

跑完三圈后我跟朱飞翔归队,几分钟后,我看准时机,假装晕倒在地,闭上了眼睛。

"啊!有人中暑了!"马上有同学喊起来,我心中暗喜,这时候有同学想扶我起来,教官却制止:"先等一下!"

我隐约感觉到教官蹲在一旁观察我,紧接着就没管我了。不一会儿,操场上的暑气钻进我的衣服,炙烤着我的皮肤,我实在难以坚持,一屁股坐了起来。我睁开眼,发现教官还蹲在我身旁,一脸鄙夷地朝我笑:"继续装啊?热不死你!"

"嘿嘿,教官,我错了……"

"张爱珊！"

"是！"

"出列！"

我又开始跑圈。陈安娜还坐在树荫下，一边用军帽扇风一边喝着冰镇可乐，还不忘记给我数圈："还有两圈，别慢下来，慢下来不算要重跑啊。"苍天不长眼啊，同样是十八岁的青春少女，同样是在军训中装病，为什么结局差这么多？

累死累活跑完圈，已经是午休时间，可教官没有放过我，又派我去食堂当炊事员。我跟阿姨合力扛了几大盆菜，负责给同学们打菜，几乎每个同学经过我时都会调侃我一次"张师傅"，朱飞翔自不用说，站在我的菜盆前足足笑了我三分钟，要不是现场人太多，我真想往他的紫菜蛋汤里吐口水。

给所有同学打完菜时，饭桌上的几个菜盆早就精光了，我一边啃着生硬的馒头，一边眼泪往肚子里咽。这时候，朱飞翔走上来，神秘兮兮地掏出一瓶老干妈，嘿嘿笑着。

我两眼都直了："翔哥！说吧什么条件，只要不以身相许，做牛做马我都愿意……"

"同学你也把我想得太龌龊了吧。"朱飞翔拧开老干妈，"快，夹两筷子。"

我也没客气，就着老干妈狼吞虎咽吃下去。

"张爱珊，有件事我也不瞒你了，跟你说了吧。"朱飞翔忽然十分严肃。

"你说。"我抹了一把嘴。

"其实我就是你要找的毛毛哥。"

"噗……"我将一口没来得及咬碎的馒头吐到了朱飞翔的脸上。

"你干什么啊，你……"朱飞翔赶紧后退开来，抹了一把脸。

"你、你你你你……是毛毛哥？"

"是啊，有年夏天你还在我家住过，天天黏着我，你忘记啦……"

我愣在原地，往事翻涌，时光一瞬间回到了五岁那年的夏天。

"蚂蟥事件"后，我对毛毛哥的爱慕达到了一个新高度。那些天，我的小脑袋里整天琢磨着如何快点长大，这样我就可以嫁给毛毛哥了。老天听到了我的祈祷，于是它非常善解人意地……把我变成了他妹妹。有句话怎么说来着，"祝有情人终成兄妹"。

这事还得从另一件事说起，我记得那段日子家里鸡飞狗跳，争吵不断，堪比修罗场。航爸疯狂地抽烟，在家里来回走动，焦虑得像一头饿了七天七夜的狮子；妈妈整日躲在房间里以泪洗面；张家男则变成一颗定时炸弹，不知道什么时候就会突然爆炸，比如吃饭的时候他忽然把桌子一掀，比如摔门而出然后一整夜不回家，航爸只好发动邻居们一起去找人找到天亮。以上的一切，只因为一个女人——航爸的前妻，王阿姨。

我也是后来才知道，一个人可以有多自私。王阿姨起初愿意嫁给航爸，是因为航爸在纺织厂上班，是铁饭碗，福利好，还能分单位房。两人结婚后生下张家男，没多久航爸的厂子效益不好就裁员了，航爸这种不会搞关系的"老实人"成了下岗工人。王阿姨整日对航爸恶语相向，嫌他没用，没多久就在外面找了男人，被航爸发现后，她干脆离婚，扔下孩子跟情夫私奔了。

谁知风水轮流转，那个做生意的情夫原来是个徒有其表的骗子，王阿姨跟了他三年，没捞到什么好，回老家一看，航爸和我妈组建了新家庭，日子过得有声有色。王阿姨不干了，吵着要复婚。

航爸为人憨厚，但也不傻，坚决不同意。于是，王阿姨就带着一群凶悍的亲戚整天来家门口闹，航爸闭门不出，王阿姨就拉横幅，泼油漆，还当街撒泼表演，非说当年是航爸负了她。

那会儿我刚上小学一年级，我妈担心王阿姨会找我麻烦，每天送我上下学。有一天放学，我和我妈果然被王阿姨堵路上了，她带着两个凶悍的男人，骂我妈是狐狸精，是克夫命，克死了我爸，现在还想克死航爸。我妈不还嘴一直忍着，直到王阿姨开始骂我是小狐狸精，是个野种，我妈终于忍无可忍，跟王阿姨当街扭打起来。王阿姨有两个男人帮忙，狠狠给了我妈几耳光，还从我妈的头皮上揪下一缕头发，我哭着冲上去，抱住王阿姨的大腿一口咬下去……

那晚上，我妈背着我回家，一路上她一言不发，直到快到家时她才忽然站住，几乎是自言自语地说了一句："珊珊，要是你爸还在，一定不会让咱们受欺负。"我妈没把这件事告诉航爸，只是第二天，她忽然在厨房晕了过去。这之后，她就住进了医院，航爸不得不去医院照顾她，管我们的时间更少了。

王阿姨眼看胜利在握，又去学校找张家男。这三年里，张家男也很想念妈妈，心里面一直希望爸爸妈妈能复合，现在王阿姨告诉张家男，是我妈这个狐狸精迷惑了航爸，张家男自然对我妈恨之入骨，整天针对我妈，给航爸添堵。

　　直到某天，一直本着"息事宁人"的航爸终于爆发了，因为他从别人口中得知了王阿姨带人欺负我们母女的事，他一人冲到王阿姨的娘家，跟几个男人打了一架。最终的结果是，闹事的几个人都被抓进了警察局，写了一晚上的保证书，而航爸由于断了一根肋骨，直接被送去了医院。

　　那件事当时闹得很大，还上了本地新闻，但一切都是值得的。

　　自那之后，王阿姨再没找过航爸。

　　航爸住院的那段日子，我妈整日陪着他，每天照顾他的起居饮食，而航爸就只是乐呵呵地傻笑，整个病房里都充斥着"一日夫妻百日恩""患难见真情"的狗粮味，连换药的护士都看不下去了。我后来严重怀疑，航爸是故意在医院待了一个夏天，就是为了享受我妈的贴心服务。

　　那个暑假，我妈又要工作，又要照顾航爸，实在没精力再照料我跟张家男。张家男便去了他大伯家，我跟航爸这边的亲戚不熟，我妈不放心，思前想后决定把我暂时托付给江阿姨。江阿姨知书达理，温柔体贴，还是人民教师，肯定能照顾好我，而且两家本来就是邻居，我妈信得过她。

　　一个闷热的夜晚，妈妈提着一袋名贵的烟酒，拉着我敲响了江阿姨家的门。妈妈跟江阿姨早就决定了这件事，所以当江阿姨打开门时，妈妈笑着说："给你送女儿过来喽。"

　　江阿姨蹲下来，宠溺地捏了捏我的小脸："珊珊，从今以后，你就是我家的女儿喽。"

　　我至今忘不了江阿姨说这句话时的样子，她笑靥如花，身上散发着好闻的茉莉花香味，而我却惊慌失措。

　　"毛毛，过来。"江阿姨招呼着，毛毛哥从屋里走过来，站在我身边。

　　"叫妹妹。"

　　毛毛哥打量了我一会儿，彬彬有礼地伸出手："妹妹，你好。"

　　我"哇"的一下哭了，顿时感觉天都塌了。

　　在江阿姨家住下的头一晚，我伤心欲绝，我以为妈妈不要我了，我再也回不了家了；我还以为自己再也做不成毛毛哥的新娘了，而我也分不清究竟哪件事让我更难过。我躲在被窝里哭了很久，最后迷迷糊糊睡过去了。

　　我睁开双眼时已经到了早晨，毛毛哥就在眼前。那是我第一次那么近地看毛毛哥，他的脸又白又净，皮肤上的汗毛在朦胧的晨曦下泛着柔软的金色，他眉头微蹙，清澈的眼睛认真地打量着我。我心想，欸，毛毛哥你怎么跑我房间来啦。我怪不好意思地坐起来，揉揉眼睛，才发现自己坐在了毛毛哥的床上。

那天，作为兄长的毛毛哥对我说了第一句话："出去。"

后来，毛毛哥还对我说过很多话，诸如"别跟着我""别吵我""自己玩""自己洗澡""自己吃""我不听""我不去""我不看"等，我粗略计算了下，平均每天我要被毛毛哥拒绝二十次，可是有什么办法呢，我也很无辜啊。江阿姨是高中老师，暑假给学生开了补习班，每天下午都要去上课，她特别叮嘱过我，让我乖，要跟紧毛毛哥，不要乱跑，不要给陌生人开门。我自然乐意至极，像个跟屁虫似的黏着毛毛哥，不知为什么，看到他皱眉的样子我心里反而偷着乐，反正比起被他嫌弃，我更无法忍受被他忽略。

在众多的拒绝当中，只有一件事毛毛哥无法拒绝，那就是晚上我必须跟他一块儿睡。起初江阿姨也试过将我们分开，但我实在太能哭了，江阿姨只好顺了我。我发誓，我对毛毛哥没有半点非分之想，我就是必须要挨着他的胳膊，听着他的心跳声才能入睡，我对他的依赖感和信任感胜过任何人，除了我妈。

有次我半夜醒来，感觉屁股冰凉，迷糊中我知道自己做了不好的事，大哭起来，毛毛哥也被吵醒了。不一会儿，江阿姨推门进来，她开了灯，看了一眼床单："哎哟，我们家珊珊是不是尿床了呀？"

我一听，哭得更伤心了。

这时毛毛哥却忽然坐起来，小脸憋得通红："妈妈，是……我……不是她。"

江阿姨笑了笑，没有拆穿毛毛哥的谎言："这么大的人还尿床，不害臊，自己去冲个澡。"

"嗯。"毛毛哥立刻下床出去了。

江阿姨把我也抱起来，去小房间给我洗屁股，换裤子。那时候，我并不明白一向嫌我笨手笨脚的毛毛哥为何要替我顶罪，但那一晚我特别开心，想着，要是能一辈子这样当毛毛哥的妹妹似乎也不错。

那之后，我跟毛毛哥的关系发生了微妙变化。感觉很奇妙，好像我们共同拥有了一个秘密，从此我便有资格走入他的世界。我还是整天黏着他，他还是不怎么爱搭理我，但绝不会再赶我走。

一个悠长的午后，我俩坐在清凉的木地板上吃西瓜，阳光从后院的玄关打进来，把地板照得闪闪发光，风铃在微风中丁零作响，蝉鸣声此起彼伏。

毛毛哥吃完西瓜便抱着书认真阅读起来，我还不识字，也不爱看书，就偷偷看他，悄悄数他的睫毛。

毛毛哥见我无聊，拿出一个小本子和一盒画笔，整整二十四色，我从没有见过那么多种颜色，像是打开了新世界的大门，欣喜若狂。

那个下午，我趴在地板上认认真真地画了一幅画，画上面有我，有毛毛哥，有妈妈、航爸、江阿姨，本来我不想画张家男的，但想了想还是画上去了。我把二十四种颜色都用上了，开心地拿给毛毛哥看。

我本以为毛毛哥只会随便看一眼，可他认真地看了好一会儿，然后指着画面上的女孩问："这是你吗？"

我点头。

"这个是我？"

我用力点头，脸红了。

"这个是阿姨，这个是航爸，这个是……"毛毛哥指着一个缺了门牙，头上长着大包的男孩问，"张家男？"

"嗯！"

毛毛哥笑了，那是我第一次见毛毛哥笑得那么开心，他摸摸我的头："画得真好。"

画得真好。

大概我自己也不曾想到，毛毛哥这简单的四个字改变了我的人生。就是从那天起，我知道了自己并不是一无是处，原来我还可以通过画画带给身边人快乐。后来我长大了，不知不觉，漫画已经成为我生活中的一部分，成为我的梦想。

"你喜欢画画吗？"毛毛哥又问我。

"喜欢。"我点点头。

毛毛哥把画笔拿给我："那这个送给你。"

"不要！"

"为什么？"毛毛哥有点意外。

"毛毛哥给了我，自己就没有了。"

我还以为毛毛哥会夸我懂事呢，可他却安静下来，不再说话。

奇怪的是，那之后毛毛哥就不带我玩了，他开始跑出去和几个小男孩玩。我想一定是我拒绝了毛毛哥，他在生我的气吧，可我也不知道该怎样跟他道歉。暑假后期，我每天只能趴在窗台上远远地看着他们，他们好像在玩寻宝游戏，每个人都在树下捡着什么。偶尔毛毛哥会给我带回来一个冰淇淋，可我知道，他其实把好的冰淇淋都给了其他小孩。因为有一次，我发现他在厨房偷偷给冰淇淋加工，放了很多牛奶和果酱，冰淇淋变得五颜六色，特别漂亮，可是这些冰淇淋我一次都没尝过。

　　暑假结束时，航爸出院了，那晚妈妈过来接我回家，我又开心又难过，开心的是，原来妈妈没有抛弃我；难过的是，尽管毛毛哥没有给我吃五颜六色的冰淇淋，但我还是舍不得他。我抱着江阿姨的腿，死也不肯回去。

　　我妈连连叹气："都说女大不中留，这才几岁呢，胳膊就往外拐了。"

　　"你别说，我还真舍不得这个宝贝女儿呢。"江阿姨也打趣。

　　妈妈拉着我走出院子，毛毛哥忽然从楼上跑下来，他追上来，将一盒崭新的二十四色彩笔塞到我怀里，然后转身又跑回家了。我也是后来听小卖铺的老板提起才知道，这画笔是毛毛哥捡了两个星期的蝉蜕换钱买来的，为了拿到更多的蝉蜕，他才做冰淇淋请几个小男孩吃，发动大家一起帮他收集蝉蜕。

　　可那时候的我并不知道这些，我以为毛毛哥想用这个东西把我打发走，我又哭又闹，生气地把彩笔摔在地上。这让我妈非常难堪，她当着江阿姨的面狠狠打了一顿我的屁股，把我抱回了家。

　　回家后我生了一场病，持续发了一个星期的低烧，每天迷迷糊糊说着梦话。一星期后，低烧退下来，我恢复了活力，当我跑下楼时，对面江阿姨的屋子已经空了。

　　我哭喊着跑回家，一问妈妈才知道，江阿姨因为工作关系搬走了，走之前江阿姨特意上门把那盒二十四色的彩笔拿给我妈，还附上一张写有新地址的纸条，但我妈那会儿正忙，一不小心就把它弄丢了。

　　现在想来，我跟毛毛哥那段刻骨铭心的"缘分"在大人眼中又算得了什么呀？不过是一场童言无忌的过家家。而决定着我们命运的纸条，在大人繁忙的生活中也不过随手一扔的分量，最后，它丢失了，我跟毛毛哥也走散了。

　　"毛毛哥……"我鼻子有点酸，"真的……是你啊……可是……你怎么长残成这样了啊……"

　　"你说什么！"

　　"不是不是……"我赶忙挥手，"我不是嫌弃你，我就是……变化太大了，一下接受不了，需要时间消化消化……"

　　"哈哈哈哈哈……"朱飞翔忽然一阵爆笑，"骗你的，你个傻子！我听陈安娜说你每晚睡觉都讲梦话，喊着毛毛哥不要离开你，没想到还真是。"

"朱飞翔，你浑蛋！"

"是你自己蠢！"朱飞翔一溜烟跑了。

虚惊一场之后，我心情复杂地失落了很久，但很快我又重新振作，啃完了手里的馒头。由于老干妈吃太多，我十分口渴，走近饮水机一看，居然没水了。当然这难不倒我，我拿着一次性水杯，去汤盆里打出了最后一杯紫菜汤，眼看军训集合时间快到了，我边喝紫菜汤边往食堂外跑。

由于走得太急，出门时我脚底一滑，整个人都往前扑，与此同时，一个戴着墨镜的男生正好走进食堂，眼看我就要撞上他了，他敏捷地一个闪身，我"哎呀"一声安稳……落地，摔了个狗吃屎。

我倒不是怪他为何不英雄救美，首先，我不美；其次，如果一个不美的女生手里还端着一杯紫菜蛋汤泼向你，正常人都会闪开。戴墨镜的男生不过是做出所有人都会做出的反应，但是走了几步后，他忽然停下，折回到我跟前……等等，难道他良心发现啦？果然人间自有真情在，我伸出手，等着他扶我一把。

这位同学没有扶我，他低头，用那张虽然好看却面无表情的脸审视着我，隔着墨镜我都能感受到他嫌弃的眼神。

"你弄脏我的鞋了。"他声音意外地低沉，透着一点点慵懒和颓废感。

我蒙了，同学你这是什么意思？我摔倒了好吗？我不是故意的好吗？我比你更惨好吗？这时候你不应该绅士一点拉我起来问我一句有没有事吗？你指望我怎么回答你？给你磕头道歉？赔你一双新鞋？

"你身上有纸吗？"他又问。

我愣了两秒，点点头，从口袋拿出一张纸巾。

他很不客气地接过，慢慢蹲下，认认真真、仔仔细细地擦掉了他那双黑色休闲牛津鞋上的两滴油渍，擦完后，他将纸团塞回我的手里，整个过程，我还趴在地上，像个傻子。

"以后走路时多看脚下，不要想事情。"留下这句话，墨镜男扬长而去。

我默默爬起来，将纸巾扔进一旁的垃圾桶，目送着他那高傲得要上天的背影，不禁感慨：林子大了，真是什么鸟都有呀！

08

十天后,漫长又短暂的军训结束了,同学们在被教官小哥哥"和"了无数次后,不知不觉产生了深厚的情谊,依依不舍地跟他告别。教官自然也很舍不得我们,晚上吃散伙饭时,他一边抹眼泪一边表示好想再跟我们同甘共苦两个月,同学们当即紧张地表示他的好意大家心领了,学生还是要以学业为重。只有耿直的朱飞翔说了真话:教官,你要再不走,咱们就真的跟非洲兄弟无缝接轨啦!

军训结束后,学校给同学们休假半天。

由于天气过于炎热,我也没去找林欣欣,干脆把衣服和鞋子洗了,然后在宿舍练习速写。三个室友一边吃着小七从老家带来的特产一边闲聊,不知不觉,就聊起了男朋友的话题。

"我是高三认识的他,我那会儿要备战高考,每天打仗似的,根本没时间,但他已经在长南大学上大一了,长得一般般吧,但是唱歌特别好听,还组过乐团,还有粉丝呢。"苗苗滑动着手机里的照片,我瞄了一眼,没有一张是正脸。

"哇,好厉害!"小七喊起来,我算是知道了,她就是专业的捧场王。

苗苗心满意足地收回手机,也不忘回捧:"听说你也交男朋友了,给我们看看呀。"

小七矜持了一会儿,最后还是在手机里翻出了几张照片。照片上的男生穿着比较朴素的衬衫,坐在草地上看书,一股书生气,虽然不帅,但还蛮顺眼的。

"这是我们高三重点班的班长,学习特好,当时有个女生也喜欢他,还在路上堵过我,打算找我算账,幸亏他及时出现……"小七说着说着就脸红了,她收回手机,"哎哎别说我了,安娜呢?"

陈安娜耸了耸肩:"我没男朋友。"

"不是吧,怎么可能?!"苗苗不信。

"就是,别骗我们啦。"小七也不信。

"倒是有几个在追我。"安娜打开iPhoneX,纤细的手指在屏幕上迅速翻找,走马观花地给我们晒出几张帅哥的照片,"这个,上市公司的小开,酒吧认识的,说是只要我和他在一起,就给我公司股份,我不差钱,没什么兴趣。"

"这个呢？"小七问。

"哦，这个啊，我高中一学长，目前在英国做交换生。我对他还有点意思，不过我受不了异地恋，所以算了。"

"这个呢？这不是我们大学吗？"苗苗又指着第三个问起来。

"哦这个啊，就那天军训的时候主动要加微信的，说交个朋友。听说是游泳队的，身材不错，就是脸太像黄轩了，我不喜欢黄轩，我喜欢荷兰弟那种。"

"哇，都好优秀，真的好难选啊……"小七十分艳羡。

"换我就都要了哈哈！"苗苗坏笑了起来。

两个女孩入戏太深，开始替安娜分析哪一款男友更适合做男朋友。而我，由于被贫穷限制了想象力，完全脑补不出那三个男生的真实模样，毕竟在我苍白的十八年人生中，我看过的大部分男孩都是大猪蹄子，除了毛毛哥，毛毛哥绝对比他们的男朋友都优秀，但我才懒得告诉她们呢，想到这我情不自禁地笑了一下。

"张爱珊，你笑什么？"陈安娜眼尖，飞快地瞄过来。

"啊？我……没有啊……"

"明明就在笑！"陈安娜断定。

"真的没什么……"

"张爱珊，你别整天抱着一个抱枕胡思乱想了，要不我给你介绍一个吧？"陈安娜说。

"我看行，快给她介绍一个。"苗苗起哄道。

陈安娜打开抖音翻起来，不一会儿她就找到了一个："这个怎么样？也是我们大学的，那天还主动加了我。你们看，特别逗，哈哈哈……"

我有点好奇，凑近一看，险些吐血，视频里的男孩正在唱嘻哈，戴着一顶绿色鸭舌帽，穿着肥大的牛仔裤，弓着腰，看上去像一只滑稽的青蛙，这人不是别人，正是我哥张家男。

"张爱珊，怎么样？"安娜坏笑。

我刚想说"不了吧，我想孤独一点"，苗苗就先说话了："这人不是我表姐的同学吗？听说之前还打算去参加《中国有嘻哈》呢，整天在抖音发视频，还以为是大明星，其实就是个谐星。张爱珊，我看你也挺搞笑的，你俩简直绝配！"

"那还是算了吧。"陈安娜挥挥手,"这种奇葩哪能当咱室友的男朋友啊,你们也不嫌跟着掉价吗?"

狗屁!

张家男的确有些臭美,整天在网上发些有的没的刷存在感,还到处撩妹——通常都以失败告终,但他才不是什么奇葩。其实初次见张家男时,我也不喜欢他,他浑身有一股海腥味,这是因为他常年跟着航爸在海上漂泊。

我爸刚过世的那段日子,我妈整天以泪洗面,我还小,并不知道这意味着什么,只是觉得好久没看见爸爸了。我每天就在门口等着爸爸回家,后来爸爸没等到,反而等来了外婆。外婆给老妈算了一卦,让老妈不用伤心,一年后准能遇见真爱。妈很生气,跟外婆争论了好久,说自己永远不会再嫁。那时候,外婆就坐在院子里,看着天空,说了一句特别高深的话:"人与人的缘分是命中注定的,你要相信缘分。"

果然,一年后一个叫张一航的男人就出现了。说起来真是缘分,航爸的铁饭碗丢了后,为了谋生他便跟着人出船了,由于整天在外跑常年不回家,张家男也跟着他过了一年漂泊的海上生活。

直到某次,航爸回家后偶然来到我妈的足疗店,我妈按摩着他健壮的肱二头肌,一不小心就倒在他怀里,然后航爸一不小心就红了脸,最后我妈一不小心就说漏了嘴:"爱红脸的男人永远不会变坏……"好啦,以上都是我瞎猜的,两人究竟怎么在一起的我全然不知,反正有那么一阵子,老妈整天魂不守舍。某天深夜,她忽然钻进我的房间问我:"珊珊,你喜欢航爸吗?就是那个每次来咱家做客都给你带礼物的叔叔。"

我思索了几秒,点点头:"喜欢。"

一个月后我们成了一家人。现在想想,老妈真狡猾,还故意暗示我"每次都给你带礼物的叔叔",这样的叔叔谁不喜欢。只是我打死也想不到,航爸带给我最大的礼物,竟然是一个叫张家男的混世小魔。

张家男小时候特爱欺负我,但是在发生"老虎事件"后,他就懂事了起来,虽然偶尔还是会惹我生气,但仅限于恶作剧。上小学那会儿我个头矮,老被男同学欺负,张家男知道了还第一时间帮我教训他们。现在老哥被人这么嘲笑,我实在有点气不过,必须扳回一分。

我现学现卖,摸出我的小米手机,点开我哥的朋友圈,随便翻了翻。我哥别的不行,就是喜欢瞎混,狐朋狗友一大堆。果然,不一会儿就翻出一个侧面轮廓很好看的小哥哥，对不住了啊同学，你就当是日行一善，满足一下十八岁少女的虚荣心吧。

我指着照片说："诺，我男朋友。"我正想着给这帅哥编个什么显赫的身世，小七尖叫了起来："哇！他是你男朋友？！"

我心想小七你也太够意思了，不用这么捧场吧。这时苗苗也喊起来："他？你男朋友？！"

"是、是啊……"搞什么啊，至于这么夸张吗？

"你说金少天是你男朋友？！"苗苗难以置信，张大的嘴巴像要把我给吃了。

金，金什么？难道她们认识这个男生？不是吧，这也太巧了点，小说都不敢这么写！

"你俩怎么认识的？"陈安娜看到照片后立刻没有了笑容，目光像刀片一样刮过来，我还是第一次看到这么紧张的她，不禁有些害怕。

"那个……呃……说来话长……"

"那就慢慢说。"陈安娜咄咄逼人地盯着我。

"啊！"我站起来，"我忽然有点饿了，我下去买吃的……"

陈安娜一把抓住我的手，力气大得惊人："正好我也饿了，走，我请大家吃必胜客。"

"不不不用了！我更喜欢吃沙县小吃……"我要哭了。

"怎么，不赏脸啊？"陈安娜冷笑。

"这可是咱们第一次集体聚餐，张爱珊你干吗这么不合群啊！"苗苗堵了一句。

"就是，珊珊一块吃嘛。"小七也上前拉我的手。

求生欲让我闭嘴了。

接下里的三分钟，我几乎是被三个八卦的室友挟持着走出宿舍。一路上，她们的拷问就没断过。

"所以，你们到底是怎么认识的？"陈安娜打破砂锅问到底。

"就……前几天认识的……军训的时候……"

"他主动认识你？"

"是、是啊……就找我说话……"

"找你说话你们就在一起了？"

"呃，因为他说……对我一见钟情，我就说考虑一下……"我做贼心虚，不停地扯谎，结果谎言越来越多。

"不可能！我听说这个金少天特别高冷，好多女孩倒追他，都被他拒绝了，还有人怀疑他是同性恋呢！"苗苗斜眼上下打量我，"怎么可能忽然就对你一见钟情了。"

"啊哈，爱情嘛，来得太快就像龙卷风……"我强颜欢笑，心里已经在咆哮：天哪，这金少天到底何许人也，名气也太大了点吧？！再这样下去真要露馅儿了，我讪笑两声，"那个，我忽然想起我还约了人，就不陪你们……"

"呀！那不是金少天吗！"小七喊起来。

"真的！"苗苗叫起来，随即又压低了声音，"没想到嘛，本人蛮帅的，看来照片没有P过。"

我也看到了，这个人又高又瘦，戴着墨镜……咦？等等，这不就是前几天，我在食堂撞见的奇葩墨镜男吗？我已经顾不上感叹世界有多小，拔腿就跑，开什么玩笑？要是栽在他手上我必死无疑！然而三位室友的反应不可谓不惊人，不约而同地抓住我。陈安娜饱满诱人的唇角浮起一抹讥笑："别急着走啊，你男朋友来了，不打个招呼？"

"对啊，你男朋友来了，你心虚什么啊？"苗苗火上浇油，"我看，之前那些话不会是瞎编的吧？"

"不会吧，这也行？"陈安娜夸张地笑起来，"张爱珊你这是病，叫臆想症，得治。"

三个女生笑了起来。

我羞愧又窘迫地低下头，只希望时间快点过去，可陈安娜不肯放过我，她忽然朝着不远处的金少天挥手："学长！"

金少天站住，一脸迷茫地看过来。

"对，就是喊你，可以过来一下吗？"苗苗也喊起来。

金少天迟疑片刻，摘下墨镜放到胸前口袋里。突然间，我理解这家伙为何能在学校如此出名了。首先，他的脸很好看，当然最吸引人的还是他深邃的眉眼，透着一股说不出的清冷和忧郁，好似那些时尚杂志的平面模特，一个个都不快乐地摆着一张扑克脸，但就是特别惹女生怜爱。

"学长，这是你女朋友，不打个招呼吗？"苗苗阴阳怪气地叫起来。

金少天投过来一个看"神经病"的眼神，三个女生笑作一团。笑声中，我深埋着头，什么也都听不见了。张爱珊，瞧瞧你现在，跟个白痴似的，怪谁呢，只能怪你自己太虚荣，死要面子活受罪。

眼看金少天已经一脸不悦地走过来，我吸吸鼻子，抬头挺胸：豁出去了！

Chapter 2

李奶奶的记性越来越差了,这世上的一切都在远离她,如果有一天她连阿庆也忘了,她这一生究竟算不算活过呢?而如果有一天我连毛毛哥也忘了,那我又算不算爱过呢?

01

金少天一言不发地走到我们身边,他用刀子一般的犀利眼神上下打量我,看得我心里直发毛。我实在受不了这种煎熬了,决定主动认罪:"对不起!我错了……"

"你也知道错呢?"金少天冷冷地打断我。

我脖子一缩,等着他劈头盖脸的羞辱。

"说好两点校门口见的,现在都两点过十分了,你怎么老是迟到?"

欸?等等,这是什么情况?

我刚要抬头,金少天一把将我拽过去,一只大手盖住我的额头:"脸色真难看,你该不会又感冒了吧?说了这两天会降温,晚上别吹风,你就是不听。"金少天扶住我的胳膊,"走,我带你去医务室开点药。"

不,我不想去医务室,我只想立马醒过来,我一定是在做梦!

金少天很自然地牵起我的手,在三个室友难以置信的目光下离开了,我的脑袋里嗡嗡作响,什么也听不见了。

几分钟后,我们穿过操场旁的林荫小道,来到医务室大楼,但我们没有进去,而是绕到了后面的一片小树林中。确认没人跟上来,我赶紧从他的手心里挣脱开来，我感觉自己的脸颊在发烫，我搜肠刮肚地想着开场白，脑袋却当机了。

"翻脸比翻书还快呢？"金少天先说话了，他的声音不再精神，透着点说不上来的疲倦和淡淡的轻蔑。

"没有！"我激动地解释，"那个……男女授受不亲！"

"刚怎么不授受不亲？"金少天的眼神有点咄咄逼人。

"刚……"回忆刚才的事，我竟然还会心跳加速，不不不，一定是太紧张了。

此刻，那个霸道又带着点温柔的金少天早已不见，他冷哼一声："别以为我不知道，一看就是打着我的名号到处招摇撞骗，被我抓了个现形吧？"

"我还什么都没说呢你就都知道了，果然厉害！"直觉告诉我这个人不好惹，我还是赶紧拍拍马屁吧。

"就这样？"

"对不起，我错了！"道歉是吧，这个我会。

"道个歉就算了？"金少天忽然逼近一步，"不拿出点实际行动？"

"你、你要干吗？！"我连连后退，不知不觉就被逼到一棵树下，"你别过来啊，我要叫了……"

"喊破喉咙也不会有人来救你的。"金少天接了一个烂梗，他一掌撑到我身后的树干上，当我意识到这就是传说中的"壁咚"时，金少天的脸已经慢慢靠近。

我慌了，全身紧绷，动弹不得。难道他想抢劫？不科学啊，我看上去哪里像有钱人。难道他贪图我的美色，不不不，这点自知之明我还是有的。莫非……他想偷我的肾去换iphoneX？！这可怎么办，看来我只能使用催眠术了！

"我是空气，你看不见我。我是空气，你看不见我……"我嘴里念念有词，偏偏催眠术在我紧张的时候特别容易失败。

金少天果然毫无反应，他眨了眨眼，慢慢靠近我，这次真的只差一点点就亲上来了，我几乎能感受到他淡淡的鼻息。两秒后，他退后开来，转身陷入了思考。虽然不明白他在搞什么鬼，但这是个机会，我决定悄悄溜走。

谁知金少天忽然转身，从自己的挎包里掏出一块奇形怪状的灰色石头，高高举起来，看这架势是要直接把我砸晕过去。

我真的吓坏了："哥，哥求求你放过我吧，我的肾不好，从小就有尿毒症、肾衰竭外加肥肠过敏症……"

金少天收回石头，再次陷入沉默。这家伙，我已经彻底不知道他想做什么了。不一会儿，他开口了："张爱珊是吧？"

"是我，你到底想干吗？"

"做我女朋友。"

"哦……什么？！"我去，这算什么神转折？

"别误会，是契约男友。"金少天一本正经。

"契约？"

"偶像剧里不都这么演吗？"

"道理我懂，但咱俩怎么看都更适合演乡村爱情……"

金少天没接我的梗："于情于理，你都该答应我。"

"为什么？"

"首先，我绝不会占你便宜；其次，我做你的契约男友，可以帮你继续演戏，让你在室友面前挺直腰杆；再者，今后你要在学校遇到对你死缠烂打的男生——虽然我觉得这不太可能，我还可以给你当挡箭牌……"

"好像……有点道理。"

"不过，想让我当你的契约男友还有一个条件，我还没想好，等我想好了，你要随时答应。"

"不对啊！明明是你要求的，怎么反过来还提条件了？"

"那算喽。"金少天转身要走，"陈安娜的微信我也有，回头我可以跟她好好解释事情的来龙去脉。"

"金哥！"我追上去，"金哥有话好说，我答应还不成嘛。"

金少天满意地点点头："这才对，识时务者为俊杰。还有，以后别叫我金哥，叫金学长。"

"是，金学长。"我哭丧着脸。

"开心点，你可是有男朋友的人了。"

"是！金学长！"我咧开了嘴。我还能怎样，我也很绝望啊！这家伙太坏了，咒他以后生孩子没屁眼！

"不准骂我。"金少天猛地回过头，瞪了我一眼。

"我……没骂你呀！"

"在心里也不行。"

"少来。"我撇嘴，"你难不成还知道别人心里想啥……等等，你该不会真的会吧？"我越想越吃惊，如果这样的话一切就说得通了，为什么他刚才会第一时间替我解围，配合我演戏，因为他能看穿别人的想法。不不不，肯定是我想多了，虽然我自己有那么一点特殊能力，但我还是相信这是一个正常的世界。

金少天不置可否，抢过我的手机，快速输入一串号码。

"保持联系。"他把手机丢给我，双手插袋，留给我一个酷酷的背影。

02

下午，我回到教室上课。苗苗和小七果然凑上来，不停地跟我打听金少天的八卦，由于已经跟金少天"狼狈为奸"，我也不再心虚，大胆地吹牛：我们最近正在热恋期啊，每天都要探讨诗词歌赋人生理想到深夜啊，随时可以来一场说走就走的旅行啊……小七听得一愣一愣的，羡慕得不行，苗苗却对这些虚头巴脑的东西不感兴趣，直奔主题："你就告诉我你俩上几垒了？"然后话题就聊死了，毕竟这是我的知识盲区。

晚自习的时候，班里忽然来了许多学长学姐，他们手上都拿着传单，卖力地宣传着自己的社团。我算是发现了，这些来宣传社团的学长和学姐，颜值普遍偏高，口才极好，亲和力超强，同学们很快就被安利得晕头转向，每个人都报了好几个社团，白花花的银子也没少交。我虽然也感受到强烈的诱惑，但一是比较理智，二是比较贫穷，其实主要还是比较贫穷，所以我一个社团都没报。

这会儿陈安娜走过来，邀我和苗苗还有小七一起报美妆社，苗苗和小七立刻答应，我弱弱地拒绝了。

"你这也不参加，那也不参加，青春打算喂狗吗？"苗苗有点看不起我。

"算了，就让她抱着枕头过吧。"陈安娜嘲笑。

只有小七还不肯放弃我："珊珊，你到底想入什么社团呀？"

我想了想，还是说了实话："我想报侦探社，不知道有没有。"

"什么？侦探社？柯南看多啦？"苗苗哈哈大笑，怪声怪气地模仿起来，"真相只有一个！"陈安娜跟小七也咯咯笑起来，我也跟着傻笑，不再多说。如果我告诉他们，我报侦探社是想找到毛毛哥的线索，她们肯定会笑得更开心，我又不是相声演员，还是不要那么卖力地给她们提供欢乐了。

一个熟悉的声音忽然吸引了我的注意："各位学弟学妹们，大家好！我是长南大学万能委托社的副社长张家男……"

我抬头一看,还真是我老哥张家男。他站在讲台上,抓着一把传单往台下一撒,动作潇洒得不行,然而并没有几个人捡。他转身在黑板上写下社团名字,还把之前社团写下的名字全部擦掉,可以说是很无耻了。

接着,张家男又开启了传销模式:"本社团的宗旨是,化身大学一块砖,哪里需要哪里搬。无论你有什么烦恼、困难或是心愿,我们都能替你解决和完成!小到寻找宠物,大到寻找真爱;浅到找人解闷,深到心理治疗;万能委托社,无所不能,明码标价,竭诚为您服务!"

"说来说去就是个打杂社团。"陈安娜半开玩笑地接话了。

张家男一见陈安娜眼睛都直了,赶忙下去打招呼:"这不是安娜吗?哎哟,真巧啊……"

"咱俩没那么熟,谢谢!"陈安娜完全不给面子。

张家男还要说什么,一眼见到了我:"张爱珊,原来你也在这个班啊!"

其实我当时是想把头塞进课桌的,无奈头围有点宽,没能成功隐藏。我眯着眼睛,皮笑肉不笑:"是啊,真巧,呵呵……"

"你们两个……认识?"陈安娜十分吃惊。

"何止认识!"张家男一把揽住我的肩,"她是我老妹啊!"

陈安娜吃惊了一下,表情微妙:"别说,还真有一家人的气质。"她接过张家男手里的传单,随便瞄了一眼,忽然张大了嘴,"金少天?!他也是你们社团的成员?"

一提到金少天,包括小七和苗苗在内的好几个女生都看了过来,这个金少天,名声也太大了吧?

"对啊,怎么,想追他?"张家男笑着调侃,"放弃吧,这小子对女人压根儿没兴趣,你不如考虑考虑我……"

"谁说没兴趣呀!"苗苗凑上来,"他不是跟张爱珊在一块了吗?"

"什么?!"这次轮到张家男吃惊了,"你?金少天?你们在……"

"低调!低调!"眼看事态就要不受控制,我抓着张家男跑出了教室。

我拉着张家男一口气跑到教学楼的楼顶,张家男甩开我的手:"行了,就这里吧。赶紧给我解释清楚,我回头还得去招揽生意呢。"

见我还在喘气,他主动出击:"你可以呀,开学才几天就勾搭上我哥们儿了,你不是成天吵着非毛毛哥不嫁吗?怎么,这么快就接受现实啦?"

"哎呀，不是的！"

"什么不是的，你俩到底有没有在一起？"

"没有！怎么可能！"

"那刚才你同学说的是怎么回事？"

"是金少天逼我跟他那个……就那个什么……"我一心急，那四个字怎么也想不起来。

"那个是哪个啊？你说清楚一点！"张家男忽然一怔，"他该不会是对你那个了吧？畜生！我这就去弄死他……"

"哎呀不是！你想哪去了！是契约情侣，他要跟我假装是情侣，太复杂了，一时半会儿说不清楚。"

"吓死我了，下次讲清楚。"张家男松了口气，转而又笑了，"话说回来，我这兄弟呀，可不简单！"

"什么意思？"

"他跟你一样，有点特殊能力。"

我捂住嘴："该不会……"

"他能看穿别人的心思！"

"果然是读心术！"我大喊起来。

"小声点！"张家男一把捂住我的嘴，"这可是机密！发财致富全靠他了！"

"真的假的？"我理智上接受，但情感上还是接受不了。会读别人的心，那每个人在他面前不就相当于是……裸奔吗？天哪，这也太变态了！

张家男在一个水泥墩上坐下："你不信很正常，一开始我也不信……"接下来的十分钟，张家男便绘声绘色地跟我说起了金少天的事。

张家男是大二上学期认识金少天的，那会儿他在追一个女孩，这个女孩爱狗，张家男就省吃俭用买了一只哈士奇，当作生日礼物送给她。女孩十分感动，但还是拒绝了张家男，理由是她最近更爱猫了，当然我觉得这都是借口，女孩子这种生物，感觉不对，你送熊猫也打动不了她。

张家男心灰意冷，决定抱着哈士奇去宠物市场卖掉，半路上撞见了金少天。他看了一眼张家男怀里的哈士奇，拦住他，告诉他这狗的状态不太好，可能是生病了，需要赶紧治疗。张家男半信半疑，把狗送去宠物医院一检查，果然是肺炎。

这件事当然不足以让张家男信服，可却让张家男对金少天产生了浓厚的兴趣，最终加入他所在的万能委托社。很快，张家男就见识到了金少天的"本事"。

"那一次，连警察都来找上金少天了，还一口一个金大师，尊敬得不行。我那天特意跟过去了，是处理一个汽车偷窃案。警察抓了三个嫌疑人，这三个都是惯犯，太狡猾了，没人招。最后金少天就上场了，他随便问了几个问题，回头就告诉警察，这车藏在什么地方，是谁偷的，结果警察就破案了。"

"这么神？！"我惊呆了。

"对，就有这么神！金少天说是因为他会心理侧写，"张家男嗤之以鼻，"我才不信呢，真当自己演电影啊，心理学知识是有点小帮助，但哪有这么逆天啊。我严重怀疑他跟你一样，有点什么特殊能力。后来，我找机会把他灌醉，这小子果然跟我承认了，他的确有读心术，可以读到别人心中的想法，甚至是他们的记忆。"

"哥。"

"干吗？"

"这么大的事，你干吗要告诉我啊？"

"嘿！"张家男十分得意，"我就是想杀杀你的威风，别以为全天下只有你一个人有特殊能力，比你厉害的人多了去了！以后你要再敢捉弄我，我就叫金少天把你心里的小秘密都读出来，然后打印成传单全学校发。"

"谁怕谁！他要敢读我的心，我就催眠他！让他围着女生宿舍裸奔十圈！"其实能不能催眠他我也没信心，反正上次是失败了。

"这算什么惩罚？"张家男贼兮兮地看我一眼，"你该不会是自己想看，顺便给女同胞们谋福利吧……"

"福利你个头！去死吧！"我踢了张家男一脚，跑了。

03

虽然我一直说自己是个女汉子，但第一次过上住宿的集体生活还是有诸多的不习惯，吃不好睡不香，加之每天各种文化课和专业课，开学后的一周都是手忙脚乱的。好不容易迎来周末，我立马约林欣欣出来见了一面。下午，我请林欣欣去大学附近的一家网红奶茶店喝东西，我们点了两杯奶茶和一盘小点心，靠在懒人椅上边刷手机边聊八卦，原本应该是美好又慵懒的一个下午，没多久，就被推门而入的张家男给打破了。

我正纳闷张家男是怎么知道我们在这儿的，他就一屁股坐过来，把我挤到了沙发的边缘。他胡乱揉了两下林欣欣的头发，嘿嘿一笑，算是打过招呼。换以前这动作倒是很常见，但如今一切都变了，林欣欣脸唰地红了。

"欸，我说你至于吗，那事都翻篇了，以后咱们还是好兄妹嘛！"张家男一副大度模样，真叫人不爽。

"你怎么找过来的？"我没好气地问。

"长南大学附近就数这家奶茶店最有名，林欣欣从小就爱喝奶茶，你下午请她喝东西，八成是这儿没跑了。"张家男胸有成竹，"嘿嘿，给我抓现场了吧？"

"抓你个头，我俩光明正大享受青春。"我白他一眼。

"你们这叫虚度青春！老哥一会儿要做的事才叫享受青春。"张家男贼笑起来，从挎包里拿出一件骚气的粉色衬衣，"来，欣欣，江湖救急。"

我一把抢过衬衫："你太过分了！林欣欣又不是你的女佣！"

"哎呀，这衣服我可是花了好几百大洋买的，穿上特别好看。昨天借给寝室兄弟穿出去约会，结果给我撑破了。我一会儿还得约会，实在没办法……"

"拿走！"我把衣服扔回去，"一股汗臭味。"

"欣欣，你可一定要帮我！"张家男哀求起来。

"给我吧。"林欣欣接过了衣服，对于张家男的请求她总是有求必应。

"欣欣你最好了！"

"哪儿破了？"

"腋窝处，我那哥们儿是扔铁饼的，胸肌特别发达。"张家男嘿嘿笑。

林欣欣找到衣服腋窝处看了一眼，拿出随身携带的针线盒，选好针，穿好线，便缝了起来。她的动作娴熟而优雅，修长的手指和洁白的脸庞在午后的阳光下美若凝脂，透着一种岁月静好的恬静。我暗暗叹气：多好的一个姑娘，怎么就瞎了眼看上我哥了？

很快林欣欣就缝好了衣服，她歪头用嘴咬断线头，把衣服还给张家男："好了。"

"太棒了，林欣欣你真是天才！"

林欣欣失落地笑了笑："祝你约会顺利。"

"那必须的！不说了，回头请你们吃火锅，拜拜。"张家男当场脱了T恤，换上粉色衬衫，人模狗样地走了。

之后的好长一段时间，我跟林欣欣都没再说话，各自想着心事。林欣欣喝完奶茶，抬头看我："珊珊，咱们回学校吧，我忽然想起还有事。"

开学那天，中文系一年级有一批教科书缺货，直到昨晚才送过来，寄存在图书馆。林欣欣成绩好，军训后就当上了学习委员，替全班同学去领书属于她的职务。我们谁也没想到这批书竟然有一百多本，我跟林欣欣若是每次捧个十几本折返教学楼和图书馆，得倒腾好几趟。我忽然想到门卫室有一辆三轮车可以用来搬书，我让林欣欣在图书馆门口等我，自己跑去借三轮车了。

门卫大爷很好说话，登记了一下我的身份证就把三轮车借给了我。我踩着车往图书馆走，一路上不时有同学对我指指点点，还有一个男生以为我骑的是共享三轮车，问我哪儿可以租，我尴尬地解释了半天。

回到图书馆时，林欣欣却不见了，只有门口的水泥台阶上还散落着十几本教科书。我停好三轮车，拨通了林欣欣的手机。不一会儿，电话通了，那边没人讲话，但隐约传来了哭泣声和叫喊声。

"喂？！欣欣你在哪儿呀？你那边怎么啦？你别吓我啊……"我对着手机大喊，还是无人回答，这时几个学生从我身后跑过去，其中一人边跑边喊："出事了，杀人了！"

04

一分钟后，当我赶往图书馆旁边的一个健身广场时，我的第一反应不是惊吓，而是一种巨大的荒诞感，我甚至以为这是在拍电影——穷凶极恶的歹徒，寒光闪烁的匕首，围得水泄不通的大学生，林欣欣苍白的面容和满脸的泪水。

"别过来！我杀了她！我现在就杀了她！"人群中央，一个大学男生——也就是歹徒，拿着一把水果刀抵在林欣欣的脖子上，情绪非常激动。

我只觉得心头一沉，像是坠入了冰窖，连吸入肺部的空气都充斥着寒意。我奋力挤进人群："让开，欣欣别怕，欣欣我来救……"

一只手牢牢拉住了我，我不明所以地回过头，竟然是我们班的临时辅导员夏之翰，他朝我摇摇头，示意我冷静。但我怎么冷静得下来，林欣欣要有什么三长两短，我都不敢想象我要怎么办。

"我朋友有危险，我要救……"

"怎么救？跟他拼命？"夏之翰反问。

"我……我有办法!"

——对,我还有催眠术!

我挣脱开夏之翰,挤出人群,死死盯着歹徒,偏偏歹徒一双眼睛瞄来瞄去地寻找着什么,就是不与我对视。不行,必须离他更近一点。我刚迈开步子,一只手就按住我的肩膀,夏之翰站出来,将我挡在身后。

夏之翰回过头,朝我眨了眨眼:"让我来吧。"

我点点头,不知道为什么,这一刻,他整个人都给我一种莫名的安全感。不知不觉,我的眼泪已经滚落下来:"你一定要救她,她是我最好的朋友……"

"相信我。"

夏之翰转身走向歹徒。

歹徒的情绪极不稳定,一看到有人靠近更加激动,他对着空气挥舞着水果刀:"你站住!给我站住!信不信我杀了她!"

"看样子,是个新手啊。"夏之翰搭腔了。

"你、你在说什么?"

"眼睛红肿,多血丝,刚哭过吧?左脸上还有淡淡的手指印,是被哪个姑娘打的吧?拿刀的姿势也不对,双腿还在颤抖,可见心里很害怕。"夏之翰又朝前走了一步,"你跟被劫持的目标之间没有交流,应该互不认识,看样子就是路上随便找了一个陌生的同龄女孩泄气,很大概率是受情伤后的过激反应……"

歹徒怔了一下,握紧了手中的水果刀:"你是谁?"

"夏之翰,大三心理系的学生。"夏之翰风轻云淡地说。

围观群众中有人骚动了起来,我身后几个女生开始窃窃私语。

"原来他就是夏之翰?"

"怪不得这么帅!"

"看上去好像谈判专家呀!"

"人家可是心理系的学霸,年年拿奖学金,可厉害了,去年还上过《超强大脑》的节目,你不知道吗?"

歹徒慌乱的眼神在夏之翰身上来回打量:"我不管你是谁,你不要想着能救她!你再上前一步,我就血溅五步!"

夏之翰继续往前走:"血溅五步?平时武侠书没少看吧?不过你这把刀想要血溅五步可有点难。"

歹徒愣住了，他有点搞不懂夏之翰想干什么了。事实上，我也蒙了，夏之翰不是去救林欣欣的吗？他不应该安抚歹徒的情绪，尽量满足他的条件才对吗？

"同学，别误会。"夏之翰似笑非笑，"我不是来救她的，我是来救你的。"

"你少在这儿玩鬼把戏！"歹徒意识到不对，后退了两步，水果刀再次架在了林欣欣的脖颈处，我的心也跟着提到嗓子眼儿，"赶紧把我女朋友找过来！我有话要和她说！"

夏之翰低头，慢条斯理地整理着袖口："同学，别以为世上只有你会失恋。你说巧不巧，我也刚失恋。"

歹徒打量着夏之翰，半信半疑："你别跟我套近乎，我不吃你心理学这一套！快把我女朋友找过来，告诉她，她要再躲着我，我就杀了她！我说到做到！"歹徒心一横，抵住林欣欣脖颈的刀口开始用力，少许鲜血沿着割破的皮肤从刀刃上流出来。

"不要！林欣欣……"我冲上去，有人抓住我的手。我回过头，是金少天！没想到他也过来了，也难怪，出了这么大的事，大家一传十、十传百，跑来围观的同学越来越多。

他微微皱眉，给了我一个眼神："别碍事，交给他。"

"可是……"

"安静看好。"

我深吸一口气，强迫自己冷静。

被歹徒挟持的林欣欣早已脸色煞白，泣不成声。林欣欣这辈子最害怕的事有两个，一个是鲜血，一个是成为人群的焦点，现在这两样都出现了。

"别激动。"夏之翰做出一个没有恶意的手势，"我说的是真的，你不信？"

"信你才怪！"

夏之翰叹了口气，拉开斜挎的单肩包拉链："前几天她甩了我，我一小时前才去寝室找她，想跟她复合来着，她竟然跟我说我们不合适，还说什么遇见了更好的人。不过我还是比你强点，至少我女朋友还肯见我……"

夏之翰边说边从运动包里掏出半截手臂，手臂上还冒着血，"滴答滴答"地掉落在地上，他把手臂缓缓举起来，放在眼前细细打量，一脸变态的满足感。我只感觉头皮一阵发麻，差点晕过去。

"呀！杀人啦……"围观的女生们尖叫着跑开了。

"这、这是……什么……"歹徒哆嗦着，身体不断后退，瑟瑟发抖的林欣欣被他拖扯得连连咳嗽。

"你说呢？"夏之翰惋惜地叹气，"她不肯复合，我只好把她永远留在身边喽。手脚还好，从关节处的软骨组织下手，切下来不是很费力，比较难的是卸脑袋，脖子是大动脉，为了不弄脏衣服，我还得先把她的血放干。你见过乡下人杀猪吗？先把猪整个倒吊起来，下面放个大脚盆，一刀从下巴处捅进去，血像水龙头一样哗啦哗啦涌出来……"夏之翰慢慢走近歹徒。

"别过来！你别……别……"歹徒连连后退，脸色已经煞白。

"来，跟我女朋友打个招呼。"夏之翰将运动包抛到歹徒脚下，一个被黑色发丝缠绕的头颅滚落出来。

"啊！"歹徒一个趔趄摔坐在地，林欣欣随之倒地。

还坚持围观的同学们再也挺不住，一个男生忽然蹲下"哇"地呕吐了起来，我根本不敢看那个运动包，只感觉喉咙发痒，胃里翻江倒海。

这时夏之翰飞快地冲上去，一脚踢掉了他手中的水果刀。歹徒还想反抗，夏之翰一个擒拿抓住他的一只手，用力一拧，一声脆响后，歹徒胳膊脱臼了，他抓着肩膀痛苦地哀号起来。夏之翰上前一步，将林欣欣拉了起来。

我双腿发软，但还是克服了恐惧，上前推开夏之翰："别碰她！"

夏之翰被我推得后退了两步，脸上却保持着微笑，他向林欣欣递出一张纸巾："来，擦一擦。"

林欣欣非但没有害怕，反而接过了纸巾说了声"谢谢"。我惊呆了，这是怎么回事？难不成林欣欣被吓傻了！金少天不知何时走过来，他捡起地上那颗被黑发缠绕的"头颅"扔到我怀里："好好看清楚。"

我低头一看，竟然是塑料做的人体模型！

"我的演技还行吧？！"夏之翰从我手中拿走塑料模型，塞进了运动包里，"我一朋友跟医学院借的人体模型，他这几天在写临床医学论文，托我给他送过去，谁知刚好碰上这事，我就将计就计把番茄汁倒上面了。"

"你竟然……骗……我！"还躺在地上的歹徒恼羞成怒，他强忍着脱臼的剧痛站起来，朝夏之翰扑过来。

忽然，一个穿粉色衬衫的身影闯入视线，他飞起一脚就把歹徒给踹倒在地，我看清楚了，是张家男。后来我才知道，张家男刚跟一个女孩结束了约会，听闻这边出事便跑过来看，刚好目睹了事情的结尾。

"竟敢欺负我妹！你活腻了！"张家男不解气，又是一脚踢过去，只听"刺啦"一声，他腋窝处的衬衫又裂开了。

林欣欣渐渐从惊吓中缓过神来，她原本苍白的脸颊又开始发烫，她朝张家男喊："好了别打了，别打了……"

张家男哪肯听，还要揍他。这时候几个警卫赶过来，将歹徒彻底制服，事情才算告一段落。

"夏学长！对不起，我误会你了！刚才真的谢谢你！"我拉着林欣欣不停地跟夏之翰道谢，"我请你吃饭，吃十次，不，吃一个学期……"

"别客气，没事就好。"夏之翰整理好运动包，轻松地搭在肩上。

金少天一把将我拉到自己身边："挺厉害嘛，刚才幸亏有你，不然我女朋友的闺密可就有危险了。"

"我们不是……"金少天给我一个眼色，我乖乖闭嘴了。

夏之翰微微一愣，他意味深长地看了我一眼："原来你的男朋友是他呀。"

"听口气，你跟我女朋友认识？"

"挺巧，我正好是她们班的临时辅导员。"夏之翰语气冷漠，他不再搭理金少天，直接从口袋里掏出一张名片递给我，"发生了这种事，难免会留下或多或少的心理阴影，你跟你朋友要是有需要，可以随时来找我做心理疏导。"

"谢谢！"我感激地接过名片，夏学长真暖啊。

"不客气！先走了。"

就这样，我跟林欣欣站在原地，目送着夏之翰离开。不知道为什么，他穿白衬衫的干净背影让我有种似曾相识的感觉。我看得出神，身旁的金少天幽幽地说一句："追他的女生比买喜茶的队伍还长，你没戏的。"

"要你说！"我没好气地瞪他一眼，突然想起他会读心术，赶紧躲开他的眼睛，抓着林欣欣后退三步。

金少天满不在乎地看我一眼，双手插袋走了。

张家男的衬衫撕裂了，他干脆脱掉了上衣，露出健硕的肌肉。他上前用力拍了一下我的后背，我肺都差点被他拍出来："你俩刚才没事吧？"

"要死啊你！没事都会给你拍出事来。"我没好气地说。

"没事就好！"张家男看着远去的夏之翰和金少天，叹了口气："唉，真没想到，这两人竟然变成了死敌。"

"什么？死敌？！"我的八卦之魂已经熊熊燃烧。

"我也是听说，这两人以前关系可好了，住一个寝室，每天出双入对，如胶似漆。你们动漫系的学姐给他俩画了好多本子在学校论坛里广为流传。后来也不知道怎么的，两人突然就闹掰了，现在可以说是水火不容。"

我琢磨着老哥的话，照目前的形势下去，我该不会被卷入这两人的争夺之中，然后成为全校的焦点吧？我开始脑补金少天和夏之翰为我争风吃醋大打出手的画面，啊，简直太羞耻太刺激了……停停停，张爱珊你真是没救了，整天就知道臆想。

回过神时，张家男已经殷切地护送着林欣欣往医务室走，哼，这个张家男，关键时刻终于知道回心转意了。

"欣欣，走，我送你去医务室……不行，这哪是什么小伤，必须检查！话说回来，欣欣你说巧不巧，我刚约会的妹子一问竟然就是你班上的，嘿嘿，你回头帮我好好调查一下呗，正所谓知己知彼百战百胜，老哥我稳稳的幸福就靠你……"

对不起！我收回之前的话，对于渣男我不应该抱有任何幻想。

我追上张家男，飞起一脚踹过去，他"哎哟"一声摸着屁股号起来，一见我瞪大双眼打算使用催眠术他拔腿就跑，边跑还边朝着林欣欣挥舞手机："欣欣！微信联系！一定要帮我搞到她的信息……"

05

第三天，林欣欣被劫持的事果然上了本市的新闻。一时间，林欣欣、夏之翰还有那个已经被抓起来的歹徒都在学校里出了名，还有两名记者找上林欣欣说要做个专访，林欣欣吓得躲在寝室两天不敢出门，饭都是我去给她打的。

幸好，这件事也没新鲜几天，大学生活又渐渐归于平静。转眼，就到了中秋节，学校放假三天。我跟林欣欣毫不犹豫地坐车回家了，一来是想家了，二来也想转换一下心情和状态，希望水逆能快点结束。

星城是个节奏不快的二线城市，这几年通了地铁，大兴土木，说是要在五年内变成准一线城市，发展这才稍微快了起来。早个几年，除了市中心和沿江风光带繁华一点，其他地方大多残留着小城镇的风貌，我家那条街就是典型的小城镇，我妈的中医足疗店就开在那条乱哄哄的街上，为了区别于那些每晚都亮着粉色灯光的按摩店，我妈特意把门口的广告灯牌换成了绿色的,虽然跟香艳彻底撇清了关系,但是阴森森的跟闹鬼似的,估计深夜没少吓到路人。

下车后,我跟林欣欣分了手,第一时间跑去我妈的足疗店里。老妈正坐在前台记账,一眼就看到了我:"哟,珊珊回来啦!"

"妈!我想死你了!"

"我也想你,不过你咋黑成这样啦,跟头黑皮猪似的!"

前一秒我还想给老妈一个大大的拥抱,下一秒我只想跟她断绝母女关系。当然,这个念头很快打消了,回家后老妈给我做了一顿丰盛到不亚于过年的晚饭,全是我爱吃的菜,我恨不能有三个胃,肚皮都快撑破了。吃饱喝足后,我舒舒服服地泡了个澡,美滋滋地睡了一觉。

第二天一大清早,我就去林欣欣家串门,顺便嗦一碗粉。林欣欣的父母经营着一家粉店,取名叫老谭粉店,有十几年了。至于为什么不叫"老林粉店",林叔解释说:"老谭"听上去就好吃一些。事实证明林叔果然是高瞻远瞩,后来康师傅还真就推出了老坛酸菜面,火得不行。

林欣欣也起得很早,正在店里帮忙。我吃完粉,又给老妈和张家男打包了两碗。打包的时候我问林欣欣,要不要一块去我妈的店里坐会儿,林欣欣一听张家男也在,赶忙摇头,手却下意识地往打包盒里多放了几坨牛肉。

我过去时,张家男正站在店门口发传单,一见到我手中的牛肉粉他就心花怒放。回到店里,他胡乱扯开塑料袋,狼吞虎咽吃起来:"嗯!林叔家的牛肉粉就是好吃!不过这碗牛肉也太多了吧,这样做生意会吃亏啊!"

我心情复杂地叹了口气:"你也知道啊,这碗是林欣欣特意给你做的,还加了很多香菜和花生……"

张家男一愣,嘿嘿傻笑起来:"吃出来了。"

"吃吃吃,吃死你!"我替林欣欣抱不平。

"老妹,"张家男一抹嘴巴,"这事真不怨我,感情的事不能强求。我举个例子你就懂了,你说现在要是你讨厌的那个金少天非要跟你在一起,你答应不?"

"当然不啊!"

"这不就结了。"

"这不一样!金少天跟林欣欣能比吗?林欣欣那么好!"

"所以我才更加不能伤害她啊!"张家男一拍胸脯,要不是他满嘴都是油的样子实在太滑稽,我差点就信了。

整个上午，我跟张家男都在老妈的店里帮忙。每逢节假日都是店里最忙的时候，我跟张家男没事就会去打打下手，帮顾客端茶倒水，做一些简单的肩颈按摩，实在忙不过来，张家男也会帮客人做足疗，我也想帮忙，但老妈坚决不准。她的理由是：我那点劲都不够给人挠痒的。后来航爸偷偷跟我说，其实是因为我妈知道外面的人都怎么议论给人"洗脚"的女人，她心理上过不了这一关。我妈跟航爸说，她这辈子都不会让自己的女儿给人洗脚，除非这个人是女儿要嫁的人。我当时听完就暗暗发誓，毕业了一定要努力工作，赚很多很多的钱，然后让老妈把店关了，以后就专心去跳广场舞和搓麻将，做一个无忧无虑的中年妇女。

吃了午饭，张家男说还要打什么篮球比赛便走了。我见店里客人少，也跟老妈请了个假离开了。我没回家，去水果店买了果篮，坐了三站公交车，来到了我们这片区的养老院。下车后，我一眼就看到李奶奶站在养老院门口，她拄着拐杖左顾右盼，眼神迷失在眼前的车水马龙中。

关于我和李奶奶的渊源，还要追溯到我初中时。初三那年，学校鼓励学生一对一帮扶孤寡老人，我的帮扶对象就是李奶奶。李奶奶今年快七十了，头发花白，年轻的时候是星城福利院的院长，后来她老了退休了，膝下无子女，又患上了老年痴呆，便被送到了养老院。老年痴呆这个病最悲惨的地方在于，患者会一点点遗忘所有的事，李奶奶也不例外，她如今唯独还记得的是年轻时的某段记忆。在那段记忆里，她很忙，每天要照看很多孩子。她还有一个养子叫阿庆，我后来听院长说起才知道，这个阿庆特聪明，也特顽皮，李奶奶很疼他，不幸的是，初三暑假他去河里游泳时溺死了。

我来到李奶奶身后，轻拍了一下她的肩，她缓缓转身，我趁机盯住她的眼睛使用催眠术，李奶奶混浊的双眼恍惚了一下，立刻被什么点亮了。

其实关于催眠术，我也是一知半解，时而灵验时而不灵。有时候，我可以让对方看到幻觉，比如有一次我就让张家男以为自己少了一根手指头，吓得他哇哇大叫；有时候，我会让对方相信自己是另一个人，或者相信自己还处在某种状态，从而按照我的意志行动；对于李奶奶，我要做的就是让她相信我是阿庆，大概是因为她老了，又特别思念阿庆，我每次催眠都十分顺利。

"阿庆！"李奶奶咧开嘴笑了，满脸可爱的皱纹，她乐呵呵地牵起我的手，"你放学啦，来，跟妈回家……"

我轻轻应了一声，任由李奶奶牵着我走。

一路上，她完全把我当成阿庆，不停念叨着我的成绩，还有我那群不着调的朋友。这些话我已经听过无数次，总结下来，这个阿庆就是一个不爱学习，好吃懒做，成天胡思乱想，不爱洗内裤的孩子，除了最后一点我可以说是本色演出了。

我扶着李奶奶，陪她围着养老院转圈圈。不出意外的话，我会陪她走个一两圈，再结束催眠，将她送回养老院，任务就算圆满结束。可偏偏这次有了突发情况，李奶奶忽然停下来问我："阿庆呀，赵叔叔送的榴莲你放哪儿了？我今天找了半天都没找到。"

我傻眼了。

榴莲？为什么会冒出榴莲？如果我随意开口，被催眠者很可能中途醒来，李奶奶患上老年痴呆后早就忘了我张爱珊，这会儿她要是发现自己被一个陌生的女孩搀扶着，只怕会把我当成人贩子吧。

"榴莲呀，那个榴莲……我想想呀……"完了完了，鬼知道榴莲去哪儿了。

"李阿姨，好久不见啊。"阳光透过细碎的林荫闪过我的眼睛，我只觉得一阵风吹过，一个高高瘦瘦的身影出现在我身边。金少天双手插兜，用余光瞥了我一眼，那嫌弃的眼神，都快飞上天了！

这家伙怎么会在这儿？！

我来不及惊讶，金少天一改那臭屁的嘴脸，笑容亲切地演了起来："李阿姨，好久不见啊。"

李奶奶茫然地看了他："你是……"

"我是阿庆的同学马可呀。"

"哦，马可呀！"李奶奶似乎想起了什么。

"李阿姨，你等会儿啊，我跟阿庆说点事。"金少天朝我使了个眼色：去旁边说话。

我回了他一个眼色：我就在这儿，爱说不说。

金少天眉头一挑：你别后悔。

行了行了，我知道你会读心术你厉害，求你别拆穿我，我跟你去旁边还不行吗？

我俩走到了一边。

"考虑得怎么样了？"金少天问。

"什么事啊？"我装糊涂。其实林欣欣被劫持的当晚，金少天就给我发了一条微信，说他已经想清楚了，跟我做契约情侣的那个条件就是：我必须加入他的万能委托社。我可不傻，八成是他从张家男那儿得知了我会催眠术，想要利用我的催眠术帮他把坑蒙拐骗的事业发扬光大，我当然不干，当没看到。本以为他已经识趣放弃了，没想到他竟然找上来了。

"加入万能委托社。"金少天单刀直入地说。

"哦哦，那个呀，我还在考虑当中……"我和稀泥。

"考虑得够久了。"

"这种事哪能随便呀，必须慎重！"

"马可呀？"不甘寂寞的李奶奶凑过来，"你都长这么高啦？我记得你以前比我家阿庆还矮半个头呢，大家都叫你矮冬瓜。"

矮冬瓜？哈哈哈什么鬼，我没忍住笑了。

金少天忽然搂住我的肩膀："阿姨，我这几年打篮球，长高了。不像阿庆，只知道去网吧打游戏！"

李奶奶一听立马不高兴了，伸手过来揪我的耳朵："我说多少次了，不要去网吧玩游戏，玩物丧志，将来铁定没出息！"

"我错了我错了，我再也不打游戏了。"我哀号。

李奶奶这才松手了。

金少天乘胜追击，上前扶住李奶奶："阿姨，阿庆最近有跟你说那个丽丽吗？"

"丽丽？"李奶奶眯起了眼睛。

金少天瞟了我一眼："是啊，就是咱隔壁班的班花，人长得好看，成绩也好，好像还给阿庆写过情书呢……"

我赶忙上前捂住金少天的嘴巴："金哥！求你别说了！"

"什么金哥？"李奶奶一怔，狐疑地看着我们。

"啊那个……劲歌……金曲嘛！不能说的，要用唱。我最近跟马可在练歌，学校元旦晚会表演用的。"我真佩服自己的机智。

金少天掰开我的手，朝李奶奶客气地笑了："阿姨我们闹着玩的，我叫阿庆去打球了。"

"好好，多锻炼锻炼。"李奶奶笑眯眯地点头，转身往回走，忽然她又想起了什么，"对了，那个……"

"榴莲是吧？"金少天顺口一答，"早上您出门时不是给扔了吗？那个榴莲已经坏啦。"

"哦！对，扔了。"李奶奶一拍脑门，"瞧我这记性。"

金少天抢过我手中的果篮："阿姨，来，我今天给你带了些水果。"

"明明是我……"

这次换金少天捂住了我的嘴。

"哎哟，这孩子呀，真有心，来就来，还带什么东西……"李奶奶接过水果，"你们去玩吧，阿庆啊，记得早点回家吃饭啊。"

"知道啦。"我点点头。

我跟金少天把李奶奶送回了养老院门口，这时一个年轻护工找上来，一边埋怨她不要乱跑，一边将她扶走了。

我跟金少天站在路口，目送她步履蹒跚地消失在大院里。那一刻，我心里忽然涌上一股说不出的伤感。李奶奶的记性越来越差了，这世上的一切都在远离她，如果有一天她连阿庆也忘了，她这一生究竟算不算活过呢？而如果有一天我连毛毛哥也忘了，那我又算不算爱过呢？

我正伤感着，回过神才发现金少天正直勾勾地盯着我，客观地说，这家伙长得挺好看的，虽然永远板着脸，一副无精打采的样子，可认真的样子竟然能把人看得心跳加速。我赶紧别过脸，金少天猛地扶正我的肩膀，继续盯着我的眼睛，耳朵微微耸动。

这家伙，又想读我的心！我才不让他得逞，开始在心里默念乘法口诀：一七得七，二七一十四，三七二十一，四七二十八？还是二十九来着……

金少天皱起眉头，但他没有放弃，继续逼近我，这次几乎要亲上来。

我，一个十八岁的少女，除了我那个土匪老哥张家男，还从没有和哪个异性如此亲近。哦不对，还有毛毛哥，我一想到毛毛哥，巨大的背叛感涌上脑门。我也不知哪来的力气，一拳砸在金少天的眼窝上，他"哎哟"一声捂住眼睛往后退："张爱珊你有病啊！"

06

首先，我肯定没病啦，我这人没啥优点，就是吃嘛嘛香身体倍儿好，林欣欣一年得感冒好几次，我几年也感冒不了一次；其次，我刚才下手是重了那么一点点，但是我哪知道自己的爆发力这么强啊，要怨就怨我老爹吧，他生前是个警察，我的武力值八成是继承了他；最后，我虽然打伤了金少天，但自己也没讨到好啊，扭到了胳膊，疼死了。

金少天顶着一只熊猫眼，蹲在马路牙子上，脸色阴沉。他手里拿着一瓶冰镇可乐，正在敷眼睛。

我蹲在一旁，小心翼翼地问："那个，金少天……"

金少天别过脸。

"金哥？"

"叫金学长！"

"金学长，你……好点了没？"

"你觉得呢？！"

我犹豫再三，还是弱弱地问："那个，可乐三块钱一瓶，我刚垫付了，你啥时候给我……"

"没零钱！"

"没关系，没关系！"我掏出手机，"支持二维码，微信、支付宝任选。"

金少天用力瞪我一眼。

气氛又冷了下来，而我最怕突然安静，于是打破沉默："哎呀，我也不是故意的啊，谁让你刚才图谋不轨……"

"图谋不轨？"金少天夸张地皱着眉头，"你这么富有，谁会对你不感兴趣？"

我有点蒙，一时间分不清楚他是在夸我还是骂我。

"……什么富有啊？"

"有飞机场的能不富有吗？"

金少天我要跟你同归于尽！

我拖着一只残臂，对金少天展开第二轮攻击，他轻松挡开："张爱珊，做人要讲信用！你欠我一个条件，现在我让你入社，你就得履行承诺。"

"别以为我不知道，你那个社团整天招摇撞骗，赚的都是黑心钱。"老妈从小就教育我，诚信是做人之本，她的足疗店就是本着从不偷懒、对每一个顾客的身体健康都认真负责的信念，生意才越来越好，尽管我有时候也怀疑这跟她忽悠别人办卡的本领很有关。

金少天一把掐住我的手腕："劝你想清楚再回答。"

我一手指着马路中央："我想得很清楚了，我张爱珊就是死，就是从这儿跳出去，也不会与你为伍……"

我还要说什么，这时一阵风吹过，我立马闻到了一股熟悉的香水味。如果我没记错的话，这应该是娜塔丽·波特曼代言的那款粉红迪奥小姐系列香氛，之所以这么清楚，是因为我寝室里有一个姑娘特喜爱这款香水。

我心惊肉跳地转过身，果然，陈安娜正朝我款款走来。

Chapter 3

当一个人对命运的安排无能为力时,就只能寻找精神寄托,这就是俗称的迷信。

01

陈安娜穿着一套漂亮又修身的小香装,手提闪亮的LV包包,穿着红色小高跟鞋,一双笔直的大长腿走路带风,整个人都分外耀眼。她面带微笑地走过来,我也不知道是慌张还是心虚,一把抓住了身旁金少天的手。

不得不说,作为"契约情侣"金少天是非常合格的,他飞快地反握住我的手,一秒切换成了情侣模式。

他歪过头,面带微笑地把嘴凑到我耳边:"你不是说就是死也不会与我为伍吗?"

"什么?晚上去看电影呀?好呀好呀!"诚信诚可贵,生命价更高;若为虚荣心,两者皆可抛。

"你不是觉得我在坑蒙拐骗吗?"金少天继续他的"甜言蜜语"。

"看完电影再吃小龙虾?好呀好呀!"

"最后给你一次机会,加入万能委托社。"

"……是。"

"好巧啊,金学长。"陈安娜笑容甜美地来到了我们跟前,"你也来这儿旅游吗?"

"嗯。"金少天态度冷淡。

"旅游……"我有点蒙，半天才反应过来，他们说的是汐江古镇。汐江古镇就在我家附近，是星城的一个三星级景区，由于我是本地人，小时候汐江古镇还没开始收门票那会儿，我跟林欣欣就把那儿逛烂了，所以在我的印象中它压根儿算不上什么景点。还真是印证了那句话，旅游就是从自己待腻的地方去到一个别人待腻的地方。

这时候苗苗和小七也出现了，两人捧着一碗臭豆腐，看来她们也跟陈安娜一起来旅游的。

"珊珊！"小七吃惊地喊起来，"你怎么在这儿呀？"

"我家就住这儿呀。"

"对呀，我差点忘了你是本地人。"

"可以啊，这么快就带男朋友见家长啦？"苗苗意味深长地看了我和金少天一眼，我赶紧把手抽回来："不是不是，就……他送我回家，对吧金少天？"

金少天点点头。

我赶紧转移话题，热情地邀请道："那个……你们要不要去我家坐坐呀？小七你不是喜欢吃排骨吗？我妈做的糖醋排骨可好吃了，哦，去我家楼顶正好可以看到汐江古镇的全貌，方便你们拍全景图……"

小七和苗苗有些心动，不过她们没敢答应，纷纷看向了陈安娜。陈安娜不看我，从包里拿出碗一样大的墨镜戴上："下次吧，我还是想去汐江古镇走走，我还答应了给同学买纪念品呢，再见！"

陈安娜绕开我就走，苗苗跟小七跟上去。

我又想起什么，赶忙朝她喊道："汐江古镇自从开始收门票后就变得很坑了，那儿的纪念品又贵又不好，还都是义乌小商品批发市场的，淘宝上都有，你们要买可以去……"

金少天用力拉了我一把："张爱珊，你是不是脑子进水了？"

"干吗呀你，说话那么难听？"

"你难道看不出人家根本不想理你吗？还在这里热脸贴冷屁股，你不嫌丢人我都替你丢人。"

"……"被戳到脊梁骨的我无言以对。其实我也知道陈安娜讨厌我啊，可是不管怎么样我还是想努力合群，想跟寝室的人保持良好的关系。金少天根本不明白，寝室里明明有四个人，可是每天都只能一个人去上课、打饭、上厕所的感觉有多糟糕。

"我又不像你会读心术,哪知道人家怎么想的。"我嘴硬。

金少天目光一凛:"你怎么知道我会读心术?"

"哦……我、我、我猜的!"完了,我一不小心说漏嘴了。

"你刚才的语气很确定,可不像是在猜。"金少天逼近我,我赶紧闭上眼睛:"你走开,别读我的心!"

"对于你我根本用不着读心术,你的脑回路是直线,一眼就看到底了。"金少天双手插兜,又回到了那个傲慢模样,"用脚指头想也知道是张家男告诉你的。这样吧,公平起见,你跟我说说你的催眠术是怎么来的。"说完他瞪了我一眼,"别骗我,我会读心术。"

"别读我……"我赶忙捂住胸口,又捂住眼睛,我忽然觉得自己像是澡堂失火来不及穿衣服就跑上大街的人,一时间都不知道要用毛巾遮挡哪个部位,最后我只好转过身去,"我讲就是了。"

几分钟后,我背对着金少天,大致讲述了自己催眠术的来源:"总之,我们张家的这个能力是隔代遗传,传女不传男。其实关于这个能力,我还有许多不清楚的地方,我外婆比较清楚,不过她说等我满十八岁了再告诉我。"

"那你平时是如何使用的?"金少天问。

"就是集中精神,盯着对方的眼睛,脑海中想象一些画面和感受,然后这些画面和感觉就会钻进对方的脑子里……"

"那你当初为何不催眠我?"

"我是那么卑鄙的人吗?"

"说实话。"

"呃,你当我不想啊,但是催眠术很不稳定,对有些人轻而易举,对有些人很难,有时候也要看自己的状态,越紧张的时候越容易失败……"

"想对我催眠,我劝你还是死了这条心。"金少天冷冷地从背后凑过来,"如果你不想被别人知道你那些不为人知的小秘密!"

我猛地跳开几步,再次抱住胸:"你,流氓!变态!"

我实在不想跟这家伙纠缠下去,拿出手机拨打了张家男的电话:"喂?张家男你在哪儿?快点过来救驾……"

"啥?救驾?我人在体育馆,马上就要打比赛了。"

我简要跟张家男说明了一下情况:"总之我不管,你快把金少天弄走,我快被他烦死了！"

"小事，把电话给他。"

我把手机抛给金少天，又警惕地退后好几步，生怕他读我的心。金少天接过电话，嗯了几声，又将电话抛回给我："张家男叫我去体育馆。"

"去去去，快去！"我催促。

"我不会走。"

"用手机地图啊。"

"不会看……"

"那你滴滴打车啊。"

"没下APP。"

"你……"

"你送我过去。"

"不送！门都没有。"金少天你简直厚颜无耻！

02

我决定把金少天送去体育馆，因为这家伙不仅厚颜无耻，还十分狡诈，非常懂得威逼利诱，我一个单纯可爱的十八岁少女，哪是他的对手？不过为了防止金少天"偷袭"我，我去十元店买了一副桃心墨镜戴上，直觉告诉我，金少天的读心术也跟我的催眠术一样，需要眼神交流，那么只要给心灵的窗户穿上衣服，我就不再是裸奔了。

金少天看到我的墨镜造型露出一个介于"不屑"和"嘲讽"之间的微笑，然后他也拿出墨镜给自己戴上。我们并肩走在街头，由于身高差悬殊，外加全程冷漠脸，顿时有一种《这个杀手不太冷》的既视感，酷得不行。

我们拦了一辆出租车，并排坐在后座，全程也是一言不发。司机开了一段路，跃跃欲试地搭起了话。

"两位，办案吗？直接跟我说跟哪辆车吧。"

"放心，我跟踪技术一个字：稳！上次帮一富婆跟踪他老公，一直跟到了酒店都没被发现，现场捉奸那叫一个爽！"

"我跟你说，我这人没别的爱好，平时就爱看福尔摩斯，推理能力也很不错，尤其擅长本格推理，我还可以做你们的眼线……"

"师傅，那个师傅……"我不得不打断他，"你误会了，他就是单纯的瞎了。"

司机有些尴尬,嘿嘿笑了:"是吗?小伙子长得一表人才,可惜了,我知道有个盲人按摩店特别不错,可以考虑……"

"不用,我已经在盲人按摩店上班了。"金少天拍拍我的肩,"这位是我的同事。"

"哎!"师傅一脸惊诧,"小姑娘你也瞎了啊?"

我皮笑肉不笑:"是、是啊。"

"你可别欺负我们盲人看不见,我方向感特别好,你要绕路了我肯定知道。"金少天还真是戏精附体,已经完全进入了角色。

"怎么会!我再缺德也不欺负残疾人啊!"师傅非常激动,"啥也别说了小伙子,这趟车我不收钱。"

我差点被自己的口水呛死——这也行?!

二十分钟后,我跟金少天假装什么也看不见,互相搀扶着下了车,车子一开走我立刻松开金少天:"你也忒缺德了!打车费都骗,小心以后真瞎!"

金少天冷哼一声:"你不也演得很开心吗?"

"我那叫骑虎难下!"

按照张家男发过来的定位,我带着金少天来到市体育馆。刚走进去,就看到一群妆容跟年龄极不符合的女中学生跳着啦啦操给两个球队加油,一个个跳得无精打采,一脸不情愿的样子。对此我是十分理解的,想当年我为了社会实践学分,也跟林欣欣参加过这样的活动,牺牲了宝贵的节假日,腿都快要跳抽筋了,最后领到的盒饭里连个鸡腿都没有,回家还得赶作业,可以说是非常凄惨了。

我跟金少天走到稀稀疏疏的观众席上,找到离球场最近的位置坐下。这会儿篮球比赛已经进入中场休息时间,张家男满身大汗地走过来:"老妹你怎么才过来?你都不知道,上半场我屡立奇功……"

"行啦,自己人就别吹了。"我懒洋洋地挥挥手,"人给你带来了,我先走啦。"我起身要走,忽然在对方的球队中找到一个熟悉的身影,这不是我们班的实习辅导员夏之翰学长吗?我停下脚步。

"怎么?"张家男看着我,"你不是要走吗?"

"啊,忽然有点累,我休息一下再走。"又坐下了。

裁判一声哨响,张家男赶紧喝了两口水,跑回了球场。我不是很懂篮球,不过接下来的比赛,我明显感觉夏之翰的队伍打得更流畅,节奏感更好。至于我老哥的球队则打得很乱,张家男的运球、过人能力都很强,但是他很少传球,每次一拿球不是投三分就是强行上篮,虽然拿分也不少,但失误也很多。到了最后十几分钟,张家男明显体力不支,防守上有心无力,夏之翰找准机会,投了两个三分,将比分继续拉大。

张家男急了,开始效仿夏之翰,在外围投三分,结果被夏之翰看穿,直接一个成功的盖帽,啦啦队里发出一阵花痴的"尖叫",之前还无精打采的姑娘们显然也被白热化的比赛给吸引了,或者说,被夏之翰的风采给圈粉了。果然,"10号加油"的口号越来越响亮,最后竟然盖过了其他的加油声——夏之翰穿的正是10号球服。

比赛结束时,张家男的球队以16分的差距输给了夏之翰的球队。张家男骂骂咧咧地出了球场,搭着一条毛巾朝我们走过来:"下半场状态不对,队友也不给力,不懂我的打法,还有那个裁判,有两次对方都打手犯规了,居然不吹哨……"

金少天不知何时摘下了墨镜:"没有自知之明的人活得就是轻松。"

"我?"张家男指着自己的鼻子。

"你明显把比赛当作了个人秀,下半场你至少有九次机会传球,但你都选择了自己上篮。我粗略算了下,你队友在心里骂了你二十八遍蠢货、十四遍白痴,六次问候了你的妹妹……"金少天看向我:"也就是你。"

"我不算!我跟他没有血缘关系!"我赶紧澄清。

金少天似笑非笑地回过头:"哦还有,几秒之后,有人会把矿泉水泼你脸上。"

张家男的一名队友气冲冲地走向张家男,手里拿着一瓶拧开了瓶盖的矿泉水,就在他要扬起手时,被另一只手抓住了手腕。

"一场友谊赛而已,没必要这样。"夏之翰的出现及时阻止了一场冲突。

"张家男!我跟你说多少次了,篮球是五个人的运动,讲究团队配合,你再这样搞,以后就等着坐冷板凳吧!"

"怎么怪我头上了!别忘了,今天我拿分最多!"张家男嘴硬。

"你失误也最多!"

"那是你们不懂我的打法。"

"是你拒绝配合!"

我看不下去了,朝张家男喊了一声:"张家男,道歉。"

"凭什么？"张家男很不服气，但是在看到我"老母亲般慈祥"的微笑时，他忍下来了。他不情不愿地回头朝队友低头认错，"对不起！"

"算了，我刚才也有错。以后好好打，不玩个人英雄主义。"队友也意识到自己的行为有点过头了，他挥挥手走了。

这才对嘛，我心里松了口气。正想跟辅导员夏学长打个招呼，却发现夏之翰跟金少天已经对上了。夏之翰脸色不悦地看着金少天，而金少天还是一副死猪不怕开水烫的面瘫脸。直觉告诉我，两人正在天人交战，我还是不要插手为好。

夏之翰先打破了沉默："刚才的事情，你完全可以出手化解的，就那么喜欢看热闹？"

"哪里，有你在，我可不敢出风头。"

"是吗？那我怎么听说你几天后打算出一次大风头。"

"社团活动而已，有空来玩。"

"金少天！"夏之翰抬高了声音，"别以为我不知道你那个社团的事，我劝你最好收手！"

"不然呢？"

"不然你小心自食其果。"

"谢谢关心，拜拜！"

金少天戴上墨镜，转身就走。张家男有点不明所以，他朝夏之翰讪笑了一下，跟着金少天离开了。

"嗨，巧啊，夏学长……"我抓紧机会，赶紧跟辅导员打招呼，我决定跟他好好解释一下：虽然张家男是我哥，但我已经跟他划清界限了，以及如果今后夏学长你看到我也出现在万能委托社千万别惊讶，我其实是卧底，我的目标是从内部腐蚀他们，从而曲线救国……我什么都没来得及说，满身汗臭的张家男又折回来，将我粗鲁地拽走了。

03

一走出体育馆，张家男就问金少天晚上有没有事，想叫他去我家吃晚饭。在我挤眉弄眼的疯狂暗示下，张家男总算是及时打住，改口为请金少天去吃一碗凉皮。我本来是要回家的，一听到凉皮两眼就直了。

张家男说的凉皮是我高中母校附近的一家店，味道特别好，我高中吃了三年，隔一段时间没吃就馋得不行，经过一番激烈的思想斗争之后，我还是向美食屈服了。一路上我不停地安慰我自己，我现在戴着墨镜，又有我哥在，量金少天也不敢把我怎么样。

我们去了凉皮店，点了三碗凉皮和三杯冰镇豆奶，我掰开一次性筷子，倒上好多醋，刚要吃，手机微信就响了。

给我发信息的是小七，上大学这段时间，寝室里也就小七跟我关系好点，虽然大部分时间她都选择了站队陈安娜，但私下也会跟我聊聊八卦什么的。小七告诉我她们这会儿还在汐江古镇逛，但是陈安娜一直绷着脸，心情莫名其妙地暴躁，讲话充满了火药味，搞得她跟苗苗都很难受。

我赶忙安慰小七：可能是来那个了吧？

小七：她不是上星期才来过吗？珊珊，你真不知道还是假不知道呀？

我：知道什么？

小七：安娜她喜欢金少天呀！她刚才一路上一直在骂金少天是不是瞎眼了，怎么就看上了你，你可千万别跟她说啊，不然我死定了。

我：！！！

我猛地抬头看向桌对面的金少天，此刻他正叼着一根吸管喝豆奶，他瞪我一眼："看什么看？"

金少天啊金少天，你害得我好惨！转念一想好像也不能全怪他，是我自己作死，当初就为了给张家男争口气，现在骑虎难下。我看了一眼张家男，他正大口地吃着凉皮，他抹了一把嘴巴上的油："看什么看？"

我轻叹一声："真是家门不幸。"

我心想着要不回头还是跟室友们说实话吧，班级微信群却炸开了锅。先是班主任在微信群里给同学们发了一个过节的大红包，之后代理辅导员夏之翰也追加了一个过节的红包，就在同学们纷纷刷表情包捧场时，夏之翰又发出一段信息：各位同学请注意，放假返校后是各大社团的招新活动，有一个叫"万能委托社"的社团，此社团的活动宣扬封建迷信，蛊惑人心，性质恶劣，请大家保管好财物，谨防上当。

我才来得及把这段文字看完，就被莫名其妙地拉到了一个几人小组的八卦群。

朱飞翔：女主角给你们请过来了！

苗苗：万能委托社不就是金少天那个社团吗？

小七：夏之翰跟金少天是不是有什么恩怨啊？

苗苗：快说说呀，你是金少天女朋友，你肯定知道！

…………

我没敢说话，立马从群里退出来。我又看了一眼桌旁的两个男生，金少天还在慢吞吞地吃着凉皮，真没想到他一个大男人吃东西这么慢。张家男已经吃完，他见我的凉皮一口没动，直接抢过去吃起来："不吃浪费，给我吃！"

"吃吃吃，吃死你。"我心情烦闷。果然撒一个谎就需要更多的谎言来弥补，现在事情越搞越大，我已经被卷入了金少天和夏之翰的复杂关系中，然而对于这两位帅哥的恩怨情仇我并不比路人清楚多少。

小七看起来软软糯糯的，可一旦在网上就变得特别八卦，这会儿她又给我发来了其他聊天组的截图，找我确认真假。

我看了下聊天记录，原来两人是因为奖学金的事闹掰的，夏之翰怀疑金少天之前的成绩全是通过作弊取得的，具体怎么做的弊，众说纷纭。有人说是金少天抄了夏之翰的试卷，导致夏之翰没能取得第一名；有人说金少天一直跟教务处王老师的关系很好，所以王老师泄题给了金少天；还有人说两人共同爱上了一个成绩很差的女孩子，金少天帮助其作弊，导致非常有原则的夏之翰跟金少天闹掰，最后势不两立。

这样看来，夏之翰应该还不知道金少天有读心术。要我看，以金少天的能力，想作弊真的太简单了。我看着眼前这个吃凉皮慢吞吞的金少天，不禁产生了一种恐惧，这个人，神通广大又深不可测，我今后加入他的社团，真的不会被他吃得骨头都不剩吗？

"张爱珊！"金少天不爽了，"你到底在看什么？"

"我没有！"我赶忙否认，"谁看你啊，我在看你……身后的人。"

金少天身后的座位上正坐着一个浑身肥肉的油腻男人，张家男瞄了一眼，一口凉皮吐出来，他压低了声音："老妹你的审美有点清奇啊……"

"要你管？！"我面红耳赤。

"当然要管，你不是一直爱着你的青梅竹马毛毛哥吗？就算找不到放弃了，你也用不着这么自暴自弃啊！"张家男拍拍金少天的肩，坏笑道，"金大师，你说我妹这花痴病还有得治吗？"

"你还有脸说我，我起码一心一意、忠贞不渝。哪像你，看到美女就流哈喇子，跟只泰迪似的，活该单身一辈子！"

张家男吵不过我，有点不开心了，他半开玩笑半生气道："行啊，金大师，我来给你讲讲我老妹的奇葩事迹，你看看她这病还有没有得治！"

之后，张家男这个浑蛋便把我高中时的丑事给抖了出来，我拦都拦不住。

当一个人对命运的安排无能为力时，就只能寻找精神寄托，这就是俗称的迷信。我也不能免俗，为了知道我何时能再见到毛毛哥，什么星座啊，塔罗牌啊，生辰八字啊，我都算过。高一那会儿，林欣欣听人说隔壁高中有个很厉害的同学，能掐会算，可神了。

那几天我正好患上了流感，怕传染给别人，便戴上了口罩。我跟林欣欣偷偷翘课，一起去隔壁高中后山的一个小破屋里，屋里没有灯光，十分昏暗，墙壁上挂满了带有五芒星图案的黑色幕布，透着一股吉卜赛女巫的异域风。

房间中央盘腿坐着一个人，他穿着宽大的黑袍子，帽子把脸遮住大半，还戴着一张白色面具，神秘兮兮的样子。他前面摆着一张桌子，上面放着一个水晶球，我跟林欣欣怯生生地走了过去。

"卜问前世今生，姻缘匹配，旦夕祸福……"我被这声音吓一跳，猛地发现原来大师的身后还站着一个男生，这男生穿着那吒一样的衣服，手里拿着一把说不上是棍子还是叉子的武器，他表示自己是占卜大神的座下童子，我当时竟然傻乎乎地信了。

"请问大师，我什么时候才能找到我的毛毛哥啊？"

大师抬起手，一指前方，身后的男生突然大叫一声。

"大师慧眼大开，已经为你指明方向，就在东南方，朝着东南方一直找下去，一定可以找到你的有缘人。好了，就到这里吧，跟大师结缘费用一百块，刷卡还是付现？"

"这么贵？"

"刚才大师泄露了天机，会遭天谴的，你们也会连带遭受惩罚，所以大师其实也是在帮你们化解劫数，希望你们好自为之……"

只怪当年的我和林欣欣太单纯，被他们唬得一愣一愣的，立刻将省吃俭用下来的一百块交到了这两个"骗子"手里，为什么说他们是骗子呢？因为之后我们按照大师的指点一直朝着东南方走下去，还没走多远，我俩就掉进了水沟里。然后我俩浑身脏兮兮地回到学校，我们翘课的事也被父母知道了，我妈不仅减了我的生活费，还让张家男每天在学校监视我，护送我放学回家，这样他每个月就能多五十块生活费。

讲完我的故事，张家男已经笑得前仰后合，我不停地骂着那个骗子。

金少天忽然打了个喷嚏，我和张家男都看向他，他有些尴尬地咳嗽了两声，赶忙掏出钱包："今天这顿我请。"

"什么？你请客？！"我跟张家男异口同声，谁能想到呢，长南大学第一抠门的金少天会主动掏腰包。

金少天拿出手机扫二维码，结账完后他又说："张爱珊，你的那个毛毛哥……我帮你找吧，免费。"

"真的吗？！"我欣喜万分，金少天可会读心术，而且他的人脉那么广，还跟警察有过合作，如果有他的帮助找到毛毛哥或许不是梦。

"真的。"金少天点头。

"好人一生平安！"我左顾右盼，赶紧抽出一张餐巾纸和一支写菜单的圆珠笔，"我现在就给你画毛毛哥的肖像……"

"不急，在这之前，我还有个条件。"金少天微微一笑。

"什么条件？"我有一种不祥的预感，赶紧双手抱住自己，"你别打歪主意啊。"

04

金少天没打我的歪主意，用他的话说，他对我是有一点兴趣，但是对我这个人完全没兴趣，这句话有点绕，也很矛盾，我似懂非懂。金少天的条件也很简单，他让我第二天晚上九点去他在校外的办事处报到，我觉得这个条件可以接受，就爽快答应了。

第二晚九点，我按照金少天给的地址来到长南大学附近的"堕落街"。我站在灯火通明的街头，心情十分复杂，本以为哪儿的堕落街都差不多，无非就是一条拥挤嘈杂的美食小巷，可是长南大学的堕落街明显高级不少，到处是酒吧和我叫不上名的声色场所，一派红男绿女、纸醉金迷的景象。

老妈从小就告诉我，这种地方千万不能去，坏人特别多。每次一有女大学生被灌醉然后被拐卖之类的新闻，老妈都会拿给我看，还大声念给我听，我这人脑补能力又特别强，都被她给念出心理阴影了。此刻，我看着来往的人流，总觉得每个人都不怀好意，利欲熏心地盯着我的身体，不，是我的肾。

"美女，一个人吗？进来坐坐呗？"一个红毛小哥发现了我。

"不了不了……"

"小妹妹别害羞嘛，本店正在搞活动，帮忙捧个场呗。"

大哥，你见过害羞的人两腿哆嗦吗？我这是害怕啊！然而小哥根本不给我说话的机会，热情地拽着我去了一家酒吧。

酒吧门口有两个小哥正在热舞，有不少人一边围观一边拍照。我被红毛小哥推到中间，我几次想出去，小哥都将我拦下："跳嘛！不要害羞！"

"我……不会……"

"不要紧！跟着感觉律动，释放天性！"小哥鼓励我。

天哪，这都什么跟什么啊。我心一横，牙一咬，跳起了广播体操，一边跳一边默念：一二三四、二二三四、三二三四……我发誓我真的尽力了，也不知道尬舞了多久，一个带着鸭舌帽的小哥冲进人群，与之前的两位小哥斗起了舞，我也不是太懂，只见他在地上打了几个滚，立刻赢得众人的喝彩，最后他又来了一个高难度的倒立旋转，直接将气氛推向高潮。

我心下大喜，找机会开溜，刚打算钻进人群，斗舞的帅哥就停了下来，他追上来，一把搂住我的肩膀。

"救命啊！偷肾了！"我条件反射地喊起来。

"瞎喊什么啊你！"帅哥慌了，赶忙捂住我的嘴。然而太迟了，几个见义勇为的路人立刻围了上来。

"你干什么呢？"

"放开她！"

"会跳舞了不起啊！大庭广众之下对女生动手动脚，胆子太大了点吧！"

"误会误会，她是我妹，我妹……"跳街舞的小哥赶紧解释。

"少来这套，一看就是要流氓！"一个肌肉男冲上前，"我最痛恨的就是人贩子，看我不揍死你！"

街舞小哥的鸭舌帽被打落，眼看他就要被几个男生按在地上摩擦了，我总算看清了，还真是我哥！

"张家男？！"

"珊珊，救我……"张家男要哭了。

"等一下，别打了……他真是我哥！"我赶紧推开人群，扶起张家男。

"你哥？你俩长得也差太远了吧！"一个小哥喊起来。

"是啊，都怪我妈，从小给我喝AD钙奶，给他喝椰汁，结果我俩越走越偏，给大家添麻烦了，对不起对不起……"我一边道歉一边拖着张家男跑了。

"你怎么在这儿啊？"其实我想说，他刚才跳舞的样子还是有点小帅的，我还真没认出来。张家男初中就开始自学街舞，经常去立交桥地下的公园跟一帮街舞少年鬼混，我本来以为他就是装腔作势，这次还真是对他刮目相看。

"还不是怪你磨磨蹭蹭，我只好来接你了。"

"你们的窝点也太奇怪了，怎么在这种地方呀？"

"什么窝点，会不会讲话，Follow me！"

张家男领着我七拐八绕，转得我晕头转向，我们走进巷子深处，嘈杂的音乐和鼎沸的人声渐渐远去，有那么一瞬间，我觉得自己穿越到了另一个世界。最终我们在一个老宅院前停下，宅前是一棵茂盛的槐树，门口挂着一个红灯笼。后来我才知道，这老宅子曾经是名扬一时的"鬼屋"，吸引了不少大学生前来体验，后来桌游吧和密室逃脱风靡了起来，这个"鬼屋"也就无人问津，金少天看准时机，低价租下，当成了自己的据点。

我看着头顶的灯笼，撇撇嘴："都什么年代了还装神弄鬼的，也不怕烧起来。"

张家男头也不抬，推门进去："烧不起来，里面是电灯"。

"……"

门内是一个破败的小院，迎面走来两位穿金戴银、打扮贵气的中年妇女，两人十分兴奋，聊得欢快。

"这个金大师真是神了！我还没说话呢，他就知道我想问什么了……"

"可不是吗，连我老公私房钱藏哪儿都算得出来！"

这个金少天，果然在利用读心术装神弄鬼、坑蒙拐骗！我痛心疾首地说："你们别信他啊，他就是个骗子啊！"

两个中年妇女被我吓一跳，我还要继续揭露金少天的真面目，张家男上前堵住了我的嘴："对！骗子，男人全是感情骗子！妹妹，失恋没什么大不了的，要坚强，不要当着别人的面哭……"

我掰开张家男的手："我——"

张家男一把将我搂在怀里，勒得我要喘不过气："妹妹！你别怕，不就是癌症吗？不就是被负心汉抛弃吗？哥哥答应你，一定会治好你的……我一定不会让你死！"

我死命挣扎：张家男你要再不松手，我可真要窒息而死了啊！

"年轻人别难过，这个大师很神的！"贵妇上前安慰。

"没错,一定能治好你妹妹的!"

"谢谢姐姐,姐姐你们这么善良,一定会有福报的!"

两个贵妇一听到"姐姐"顿时心花怒放,满意地离去。确认她们走远后张家男才松开了我,我大口呼吸,半天才缓过一口气。

"张家男!我要杀了——"

"走你!"张家男不等我说完,一手将我推进了屋内。

屋子里灯光昏暗,我被门槛给绊倒了,一头撞进了一个人怀里。我摸着额头抬起头,只见金少天穿着一身青色道袍,拿着桃木剑,剑眉星目,不苟言笑,还真有那么点仙风道骨的感觉,但是不知道为啥,我随之脑补的却是林正英扮演的茅山道士,扑哧一声笑了。

"严肃点。"金少天,不,应该叫金大师早已戏精附体。

"是。"我假装配合。

屋内气氛诡异,几支蜡烛分布在角落里,我仔细看,果然都是插电的仿品。金少天坐在矮几之后,上面还放着一个面目可怖的鬼神面具,想来上面还有他的余温,旁边是一个签筒和几枚钱币,在他身后的墙上挂着一幅八卦图,四周还挂满了各式各样的符纸,其中一行字特别显眼:临、兵、斗、者、皆、阵、列、在、前。

我四处打量,作为美术生在心里疯狂吐槽:这都是些什么乱七八糟的混搭风,审美真差。

金大师脱下了道袍,摘下帽子,放回桃木剑,总算变回了金少天:"欢迎加入万能委托社,张家男,你去拿个碗,我去拿把刀。"

"好嘞!"张家男冲进厨房捣鼓起来。

"你……你们要干吗?"

"歃血为盟。"金少天手里多了一把水果刀。

"金哥,你在讲笑话吧?"我双腿发软。

"我从不讲笑话。"

"啊,我忽然想起素描作业还没交,先走一步!"我想开溜,门却被牢牢锁上了。

"别急着走啊,你不是答应我们要入社吗,来,干了它,感情深,一口闷。"张家男走出厨房,手里端着一碗红得瘆人的液体。

"张家男,你想干吗?你不怕我回家告诉爸妈吗?"我紧贴着大门,浑身都在哆嗦。

"哈哈哈，看把你吓的……"张家男开怀大笑，"这是金大师亲自酿的酸梅汤，解暑止渴，来尝尝。"

我看向金少天，他果然在用刀撬一个黑色坛子，又倒了一碗，递到我面前，我将信将疑，端起碗，闻了闻，果然是杨梅的香气。

我谨慎地抿了一小口，酸酸甜甜，味道竟然很不错。

"好，以后你就是我社的成员了。"张家男很激动地跟我说，"我社可不轻易招人，你应该感到荣幸！"

"荣幸个屁！先申明，加入社团可以，坏事我可不干，我还不想年纪轻轻就吃牢饭。"我又喝了一口碗里的酸梅汤，越喝越甜。

"瞧你这话说的！看过《复仇者联盟》吗？帮助弱小，锄奸惩恶，维护世界和平！意义十分重大。"

"鬼扯！"我才不相信张家男，"金少天，你实话跟我说，你们到底是干什么的？"

金少天已经在收拾东西，看样子金大师今晚要下班了："这样吧，你明天过来参加我们新学期的第一场活动，参加完你就知道了。"

我有些犹豫，虽然夏之翰特意警告过我们要保管好财物，别去参加他的活动，但反正我也没钱，应该骗不到我。

"行！来就来！"我一口将酸梅汤喝光，重重地把碗摔在桌上。

"你干吗？有意见也别摔碗啊。"张家男喊起来。

"续杯！"

连喝三碗酸梅汤后，我离开了金大师的窝点。距寝室熄灯还有半个小时，张家男骑着他的摩托车载我回学校，一路上他开得非快，我的头发丝都被吹到嘴巴里了，导致一路上我不停地"呸呸呸"。这个张家男，要是后座换成陈安娜那种美女，他还不知道得多温柔体贴。

"哥，我问你，金少天到底是怎样的一个人啊？"我迎着夜风大喊。

"干啥？你对他有意思啊？"

"我？怎么可能？！"

"怎么不可能，他那张脸不知欺骗了多少无知少女。不过啊，我劝你别对他动心，他会读心术，什么事都瞒不过他，跟这种人谈恋爱一点隐私都没有，迟早精神崩溃！"

"哼！就算他没读心术我也不会喜欢他！小肚鸡肠、抠门、不体贴、嘴臭，这种人还是孤独终老吧，不要祸害别人了。"

"是啊,他呀连朋友都交不到,也只有我这种待人真诚、老实厚道、热心善良、心胸广阔的人能受得了他。"

"不要脸!"我掐了一下张家男的背,他嗷嗷叫。叫了一会儿,他又感慨起来:"不过他对你估计有点意思。"

"啥?"

"他这人从来不搭理女生的,我们社团也不招女成员,不少人都传他是同性恋。可这样一个人,不仅帮你解围,跟你说那么多话,还三番五次邀你入社。"

其实,张家男说的这种可能我也不是没有想过,但在第一时间就排除了,这种粉红幻想在画漫画的时候臆想一下就行了,我可没傻到相信它会在三次元发生。再说了,退一万步,就算这是真的,我跟他也毫无可能,我的真爱可是毛毛哥,即便我这辈子都找不到他,我也永远不会背叛他!

"哥,你说金少天真能帮我找到毛毛哥吗?"其实,我最关心的还是这件事。

"放心啦,就没有他办不到的事!"

张家男豪气冲天地保证完,又开始加速,摩托车从一块石板上开过去,剧烈地颠簸了一下,我刚要说话,一下子咬到了舌头,差点没把我痛死!

"Zhang Jianan,你个二傻子!"我咬到舌头后说话都不利落了。

"那你就是二傻妹。"张家男哈哈大笑。

05

第二天上午,我跟林欣欣、张家男一起返校。寝室里只有小七在,我便跟小七一起去食堂吃午饭,顺便听小七说了一些八卦。其中最令人震惊的八卦莫过于咱室友陈安娜的,听说她昨晚突然宣告结束了单身,答应跟一个校外的男人交往了,据说对方是个高富帅,还开了一家公司。小七这次难得没有羡慕,反而忧心忡忡:"唉,不知道为什么,我总感觉安娜是在赌气,因为她真正喜欢的人跟你在一块了。"

我刚夹起一块肉送到嘴边,手一滑就掉桌上了。

下午两点,我按照金少天给的地址,来到万能委托社的第二个"窝点",长南大学老校区后山的一栋庭院式小洋房。听张家男说,这个小洋房是建校初给一个老教授居住的,后来老教授去了台湾,变成校长办公室;再后来,学校越扩越大,兴建各种楼屋,这里就荒废了,给学生们租来做社团。

我走进院落，刚靠近别墅的屋门，震耳欲聋的声浪从里面传来。我一推开门，险些被迎面扑来的声浪给击倒。

一层的大厅被几十位同学围得水泄不通，我踮起脚尖，勉强看到人群里临时搭建的小舞台，干冰从舞台两边喷射出来，整个舞台烟雾缭绕，不知道的人还以为是哪个地下乐团的演唱会。

忽然，有人奋力尖叫起来，一个戴着奇怪面具、穿着古老法师袍的人从天而降。

"碟仙！碟仙！碟仙！"尖叫声变得持续而有节奏，我捂着耳朵，抬头看了一眼闪亮登场的碟仙，我的天，居然连威亚都用上了！要不要这么拼？也难怪，投入越大，回报越大，正所谓搏一搏，单车变摩托；赌一赌，摩托变吉普。

我自认为算是交智商税的大户了，从小到大，什么占卜啊，算命啊，没信过，但眼下这些同学，他们究竟是智商堪忧还是校园生活太闲呀，竟然连一个吊威亚的冒牌碟仙也信。

我强忍住吐槽的冲动，四处寻找金少天的身影。很快，我就在舞台旁的一个角落里看到他，他穿着不起眼的T恤和短裤，扣着一顶鸭舌帽，坐在小板凳上，低调得像一个道具。至于今晚的主角——舞台上的碟仙大人，他已经坐下，跷着二郎腿，颇有江湖郎中等着给病人把脉的即视感。

一个打扮得骚里骚气的男生从舞台后的幕布中蹿出来，我都不用看脸，一听那打了鸡血似的大嗓门就知道是张家男。

我赶紧捂着脸：丢人！

"在座的学长学弟学姐学妹们，有任何疑问尽管上台来，一个问题五十块；五十块，不过就是一顿小火锅、一张电影票、一条打底裤！五十块，你买不了吃亏，你买不了上当！五十块，你就可以领略碟仙的神通广大，预知自己的姻缘事业……"

我羞愤地捂住脸：太丢人了！

"我先来！"一个短发女孩大胆地走上舞台，她拿出一张五十元投进了碟仙旁边的功德箱里，我刚想评价功德箱做得还蛮中国风，结果就瞥见侧面一个硕大的二维码，还真是……与时俱进啊。

张家男把话筒递给女孩，女孩没接，而是凑上前，轻声问了碟仙一个问题。因为这个神秘的举动，全场安静了下来。

碟仙装模作样地盯着女孩看了一会儿，又抓住她的手摸了摸，怎么看都像是在揩油！女孩大气都不敢出一声，静静等待着。碟仙重重"咳嗽"了一声，摸耳朵的同时飞快地瞄了一眼金少天。我注意到了，只见金少天窝在角落的小板凳上，鬼鬼祟祟嘀咕着什么——原来两人是在用耳麦交流。

不一会儿，碟仙发言了："姑娘，好好感受一下，他现在就站在你的右手边，对着你笑。"

碟仙的声线带着一点播音腔，很富有感染力，在场所有人都倒吸一口凉气，纷纷看向舞台上那个不存在的人。

"怎……怎么会？"少女难以置信，"我什么都看不见。"

碟仙又摸了摸耳朵："你父亲早就原谅你了啊，他的额头上有个伤疤对不对？"

女孩赶忙点头："对！我爸有一次在厂里加班，劳累过度直接睡过去，脑袋磕在了机器上。"

"天哪，这也太神了吧！"一个女孩尖叫起来！

"切，八成是个托。"陪在女孩身边的男生不服气。

"我才不是托！"台上的短发女孩朝台下喊了一声，双眼已经通红。看那样子，是真的很伤心。

"麻烦安静一下！"张家男喊起来，"不相信的同学可以离开，希望大家求同存异，佛系追仙！"

碟仙清清嗓子："你父亲说，他不怪你，你成绩下降他动手打你的那次，他自己心里也很后悔，他其实是在气自己没本事，不能让你和你妈过上更好的生活。那天晚上，他是喝多了酒，不小心摔进了河里，他不是因为对你失望才自寻短见的。"

少女瞪大了眼睛，难以置信地盯着碟仙。

碟仙伤感地叹了口气，伸出手，轻轻触碰了一下少女的额头："你爸爸出事那天，穿着棕色夹克和蓝色牛仔裤，这套衣服是你送他的生日礼物吧？"

"是的，是我送的，他每次从厂里回来都脏兮兮的，从没给自己买过一套像样的衣服，我当时送他礼物，其实是希望他能穿着过来参加我的初中家长会，因为我那时候觉得他的样子会给我丢脸……"

"你爸爸早知道了，他现在还穿着那套衣服呢，就站在你身边。这几年，他一直在默默守护着你，来，面对他，他有话跟你说。"

女孩一边抽泣，一边看向不存在的空气，碟仙在一旁充当"翻译"："小晴呀，这几年你长大啦，懂事啦，爸爸很开心。小晴呀，是时候放下爸爸啦，这样，爸爸也可以安心去投胎转世了，下辈子，如果你不嫌弃，我还做你的爸爸。小晴，爸爸永远爱你。"

女孩再也忍不住，失声痛哭："爸爸，对不起！都是我的错……"

"抱抱他吧。"碟仙拍拍少女的小臂，"往前走两步，他就站在那儿，跟他说声再见吧。"

这次女孩没有任何犹豫，上前两步，走进了干冰缭绕的雾气中。她张开双臂，抱住了那一缕若隐若现的雾气："爸爸，对不起！爸爸我爱你……爸爸……再见，来世，我还做你的女儿……"

现场早已鸦雀无声，所有人都被震撼到了。我承认，我也莫名就被这一幕给感动了，如果这个叫小晴的女孩是金少天他们找来的演员，我只能说这女孩可以去拿奥斯卡的小金人了。

小晴郑重地向碟仙鞠了一躬，说了声"谢谢"便离开了。

台下沸腾起来了。

"我早说了吧，很灵的！"我身边的女孩子非常自豪。

"还蛮神的！"另一个女孩坏笑起来，"要不你也算一卦，去问问碟仙，跟你家那位到底能不能……"

"你讨厌！"

两个女孩子娇嗔地打闹起来。

好几名观众已经跃跃欲试，这时一个身材性感的金发女孩三两步走上舞台，张家男立刻眼冒桃花，殷切地上前给她安排在队伍的最前面。

"大师，给我看看呗。"金发美女伸出手。

碟仙抓着那只手摸了老半天，但就是不说话。

"摸够了没啊？再摸我收钱了啊。"金发美女有点不耐烦了。

"呃，这个……"碟仙有点慌了，他又偷瞄了一眼金少天，金少天正在调整耳麦，似乎设备出故障了。

"碟仙，你行不行啊？"

"该不会看到美女就破功了吧，哈哈哈。"台下的人起哄了，碟仙没办法，他忽然起身，走向舞台另外一边的水族缸，捞起里面的一只小青蛙，并将小青蛙放在金发女孩的手心，"我刚才掐指一算，你之所以还没等到你心爱的人，是因为那个人就在你身旁，只是你看不见他，就如同童话中那个变成了青蛙的王子！所以，只要吻一下这只青蛙，你就能改变运势……"

"哇，好恶心！"金发女孩惊恐地抽出手，把青蛙甩到了张家男脸上，"什么鬼啊？大师你是不是搞错了，我跟我男朋友感情很好，我想知道的是，我借闺密的那两千块什么时候要回来！"

"哟——搞砸咯！玩脱啦！"台下的人看热闹不嫌事大。

"咳咳，肃静！"碟仙张开双臂，示意大家冷静，"刚才……本碟仙不过是跟诸位开个玩笑，活跃一下气氛。气氛这东西是会影响风水的，我占卜时，特别讲究风水……"碟仙开始瞎掰，明显在拖延时间。

我心情大好，等着看好戏。哈哈！金少天，看你这次还怎么装神弄鬼。

"砰——"

门被推开了。

几个人冲进屋子，劈开人群，带头的人竟然是夏之翰。他走路带风，几步就跨上了舞台，朝着碟仙摇晃了一下手里头的小东西："风水不好是假，接收不到同伙的信号是真吧？"后来我才知道，夏之翰手里头的那个小东西叫信号干扰器，金少天跟碟仙不能靠麦联系，就是拜它所赐。

"这人是谁呀？"

"夏之翰啊，他你都不认识！"

"就是那个心理系的系草吗？哇，本人真帅！"

"旁边那个是谁，是我喜欢的类型……"

"好像叫周子俊吧。"

女生们花痴地聊了起来，对此我十分理解的，毕竟第一次见到夏之翰，我也差点立地成花了。我也是后来才知道，夏之翰可谓身兼多职，不仅是我们班的代理辅导员，同时还是长南大学的纪律检查委员会的会长；旁边那个戴着黑眼镜、长相斯文的男生叫周子俊，是副会长。

夏之翰收起干扰器，朝台下喊道："闹剧到此结束，大家散了吧。"

"你你你……"张家男一紧张就会有点结巴，"别乱讲话，什么闹剧！我们碟仙可是大名鼎鼎、有口皆碑……"

夏之翰抢过话筒，视线越过舞台下的人群，落在金少天身上："这位同学想必比我更清楚，碟仙那一套不过是心理暗示配合主观确认的小把戏。"

"不对！刚才碟仙的确算出了我爸爸生前的事，我绝不是他们的托！"小晴为碟仙辩护起来。

夏之翰耐心解释："他们肯定提前做过功课，查过你的家庭信息和背景，以及你爸当年的新闻，新闻上肯定有关于你和你爸的一些故事。只要把这些信息串联起来，再引导你自己说出一部分，他们再模糊地讲出一部分，骗局就成了。"

"不对……不是这样的……"女孩动摇了，看得出她很痛苦。

"少自作聪明！"所有人都循声看过去，金少天从小板凳上站起来，他慢悠悠地伸了一个懒腰，摘下了鸭舌帽，一时间，人炸开了。

"天哪，这不是金少天吗，好有型……"

"什么？！金少天，就是那个心理系的高冷男神……"

"对对对！就是他，穿一双拖鞋都那么帅……"

我身旁的两个女生又开始花痴了，真的，她俩不去演偶像剧的女配太可惜了！

金少天双手插兜，微微驼背，散漫地走上舞台。他毫无惧色地看着夏之翰："你来干什么？"

"来拆穿诈骗团伙。"夏之翰面带微笑。

"诈骗？这顶帽子扣得有点大啊，请问你哪只眼睛看到我们诈骗了？"

夏之翰一把摘下金少天藏在耳蜗中的耳麦："这就是证据。"

金少天快速夺回耳麦，塞进口袋，面不改色道："占卜也是一门学问，从古至今风靡不绝，信则有，不信则无，求同存异懂吗？"

"求同存异？不如你去跟校长说吧。"周子俊拿出了手机，"刚才的事我都录下来了，回头我就上缴教务处。"

前一秒还理直气壮的金少天立刻心虚了，他摸摸下巴，咂了咂嘴："同学，不用这么绝吧，没得商量？"

夏之翰目光微微流转："那一次，你有找我商量过吗？"

"过去的事就让它过去吧。"金少天耸耸肩，"你这人就是记性太好。"

我听得有点蒙，看来八卦是真的，这两人之间果然有过节。舞台下的观众渐渐安静下来，大家看着台上剑拔弩张的两个人，等着这场好戏进入高潮。不知为何，我也紧张了起来，手心开始出汗。

"夏之翰！"张家男不爽地叫起来，"你口口声声说我们是骗子，自己却搞录视频威胁人这种下三烂的事，算什么男人！"

"就是，给校长打小报告多没劲！"

"是男人就正面扛啊！"

"对对对，堂堂正正比一场！"观众里有人站金少天一边了。

"正合我意。"夏之翰看向金少天，"金少天，你用你的占卜学，我用我的心理学，咱们现场比一次怎么样？"

金少天略一思考："行，你想怎么比？"

"我们现场找一位同学，看谁能说出他心中所想，谁就算胜出。我赢的话，你就立刻解散万能委托社。"

"要是你输了呢？"金少天的眼神认真起来。

"我输了，就删掉视频，这次的事不再追究！"

"可以。"

"选人吧。"夏之翰很自信。

"对敌人这么好？"金少天挑了挑眉。

"我可不像某人，做贼心虚。"

金少天往前走一步，台下的人躁动了起来，好多人都争抢着举手，想要充当被两个颜霸关爱的对象。金少天从左看到右，又从右看到左，最后目光似乎、好像、可能、应该……停在了我脸上。

开什么玩笑？！我才不蹚这浑水，我要开溜。夏之翰也看过来，他一眼认出我："好，就这位同学了！"

大家纷纷散开，我像只在偷吃大米的老鼠，被无数盏激光灯给照到，一时间无处遁形。我慌忙挥手："不不不，我不行……"

张家男立刻把我抓上了舞台，拿着小喇叭鸡血地喊起来："万能委托社VS纪律委员会，现在开始！究竟是心理学道高一尺，还是占卜学魔高一丈，接下来，就是见证奇迹的时刻！来，先生们女士们，为你们的选手打call吧！"

"金少天！金少天！"

"夏之翰！夏之翰！"

张家男不去做传销真是可惜了！然而眼下可不是吐槽的时候，我只觉得舞台上的自己像一株柔弱的芦苇，被台下惊涛骇浪般的加油声冲撞着，没出息的我双腿发软，一个趔趄险些摔倒。

张家男扶稳了我，把我推到金少天和夏之翰中间。我左右看看，想死的心都有了。这两个家伙都自带男神光环，还纷纷高出我一个头，我们三个站一块就是一个活脱脱的"凹"字啊。

张家男完全不顾我的感受，话筒直接往我嘴里塞："这位同学，作为这场世纪之战的见证者，你有什么想说的？"

"我不吃话筒。"

他打了一个哈哈，开始宣布规则："接下来，我们万能委托社的首席占卜师金少天，将会根据你的行为和表情进行占卜，你不用讲话，只需要看着他的眼睛就行。"张家男转过身，不屑地看了一眼夏之翰，"你同上。"

喂？！这裁判也太偏心了吧，夏之翰连个开场介绍都没有吗？

"待会儿，两人谁说的话更符合你心中所想，谁就赢。你就是他们一票决胜负的关键，一定要公平、公正，知道吗？"张家男朝我挤眉弄眼，一脸胜券在握的微笑，这家伙也高兴得太早了。

"哦。"

"OK！比赛正式开始。"

金少天率先走上来，我以为他这次又会盯着我的眼睛施展读心术，可他只是象征性地看了我两眼，然后装模作样地拉起我的手，假装在看手相，十秒后他松开手："我完事了，到你了。"

"张爱珊。"

"在！"听到有人喊我，我一侧身，立刻对上辅导员夏之翰好看的眉眼，他微微一笑，"准备好了吗？"

"嗯。"我实在没勇气直视他，眼睛不自觉地乱瞄了起来，他干净的白衬衫里面是美丽的锁骨，身上散发着好闻的清香，我心跳不自觉地加快了，果然无形撩妹最为致命啊。

过了一会儿，夏之翰忽然伸手拍了一下我的肩膀，我本能地闪避了一下。

夏之翰退后一步，但仍然看着我："你的眼神里有焦虑，说明你比一般人更缺乏安全感，童年应该经历过一些变故，可能是在组合家庭中长大。不过你的眼神柔软，说明你总体上生活是比较顺利的，童年也应该有过快乐的时光。你还有点缺乏自信，心里面应该比较在意别人的看法，同时又担心给别人带去麻烦，综合而言，你属于不自知的讨好型人格，会习惯性地伪装和委屈自己，表面上活泼开朗，实际上内心敏感。"

我哑口无言。

"如果我说错了，跟你说声抱歉。"

我急忙摇摇头，夏学长真是太为人着想了，你干吗要道歉呢？你说得都很准啊，简直说到了我的内心深处，一度让我都不想承认自己是这样的一个人,可是,那种被人戳到软肋的心酸感觉是不会骗人的。

夏之翰还想说什么,但张家男已经不耐烦地抢走话筒,递给金少天:"来,金大师,说说你的占卜结果。"

金少天接过话筒,瞄了我一眼:"她就是个花痴,谁帅喜欢谁。"

金少天你放狗屁,我才没这么肤浅!你这是诽谤!我可以告你信不信!

"我说完了。"金少天把话筒扔给张家男,酷酷地走下了舞台。

"好啦!这位同学,大声说出来。"张家男朝我使眼色,"谁更符合你心中所想,谁才是今天的优胜者!"

在你人生中最孤单最无助的时候，有那么一个人，他撑着满天金灿灿的只属于盛夏的细碎阳光，像命运一般照进你的眼眸，于是你抓紧了，你认定了，你相信这就是爱情，一不小心就相信了一整个青春。

01

我接过话筒，愣住了。

时间一分一秒地流逝，台下的观众等得不耐烦了："喂，快说呀！别卖关子了，快点说啊！"

有什么好说的呢？答案多明显，夏之翰更理解我。可我不能这样回答，因为，之前金少天在给我看手相时，悄悄在我的手心写下了一个字：毛。金少天答应过会帮我找到毛毛哥，这差不多是我最后的希望了，如果现在我让他输了，他恐怕不会再帮我了。

夏学长，对不起！我该死！我无耻！

"嗞——"我刚要说出"金"字，麦克风就炸音了，唉，连麦克风都在鄙视我说谎。

张家男夺过麦克风，敲打了两下："喂？喂喂……好了，同学，请你再说一遍，优胜者是谁？"

我深吸一口气，然后听到自己的声音在整个屋子里回响，那么不真实。

"金少天。"

台下一片寂静。

"金少天获胜了吗?"张家男再次确认。

"嗯。"我低下头,不敢看任何人的眼睛。

"搞什么呀?这也太扯了……"有观众喊起来,对这个结果很不满意,但也有不少金少天的拥趸欢呼起来。

"愿赌服输。"夏之翰无话可说,当面删了视频,下了舞台。

"夏之翰学长……"我喊住夏之翰,当他转身时我又后悔了,我还能说什么,说什么都没用了吧。我说谎了,我辜负了夏之翰的信任,我当众让他输掉比赛,让他丢脸,现在说一句轻飘飘的对不起,只显得更加虚伪。

夏之翰没等到我开口,他反而淡淡地笑了:"我知道自己赢了,你的眼神骗不了人。"

当我从愧疚中缓过神时,夏之翰已经带着他的成员离开了别墅,他穿白衬衫的背影在门口轻轻闪跃了一下便不见了,我的胸口像是被什么东西撞击,狠狠闷痛了一下。

屋子里吵吵闹闹,觉得无聊的同学离开了,还相信碟仙的继续找碟仙算命。更多中立的人一边吃着屋子里的自助零食,一边找地方坐下聊起了天,有些不认识的男生女生还相互眉来眼去的,早已把这当成一场另类的社交活动,大家各取所需,不亦乐乎。

我失落地走下舞台,张家男凑过来:"好样的!我就知道你会帮自家人。"

我没心情搭理他,也笑不出来,像是吞了苍蝇般难受。夏之翰学长那么温柔善良的一个人,还救过林欣欣的命,可以说是我的恩人了,可我却为了一己私欲恩将仇报,如果毛毛哥知道我做了这样的事,也会瞧不起我吧。

不行,这不对!

我知道这样做已经于事无补,但我还是抢过张家男的话筒,大喊一声:"对不起,我撒谎了!赢的人是夏之翰!"

说完我将话筒一扔,追了出去。

夏之翰还没有走远,我在半路追上他。不过我没有急着靠近,夏之翰似乎正在跟周子俊讨论着什么,两人没有发现我。

我慢慢走过去,同时竖起了耳朵。

周子俊挥舞着手机:"录像我这还有备份,只要把这个视频交给校领导,金少天就算不被开除也至少是记过处分!这学期的奖学金肯定没戏了。"

夏之翰不说话，拿过周子俊的手机看了两秒，忽然飞快地删除了视频。

"你疯了！"周子俊激动地抢回手机，但视频已经被彻底删除了，"夏之翰你在干什么？"

"既然我们输了，就要遵守约定。"

"他是在骗人啊，这种骗子你跟他讲什么底线？！"周子俊大喊。

夏之翰微微摇头："金少天本性不坏，只是走了弯路，我们不能一棒子打死人。刚才你也看到了，他虽然在骗人，但从结果上来说，的确让那个女生不再愧疚，跟死去的父亲和解，这一点可是常规心理治疗手段都得不到的效果。"

"夏之翰，我知道你以前跟金少天同住一个寝室，关系很好，但是……"周子俊没再说下去，他察觉到身后有人，猛地回头，"谁？！"

夏之翰看过来："张爱珊？你怎么在这儿？"

我整个人一下紧张了起来，我抠着手指，有些尴尬地走过去，认真地向夏之翰鞠了一个躬："辅导员，对不起！我跟你道歉，刚才是我骗了大家，赢的人应该是你。"

夏之翰大度地笑了笑："输赢已经不重要了，不如你告诉我，你为什么要帮他？"

"我……"我想说毛毛哥的事，可一时之间又不知道从何说起，而且现在还有一个学长在，我更难以启齿了。

"难道说，你真的是他的女朋友？"夏之翰目光流转，"上次我还以为他在骗我呢。"

我赶忙挥手："不是不是……啊不，是是是！他的确在骗你，我们根本不是情侣关系，很复杂。哎哟，其实也不复杂，就是我自己活该，我现在一时也说不清楚……"

夏之翰有点啼笑皆非："同学，别这么紧张，下次有时间再好好说。"

"嗯嗯。"

夏之翰回头，看向山脚下那栋小别墅："作为临时辅导员我还是要提醒你，金少天那家伙为人古怪，你以后最好还是离他远点。"

"是！辅导员。"我认真地答应，就差敬礼了。

"不用拘束，以后还是叫我学长吧。"夏之翰再次笑了，"多参加一些健康向上的社团，好好享受大学生活。"

02

跟夏学长说清楚后,我如释重负,一身轻松。回别墅前,我独自一人想了很久:求人不如求己,以后要是金少天一直拿毛毛哥的事威胁我,那我还不成了他的奴隶吗?我才不会让这种事发生;再说,这个万能委托社虽然没有传言中的那么邪门,但今天的所作所为,归根结底是在骗人。我决定,还是不能加入。

我回去时,碟仙活动已经结束,大家也都散了。金少天正在一楼收拾最后一点垃圾,看到我后,他将垃圾袋扔进垃圾桶:"上楼。"

我赶紧找出墨镜戴上,跟着金少天上了楼。别墅的二层是一个办公区,并没有想象中的凌乱——一张电脑桌、一张老旧的沙发、一张会议桌、一块黑板、一个摆满书的书架,我随意翻了下,都是一些什么天文学和天体学的专业书籍,我完全看不懂,后来我才知道,金少天主修心理学,选修了天文学。

我吃惊地发现,这个名头响亮的万能委托社竟然总共只有四名成员。首先是一个瘦小的男生刚好从杂物间走出来,兜着连衣帽,戴口罩,他看我一眼,立刻回到电脑桌旁噼里啪啦敲起了键盘,行为举止虽然奇怪,但那羞涩的模样还有几分可爱。我很快认出来:"万念?!"

万念回过头,眨眨眼睛算是回应了我。

沙发上坐着一个浓眉大眼的寸头男,他穿着破洞牛仔裤,手捧着一本《演员的自我修养》,他不耐烦地合上书,朝着万念的椅背踢了一脚:"万念,你一个劲地嘀咕什么呢?"

"可爱……可爱……"万念继续噼里啪啦敲着键盘。

可爱?难道是在说我吗?虽然有点自作多情,但这儿除了我好像没有其他雌性生物了吧?长这么大,我还是头一次被异性夸奖。我正受宠若惊,张家男从卫生间跑出来,手里还抱着一个被掏空的"功德箱",张家男贼兮兮地挥舞着手中厚厚一沓钱:"老妹,看到没,跟着哥混,有肉吃!"

"……"我吐舌头。

金少天拍拍手:"跟大家介绍一下,这位是我社的新成员,张家男的妹妹,张爱珊……"

"等一下!我有话先跟你说……"我抓着金少天来到阳台上,我可不是来参加社团的,是来划清界限的,"金少天,我觉得我还是不适合……"

"有件事要告诉你。"金少天打断我,"我已经有毛毛的消息了。"

"真的？！"我的心一下揪紧了，理智什么的都荡然无存了。

"如果你现在反悔了可以马上走，毛毛哥的线索我一个字都不会告诉你。"

"你……"我又急又气，果然这家伙早就猜到我不会入社，我努力冷静下来，好声好气地商量，"你为什么一定要把我留在社团呢？我可以给你委托费啊，你们不是万能委托社吗？我委托你帮我找毛毛哥不可以吗？"

"不是钱的问题。"

"那是什么问题？"

"我没必要告诉你。"

"金少天！"我气急败坏，一着急便脱口而出，"你不会真的对我有意思吧？"

金少天不可思议地看着我，冷笑了一声："现在的女孩都这么自信？你有什么地方值得我喜欢的？非要找个优点，可能就是脑袋不好使。"

"金少天你无赖！"

"这回脑子好使了，会看人了。"金少天歪着头，"没错，我就是无赖。"

"你到底想怎么样？"我真的要哭了。

"这样吧，你协助我完成一个委托，我就把毛毛哥的线索给你。等价交换。"

我捏紧了拳头，毛毛哥，十二年了，我一直在找的毛毛哥。其实我也想过，干脆一不做二不休把金少天催眠了，直接问出线索。但是这个金少天深不可测，我没信心能催眠成功，要是失败了，恐怕他再也不会告诉我。我心一横："好，我答应你，但是伤天害理的事我绝对不做！"

"成交。"

我一脸不情愿地跟金少天走回屋子，三个人赶忙装作各自忙碌的样子，很明显他们刚才都在竖着耳朵偷听。

金少天也不拆穿，轻咳一声："重新介绍一下，这是我社的新成员张爱珊，张家男的妹妹，她虽然脑子不太好使，但懂一点催眠术，以后可以帮到大家。"

"大家好，我叫张爱珊，以后请多关照。"我一边强颜欢笑，一边在心里骂着金少天。

"哇！催眠？心理医生？"寸头男从沙发上跳起来，笑容暧昧地靠近我,"怎么个催眠法啊,要不咱们回房,你单独给我试试……"

"王建宁你滚一边去!"张家男一把将我拉到身后,"别人家的白菜你随便拱,我家的白菜你想都别想,没门!"

"谁是你家的白菜了!"我拍了一下张家男的脑门,又看向寸头男,我倒是一点不怕他,他的眼神有点贱,但并不坏,"王建宁?你跟那个首富什么关系啊……"

"没关系。"张家男神色嫌弃地说,"叫他贱人宁就行。"

"拜托,美女面前不要拆台行吗?"王建宁摸了一下自己的寸头,露出一口白牙,"我呢,你也看到啦,社团的领袖人物、颜值担当。"

"上学期才加入的。"金少天默默喝水。

王建宁打了个响指:"其实社团只是我的副业,我的职业是一个演员……"

"龙套……"万念补刀。

"现在的龙套,未来的巨星!"王建宁抓起一个空酸奶盒砸到万念的脑袋上,"刚才碟仙就是我演的,我给小晴的父亲配音那段不赖吧,我跟你讲,作为一个演员,你得充分地理解剧本,理解人物,这样才能融入感情,才能感动观众……"

张家男推开王建宁:"差不多得了,再吹都要上天了。"

张家男振臂一呼:"我,你哥,社团真正的领袖人物、颜值担当……"

"说人话。"我瞪他一眼。

张家男干咳两声:"我主要负责搜集情报、商务谈判,顺便兼财务和人事。"

"知道了,万金油,下一个。"我挥手。

张家男还没说过瘾,指着万念:"这小子叫万念,社团的电脑极客,什么网都敢黑,另外就是,他刚刚夸你可爱夸了一分钟。"

"一分钟?"我不解。

金少天给自己倒了一杯水:"他一天说的话不会超过十个字。"

"对!但是就刚才,他差不多把一周的话说完了!这小子,情窦初开了啊。"王建宁贼笑,忽然念起了广播腔,"啊,冰雪消融,万物复苏,又到了交配的季节,空气中充满着荷尔蒙的气味……"

我看向万念,他刚好摘下了口罩喝可乐,居然长着一张清秀的正太脸,小鹿般的羞涩眼神,哇,这根本就是隐藏的颜霸好吗?他好好收拾一下,绝对不输金少天。万念对上我的眼睛，慌忙戴回口罩，继续敲打起键盘。

"这位，就是你们的社长吧？"我瞥了一眼金少天。

金少天头也没回："也是你的社长。"

"那是。"张家男特狗腿地凑过去，"不过，名义上的社长是万念，毕竟社团是他创建的，老金是后来才加入的，他加入之前，社团是不赚钱的。现在，咱们可是日进斗金。"

我点点头，对这个贼窝有了基本的了解。

"不废话了，来聊聊下一单的情况。"金少天拿着教鞭敲黑板，上面已经贴好了各种资料和照片。

"这么快？！"我很吃惊，真是生意兴隆啊。

"要不怎么说日进斗金呢!"张家男春风得意。

03

就这样，我加入了万能委托社，我迫切希望能帮金少天完成一个委托，拿到毛毛哥的线索，但金少天却告诉我，目前没用我的委托案。我只能耐着性子等机会，起初几天，我还会每天去别墅报到，后来也懒得去了，直接在微信上跟万念请个假。

不知不觉就过去了一星期，周末下午，学校针对大一新生有一个免费体检。林欣欣属于林黛玉体质，一年到头老感冒，我认为她应该好好检查下，但林欣欣对体检有点抗拒，为了鼓励她，我就陪她一块去了。

检查结束已是傍晚，林欣欣请我喝了一杯奶茶，回宿舍的路上，她支吾了半天，还是问起来："珊珊，你哥最近怎么样呀？"

"张家男啊，好得很，最近又看上了一个医学系美女。"

"是……是吗？"林欣欣不无失落。

"是呀，整天陪人家在实验室里给小白兔开膛破肚，给肠子打蝴蝶结。"我信口开河。

"啊？！"林欣欣脸色煞白。

我哈哈大笑："骗你的啦，他最近忙着社团的事呢，没空撩妹。"

"哦哦……"林欣欣松了口气。

"不过医学系的人真的每天都要杀小白兔的。"

"哎呀，别说了！"林欣欣捂住耳朵。

我边喝奶茶边坏笑，林欣欣又想到了什么："珊珊，听说你也加入了那个万能委托社啊?"

"是啊。"

"为什么呀?你之前不是说那个社团就是骗人的吗?"

我随后跟林欣欣坦白了事情真相,林欣欣听完叹了口气:"那个金少天,真的有毛毛哥的线索吗?他该不会是骗你的吧?"

"我其实也担心过,"我摇摇头,"但我不想放弃任何可能。"

"这么多年了,你还是忘不了。"林欣欣叹了口气。

"放下一个人,哪有那么容易啊。"我也叹了口气,"你不也是一样吗?"

林欣欣苦笑了下,不再说话了。而我,也无可避免地想起了从前的事。

如果说这世上有什么人是不会变的,我想那个人就是林欣欣吧。我刚认识她那会儿,她就是"黑长直",戴着厚厚的圆框眼镜,温顺地站在角落里,低头,双手紧扣在裙子前,没人理她,她就可以一整天不讲话。

林欣欣家开粉店,面粉都是自己磨的,她的头发和衣服上总是会沾上一些白色面粉。林爸林妈都很忙,很少陪她。童年时代的林欣欣,最爱做的事情就是在家里的小阁楼上玩爸妈放在那里的面粉,捏出很多虚妄的白色小房子,组成一个小城堡,然后她就趴在白色的小城堡里,幻想自己是城堡的主人。

小时候,外婆曾经跟我说过一段很富哲理的话,大意是:林欣欣这样的姑娘,迟早会遇见一道坎,只有跨过那道坎她才能真正掌握自己的命运。但这对林欣欣而言很难,她命中属"静",迈不出很大的步子。

我第一次遇见林欣欣,是在十岁那年。那天的林欣欣穿着素净的水洗蓝裙子,她的脸和胳膊都被阳光照得雪白,可就是这样一个美好的女孩子,却被一群小男生给围住欺负。林欣欣死死拽着裙角,低着头,豆大的眼泪在委屈的小脸上流淌。

我这人从小就欺软怕硬,特别软蛋,可那天当我跟张家男路过时,当我看到楚楚可怜的林欣欣时,也不知怎么脑袋一热就上去了。据林欣欣回忆,我当时朝她冲过去,碎花裙子在阳光下飞扬,特潇洒,就像个女侠,只是不知道为什么,她再一眨眼我就不见了……后来张家男解开了这个千古之谜,原来我冲过去时不小心踩到路边的狗屎,摔了个底朝天,翻到一旁的小水沟里去了。

再后来的事情也没啥悬念,四肢发达的张家男把几个熊孩子胖揍一顿,在他们鬼哭狼嚎的逃窜声中，林欣欣抬起婆娑的泪眼，这时候，全然不懂怜香惜玉的张家男站在逆光之中，帅气地抹了一把擦破的嘴角，不耐烦地瞪了林欣欣一眼："别哭了，有什么好哭的！"

林欣欣一愣，用力点头。

我猜就是在那一刻，林欣欣喜欢上了张家男。所谓"风陵渡口初相遇，一见杨过误终身"，大抵如此。是挺俗套的情节，可我们不就是大俗人一个嘛。在你人生中最孤单最无助的时候，有那么一个人，他撑着满天金灿灿的只属于盛夏的细碎阳光，像命运一般照进你的眼睑，于是你抓紧了，你认定了，你相信这就是爱情，一不小心就相信了一整个青春。

手机忽然响起，我拿过一看，是金少天。我的好心情顿时没了，林欣欣看我一眼，立刻心领神会地笑了："接吧。"

我接起电话，没好气地问："干吗？"

"来校门口，立刻。"

"我正忙呢。"

"考虑清楚再回答。"

我挂了电话，跟林欣欣说了实话："金少天找我。"

林欣欣表示理解："快去吧，赶紧完成委托案，找到毛毛哥。"

我点点头："好，那你呢？"

"不用在乎我的，我一会儿正好也跟室友有约。"

我跟林欣欣告别，赶往校门口。金少天出现有一会儿了，他斜跨在一辆黄色共享单车上，戴着一副墨镜，见我出来，他摘下耳机，朝后座努了努嘴："上车。"

"不好吧？大庭广众下开车……"

"张爱珊！"他不耐烦。

"哦哦……可是，我最近胖了点。"我不情愿地坐上去，金少天踩下踏板，"真是个秤砣。"

我深呼吸：莫生气，莫生气……

"坐稳，一会儿Party上记得好好表现，别忘了咱们的契约关系。"

"啊？什么Party？"我有点蒙。

"陈安娜的生日Party，今天下午，她男朋友在自家别墅替她庆祝。"

"她邀请了你？那为什么没邀请我呀？"虽然我对这种活动并没有兴趣，但还是有点受伤，毕竟我们是室友啊。

"你不如当面问她。"

"我才懒得问,我能不能不去呀?"

"必须去,这是委托案。"

"好吧。"自行车经过路边的一块草坪时我赶紧喊道,"停车!"

"干吗?"金少天被我吓了一跳。

"你,现在给我去超市买包飘柔,要控油的。"我跑到了花园的小水龙头旁边,"我要洗刘海。"

金少天呆住了,过了老半天他才从牙缝里挤出四个字:"你认真的?"

"当然啊!刘海就是我的命!"

04

陈安娜的男友家住在星城前几年新盖的一处高级住宅区里,在江边的三角洲一带,离大学校园也不算远。不到半小时,金少天就把我载到了一栋现代风的别墅门口,此时天差不多黑了下来。

我跳下车后座,立刻听到了律动感十足的音乐和人们的欢闹声。换作张家男,一定爱死了这种浮夸的场合了,但这对我这种有轻微社恐的人来说却更像是修罗场。我忽然好想家,好想瘫在自家的沙发上边吃妈妈做的卤猪脚边看综艺。但是一想到只要完成这次委托案,我就可以得到毛毛哥的线索了,我又鼓起了勇气。

我回头看了一眼金少天,他面无表情地戴上墨镜。

"准备好了吗?"

"好了!"我撩拨了一下刘海,努力把自己想象成一个即将完成潜伏任务的超级女特工。

别墅前院是一个豪华的露天泳池,周边还环绕着三四个小泳池,宛如奥运五环。到场的人无一不是倩女靓男,大家都换上了泳装,一部分人在浅水区玩闹,一部分人则穿梭在高级的自助餐桌旁,吃东西、喝红酒,热切地攀谈。女孩都有着白皙修长的大腿和性感的曲线,男孩们也大多身材结实、腹肌八块……好吧,其实没那么夸张,但这种场合下,但凡自信的人都会加上一层美颜滤镜。

至于我,还穿着去年买的白T恤和牛仔裤,刚洗过的刘海也因为出汗而黏糊糊地贴在额头上,我顿时有些不自在,之前酝酿的气势早不见了,我心说不妙，想开溜，金少天一把抓住我。

"金社长，我忽然想起寝室的衣服还没收……"

"明天收。"

"我……我想去厕所。"

"去泳池。"

"什么？！"

"……这有厕所。"

就在我和金少天拉拉扯扯的时候，前方传来了争吵声。

"还笑！很好笑？我跟你认识吗？你这是性骚扰！"一个穿着白色连体泳衣的女生端着一个空杯子，激动地指责道。

"对不起……美女别生气，我没别的意思，不打不相识，交个朋友……"站在她面前的男生一边抹着脸上的饮料，一边尬聊着。

苍天啊，这男生不是张家男吗？他怎么在这儿，真是哪哪都要给我丢脸！我低头别过脸，假装不认识他。

"交朋友？你交朋友的方式就是摸别人屁股？臭流氓！真恶心……"美女气得发抖，又将空饮料杯扔向张家男，张家男中招，抱着小腿又喊又跳，滑稽得不行。周遭的人笑了起来，我这才发现，余乐也混在人群中，落井下石地吹着口哨。余乐是张家男的头号狐朋狗友，我第一次见到余乐时就特别讨厌他那张轻浮又油腻的脸。其实张家男以前不是这样的，虽然他四肢发达，头脑简单，但还有点可爱，自从上高中跟余乐称兄道弟后，整个人也跟着越走越歪……

"你为什么不解释啊？"熟悉的声音引起我的注意，我走近了几步，飞快地在人群中发现了林欣欣。她怎么也来了？她之前说室友约了她，难不成也是来参加陈安娜男友的聚会？陈安娜人脉那么广，跟交际花似的，八成错不了。

"林欣欣……你怎么在这儿呀？"此刻，张家男跟我一样吃惊。

"明明是他在揩油，为什么要你来道歉？"林欣欣抬手指向了余乐，她脸涨得通红，身体也微微颤抖，所有人都以为她在生气，但只有我知道，她在害怕。从小就恨不得在人群中隐身的林欣欣，竟然在这种场合公然站出来大声维护张家男，得需要多大的勇气啊，一时间我心疼极了。

余乐没料到自己会被点名，他先是一惊，随即脸上又浮现那种自我感觉良好的油腻笑容："什么情况？美女，咱们很熟吗？啊，你该不会是想用这种方式跟我搭讪吧？不错，你成功引起了我的注意啦……"

余乐吊儿郎当地笑着，用一种猥琐又轻佻的眼神上下打量林欣欣。

"你不是张家男的朋友吗？你自己揩油，让朋友背锅，还在一旁笑，你你、你这样……算哪门子朋友！"林欣欣完全没有和小混混打交道的经验，讲话都结巴了。

"你你、你这样……算哪门子朋友……"余乐夸张地模仿着林欣欣的口吻，引得众人发笑。

我看不下去，金少天一把拉住我："你想做什么？"

"我要帮忙！"

"先搞清楚状况，否则越帮越忙。"金少天不松手。

"哎，都别说了！"张家男把林欣欣拉到身边，脸色有点挂不住了，"欣欣，大家就是开个玩笑而已，你别把气氛搞得这么紧张……"

"开玩笑？！你现在还觉得这是在开玩笑吗？"林欣欣眼角已经红了。

"算了算了，你先回去……"

"我不走，这里有监控吗？调出监控看一下就清楚……"

"别再多管闲事了！"张家男忽然大吼一声，林欣欣像是被子弹击中的飞鸟，整个身体都僵直了。

"你算什么男人啊，只会凶自己女朋友！"有人抱不平了。

"她不是我女朋友！我跟她只是朋友关系！"张家男大声辩解，他甚至都不知道要对谁解释。

"搞半天是个备胎啊，自作多情……"

林欣欣无助地杵在人群中，深埋着头，默默遭受着各种非议和嘲笑的目光，那一刻我只有一个想法，并且立刻付诸了行动。。

我挣开了金少天，冲过去，一脚揣向张家男的屁股："你给我去死吧！"

张家男"扑腾"一声掉进泳池，围观的人笑得更开心了，笑吧，笑吧，好好嘲笑这个白痴吧，不要再为难我的林欣欣了。

我上前牵林欣欣的手："欣欣，我们走……"

林欣欣退后一步躲开了我，她咬着牙，过了好一会儿才挤出三个字："别管我。"

这时候,一个戴黑框眼镜的男孩走出人群,很绅士地拿出两片纸巾递给林欣欣。林欣欣愣了一下,没有接,埋头跑了。

"林欣欣!"我赶忙追上前,刚追了几步,金少天就上来拦住了我。

"让开!"

"她现在只想一个人静一静。"面对金少天波澜不惊的眼神,我忽然间泄了气,也是,最懂林欣欣的人不是我,而是这个会读心术的金少天。

"我回去了,这案子我不接了。"林欣欣的事搞得我很难受,我现在什么心情都没有了,只想离开。

金少天犹疑片刻,点了点头:"那一起走吧。"

"你有事就忙吧,我自己回去。"

"无所谓,下次再办。"他拉着我往外走。

刚转身,陈安娜就叫住了我们。她穿着性感的泳装,曼妙的身材显露无遗。她款款走来,目光落在金少天的脸上,很快又落到了我的脸上,眼底闪过一丝促狭的笑意:"珊珊,真看不出啊,你刚才那一脚挺厉害嘛!"

我干笑了一下,比哭还难看:"是吗?"

"他可是你哥,你也真下得了手。"

"就当我大义灭亲吧。"我随口应付。

"话说,你今天怎么没穿泳装过来呀?"她又问。

"你也没通知我呀。"

"但我通知了金少天啊,"陈安娜看了金少天一眼,"你不是她男朋友吗,你都不告诉她的?"

"他说了,是我自己忘记了……"我心情低落,强颜欢笑的力气也没有了。我只想赶紧离开这地方。金少天却没有要走的意思,他摘下墨镜,看着陈安娜的脸,耳朵微微耸动,这家伙八成又在读心了。

"珊珊,你来啦!"

苗苗和小七穿着泳衣走过来,陈安娜立刻像女主人一样为金少天介绍起来:"金少天,这是小七,这是苗苗,我们都是珊珊的室友。"

"我知道,之前就见过两次,一次在学校,一次在汐江古镇附近。"金少天读心结束了,他重新戴回墨镜。

"哇,好荣幸,男神竟然还记得那么清楚!"小七受宠若惊,捧着脸花痴地笑。

苗苗也很开心，趁机搭话："喂，金少天，我能问你个问题吗？你为什么老是戴着墨镜呀？"

"畏光。"

"畏光？有这种病？"

"嗯。"金少天不再理会她们，看向我，"珊珊，我们走吧。"

"怎么刚来就急着走呀？"又一个声音喊住我们。我跟金少天纷纷回头，一个上身赤裸的高大男生"哗啦"一声从泳池边缘爬上来，他甩了甩湿漉漉的头发，伸手上前钩住安娜的脖子，亲了一下她的脸，对于这个亲昵的行为陈安娜不喜欢也不反感，气氛很微妙。

"姜崇，安娜的男朋友。"男生朝金少天伸出手，一脸玩世不恭的笑。他长着一张颇为精致的脸，身材管理得也不错，隐约可以看见腹肌的轮廓。

金少天没有伸手，冷漠地等待着。

两秒后，姜崇的笑容消失了，他僵硬地收回手，看向身边的陈安娜："我还以为你的学长有多厉害呢，搞半天又瞎又聋。你不是说他在校外还搞了一个什么占卜社吗？我现在相信了，还真是个算命的。"

陈安娜脸色有些不悦，她挣脱姜崇的胳膊："喝你的酒去。"

"别啊！"姜崇杠上了，他伸手在金少天的墨镜前挥舞："大师，要不给我算一卦，多少钱开个价。"

"姜崇！别乱说！"陈安娜脸色沉下来。

"我乱说？！这些不都是你跟我说的吗？说他总是装出一副世外高人的样子，就知道骗一些无知小姑娘的钱财，这不，又骗了一个脑袋不好使的村姑。"

姜崇笑容玩味地看向我："噢！我知道了，你该不会就是那个张什么珊吧？哎，你不是随身携带着一个充气娃娃吗，今天怎么没带过来？"十几道目光唰唰唰地扫射过来，一时间我尴尬得无地自容。

"那不是充气娃娃！"我辩解。

"听说你整天抱着它睡觉，你也太饥渴了吧？"姜崇开怀大笑，"啧啧，你身边这位残障人士能行吗？要是满足不了你，我可以给你推荐……"

"你觉得自己很幽默？"金少天将我拉到身后，摘下墨镜。

姜崇对上金少天锋利的眼神，一时间竟然后退了两步："你……怎么？"

"放弃吧,就算羞辱别人也不可能缓解你的焦虑。"金少天冷笑。

"焦虑?我?哈,我有什么好焦虑的!"姜崇心虚了。

金少天盯着姜崇的眼睛:"你有严重的焦虑症。"

姜崇一怔。

"让我看看你在焦虑什么?"金少天盯着他,"哦,原来你害怕破产。"

"你……你胡说什么?"姜崇大惊失色。

金少天上前一步,继续观察:"原来如此,为了办这个派对讨好安娜,你花了不少钱吧?这房子也根本不是你的,而是借了你一朋友的……你的公司已经负债累累;陈安娜家有钱,又是独女,如果能尽快跟她结婚,你就可以继续向银行贷款。"

陈安娜瞪大了眼睛,难以置信地看着姜崇:"这些都是真的吗?"

"他胡说!他在血口喷人!"

姜崇指着金少天:"你再胡说八道,我对你不客气了!"

金少天看向泳池里的一个男生,男生立刻心虚地转过身去:"不如去问问你的灵魂伴侣,我有没有血口喷人。"

一时间,围观的人交头接耳地议论起来,还有人发出了起哄般的笑声。

陈安娜的脸色彻底挂不住了,姜崇慌了:"安娜你听我解释,事情不是这样的……我真的爱你……我发誓……我……"

"骗子!"陈安娜给了姜崇一耳光,气冲冲地跑了。

"安娜!安娜……"苗苗和小七追了上去。

姜崇彻底崩溃了,呆若木鸡地杵在原地。过了好一会儿,他才回过神来,恼羞成怒地朝金少天扑上来,金少天飞快地抓住他的手腕,一个四两拨千斤就把他给绊倒,姜崇"扑通"一声掉进了泳池的深水区。

"啊!救命,救命啊,我不会游泳……"姜崇在水里大喊大叫。

金少天重新戴回墨镜,抓住我往外走。我很想跟金少天说声谢谢,可他十万火急,脚步飞快,我这小短腿几乎是一路跑着才能跟上他的速度。刚走出别墅前院他就脚底一滑,眼看要摔倒在地,幸好我反应快扶住了他。

我抬头一看,金少天早已脸色煞白。

"金少天?!你怎么了?你别吓我啊!要不要打120……"我吓坏了。

"走……快走……"金少天一个劲地摇头,还想往前走,我一个一米六都不到的女生怎么扶得住一个一米八几的男生啊。我跟跟跄跄走了十多步便到了极限,眼看就要跟他一块摔倒,一只手臂稳稳地扶住金少天,我身体上的重量立刻消失了。

我仓皇抬头,对上了夏之翰的眼睛。

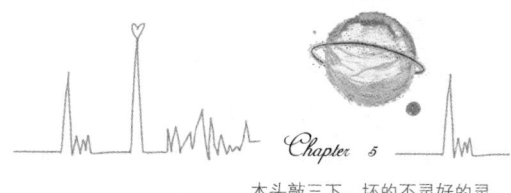

木头敲三下,坏的不灵好的灵。

01

此刻,出租车内的气氛有点微妙。三分钟前,为了把失去意识的金少天抬上车,夏之翰双手扶着他的胳膊,我拿出吃奶的劲抱起他的双腿,一前一后往后车座上钻。当我们三个好不容易挤进车后座并关上车门时,便只能全程保持一个怪异的姿势无法动弹。

夏之翰被金少天压在身下,只能从金少天的肩膀后面露出半截脑袋;我也好不到哪去,金少天的两条腿像一把巨大的三角叉,沉甸甸地压在我胸口。这一段路况也不太好,动不动就颠簸一下,我们就像三片纠缠不清的火腿,在煎锅上翻来覆去地震荡着,那画面别提有多"美"了。

人在完全昏迷后的体重比平时重了好多,我跟夏之翰花了老半天才把金少天给扶正,回到了正常的坐姿,我早已浑身都是汗。

我尴尬得不行,只好拿出手机给林欣欣发短信:欣欣,你还好吗,你在哪里?

林欣欣:我没事。

她回复得很快,也很简短,我不知道还能说什么,只好回复一个抱抱的表情。

我回过神时，才发现夏之翰正看着我："你没事吧？"

"我吗？我没事……"我看了一眼坐在中间的金少天，"就是不知道金少天怎么样了，要不要送他去医院……"

"不用，他的老毛病了。"

"你是说……像现在这样昏迷？"我有些吃惊。

"对。"金少天的脑袋歪向了夏之翰的肩膀，他伸手挡住，"我跟他住在一个寝室时，就见过好几次他忽然昏倒，还伴随着失聪和失明，但要不了多久就会恢复。"

"真奇怪，怎么会这样呀？"

"不知道，说不定是亏心事做多了吧。"夏之翰半开玩笑。

金少天仿佛听到有人说他坏话，身体忽然诈尸似的抖了一下，吓我一跳。过了一会儿，金少天缓缓睁开了双眼，但眼睛空洞无神，他虚弱地抬起双手胡乱摸索，一只手摸向夏之翰的大腿，一只手摸向我的脸，差点把手指插进我的鼻孔。我一把打开他的手："别乱摸了，是我，你到底怎么啦？"

"他现在应该还是看不见，听不见。"夏之翰默默把金少天的手从自己大腿上拿开。

"那就好。"我稍微放心了点，虽然不怎么喜欢这个金少天，但还是不希望他出事，而且，他今天好歹是维护了我。

金少天的双手很不安分，又在我脸上揉来揉去，敢情我的脸是一块面团。直到确认了我的身份他才安分下来，很快又昏睡过去。

我想了想，还是决定鼓起勇气跟夏之翰道歉："对不起！夏学长，你早说过让我别加入他的社团，别跟他走太近，但我这样做是有原因的……"

"用不着道歉，我只是建议，谁也不能强迫你做选择。"夏之翰笑着摇摇头，他看向窗外的街景，"快到了，一会儿你直接送他回家吧，就在前面的幸福里公寓，B栋301室。"

"夏学长，你……不跟我上去？"

"他差不多快恢复体力了，不过视觉和听力估计还要一会儿才能恢复。我就不去了，有什么情况你及时给我发微信。"

"好，谢谢夏学长！"

"不客气！"

星城横跨汐江，分为东边与西边，西边是整个星城教育气息最浓厚的区域，大学林立，长南大学只是其中一座。金少天租住的幸福里公寓也在大学城中,听夏之翰说,金少天是大二那年搬出大学宿舍的,似乎就是那时候,"金大师"的名号开始在大学城一带流传。

下车后,金少天勉强能站稳了,我拿出扶老奶奶的细心,一步一步把他送到家门口。如果你此刻路过大学城天马街口的位置,你准能看见公寓房三楼的走廊上,一个疑似霍比特人的生物艰难地扛着一个高个子男生,同时对他上下其手——找开门的钥匙。

金少天的家是一个老式的教职单身宿舍,一室一厅一厨一卫,空间不大,家装简陋,几乎没有生活垃圾;阳台上种满了绿萝,看上去倒是葱葱郁郁充满了生机,可尽管如此,整个屋子还是给我一种冷清感。

金少天鞋都顾不上脱,跌跌撞撞地走进客厅,躺倒在懒人沙发上。他张着嘴,半天喉咙里才发出一个音节:"渴……"

我急忙给他倒上一杯凉白开,我把杯子送到他嘴边,他双眼紧闭,乖乖张开嘴巴,像个撒娇的孩子,忽然间我就有点心动——小时候毛毛哥也会这样喂我吃东西。

金少天才喝一口,就歪过头:"薄荷水……"

"就你事多。"我掐腰站起来,"现在我上哪里去给你找薄荷水啊!肥皂水要不要?我给你现做两杯。"

我刚说完手机就响了,是夏之翰学长发来的微信:他一会儿肯定要喝薄荷水,在冰箱上面的第三层,绿瓶装,先倒一瓶盖浇在他的眼睛上,再倒一杯给他喝。

天哪!夏学长跟金少天究竟是什么关系呀,连这种细节都知道,难道他们以前同居过……美术生就是画面感太强,我稍微一脑补就血液上涌,心脏狂跳。我转身打开冰箱,果然找到了薄荷水,我打开一瓶,倒了一瓶盖在他的眼睛上,他打了个寒战,紧皱的眉头渐渐松弛了下来。

我又倒了一杯递到他嘴边,他此刻温顺得像个绵羊,端起了杯子咕噜咕噜地喝起来,性感的喉结缓缓蠕动。

一口气喝完后,他连声"谢谢"都没说,倒头睡了过去。

我费力帮他脱掉鞋子,将他双脚抬到沙发上,给他找毛毯盖上,处理这种事我还算是有经验的。上大学后,张家男偶尔会跟余乐去酒吧鬼混,三更半夜才醉醺醺地回来,直接在客厅的地板上躺尸了,我有一次半夜上厕所,差点没被他吓死。

安顿好金少天,我总算缓了一口气。我又想起林欣欣,赶忙给她发了一条短信，这次她没有回我。我有点说不出的难过和失落，每次林欣欣遇上不开心的事都会独自消化，然后第二天就恢复了正常，好像什么都没发生过。可其实不是的，我知道，她不过是把这些不开心的事强行塞进了心灵的行李箱中，但是这个行李箱越塞越满，迟早有一天会撑破吧。我害怕这一天的到来，又隐隐期待着这一天的到来。

我刷着手机，由于折腾了一天实在太累，不知不觉竟然依在沙发上睡着了。醒来时，天已经亮了，身上还盖着一层薄毯。

迷迷糊糊中，我感觉有人在看我，我睁开眼睛，对上了金少天那张脸，他的脸逆着柔和的晨光，好看得有些不真实。

我微微一愣，赶紧坐直身体。

"昨晚夏之翰来过？"他问。

"……没有。"我揉着眼睛，醒了醒瞌睡，有点说不上的心虚。

"哦。"

我伸了个懒腰："你这人，我送你回家，你连一声谢谢都没有吗？"

"算上Party的事，咱俩扯平了。"

"好吧，那你至少告诉我，你这突发状况是怎么回事？下次要再出现，我好歹有个心理准备。"

"副作用。"金少天的语气稀松平常，好像在说天气。

"副作用？"

"嗯，一开始还好，可以控制。后来次数多了，就这样了，会有依赖性……"

"什么？！"我惊讶地捂住嘴，"金少天你……居然……怪不得你这么缺钱，这东西就是魔鬼啊！我妈的老同学的弟弟也这样，后来人都疯了，搞得家破人亡，你怎么可以这么糊涂啊，你想想你的家人，想想你的朋友，他们要是知道了该多伤心啊，不行，我现在就送你去戒毒所……"

"张爱珊！"金少天看着我，一脸看智障的表情，"你脑回路是不是打结了？我指的副作用是读心术的副作用。"

"哦哦……哦！"我恍然大悟，又想起外婆从小对我的告诫：不要随便使用催眠术，更不能用它干坏事，这世上一切东西都是有代价的，外婆诚不我欺！

回想金少天当时的情况，我不免心有余悸。紧接着，又有些说不上的感动，昨晚他大可以直接走的，但他却选择教训姜崇替我出这口气，要不是这样,他也不至于把自己搞成那副样子。

金少天别过脸,声音懒懒的:"我没什么大碍,睡一觉就好了,你用不着特意送我回家。"

"谁想管你啊,总不能把你扔路边吧?"我咂咂嘴,"哎,不对呀,你跟夏学长PK那天,一口气读了好多个人,怎么一点事都没有?"

"夏学长。"金少天声音玩味,"叫人家学长倒是很自然,叫我学长就不乐意了。"

"人家那才是学长的楷模好吗?"我瞥了他一眼,"你有个屁的学长样。"

金少天无所谓地笑笑:"我这读心术也分人的,心思单纯的人想法容易提炼,读起来不费力。像陈安娜的男朋友那种人,城府很深,心思藏得深,我必须在短时间内引导他的思想并且找出最准确的信息,属于高难度读心,一不小心就会玩脱。"

"没脱没脱,我这不是把你扛回来了吗,你丢脸的样子没人看到。"我嘻嘻笑。

"真的?"

"真的。"除了夏之翰。

金少天清了清嗓子:"鉴于你昨晚让我在大庭广众之下保持了完美的绅士形象,这次算我欠你一个人情。"

这个金少天,自恋起来连张家男都不是对手:"这可是你说的!"

"嗯。"

"那好,之前我爱慕虚荣假冒你女朋友结果弄假成真,这件事是我做得不对,我反省,我悔改!但你现在是学校的男神,是无数学姐学妹甚至是学长学弟爱慕的金大师,而我呢,一介草民,普普通通的……"

"说人话。"

"跟你扮契约情侣我实在压力太大,要不咱找个机会澄清了吧。你就当放过我,让我安安静静地过我的大学生活。至于毛毛哥我也想通了,还是让我自己去找吧,现在网络这么发达,我相信总能找到的。"我双手合十,"拜托了!金学长!"

"澄清关系可以,不过,我答应帮你找毛毛哥这件事还是要信守承诺的,所以你要替我完成一个委托案才能退社的约定也必须遵守。"

"我……"

"昨晚的委托案不算。"金少天抢断。

天哪，世上竟然还有如此厚颜无耻之人，这是要赖上我的节奏吗？忽然间，我有一种不好的预感，从他第一次帮我解围，到契约男友，到邀我入社团，怎么都感觉是在给我下套啊。难道说这个金少天……

"我不会喜欢你的，别自作多情。"

糟糕！忘了他会读心术，我赶紧避开他的眼神，想要离开沙发，刚一站起来才发现自己的右腿整个麻了，我身体一歪倒向金少天；金少天估计也还比较虚弱，没能扶稳我，跟着我一块倒在了沙发上。

门被推开了。

我这才想起来，昨天送金少天回家时忘记关门了。

"老金，我顺路给你买早饭，一块吃……"张家男手里拎着包点和豆浆，嘴里叼着一根油条，愣在门口。我大胆猜测，在张家男的眼中，此刻的画面一定不怎么友好。

我推开金少天，从沙发上爬起来，由于脚麻，走路还一瘸一拐："张家男你先冷静一下，事情不是你以为的那样，你先听我解释……"

张家男青筋暴起，浑身颤抖。

"快跟你哥好好解释。"金少天面无表情，眼神有点视死如归，"因为五秒后，他就会拿起我桌子上的镇纸石砸我脑袋，那东西算是古董了，很贵。"

"你还是担心你的脑袋吧！"张家男推开我，抄起桌上的镇纸石。眼看一场血案即将发生，我只好吼了一嗓子："张家男！"

张家男本能地回头，我立马盯住他的双眼，使用了催眠术。谢天谢地这次成功了，他安静下来，举起来的镇纸石"当啷"一声掉落在地上。

我赶紧捧住他的脸，继续催眠："你昨晚在金少天家过的夜，你在沙发上睡着了，然后你做了一个奇怪的梦……"

金少天第一次见我催眠别人，有些难以置信："你……"

"嘘！"我知道他对我的能力很好奇，也有诸多疑问，就像我对他的读心术也很想一探究竟，但现在可不是交流学术问题的时候。

"你还在做梦，一个奇怪的梦……"我慢慢引导着张家男，让他在沙发上躺下，金少天很有默契地把毯子替他盖上。

我赶紧整理好衣服和头发，深吸一口气，接着打了一个响指。

张家男猛地从沙发上坐起来，接着被我和金少天吓了一跳："啊！这是哪儿？你们、你们怎么在这儿……"

"你什么你啊？睡傻了吧？"我掐腰看着他。

"你昨晚可喝了不少，跑我这儿来撒酒疯，后来睡了过去，你妹今早特意过来接你的。"金少天迅速补充，逻辑可谓十分缜密。

"是吗？"张家男拍了拍脑袋，还有点迷糊。

"走不走啊？"我催促道。

"唉，"张家男垂头丧气，"老妹，你说我昨天是不是太过分了？"

我一愣："你也知道反省啦，真是稀奇！"

"哎呀，其实我昨晚没别的意思，我就是不想折了兄弟的面子，做兄弟最重要的就是讲义气嘛。"

"是是是，兄弟如手足，女人如衣服。"我讽刺。

"没那回事！我想跟林欣欣道歉的，但是她电话不接，给她发信息也不回。我记得我昨晚还去找她了，她没理我。"

"你找她？不可能！你只有在衣服破了、没钱花了、肚子饿了时才会去找她。我看啊，你以后还是别去骚扰她了。"

"你这话说的，她可是我妹啊，跟你一样亲！"

"谁想要你这种哥啊，专业坑妹二十年。好了，别磨叽了，快走吧，今天下午还有马哲课呢，我要回学校了！"

"等一下，我洗把脸，撒泡尿！"

张家男冲进洗手间，才到门口就开始解皮带，金少天用力将门关上。张家男在里面哼着小曲，不一会儿就大惊小怪地冲出来，手里攥着一个粉蓝色发卡："我去！金少天你洗手间里怎么会有女人的发卡？等等，这个发卡这眼熟，哪儿见过……"

糟了！昨晚把金少天送回家后，我去洗手间洗脸，顺手把发卡放在洗手台上了。怎么办？要是被张家男想起催眠之前的事，金少天的脑袋和我的"贞操"都不保了，催眠一段时间也没法再使用第二次。

我一把抢过发卡："这种款式很常见啊，你撩了那么多妹，觉得眼熟不稀奇。"

"也是！"张家男点点头，接着又一拍大腿，抓住了重点，"金少天！你该不会交女朋友了吧？还同居啦！看不出来啊，你小子闷声发大财。"

我简直被张家男的形容给折服了。

张家男搂住金少天的胳膊，色眯眯地问起来："快说说，到底是谁？本校的还是外校的？漂不漂亮，身材好不好……"

金少天指了指我，我的心一下子提到了嗓子眼儿了：金少天你疯了？！

张家男看看我，又看看金少天，又看看我，忽然捧腹大笑："哈哈哈哈不想说就算了，你当我傻啊……"

"张家男！你什么意思？！"

"不、不是……我的意思是，就他金少天怎么配得上你啊，他癞蛤蟆想吃天鹅肉……"

我气鼓鼓地瞪了金少天一眼：你的目的达到了，你满意了？！

金少天回了我一个眼神：很满意。

张家男还在笑，一屁股坐回沙发上，"吧唧"一声，一团白色液体就从他的大腿处飞出来，溅了我一身，我尖叫着闪开，衣服上全是豆浆汁。

"谁这么缺德啊，把豆浆放沙发上！这不是糟蹋粮食吗？"张家男赶紧站起来，发现一旁还有几个包子，他拿过来，闻了闻，咬了一口，"嗯？还挺热乎的，正好饿了。"

"你是饭桶吗？就知道吃！快给我找东西擦一下！"我要被他气死了。

"多大点事。"张家男可不把我当外人，抽出几张纸扔给我，顺便自己也擦了起来。我用纸擦了一会儿，完全不行，衣服全湿了，这样肯定没法出门。我问金少天："你这儿有适合我穿的衣服吗？"

"你觉得呢？"金少天一脸嫌弃。

"金少天又没有异装癖，怎么可能有适合你的衣服。来别人家就别挑挑拣拣了，随便换件得了。"张家男开始吃第二个包子。

"算了，凑合着穿吧。"我哀叹一声，真倒霉。

"卧室衣柜里有，自己去挑一件。"金少天推开卧室门，在我进门前他不忘补充，"别乱动其他东西。"

"谁稀罕！"我关上门前也不忘补充一句，"警告你不准偷看！"

"谁稀罕。"

这是我第一次见男生的卧室——张家男的卧室不算，那就是猪窝。金少天的房间比我预想中的要干净整洁，床上铺着纯蓝色的被套，窗户的光线将整个床铺照亮。窗户旁边有个老旧的衣柜，我打开衣柜，里面也很整齐，从T恤、衬衫到毛衣，再到牛角扣大衣，按季节挂好了。

我找出一件圆领的白色T恤换上。T恤稍显宽大，我只好将它放在牛仔裤里，对着衣柜上的镜子整理了一下，看着还不错。我正想臭美一下，一眼就从镜中看到身后桌上的一个相框，我转身拿起相框仔细打量。

照片正上方印有一排红字——星城福利院儿童节联欢会合影留念。照片上有二十多个孩子。咦？站在中间的人不是福利院的老院长李奶奶吗？啊，难怪上次我去找李奶奶会撞上金少天，难道他上高中时也参加过关爱老人的活动？紧接着，我有了更大的发现！我在照片中找到了金少天，年幼的他站在角落里，在那一片花儿一样灿烂的笑脸中，只有他倔强地紧绷着小脸蛋，显得格格不入。

我的心"咯噔"一下，金少天……是孤儿？！

仔细想来，金少天确实没有家人，也从没听他提过自己的事。真没想到呀，我跟他还挺有缘的，说不定我以前去福利院时还曾与他擦肩而过呢。

"还真是从小就一副苦瓜脸。"我嘀咕着，其实小时候的他倒是挺可爱的嘛，不像现在这么讨人厌。

"好了没？"门外金少天喊起来。

"马上——"我做贼心虚，赶紧将照片放回原位，又注意到了相框旁的小纸箱，里面码着一堆剪辑下来的报纸，许多报纸的年份都很久远了，我翻了翻，全是关于流星、日食和月食的新闻，金少天对天文学还真是痴迷呀。

纸箱的最下面压着一本陈旧的故籍，蜡黄的书封上歪歪扭扭写着几个很古老的字，像是篆体字，我只认得一个"金"和一个"古"，其他就只能瞎猜了。这本古书引起了我强烈的好奇心，我小心地拿起，轻轻翻开，一个像眼睛的奇怪图腾赫然印刻在扉页上，神秘气息扑面而来！在图腾的下面，印着瘦金体写就的一行字，字体还散发着金粉的闪耀光芒——凡是不能读心者，必帮之。

"帮之"两个字是墨水手写就的，看上去像是后来修复上去的。好古怪的书啊！不能读心？原来金少天的能力也不是万能的呀，那个不能读心的人是谁呢？金少天的身上，到底还有多少秘密呢？

"你在干吗？"

金少天忽然出现在我身后，我吓一大跳，书也掉落在地。他捡起书，轻轻抚摸着，确认完好无损才放回了原处。

"你你你！怎么不敲门啊？"

"敲了，你没反应。"

"我不是说过别乱碰我的东西吗？"

"对不起，对不起！我知道偷看别人隐私不对，但实在架不住好奇。我发誓！我什么都还没来得及看你就进来了！"

金少天盯着我，若有所思，几秒后，他淡淡开口："出去。"

"是！"我以光速跑出了房间，求生欲可以说是很强了。

02

可能是做了亏心事，之后一整个上午我都特别殷切。我来到社团办公室，又是给各位同事端茶倒水，又是打扫卫生，整理书籍。当我提着一袋过夜垃圾要下楼，垃圾袋就被一只瘦小白皙的手给抢过去了，万念也不说话，另一只手递过来一张纸巾，我刚接过擦了擦汗，他又从口袋里拿出一瓶娃哈哈给我，仍旧不说话；我开心地接过说了声谢谢，他仍旧不说话，眨了眨眼，便提着垃圾跑出去了，真没想到，他还是个大暖男。

金少天见我忙活得差不多了，拿出一台笔记本电脑塞到我怀里："帮我做一下行程单，顺带看一下邮件，有没有委托。"

虽然他完全把我当成秘书使唤这点让我很不爽，但一想到可以马上接触委托案我又兴奋了起来。张爱珊，加油，很快就能逃离这家伙的魔爪了。我找到位置坐下，打开手提电脑，桌面的右下角立刻弹出几封邮件，我按照顺序打开，第一封邮件就让我吃惊不已。

王：金大师，陈安娜的事就拜托你了。即便她不爱我，我也不希望她跟姜崇在一起，姜崇不是什么好人，请务必揭穿他的真面目。

金：委托完成，请汇尾款。

王：尾款已汇，谢谢！

"这人谁啊？还要回复他吗？"我将笔记本电脑端到金少天面前，哎，感觉自己真的变成他的秘书了！

金少天瞄了一眼："不用，尾款我已经收到了。"

"哦，他谁啊？你还没回答我的问题。"我好奇心上来了。

"陈安娜的护花使者，暗恋她很多年了。"

"唉，被人喜欢真幸福啊。"我不禁有点羡慕，"不过，你昨天那样直接戳穿她的男朋友，陈安娜一定很难堪吧？"

金少天露出他特有的带着嫌弃的微笑："原本我也没打算当场拆穿他，只怪那个姜崇太嚣张了。"

"不拆穿？那委托也就失败了啊？"

"不会，我直接读了陈安娜的心，发现她也不是真心喜欢姜崇，说白了,两人不过是互相利用,所以这桩委托案一开始就不成立,我什么都不需要做就可以收钱了。"

"有钱人的世界……真可怕。"我看了金少天一眼,下意识地挪开了一点:这个会读心的人更可怕。

金少天看了一眼笔记本电脑,忽然眼神被什么点亮了:"点开第三封邮件。"

"哦。"我照做。

"让开。"金少天嫌我碍手碍脚,干脆抢过电脑自己研究起来。接下来的几分钟他时而拿笔记录,时而皱眉思考,时而上网查找资料,不得不说,专注工作的男人果然很帅,这时候要再给他配上一杯咖啡,可以完美cos高管精英了。

终于,金少天放下笔,打了一个响指:"这个校外委托有点意思,你们来看看。"

张家男、王建宁和万念赶紧凑过来,我也想看,但是被他们给挡住了。我只能隐约看到"富豪"这些字眼。

"卧槽,高价啊!"张家男喊了起来,"干了这一票,够咱们吃半年了!"

"万念,赶紧去调查这人的来头……"王建宁喊起来。

万念赶紧回到了自己的电脑旁,噼里啪啦地敲起来,不一会儿,便竖起了一个大拇指。

"稳!"王建宁眼冒金光,"这次看我大显身手。"

"这次你不去,你没性别优势。"金少天从内房走出来,将一袋衣服扔给我:"张爱珊,你换上,你跟我去。"

我翻开衣袋,竟然是一套女性工作服和黑丝袜,一瞬间,我的脑袋就炸了。富豪?高价?性别优势?制服诱惑?

"金少天你这个变态!臭流氓!你把我当什么了!"我抓起纸袋扔向金少天的脸,冲上去就要跟他拼命。

03

彼时,我、金少天、张家男三人正挤在出租车的后座上。金少天揉着被我右勾拳打到的下巴,一脸愠怒。我穿着拘谨的女性小西装、黑丝袜和高跟鞋,一脸尴尬。张家男也西装革履,提着公文包,坐在我俩中间,不停地讲着笑话活跃气氛，然而一点都不好笑。

"钱啊！都是白花花的钱！谁跟钱过不去呢，是吧？"张家男推我一下，"还不快跟金社长道歉。"

"对不起咯！谁让你不说清楚。"

"我想说，你给我机会了吗？"金少天咄咄逼人。

"你一个大男生干吗这么斤斤计较啊，碰你两下至于吗？"

"'碰'和'人身伤害'有很大的区别。"

"你——"我还要说什么，司机一个急刹车，我一头撞上了前方的座椅，司机也真是没眼色！

我们三人下了车，目的地在郊区，前面是一幢宏伟大气的建筑，贫穷真是限制了我的想象力，私人医院怎么修得跟酒店似的。我正惊叹，金少天已经气定闲神地走进去，我连忙扯了扯清凉的短裙，小跑着追了上去。

"啊呀——"由于穿不惯高跟鞋，我差点崴到脚，金少天轻轻扶了我一把："你现在是我的助理，专业点行吗？"

没错，我此刻扮演的是金少天的助理，张家男扮演的是金少天的经纪人。这次的委托案，是一个企业家的临终委托，想让我们的金大师帮他落实遗嘱，而至于为什么我跟张家男需要分别扮演他的助理和经纪人，金少天给出的理由让人无法反驳：这样显得我比较贵。

"一会儿别乱说话，端庄、优雅，要假装这种案子你见过几百桩了。"金少天提醒道。

"是。"我回答。

"面带微笑，别露牙齿。"

"是……"我微笑。

走进医院大厅，一名漂亮的护士便挺热情地迎上前，她领我们走进豪华的电梯，按下了五楼，没人说话，气氛安静得有些尴尬，漂亮的小护士忍不住搭话："您就是……金大师吧？"

金少天板着脸，不经意地扫了我一眼。我在内心翻了个白眼，面带微笑，彬彬有礼地回答："正是。"

"我早就听说金大师神通广大了，没想到您这么年轻呀，还长得这么帅！"小护士有些兴奋，"金大师，可以给我签个名吗？"

金少天还是面无表情，我只好硬着头皮解释："那个，金大师施法前不爱说话，请见谅。"

"啊，不好意思，不好意思。"漂亮护士一点也不生气。

张家男倒是忍不住了："美女，我是他的经纪人，有什么事可以跟我……"

我狠狠踩了张家男一脚，他闭嘴了。

"丁零"一声，电梯门开了。我们在护士小姐的带领下来到了特护病房，刚到门口就听到混乱的哭喊声。

"爸，不要离开我们啊！"一个带着哭腔的男声在号啕大哭。

"爸！我们好不容易才相认，您一定要让我尽孝啊！"另一个男声立即抢着喊道。

随即，两人爆发了争吵。

"别在这儿乱叫，我爸还没认你呢！"

"DNA鉴定白纸黑字写着呢！"

"你当我傻吗？早不出现，晚不出现，现在出现，你就是为了分遗产吧？"一个尖锐的女声也加入了争吵。

"什么遗产不遗产的，你们这是咒爸爸快点死吗？我算是看清你们了……"

金少天摘下墨镜，走进特护病房，我跟张家男对了个眼色，埋头跟进去。

一个年约四十岁的贵妇正指着一个哭得梨花带雨的老妇人破口大骂。她们的身边各站着一位中年男人，估计就是刚才争吵的两个人。一群神色各异的男男女女陪同在一旁，一副看戏的样子，时不时地帮几句腔，看样子都是亲戚。而他们争吵的焦点——方先生，此刻正躺在病床上，戴着氧气罩，怒目圆睁，情绪激动。

一路上，金少天已经给我和张家男备过课了：方先生今年七十四岁，半年前突然中风后就一直瘫痪在床，不能言语，只有小指还能动弹。最近情况一日不如一日，家属间的遗产争夺也愈演愈烈，姐姐和弟弟本来争得不可开交了，现在还冒出一个早年的情妇，带着私生子过来要分一杯羹，金少天就是在这时收到富翁的律师委托的。

"各位别吵了。"金大师一开口，大家纷纷安静下来，想来早已收到消息，知道金少天就是方先生的遗嘱代言人。

"接下来,我将作为方先生的代言人宣读遗嘱。"

"金先生是吧?"方先生的女人,也就是那位贵妇上下打量了一下金少天,"咱老爷子都不能说话了,你一个外人来代言,不太合适吧?"

"就是!"方先生的儿子也说话了,"我们做儿女的难道不比你更了解爸爸吗?"

金少天镇定自若:"各位,稍后方先生将用他的一指禅解答你们的疑惑,他同意的话就会伸直手指,不同意就会弯曲手指。"

"这也太儿戏了!你该不会是江湖骗子吧?"老情妇也抗议了。

金少天对于众人的质疑不予理睬,转向方先生:"方先生,您是这个意思吗?"

方先生伸直了手指。

"我再次确认下,陈律师请你来做现场证明。"金少天上前一步,"现在,我将作为您的合法代言人。是,请您伸直手指;否,请您弯曲手指。"

方先生再次将小指头伸直。

金少天看向律师:"我的发言是否具有法律效应?"

方先生点点头:"有。"

金少天回头看向众人:"大家没有异议了吧?"

一时间,房间里鸦雀无声。

"好了,那就开始吧。"金少天来到方先生身边,俯身盯着他的眼睛,耳朵微微颤动。不一会儿,金少天点点头,轻声询问,"方先生,我再确认一遍,您让我替你抽儿子一个耳光?"

方先生伸直了手指。

大儿子蒙了,一下跪倒在方先生的床前:"你骗人!爸,您怎么会忍心打我……"

方先生再次伸直了手指,金少天毫不犹豫,挥手给了他一耳光:"你这个不孝子,不务正业,花天酒地,家里的产业都快被你败光了。我七十大寿那天你都没回家,现在还有脸说你孝顺?!"

此刻的金少天俨然已经方先生附体,众人都被吓住了。

"咳,大家不要惊慌,这是金大师在转述方先生的心里话。他的一切行为,都代表方先生的行为。"陈律师赶紧解释。

我愣了一下,立刻面带微笑地补充:"对,请大家不要惊慌。"

众人还没反应过来，金少天又转身给了私生子一巴掌："你年纪轻轻不学好，装成我儿子，怎么？也想分一杯羹？"

"私生子"怔怔地捂住半边脸："我、我我……"

"私生子"无话可说，他的母亲倒是激动地扑向了金少天："你胡说什么！我们可是做过DNA鉴定的，别想欺负我们孤儿寡母……"

张家男赶快过来将老妇人拉到了一边。

金少天冷笑一声，继续转述方先生的话："你当我傻？不知道DNA可以造假？现在给我滚还来得及，不然我就让律师告到你们坐牢！"

女人瘫倒在地，不发一语，"私生子"脸色煞白，连忙扶着"母亲"跑出了病房。天哪，这也行？！我在一旁都看呆了，但脸上还要强装镇定，一副司空见惯的模样。

大女儿得意地笑了起来，方先生这时弯起了手指，金少天见状清咳两声。

"好吧，到此为止，接下来我将代方先生宣读遗嘱。方先生打算将他的所有财产赠予……"所有人都竖起了耳朵，等待着下文，大女儿和大儿子一副胜券在握的样子，其他亲戚则相对淡定，毕竟他们也分不到什么大头，只是等结果公布后选择站队罢了。

"……护士小姐，小雅。"金少天说出这个名字时，房间内陷入了一片怪异的死寂，随后炸开了锅。

"不可能！金大师你在糊弄我们吧？遗产怎么会给一个外人！"一个站在后排的亲戚最先发话，其他人也附和起来，之前给我们领路的漂亮护士难以置信地捂着嘴巴，原来她就是小雅。

"你这个狐狸精！小婊子！"话音刚落，大女儿就朝小雅护士扑过来，险些将我撞倒，金少天上前将我扶住。

在一旁记录的陈律师一挥手，方先生的两名贴身保镖立刻上前拉开了大女儿，维护现场秩序。

大女儿不死心："爸！你病糊涂了？你怎么可以把遗产给一个外人啊！"

金少天上前一步，继续传达方先生的话："你这个不孝女，联合女婿低价转让公司股份，以为我不知道吗？我早派人调查过了，那个白眼狼根本不爱你，他在外面早就养了小三，钱一到手就会甩了你，你还不知道吧？"

"不、不可能，我们是真心相爱……我们……"

"你老公跟小三的录音我这里也有，想听的话去找陈律师！"

"不、不……我不信……"大女儿难以置信地摇着头，她看向陈律师，陈律师尴尬地咳嗽一声，从公文包里拿出了一个U盘："证据都在里面。"

"爸、爸……"大女儿跪在方先生的床边号啕大哭，"我错了，我真的知道错了……"

"自作孽不可活，我没你这个女儿！"

大女儿当场晕厥过去，一名保镖上前将她抬走。

金少天看向病床上的方先生："我最后一次确认，是这个结果吗？"方先生伸直了手指，眼睛直直地看着金少天。

金少天转身宣布："我决定，把所有遗产都留给小雅。因为在我人生最后的阶段，只有她给了我最真诚、最无私、最美好的关怀，这些胜过你们所有的虚情假意。就这样，通通滚蛋吧。"

金少天重新戴回墨镜，与陈律师点头示意后便离开病房，我跟张家男赶紧跟上，远离了身后这场闹剧。

"这个方先生真可怜，没一个亲人真的担心过他。"一直到离开私人医院，我还沉浸在这场遗产争夺战中。

金少天却冷笑一声："人家可用不着你可怜啊。"

我白他一眼，转念一想，也是，最后遗产全给了护士小姐也算大快人心了："真羡慕小雅啊，就这么一夜暴富，实现了多少人的终极梦想！不知道我现在转学护士还来不来得及……"

"你不行。"金少天笃定。

"凭什么啊？少瞧不起人，我照顾起人来那可是温柔体贴、无微不至，昨天……"我刚想说昨天的事你忘了，一想到张家男还在场赶紧打住。

张家男倒是一点也没察觉，他刚出来的一路上就缠着金少天问来问去，估计知道了什么隐情："金少天说得没错，你绝不可能！"

"为什么啊？"我不服了。

"因为你满足不了人家？"

"满足？"

"对，哪怕只剩下一根手指有感觉也能照顾得无微不至，必要的时候，还能让他体会到做男人的快乐，那个小雅可不简单。"张家男坏笑了起来。

我的脑袋卡壳了半天，总算反应过来，我给了张家男一脚："你们——臭流氓！"

走在最前头的金少天双手插兜，嗤之以鼻："上梁不正下梁歪，他们一家人都不是好鸟，不值得同情。"

我又羞又愤："我看你们也不是什么好鸟，净接这种乱七八糟的案子！"

"老妹啊，不是我说你，你也是时候离开温室，好好了解一下这个社会的阴暗面了……"

"不听不听！王八念经！"我捂着耳朵往前冲，忽然脚下一滑，我还没来得及埋怨这该死的高跟鞋呢，只觉得眼前一黑，大脑就关机了……

04

醒来时，我第一眼看到的是陌生的天花板，空气里也飘浮着医院特有的消毒药水味。我缓缓从床上坐起来，头还有点眩晕，四下一打量，果然是病房。房间内共有六张病床，我就躺在靠近门的位置。

张家男也太夸张了吧，不就是中个暑嘛，犯得着大惊小怪把我送医院来吗？我起身下床，刚走出病房，就看到老妈、张家男和航爸站在走廊过道上，三人互揽着肩膀，围成一圈，情绪激动地喊着："可以的，我们一家人一定能挺住……"

我被此情此景感染，也默默走过去，跟他们抱成一团："不抛弃不放弃！"

"对！不抛弃不放弃！加油！"张家男简直要哭出来了，他一抬头对上我的脸，像是见鬼似的蹿起来，"啊啊啊！"

老妈跟航爸也大惊失色："珊珊？！你什么时候醒的……"

"就刚才啊。"我嘿嘿笑，"航爸你不是还在出海吗？怎么回家啦？"

"哦，我请假了。"航爸乐呵呵地摸了摸我的头。

"怎么不提前告诉我呀！"

"这不是，想给你一个惊喜嘛。"

"哈哈，航爸你真好！"我一把挽住航爸的胳膊，"礼物呢？"每次航爸回家都会给我跟张家男带礼物。

航爸愣了下，总算反应过来："哦，礼物呀，那个礼物我一下忘了……"

"张爱珊！"老妈厉声呵斥，"你这孩子怎么不穿鞋就跑出来了！"

我低头一看，自己正光着脚，连袜子都没穿。航爸一巴掌招呼到张家男脑袋上："还不快把你妹背回去！"

"是！"张家男二话没说就要过来扛我。

"Stop！不劳烦了，我自己来……"我赶紧跑回病房，躺回到床上。一家人紧跟进来，把我牢牢看住。

"你们……今天怎么都怪怪的啊？"

"没有，你想多了！"张家男忙不迭地否认，气氛更紧张了。

我想要活跃一下气氛："哇，我该不会得绝症了吧？啊，欧巴，哦多克……"我开始模仿韩剧里患白血病的女主角，以前每次我这样演，老妈准被我逗得捧腹大笑，可这次她没笑。

"瞎说什么呢！呸呸呸！"老妈赶紧抓住我的手在旁边的木柜上敲了三下。小时候我说错话了，老妈总是让我这样做——木头敲三下，坏的不灵好的灵。

"那就回家呗，中个暑犯不着住院吧。"我再次起身下床，老妈一下子把我按倒："中暑也要引起重视，你现在身子这么虚，得好好休息！"

"就是，要多喝水。"航爸转身给我倒水。

"对，择日不如撞日，来都来了，正好全身检查一下！"张家男也搭话了。

"我撞你个头呀！你咒我是吧，我才不检查咧，我要回家了……"

"张爱珊！"我妈一声河东狮吼把所有人都给震住了，"我钱都交了，你今天必须给我检查！"

"可是我……"

"闭嘴，躺好！"

"哦。"

中午，我们全家人第一次在病房里集体吃盒饭。饭后，老妈便带我进行了一全套检查，又是抽血，又是照片，又是验尿的，最后竟然连基因检测都做了，我整个人都被搞崩溃了，要不是我妈铁着一张容嬷嬷的脸，我一定中途跑了。

全部检查完毕后，我重新回到病房躺好，老妈跟航爸开始收拾东西：

"珊珊，家里还有事，我们要回去一趟。"

我猛地坐起来："啊？你们都走了我一个人在这儿干吗呢？"

老妈一个眼神瞅过来。

"去吧，再见！晚安！么么哒！"本能的求生欲让我露出岁月静好的微笑。

当晚我失眠了，我躺在充满着呼噜和磨牙声的病房里，盯着灰蓝色的冰冷的天花板，说不出是难过还是孤单。这还是我第一次住院，打小我就吃嘛嘛香，身体倍儿棒，偶尔感冒了去诊所开点药就好了。现在这算什么事啊，一套检查下来也没有任何结论，还得在医院孤独过夜，真是虎落平阳被犬欺啊。

很突然地，我想起了金少天，想必读心术的副作用经常折磨着他吧，跟他一比我实在不算什么。难道我这次的突然晕倒也跟我使用催眠术有关？说起来，最近我的确频繁使用了催眠术。我决定找金少天交流一下，我给他发了一条微信：金社长，把我丢医院一声不吭就跑了，也太不够意思了吧？

三分钟过去。

哼，居然不回我？

我把手机往枕头下一塞，睡觉睡觉！

第二天早上我醒过来时，老妈正趴在床边睡觉，也不知道她是何时过来的。她平时忙着足疗店的生意，又要操持家务，好不容易闲下来了还不忘去跳广场舞挥洒中老年青春，总是一副风风火火的模样，我从没想过，当她安静下来的时候竟然是这样一个瘦瘦小小的女人。我记得小时候老妈的头发又黑又浓密，如今她头发稀疏了不少，两鬓也有了白发，我伸出手，轻轻地摸了摸她的头发，心中一阵酸涩。

"我想要带你去浪漫的土耳其，然后一起去东京和巴黎……"老妈放在床头柜上的手机响了，我顺手帮她接了一下。

"喂，您好！我是看到转让信息……"老妈醒过来，她飞快地抢过手机，起身就往门外走："喂！您好您好！对对对……"

老妈接完电话便回到病房拉包包："珊珊啊，妈妈有事回去一趟，你好好躺着，一会儿你哥就过来了。"

"妈，我跟你一块回去吧，医院我睡不惯……"我在床上打滚撒娇。

"胡说！我来的时候你睡得可香了。"

"我饿了,我想回家吃饭!"

"嘿,饭来了!"张家男来得可真是"及时",老妈不再理会我,头也不回地走了,背影透着一股子绝情。

张家男笑嘻嘻地走到我床边,无视我不满的眼神,自顾自地升起桌板,将一个便当盒放到我面前:"噔噔噔噔,超营养爱心便当!"

"无事献殷勤,非奸即盗!"我瞅了一眼张家男:鸡窝头,胡子拉碴,两个黑眼圈能cos熊猫了,这家伙八成又在通宵打"吃鸡游戏"吧。

"咱们两兄妹不是向来感情好吗?!"他一边睁眼说瞎话,一边揭开盒盖——煎得半生不熟的鸡蛋上用甜得发腻的番茄酱画了一个熊脸,丑死了。

"你是想毒死我吧?"我夹起鸡蛋,蛋液就从筷子戳破的地方流了下来。

"走心蛋懂不懂!"

"是流心蛋,没文化真可怕!"我白他一眼,吧唧吧唧吃起来,"好咸!我要喝水!"

"不可能啊,我都是按食谱来的,你等着啊……"张家男找半天没找到水,提着开水壶跑出去了。

张家男刚走,他放桌上的手机就亮了。我探头一看,全是英文。可以啊这小子,撩妹都撩出祖国与国际接轨了!我赶紧拿起手机,输入"1234",密码错误;又输入"4321",解锁成功。这白痴,说什么"最简单的就是最意想不到的",从小学开始所有的密码几乎都是这几个。

我点进邮件,还真是一封全英文书写的,虽然我也不认识,但还是捕获了最关键的信息——"Welcome to America."。

"No!Thank you!"我用尽毕生的英文实力完美地回绝了对方,然后删掉邮件,迅速放回原位——林欣欣,不用谢我,这是好姐妹应该做的。

等了半天,也不见张家男回来。估计他去给我打水时又被哪个漂亮的护士小姐给勾了魂吧。我忽然有一个大胆的想法,三分钟后,我把这个想法付诸了现实——偷偷溜出了医院。

工作日的下午,街上人不算多,回家必经过老妈的足疗店,我本来还担心会被老妈发现,没想到足疗店没开门。

我心中隐隐有些不安,我妈是出了名的工作狂,最近又是生意旺季,她还特意招了一个兼职小妹当助手,今天怎么会歇业呢?我走进一看,卷闸门上竟然贴着一张广告：旺铺转让。我正惊诧，忽然听到熟悉的声音，转身一看，老妈站在不远处的路口正在跟一个中年男人拉扯。

"算我求你了行吗？我求求你……"此刻的老妈跟平时那个精干聪明的女人判若两人，她也顾不上丢脸，在大庭广众之下抓着一个男人的胳膊，几乎在哀求。

男人四五十岁的模样，发福得很严重，啤酒肚都快掉下来了，他脖子上挂着一条大金链子，光头，眼角长着一颗痣。咦，怎么觉得这个男人有点眼熟呢？我一愣，下意识摸了摸自己的眼角，也有一颗痣。

"我不能没有我女儿！我就这么一个女儿……"

"那我又做错了什么，你就可以这样骗我吗？"

"别以为我不知道，你就要去美国了……"

人渐渐围上去，我妈哭得梨花带雨，她抓着男人的手怎么也不肯放，无助的身影就这样被人群一点点吞没。

我远远看着，却不敢再上前一步。

一阵猛烈的心慌后，我难以承受，拔腿就跑。

最近发生的事一件件浮现在我的脑海中：基因检测，张家男对我反常地好，和国外的人联系，足疗店转让！让我感觉熟悉的陌生男人……忽然间，我想起一个人——我的亲生父亲。爸爸的长相我已经记不清了，他死的时候我还太小，印象中他很温柔，笑声爽朗，肩膀宽阔，总喜欢把我举高高，用下巴上的胡子扎我。妈妈嫁给航爸后，也似乎有意藏起了爸爸生前的照片，不给我看，她只告诉我，爸爸是警察，在我三岁那年死于一场车祸。可其实这些事我一点印象都没有了，说不定，我妈一直在骗我，其实我爸没有死……

不！

这太魔幻现实主义了！我不接受！

回过神时，我已经冲到林欣欣家楼下。如今我也不知道还能去找谁，林欣欣接到我的电话，立马冲下了楼。一见到她我就忍不住哭了，林欣欣整个人都慌了，我一下就想明白了，林欣欣肯定也知道了。

"欣欣，我不想离开你们……"

"你都知道了？"她也哭了出来。

"要不是我自己发现了，你们还打算瞒我多久？"

"对不起！我们……也是不知道该怎么和你说……你别担心，会有办法的，阿姨和叔叔都在想办法，我爸也认识一些这方面的人，也在想办法……"

"太好了，你们没有放弃我……"

"你胡说些什么，没有人会放弃你，你也不能放弃自己知道吗？一定要抗争到底！"

"可是，我感觉这不是我能决定的。美国太远了，我不想去美国生活，我英语那么差，你们都不在美国，毛毛哥也不在……"

"你别想太多，我们都跟你在一起！"

"移民美国要花不少钱吧？我妈都在变卖家产了，我不希望这样……"

"应该也不用移民吧，而且钱没了还能赚！这些都不是问题！我们一定会一直在一起的！"

在林欣欣的安慰下，我渐渐止住了哭泣。

林欣欣陪着我回家，一路上，我嘱托她千万不要告诉我妈我已经知道一切，这样她一定会难过，我也会更难过，林欣欣点头答应。

刚回到家，一辆轿车就在我们身旁停下。我抬头一看，果然是那位带着大金链子的光头男！他摔上车门，还在气势汹汹地打电话："跑得了和尚跑不了庙！你别跟我来这一套，大不了咱们法院见，看法院怎么判。"

我不知哪来的勇气，扔下林欣欣，冲到他前面，一把打掉他的手机！

"你为什么现在才回来找我？"尽管我根本不想跟他去美国，但其实我还是很在意，毕竟，眼前这个人是我的生父。

"什么？"他一脸莫名其妙，似乎还没认出我。也难怪，这么多年不见，他肯定都认不出我了。老妈让我一直住院，估计也是担心他会找上家来，想让我躲开他吧。

"我就是张爱珊！请你以后不要再来了，我是不会认你的！"

"你这话是什么意思？"他很气愤。

"我不会跟你去美国的！我长这么大你有管过我一天吗？现在忽然出现，就想把我带走？！没门！我没有你这样的爸爸……"

他张大了嘴，猛地后退一步，看来他终于认出我了。

他努力整理了一下情绪，猛地醒悟过来："你少跟我来这套，认干爹也没用！你回去告诉你妈，关店可以，我会员卡里的8000块必须全额退还给我,就现在!没有宽限了,我去不去美国是我的事,你们店既然要转让那就得退钱!查出脑癌怎么了,又不是我让你患的脑癌,你弱你有理是吧……"

他噼里啪啦说个不停,口水溅了我一脸。

那一刻,很难形容我复杂的心情:太好了,原来这个肥头大耳的油腻中年男人不是我爸,我不用离开这个家跟着他去美国生活了;原来一切都是误会啊,是我想象力太丰富才虚惊一场;原来我不过是查出了脑癌……等等,脑癌?!

Chapter 6

抱歉啦，金少天，之前你利用了我那么多次，这次，也让我利用你一下吧。

01

我，张爱珊，一个刚上大学的十八岁少女，青春洋溢，大好人生，怎么就穿着蓝色病号服躺在了病房里呢。几天前的下午，我心血来潮拉着林欣欣一块体检，我的体检结果诊断不明确，便通知了我的家属；之后我再次晕倒，我老妈便执意拉着我做一套全身检查，最终检查出来的结果我真是死都没想到，我的脑袋里竟然有一块硬币大小的黑色阴影，最终医生断定这是一个恶性肿瘤，由于它压迫到了大脑的血管，我才会无故晕倒。

我张爱珊，患上了脑癌。

最初的几天，我哭闹，逃避，拒绝接受这个残忍的事实，我想不明白为何自己明明长着一张平安到老的女配脸，怎么就搭上了红颜薄命的女主命。但是短短一星期，我就消停了，我不再苦恼，也不再逃避，面对小心翼翼的家人和朋友，我比他们更懂事，经常还要强颜欢笑地反过来安慰他们。我也会主动配合医生的检查和治疗，也绝不会再提"死""癌""永别"之类的字眼，尽管我知道这些字眼离我越来越近。

原来，人是真的可以在一瞬间长大的呀。

住院第二周的一大清早，我从病床上醒来，听到有人在聊天。我翻过身,原来是隔壁床的老婆婆,老婆婆今年快七十了,身子骨一直很硬朗,某天下楼时脚底打滑,把腿给摔断了,这才住了院。她老伴是一个看起来特别像龟仙人的老爷爷,正在一口一口地喂她喝粥,两人有一搭没一搭地聊着。老婆婆一直念叨着想吃红烧肉,老伴不准她吃,因为医生特别叮嘱过。老婆婆像个小孩子,可怜巴巴地念叨着:"早知道以前就该多吃点……"

吃红烧肉,多小的一件事啊,可对老婆婆而言却成了人生的一大遗憾。我猛地从床上坐起来,不行,我的时日或许还没有这位老婆婆多了,可我还有太多没来得及完成的事。我掏出手机,决定把这些愿望列一个清单。

我本想在记事本上写下"愿望清单",反应过来时才发现自己写成了"遗愿清单",我歪过头,抹掉眼角的泪,张爱珊,要坚强,要乐观,不能被病魔击垮。

写什么呢?我努力回想生活中的小遗憾,立刻回忆起高一的暑假,我和林欣欣在步行街的一家文身店门口推推搡搡了好久,最终还是没敢进去。那时候我觉得在自己的身体上留下永远的印记多么疯狂啊,如今再看,这副身体迟早会被病魔带走,还有什么好怕的呢?

第一件事:文身。

思绪纷飞,我又记起某些模糊的片段:爸爸牵着我的手,我不记得他的面容了,但还记得他手掌的温度和身上淡淡的香皂味。我摇摇晃晃地站在游乐园的过山车下面,指着过山车咿呀说话,爸爸蹲下来,将我抱在了怀里:"珊珊乖啊,长大了爸爸就带你玩。"

第二件事:去坐一次过山车。

脑海中又浮现出一望无际的大海,刚搬到张家男的家时,航爸每次回家都会给我带礼物。七岁那年他给我带了一串贝壳项链,上面还能闻到淡淡的腥味,航爸说那是大海的味道,他说海上的日出特别漂亮,只要看着那日出,就会觉得一切都有希望。我一直想着结业礼再跟林欣欣去看一次大海,现在看来得提前了。

第三件事:去海边看一次日出。

第四件事:希望妈妈跟航爸永远恩爱,健健康康。

第五件事:希望外婆长命百岁。

第六件事:希望林欣欣能找到自己的真爱。

第七件事:希望张家男别再到处撩妹了,快点成熟起来。

写到这,金少天和夏之翰的脸莫名浮现在我的脑海中。

第八件事：希望金少天和夏之翰可以解除误会，和好如初。

第九件事：去给爸爸扫墓。

最后一件事，终于，我还是想起了时光深处的童年，那个站在晨曦下发着光的男孩。我以为我会在记事本中写上：找到毛毛哥。可我没有，原来在生命的最后一刻我才发现，我并不是那么相信奇迹。

我苦笑着写下第十件事：神啊，快让我谈场恋爱吧！

"张爱珊？"

"啊——"我吓了一大跳，手机唰的一下飞出去，落在地上，"张家男？你进来先敲个门呀，你要吓死我啊……"

"我看你写得那么认真，就没敢吵你。"

张家男放下他的升级版爱心便当，帮我把手机捡起来。我拿过一看，手机黑屏了，开机也没反应："你看你干的好事，我才买没几个月呢！"

"没事，不怕！我这就叫万念给你修。区区一个小手机算啥，宇宙飞船他都能修好！"张家男把手机塞进口袋，转身就跑，差点跟门口的老妈撞上。

"哎呀，小心点！你这孩子，刚来怎么就要走……"老妈稳住手中的一袋水果，给张家男让开道。

"我把珊珊的手机弄坏了，这就去给她修！"张家男一溜烟就跑了。

老妈边叹气边摇头，来到我床边坐下，拿起一个苹果就开始削。老妈削苹果特别厉害，一口气全削完，苹果皮也不会断，拧在手里像个弹簧灯笼。每次我都叹为观止，这次也一样，我接过苹果，咬出一口清脆的声响："妈，你手真巧！"

"巧什么，用点心就行。"老妈不以为然。

"怎么会，你看张家男就不行，手跟脚似的。"我说。

"这也不能全怪他。"老妈笑了，"你还记得你小时候，有次上树抓蝉结果摔断了胳膊的事吗？"

我点点头，当然有印象。毛毛哥搬走后的第二年夏天，我一听到蝉鸣就会想起跟毛毛哥度过的暑假，心里特难受，晚上我被蝉声吵得睡不着，跑到后院去爬树，蝉没赶跑，人摔了下来，不仅把胳膊摔断了，腿也被尖树枝割破，流了好多血，醒来时人已经躺在医院。

"当时我和你航爸，还有家男都在医院，医院血库刚好缺你的血型，从别的医院调过来也需要时间。身边人一问，张家男跟你的血型配，当时老航就跟医生商量,让张家男输血给你,张家男听见了特别害怕,他犹豫了两分钟,还是答应了。"

"哼!还算他有良心。"我又吃了一口苹果。

"输完血后,你猜张家男睁开眼后第一句话说了啥?"妈妈还在笑,眼角却含着隐隐的泪光,"他问医生,我什么时候死呀?"

我愣住了。原来,当年那个调皮捣蛋的张家男以为只要输血给别人自己就会死。原来他犹豫的那两分钟里,是在下定决心拿自己的命换我的命。我鼻子一酸,眼睛也红了。

"医生担心张家男输血过多,留院观察了一天,顺便给他做了检查,发现他患有多动症。"

"多动症?"

"嗯,就是精力过剩,消停不下来,注意力不集中,在情感表达上也有偏差和障碍。你别看他老欺负你,其实他比谁都护着你。"妈妈哽咽了,她歪过头,悄悄抹泪,"你说,咱一家多好啊,一直像现在这样多好呀……"

"妈……"我再也忍不住,抱住妈妈哭了,"我不想死,我不想离开你们!"

"别说傻话!我女儿才不会死!"妈妈摸着我的头,"我昨天找大师给你算了一卦,大师说了,你能活到九十八!"

"真的吗?"我抹了抹眼泪,"准不准啊?"

"准!这大师年轻有为,名号特响亮。"

"谁啊?"

"叫金大师,你哥介绍的。"

我一口老血差点吐出来,好你个金少天,都坑到我妈头上来了!

第二天上午,张家男又过来了。他说给我带来了两个好消息,第一个好消息是我的手机修好了。我接过手机,屏保图换成了一个猪猪天使,上面还有一行字:小珊,早日康复。我会心一笑,会叫我小珊的人只有万念了。

想到这,我忽然有点失落,连平日不怎么说话的万念都知道关心一下我,那个金少天,从我查出脑癌到现在,别说过来探病,竟然连一条问候短信都没有。好歹我们曾经也是"契约情侣",这些天我加入委托社也帮了他不少忙,他真是一点人情味都没有。

张家男又跟我宣布第二个好消息:"珊珊,我跟欣欣在一块了!"

"噗",我一口香蕉吐到张家男的裤裆上,张家男立马蹿起来:"你干吗呀……"

"我还想问你呢！"我放下香蕉，"你想干吗啊，我警告你，她是我最好的姐妹，你要拱白菜去拱别人家的……"

"我不是拱白菜，不是撩妹！"张家男赶忙保证，"我这次是认真的。"

"认真的？"我难以置信。

"嗯！"张家男重重地点头。

"不行，你得发誓！"

"我发四！"张家男举起四根指头。

"发誓！"

"我发誓！我对林欣欣是认真的，如果骗你……"

"行了行了！暂且相信你。可是……为什么啊？你不是不喜欢她吗？你不是觉得跟她在一起像乱伦吗？"

"怎么说呢，她以前老跟你在一块，我这不就被误导了嘛，觉得她也跟你一样是我妹妹。"张家男揉了下鼻子，歪过头，"最近你们都上大学了，我对她感觉也不太一样了。而且上次泳池派对，她帮我的事我其实也特别感动……"

"那欣欣……答应你啦？"我瞪大了眼睛。

"答应了。"张家男嘿嘿笑。

我哽住了，忽然间我有点想哭，林欣欣跟张家男终于在一起了，真好啊，我真心替他们两个高兴！再想想我，到死还是单身狗一只。我抬高声音："张家男！我警告你，你要是敢对不起林欣欣，我就算做鬼也不放过你……"

"呸！什么鬼不鬼的，别瞎说。"张家男掏出一把车钥匙，在我前面晃荡，"所以，为了庆祝我跟林欣欣在一起，我们决定明天自驾游去小北海，你也一块儿去，车子我都跟朋友借好了。"小北海是近两年新开发的一个旅游景点，离星城不远，开车走新高速的话五个小时能到，我跟林欣欣早想去了。

"我才不去。"我吃了一口香蕉，其实看海这种事我还是很心动的，可是现在不一样了，张家男跟林欣欣都好上了，我不就成电灯泡了吗？到时候他们在海边你侬我侬，我在一旁吃皇家狗粮，这也太惨了。

张家男似乎早料到我会拒绝："放心好了，林欣欣帮你找了个旅伴，绝对超值!"

"谁啊?"

"明天你就知道了。"

02

怀着对人生第一次看海的期待,以及对我的"神秘旅伴"的期待,我一夜都没怎么睡好。清晨林欣欣来医院接我时,我整个人都迷迷糊糊。在医院诸多的不方便,我拖拖拉拉,半小时后才跟林欣欣下楼。以前等我半分钟都嫌久的张家男这次倒是毫无怨言,还殷勤地帮我开车门,果然病号的待遇就是高啊。

"你们不是说还有……一个人吗?"我犹豫半晌,还是把金少天的名字吞了回去,想来想去,张家男也只能找他了吧?

"哦,他去买饮料了,马上来。"

话刚说完,我旁边的车门就被打开了。

"好久不见啊,我还以为你……"死字挂在嘴边,我愣住了。

"以为我怎么了?"夏之翰在我身旁坐下,笑得一脸阳光,他掏出一瓶苏打水,替我拧开了盖子。

"没、没什么,辅导……不,夏学长好。"我接过水喝了一口,心怦怦直跳,说不上是惊慌还惊喜,我真的没想到会是夏之翰,这个旅伴也太耀眼了吧!

"感觉你不太欢迎我呀?"夏之翰察觉了我的情绪。

"不是不是!怎么会,我是太意外了,没想到会是你。"我如实回答。

我本来想问他怎么有空,但转念一想就明白了。林欣欣肯定把我生病的事告诉夏之翰了,夏学长人那么好,一定不会拒绝的。

"谢谢你啊,夏学长!"我心里感激。

"谢什么啊,我要谢谢你们才对,我老早就想去看海了。"夏之翰凑过来,特绅士地替我系好安全带,我的心跳更快了。

"出发咯!"张家男兴奋地喊起来,"林欣欣,把安全带系上,咱们走起!"

我有点不满了:"张家男,你就不能帮她系一下吗?"

"啊,不用了,我自己来就好。"林欣欣红了脸。

"对啊,她又不是没手。"

"她是你女朋友啊，你能不能走心点，你平时泡妞那股殷勤劲哪去了！"

两人被我一吼，一副恍然大悟的样子，张家男赶忙将林欣欣已经系好的安全带解开，然后再系了一次，但这动作……怎么看都不温柔啊！张家男怎么回事，平时撩妹不是一套一套的吗？怎么换成林欣欣就这么随意，自家的豆包就不当干粮了是吧！看来这一路上少不了我的助攻了。

"一般小情侣开车不是都会握着手吗？"我忍不住又添了一把火。

"不用了吧……"林欣欣的脸唰一下红了。

"老妹你偶像剧看多了吧！"张家男激动地解释道，"我这只手要随时挂挡的，老抓着林欣欣，一会儿高速路上可得得殉情了！"

"是啊，安全第一。"夏之翰也笑了。

好吧，姑且放你们一马。

路程不长不短，五个小时，但由于出发较晚，又在收费站堵了一会儿，半路我们还在高速路的休息区吃了一顿饭，到达小北海的时候已经是下午四点。我们开着自动导航，又花了半小时才把车开到了附近的海滩上。

两个男生从后备厢拿出帐篷安营扎寨，看上去文质彬彬的夏之翰做起体力活来也毫不含糊，比毛手毛脚的张家男靠谱不少。

扎好帐篷已是傍晚，我们在附近搭了一个简易的烧烤架，新鲜的烤肉在炭火上嗞嗞作响，小油珠争先恐后地往外冒。我很想帮忙，但大家都把我当重点关照的病号，啥也不让我干。我只好坐在沙滩上吹着海风，潮湿的空气中飘着淡淡的腥咸味，落日余晖，夕阳把一望无际的海面染成一片橙红色，我闭上眼睛，只觉得心旷神怡，内心也变得柔软和宁静。

不一会儿，烧烤就弄得差不多啦。

大家打开啤酒和饮料，开始吃晚饭。

"来，多吃点。"夏之翰夹起一块烤得焦香的五花肉放到我碗里，看着他饱含笑意的眼睛，我总觉得他知道我在想什么。

我赶忙把手中烤好的玉米放到夏之翰的碗里："谢谢学长，你也多吃点！"

我跟夏之翰都知道互相关心，可张家男却光着膀子一个人狼吞虎咽，林欣欣在一旁不停地翻弄着烤肉，不时给他夹菜，我气不打一处来，抓起一瓣蒜丢过去："张家男，你能不能照顾一下你女朋友啊！"

张家男嘴里不停，顺手夹了一块肉丢到了林欣欣碗里。

"人家小情侣都是互相喂着吃的呢！"

"哎呀老妹！"张家男有点烦了，"法律还规定一定要怎么谈恋爱吗？咱们这不挺好的吗，我吃，她夹菜，多默契啊，是不是！"张家男看了一眼林欣欣。

林欣欣点点头："是呀，他要是对我太好，我还不习惯。"

我恨铁不成钢地叹了口气："林欣欣我跟你说，这男人不能惯，越惯越浑蛋。"说完我又立马补充，"夏学长除外。"

"凭什么啊？"张家男来劲了。

"因为他长得帅，不像你油腻得跟只猪蹄似的。"

"你哥也不赖吧……"林欣欣小声抗议。

我急了："欣欣！你这都还没嫁呢，胳膊就往外拐了！"

"塑料姐妹花，转眼就分家。"张家男添油加醋。

"林欣欣嫁过来后就是你大嫂了，又是一家人了。"夏之翰也愉快地加入了战局。之后晚饭就在自助烧烤和斗嘴中愉快地结束了，为了第二天能早起看日出，不到十点我们就钻进了帐篷。

"欣欣，你和我哥在一起开心吗？"我常和林欣欣同床共枕，闺房夜话。但这次的感觉格外不同，因为这是我们第一次在外面睡帐篷，也很可能是最后一次。想到这，我下意识地抱紧林欣欣的胳膊，把脸埋进她柔顺的长发中。

"开心啊，你怎么这么问？"

"我哥他粗枝大叶的，对女生一点也不细心，可他人其实不坏……"

"我知道，张家男是什么样的男孩，我比谁都清楚。"林欣欣眼神温柔，我却突然有些心疼，张家男对她来说真的是一个好选择吗？想想，我又觉得这个念头很傻，喜欢谁爱上谁，这种事哪有什么选择呀。

那一夜，我半睡半醒，梦很浅很乱。梦里出现了很多人，醒来的时候天还没亮，帐篷外隐约传来了忧郁的海浪声，我一看手机，凌晨四点，林欣欣睡得正香甜。我睡意全无，便悄悄出了帐篷。

张家男借来的面包车停在不远处，像一只被遗弃在岸滩的海兽。天空灰蒙蒙的，沙滩上空无一人，这个世界好像只剩我一个人了，一股巨大的孤独感将我包围。我花了好久才缓上一口气，爬到车顶坐下，默默地等待着日出。

凌晨的海边比想象中要冷，风大了起来，吹乱了我的头发，钻进我的领口和衣袖。我抱住膝盖缩成一团。忽然间,海平线发出光点,云层迅速从灰色变为绯红,最后变成了耀眼的金色,仿佛上帝打翻了一罐黄金流沙。一时间,体内所有的寒意都被驱散,一股不可思议的暖流涌向我的全身,一切都宁静地发生着,却又那么惊心动魄。

我一个激灵坐起身,想把大家都喊醒,可我立马又停下了,我意识到他们的人生还会有无数次日出,而我却是最后一次。

我想起了《小王子》的故事,小王子独自看了四十四次日落的那一天,因为和最爱的玫瑰花吵架了,所以他很悲伤。现在的我或许和他一样悲伤,我和我最爱的花走散了,我永远也找不到他了,所以我只能一个人在这里看第一次也是最后一次日出。

夏之翰将外套轻轻地披到我肩上时,我还以为是自己的幻觉。我回头看着不知何时出现的夏之翰发起了愣,直到他伸手为我擦去眼泪,我才相信他是真实存在的。

"真美啊。"他抬头看向日出,眼睛里金黄一片。

我点点头。

"想哭就哭吧。"初升的太阳光洒在夏之翰身上,蒙上了一层温暖的光,他微微笑着,比晨曦还温柔,"纸巾有,肩膀也有。"

我怔了两秒,"哇"的一声大哭起来。我倚着夏之翰的肩,很想跟他说一声谢谢,但是我什么都说不出,只能不停地哭。我以前也没觉得这个世界多美好,现在要跟世界告别时,才发现这么难。

下午四点,我们回到了星城。

张家男将林欣欣和夏之翰送回长南大学,再送我去医院。半路我喊住张家男,让他带我去一趟墓园。

来到墓园时已经是黄昏,张家男跟我亲爸不熟,有点不好意思,便站在山脚下等我。我沿着干净的水泥道爬到半山坡。爸爸的墓很好找,两边都生长着一棵肃穆的柏树,墓碑上镶着一张褪色严重的证件照,照片上的面容已经十分模糊,依稀可辨是一脸笑容。

以前我每次来探望爸爸,都觉得照片里的他比上一次又年轻了一些。后来我才发现,是因为自己正在一天天长大,要不了多久,我也会长到爸爸这个年纪,再一点点超过他。有一次,我甚至梦见了白发苍苍的自己跟年轻帅气的爸爸坐在一块烤火,我牙齿都要掉光了,爸爸还叉着烤红薯问我要不要吃。不过以后,我再也不用担心自己会变老了,再也不用担心爸爸认不出我了。

"爸,我生病啦,估计治不好了。我有点怕,但也不是很怕,至少你一直在那边的世界等我,对不对?我就是……有点舍不得,我舍不得我妈,还有大家。爸,你说,我要是死了,毛毛哥会知道吗?算了,还是别让他知道了吧。我怕他知道了会伤心,其实我也有点怕,怕他知道了并不伤心,那样我会更伤心,不过我都死了,伤不伤心也不重要了……"

不知不觉夏天就快过去了,初秋的风温柔而缓慢,树叶落下的速度也很慢,或许连眼泪也是如此。我像个老太太,絮絮叨叨地跟爸说了很多话,把这些年没有说的、藏在心底的都一一告诉了他。

暮色四合,我走出墓园,张家男还坐在山脚的水泥台阶上,夕阳的最后一丝余晖打在他宽阔而弯曲的背脊上,就像一尊年代久远的雕塑。原来多动症的人,也会有这么安静和落寞的时候呀。

张家男站起来,拍拍屁股,强打起精神朝我笑。

"哥。"我看着张家男,我很少叫他哥的。

"怎么啦?"

"如果……我明天没醒来,照顾好我妈。"

张家男先是一怔,慢慢地,他垂下眼,闷声点了点头。这次,他终于没有骂我在胡说八道了。

第二天是个好天气,我一觉醒来,发现天空特别蓝,心情似乎也跟着好了一些。

上午十点,我把自己收拾干净,穿上手术服,安静地躺在手术床上,在全家人的目送下前往手术室。怎么看,这都应该是悲壮的一幕,而我也做好了最坏的打算。可我怎么也没想到,几分钟后金少天和夏之翰会一起杀出来,对我展开一场花式告白,顺便把两个小护士感动得不要不要的。

好了,让我们回到故事的最初,短短一分钟,可能只有三十秒,我快速把自己的小半生回顾了一遍,只为了在这两个男神之间做出选择。但凡是审美正常、发育健全的花季少女,不管摊上这两个颜霸中的哪一个,都应该是血赚不亏吧?但我都没选,因为我张爱珊虽然患上了脑癌,但还不至于脑残。

这两个人,明显就是在演戏!后来我才知道,张家男偷看了我的遗愿清单，在看到我遗愿清单的最后一条是想谈恋爱后——我发誓我真的只是苦中作乐随便一写啊，便告诉了林欣欣，最终林欣欣找上了夏之翰，而张家男找上了自认为身边最拿得出手的朋友——金少天，他们想着，至少其中一个会答应吧，谁知道这两个人都决定过来"送我最后一程"。

面对我的沉默，金少天和夏之翰只能尴尬地等待着。

"让一下，让一下！"老妈从金少天和夏之翰中间挤进来，"你们的心意我先替珊珊心领了，一切等我女儿手术完了再说吧。"

两个男生恭敬地点头，立刻让到了一边。

就这样，大家站成一排，目送着我进入手术室，那阵仗让我想到了小学的时候，我们被老师叫去学校门口迎接领导视察。

就在这本应该非常肃穆和沉重的一刻，金少天的手机响了，他飞快地看了一眼，整个神色都变了，他冲上来，拦住了手术车："等一下！"

"小伙子我说了，有什么事等我女儿手术出来……"

"张爱珊，你不能做手术！"

"啊？"我有点蒙，在场的人也蒙了。

"再等等！"金少天语气坚定。

"等……多久呀？"我问。

"现在还不确定，可能一天，可能几天，也可能一个月。"

"一个月？你知道自己在说什么吗？"陈医生有些生气，"她脑袋里的肿瘤明显已经压迫到神经，再拖下去我可不保证……"

"你也不能百分百确定它是恶性肿瘤吧？"金少天质问，"你只是推测。"

陈医生一时语塞："没错，但我这可是基于多年经验的合理推测……"

"你坚持要开颅，万一她出事了你负责吗？"

"你这孩子，胡说些什么！"我妈冲上来，"陈医生是最好的外科医生，我们家爱珊一定会没事的！"

"就是！金少天你在搞什么啊？"张家男也火了，"我是让你来逗我妹开心的，不是来害她的！"

"松手！"金少天甩开张家男，一把抓住我的手，"张爱珊，你信不信我？"

我沉默了。

"如果你信我，就停止手术。患者不愿意，谁也不能勉强。"金少天加深了语气,还是第一次,他看我的眼神如此认真。

"哥们儿我求你别闹了!"张家男要哭了。航爸也上前劝阻:"小伙子,这里已经够乱了,你就别再继续添乱了……"

"我信。"我脱口而出。

下一秒,所有人都看向我。我叹了口气,心里却如释重负:"陈医生,对不起……我反悔了,我不想做手术了。"

"你……想清楚了?这个恶性肿瘤拖一天就危险一天,谁也不知道你下次什么时候晕倒,晕倒了还能不能醒过来……"

"我想清楚了,我相信金少天,不做了。"

抱歉啦,金少天,之前你利用了我那么多次,这次,也让我利用你一下吧。其实啊,是我不够勇敢,是我害怕今天进去就再也醒不过来,与其这样我不如多活一天是一天,多陪陪家人,陪陪朋友,多思念一下我的毛毛哥,哪怕仅仅是让他在我的想象中多存在一秒也好呀,我就是这么没出息。

03

我不做手术了,决定出院,第二天就返校。起初我妈死活不同意,说手术可以不做,但返校绝对不行,好像我一离开她的视线范围就一定会消失不见似的。但最终,我还是说服了她。其实我也没干什么事,不过就是当天晚上一言不发地吃了晚饭,再一言不发地回房了。深夜,老妈心软了,溜进了我的房间,这么多年过去了,每次我妈想跟我唠点知心磕还是会用这样的方式。老妈陪我躺在床上,抓着我的手:"珊珊,妈妈想通了,明天你还是去上学吧。辅导员那边我已经打过电话了。"

"妈,你要担心,我在家待着也行。"我说。

老妈摇摇头,笑了:"我还是想要那个开开心心的张爱珊。"

我妈说完,我们母女俩又抱头痛哭了一场。

第二天,我整理好心情,决定回学校。我以前在网上看过一个问卷调查,提问:如果第二天就是世界末日,你会做什么?有人说会立刻花光所有积蓄,有人说要马上谈一场恋爱,有人说要去一直很想去的地方旅行,但还有人说什么都不改变,继续上班、下班、回家吃饭,跟爱人和小孩一起看电视。我那时候不太能理解这个回答,现在我似乎有点理解了,与其悲观地在意着不幸的降临,不如继续平静地生活,忘掉不幸本身。

返校之前,我想到了李奶奶,以后我恐怕再也不能冒充阿庆去探望她了，她会很孤单吧，可能还会一直站在养老院的门口盼着。下午，我最后去了一趟养老院，一问护工才知道李奶奶上星期就被人接走了，那人是李奶奶以前在福利院养过的小女孩，李奶奶曾经对她特别好，如今那孩子已经出人头地，定居澳大利亚，特意找回来报恩，把李奶奶给接走了。

我听完这个消息心情十分复杂，一方面我为李奶奶开心，一方面也为生活中各种猝不及防的离别而感到失落。我走出养老院的大厅，穿过前院的花园，看到几名女护工正在交头接耳议论着什么，我感觉不对，顺着她俩的目光看过去，一个满头银发的老奶奶坐在轮椅上，在轮椅前面，一个年轻男孩正单膝跪地，一副求婚的架势。

"阿珍，这一次，我不想再错过了！"

"小伙子，你病得不轻啊……"老奶奶很担忧，她看了看四周，"谁来帮个忙啊，把他送去隔壁医院检查下。"

"阿珍！"男孩不屈不挠，"你还记得五十年前吗？咱们第一次见面的时候，那天你穿着文工团的军装，戴着大红花，你问我解放路怎么走……"

"五十年前？你那会儿还没投胎吧？"珍奶奶更糊涂了，"你到底在说什么呀？"

我老觉得这人的背影很眼熟，走近一看，下巴都要掉下来了："金——少——天？！"

跪在珍奶奶轮椅前的金少天微微一怔，回过头来："张爱珊？！"

"你变态啊！竟敢调戏老奶奶！"我抡起拳头冲过去，金少天迅速起身往回走，他轻巧地避开我的拳头，反手拉住我的手臂，轻轻一拉，我就栽到了他怀里。接下来，他几乎是挟持着我走出好远。

确定珍奶奶听不见了，他才一把松开我，不等我说话他就开启了嘲讽模式："得了病还这么大力气，病是装的吧？"

"你还有没有人性啊！我们怎么说也算是朋友吧？我住院期间你不来看我就算了，连声问候都没有，之前莫名其妙不让我做手术，让我相信你，结果一转背又玩失踪。现在还对我说这种话，你怎么这么冷血啊？你以为我想生病吗？我想让家人担心吗？"

我说着说着就委屈起来。

"行了行了，别哭了。"金少天有点怕了。

"没哭！"我抹了一把眼睛。

金少天抓着我就走："跟我走。"

"你干吗？去哪儿呀？"我喊起来。

"去了就知道了。"

十分钟后，我被金少天带到隔壁医院住院楼的一间病房。我看到了一个面容枯槁、气息微弱的老人躺在病床上，老人浑身都插着输液管，嘴上也戴着氧气罩。

我惊呆了："这是你的……"

亲人两字还没说出口，金少天就白了我一眼："别想太多，是委托人。"

"哦哦。"

金少天走到病床前，将一个小脸盆中的湿毛巾拧干，俯身替老人擦着身体，从脸到脖子到胸口，专业得像个护工，但动作又比护工更有感情。擦完身体，金少天把脸盆端到了床底下，在病床前坐下，微微叹了口气："他叫老周。"

我干站在一旁，静静地等待下文。

"我认识老周有一年了，我们认识也是因为一个很小的委托。他很喜欢下棋，后来我没事就过来陪他下两局。老周是个害羞的老头，老伴走了之后，儿女都移民了，他不愿背井离乡，就留在了养老院。上个月，他年轻时的初恋也被送到这家养老院，打听到人家的老伴也走了，他想着跟初恋再续前缘。我一直鼓励他，老周却迟迟不敢开口，现在不能说话了，也不能动了，我看得出他很后悔，所以想在弥留之际帮他完成告白。"

"所以你就利用读心术，代替老周跟珍奶奶表白？"我总算明白了。

"有些人，到死都迈不出那一步，有时候我们认为理所当然的行为，在他们眼中却比登天还难。"

金少天静静地看着老周，整个人都有些伤感。

后来我才知道，会读别人心的人，就如同能跟别人通感一样，有句古语叫"如人饮水，冷暖自知"，但在金少天这却变成了"如人饮水，冷暖金知"。他能感受到一个人的快乐，也能感受到一个人的痛苦；能看到别人心里的阳光，也能察觉到那些深藏的黑暗。这一切让金少天变成了一个复杂又矛盾的人。有时候，你会觉得他很成熟，可有时候他又很幼稚；有时候你觉得他强大而麻木，但有时候他又是那么敏感和脆弱。然而此时此刻，我还不知道金少天吸引我的是什么，我只是觉得，柔软的夕阳从窗口照进来，洒在了金少天的身上，他照顾老周的身影让人觉得既温暖又落寞，让人心疼，让人忍不住想为他做些什么。

"你等着。"我转身冲出病房。

养老院的花园里，珍奶奶正安详地坐在轮椅上发着呆，她整个人都被夕阳笼罩，浑身都散发着一种缓慢而优雅的美，仿佛她周身的时光都跟着静止了。眼看护工小姐姐就要将她推回屋子，我赶忙抢过轮椅，微笑道："让我来吧，我再陪她散会儿步。"

护工小姐姐以为我是珍奶奶的亲属，没多问便离开了。

我深吸一口气："珍奶奶，我有话跟你说。"

"啊？"珍奶奶回过头，与我对视上了，之后她的目光便再也没有挪开。

二十分钟后，珍奶奶坐在老周的病床前，握着老周的手，深情款款地说着情话："老周，山无棱，天地合，才敢与君绝；你是风儿我是沙，缠缠绵绵到天涯……"

一旁的金少天听不下去，压低了声音："敢不敢再土点？"

"可以啊，土味情话怎么样？"我赶紧看了老奶奶一眼，老奶奶微微一愣，缓缓改口，"老周啊，你有打火机吗？没有呀？那你是怎么点燃我的心的？老周啊，你猜我想喝什么？不知道呀？我想呵护你……"

金少天满脸地崩溃，他抓着我走出病房："立刻结束。"

"可是……"

"我知道你是一片好心，但这样做没有任何意义。"金少天捂着胸口似乎有点反胃，"而且你的情话真的太Low了。"

"哪里Low了？现在大家都是这么撩的！"

"好了，这个事情就此打住。张爱姗，我问你一个问题，人在弥留之际，到底是愿意听善意的谎言，还是残酷的现实？"

我愣住了。

善意的谎言？残酷的现实？这不就是在说我这段时间的经历吗？周围的人想用善意的谎言掩盖我可能接受不了的残酷现实，可最终我还是知道了。

"如果是我的话，我会选择面对现实。"我如实回答。

"所以，我还是问问当事人吧。"金少天走回病房，过了一会儿，他走出病房，"老周说谢谢你的好意，但他希望他们能真正地相认。"

我打了一个响指，珍奶奶醒过来，她迷惑地看着周围，发现自己枯瘦的手里握着另外一只更加枯瘦的手，愣了好一会儿。

"周哥？呀，你怎么在这儿啊？"

老周听到珍奶奶叫他，眼底划过一道光，不一会儿，眼泪就溢满了干枯的眼窝。

"我说怎么好些天没见着你了，我还以为你被你儿子给接走了呢，就说你怎么招呼都不打一声啊，怪绝情的……"老奶奶发现了一旁的金少天，"哎！你不是那个小伙子吗？你上医院检查来啦？"

"阿珍奶奶，之前我有些冒犯，对不起！其实之前跟你说的那番话，是老周让我传达给你的，他已经不能说话了。"金少天解释。

阿珍奶奶思考了一下，恍然大悟："啊，我就说那番话怎么那么熟悉，没想到是老周写的呀。"

"他写的？"我有些糊涂了。

"都是陈年旧事喽，感觉像是上辈子发生的，没想到老周还记挂着呀。"在珍奶奶满是皱纹的笑容上，我似乎看到了一闪而过的只属于少女的羞赧，"在我出嫁的前一天，我在门口发现了一张纸条，上面写下的就是那些话，但没有留下名字。我隐约猜到了是老周，我看到纸条时，他已经奔赴前线去战场啦。"

"他怕再也回不来，就留了那张纸条。虽然有些不厚道，但毕竟珍奶奶您那时候快要嫁作人妇，老周怕再也没机会跟你表达爱意，才做了那件让他至今难以启齿的事。"金少天帮老周解释。

"唉，其实啊……我当年也喜欢过他呀，我见他第一眼就喜欢他了，所以那天才会假装找他问路。后来呀，虽然认识了，可是他却一直对我躲躲闪闪，我那时候也猜不透他的心思，我心说，可能他不喜欢我吧……"老太太感慨道。

突然间，老周呼吸急促，心电图开始大幅度波动。他努力哽咽，却依然发不出声音。唯有一双手，用力抓住珍奶奶的手："老周，老周你怎么了……"珍奶奶着急了起来，这时候医生和护士已经冲进来，医生看了一眼心电图："患者情况很危险，请暂时回避……"

我跟金少天还有坐轮椅的珍奶奶被带离病房，医生甚至来不及将老周送去抢救室，就开始现场做心脏复苏，那是我有生以来过得最漫长、最煎熬的十分钟。我站在病房外面，听着病房里来自医生的各种专业术语，之后便只有护士冰冷的报数声，到最后，一切都安静下来。医生沉默地走出病房，他摘下口罩，朝我们摇了摇头："患者的死亡时间是……"

我什么也听不见,"哇"的一声哭了。

金少天一言不发,上前扶住我。反而是轮椅上的珍奶奶出奇地淡定:"医生,让我再看他一眼吧。"

医生点点头,我跟金少天推着珍奶奶回到病房,珍奶奶静静地看着护士用白色被单将老周的遗体盖上。她抓着我的手,轻轻拍了下,她的声音非常苍老,但很温柔:"没什么好难过的,该走的总是要走,能活到我们这岁数啊,心里早就有准备了。孩子们,你们的路还长着,一定要珍惜当下,该吃吃,该喝喝,喜欢谁了就大胆去追,我们那一代啊,错过了太多太多……"

"老周走的时候,"金少天歪脸看向窗外,"没有遗憾。"

那晚,老周被送去太平间,等待着国外的子女来认领,珍奶奶也被送到了养老院。我心里还是很难受,走出养老院时又没忍住哭了起来。我想可能要不了多久,我也会像老周一样躺在病床上吧,然后在弥留之际为某一件事深深遗憾着。老周最终还是见到了珍奶奶,听到了他想听的答案,可我却没那么幸运了。

一张纸巾伸到了我的面前,我转头一看是金少天。我接过纸巾,擦了擦眼泪,顺带擤了一把鼻涕。

"鼻涕真多。"

"要你管!"

金少天不再说话,我又擤了一把鼻涕:"金少天……"

"干吗?"这次他没有要求我叫他金学长。

"答应我一件事。"

"说。"

"如果哪一天我变得跟老周一样了,你能不能陪在我身边,用你的读心术,给我的家人和朋友传达一下我的临终遗言?"

"你可以自己先写好。"

"不到那个时候,我也不知道自己想说的是什么……"

金少天不耐烦地叹了口气,他上前一步,突然伸手捧住我的脸,我感觉自己的脸在他手里变成了一块甩饼。

"嗯……你——干吗?"

"别做梦了,你不会死的。"

"你又不是医生,凭什么这么确定?"我打掉金少天的手。

"过几天你就知道了,该吃吃,该喝喝,喜欢谁了就大胆去追。"他把珍奶奶的话重复了一遍。

"我倒是想去追……"他这话提醒了我,"对了,你不是还答应过我,要帮我找毛毛哥吗?到现在也没找到。"

"还在调查,差不多要有眉目了。"

"真的吗?!"我欣喜若狂,"你该不会又在骗我吧?"

"过几天你就知道了,我先走了。"金少天双手插兜,留给我一个酷酷的背影。

04

我返校没几天,老妈就闲不住了。当苗苗跟我说"张爱珊,你妈叫你回家吃饭"时,我还以为她在开玩笑。几分钟后当我跑下宿舍楼时,我妈果然站在宿舍楼大厅里等着我,手里提着一大箱行李。我分外吃惊:"妈,你怎么过来了?你这是……"

"走,回家吃饭。"妈牵起我的手。

"啊?"

妈自豪地宣布:"妈在你学校外面找了间小公寓,以后你就别吃食堂了,每天来我这儿吃。"

"那店里怎么办啊?"

"没事,最近快转淡季了,正好歇业一段时间。"

我胸口一暖,既感动又难过,老妈果然还是放心不下我。

当天下午,敌不过我妈的热情邀请,三位室友都跟来我妈租的公寓楼做客了,而且虽然我什么都没说,但从她们最近对我越发友善的态度来看,她们应该是知道了我生病的事。

当晚,我妈拿出她所有的绝活,黄豆猪脚、油焖大虾、清蒸鲈鱼、蒜蓉香辣龙虾、糖醋排骨,满满一桌子好菜,丰盛得像要过年了。为了弄出这一桌子菜,老妈一整个下午都在厨房忙活,半路林欣欣也赶过来了,她听说我妈过来了,特意翘课过来的。快吃晚饭的时候,张家男也带着王建宁和万念来吃饭了,我问他金少天去哪儿了,他说他也不知道,最近那小子神出鬼没的。

由于我的室友跟社团的人不是很熟,大家围坐在一起吃饭,气氛难免有些拘谨,但是很快,大家就被我妈的厨艺给征服了,气氛渐渐融洽了不少。果然在美食面前,一切矛盾都可以化解,一切问题都不是问题。

张家男贼讨厌，全程都在给我寝室的三个女生敬酒，尤其是对陈安娜，不停捧臭脚，不厌其烦地尬聊着。虽然我知道他也是为了炒热现场气氛，但这些林欣欣都看在眼里，她就坐在张家男和陈安娜中间，全程紧绷着脸，到后来更是菜都不夹了，就吃白米饭。我从桌下面踢了一脚张家男，结果万建宁一愣："谁踢我？"

我赶紧低下头，找准方向再次踢过去，万念猛地抬起头，看我一眼，脸立刻红了。我尴尬地咳嗽两声，最后踢了一脚，这次总算踢对了。张家男放下碗筷，大喊一声："谁在踢我啊？对我有意思就直说嘛。"

我扶额，这家伙简直没救了。

大家吃得差不多，我妈举起了一杯啤酒："同学们，今天很谢谢你们特意过来，阿姨的厨艺一般，招待不周。"

"哪里，阿姨太客气了。"大家赶忙放下碗筷，端起桌前的饮料和啤酒。

"以后啊，我们家珊珊就拜托大家多多照顾了。来，阿姨先干为敬。"我妈将啤酒一饮而尽，我妈其实不太能喝酒，上一次她这么豪爽地干杯还是在暑假的谢师宴上，妈妈喝下去的仿佛不是啤酒而是蜜糖，由内而外都散发着喜悦。可这次，妈妈喝下去的仿佛是比中药还苦的东西，她喝完后整个人都沉默了，身体也轻颤。终于，她放下筷子，站了起来，"失陪一下，你们继续吃……"

妈跑进厨房悄悄抹起了眼泪，林欣欣给了我一个默契的眼神，起身去了厨房。一直以来，温柔的林欣欣都更适合安慰人。气氛顿时尴尬了起来，大家你看我，我看你，都没有动筷子，目光聚集到我身上。那一刻，我忽然有点迷茫，眼下，我到底应该微笑着打圆场，还是应该像我妈那样伤心落泪呢？

吃完了晚饭，大家稍微坐了会儿便陆续走了，剩下林欣欣和张家男在厨房帮忙收拾碗筷，我也想帮忙，他们一起把我赶出来。我坐在沙发上，再次不知所措。这时，手机收到一条微信消息。

金少天：你的毛毛哥找到了，明天你就能见到他。

我整个人都从沙发上蹿起来，毫不夸张地说，我要是弹跳力再好一点，脑袋肯定会撞上天花板。我的心情就像当初收到长南大学的录取通知短信一样，不，比那还要开心十倍！我难以置信地反复看了好几遍，确认自己没有看错。

我一声尖叫，冲去了厨房。

我抱了一下林欣欣，接着又跑过去抱住了还在刷锅的妈妈："妈，找到了！找到了！我终于找到了！"

"什么呀？"大家一脸茫然地看着我。

"毛毛哥！我找到毛毛哥了！"我喜极而泣。

当晚，我没有回宿舍，跟老妈一块睡在公寓。深夜，我们都睡不着，说了很多话，我回忆起很多小时候的事情，尤其是跟毛毛哥的那些事。老妈非常感慨，她说那时候她光顾着活下去，重组家庭，开店，根本没时间陪我，也时常忽略我的感受，幸好，童年时代她欠我的，我都从毛毛哥那儿得到了。

妈妈摸着我的头："珊珊，明天见到了你的毛毛哥，带回家来吃饭吧，妈一定好好谢谢他。"

我翻身抱住妈妈："嗯，一定。"

第二天我一大清早就回到了学校，等待着金少天的信息。

我在寝室坐立不安，隔几分钟就看一下手机，一直等到了中午，金少天还是没有找我。我再也按捺不住，主动给金少天打电话，金少天不接。我只好去社团找他，结果他也不在，我又打车去他的公寓，敲了半天门也没人回应。我既失望又生气，胸口憋着一股闷气，这个金少天怎么回事啊？该不会又在骗我吧？

这时手机响了，我赶紧接过，但并不是金少天。

"珊珊。"

"夏学长？找我有事吗？"

"你下午什么时候过来？"夏之翰笑问。

"啊……什么？"我有点蒙。

"金少天昨晚打电话跟我说，你今天下午会来我家，希望我能给你做一次心理疏导，我可是在家等着呢……"

"哦哦哦……是的，我马上过来啊。"挂了手机，我检查了一下微信，金少天果然不知道什么时候发过来一个地址，应该就是夏之翰的家了。这个金少天，究竟在搞什么鬼？每次都非要把事情弄得神秘兮兮的。

夏之翰也是星城本地人，我按照金少天发给我的地址，半小时不到就来到了夏之翰的家。我深吸一口气，按响了门铃。开门的是夏之翰，他穿着居家的白T恤和棉麻裤，戴着一副黑框眼镜，我乍一看还以为敲错门了。

"别愣着，进屋吧。"夏之翰朝我笑笑，此刻他不再是那个高高在上的男神，变成了亲切的大哥哥。

我脱了鞋，走进屋子，屋里是中式风的装潢，挂满了山水画和毛笔字，到处都是藏书和古玩，一种书香世家的气质。

"叔叔、阿姨呢？"我有点紧张。

"我爸很早就过世了，我妈吃了午饭就出门了。"

"哦哦……那家里就你一个人？"

"对，你不用太拘谨。"夏之翰把我领到客厅沙发上，接着给我沏上一杯茶，我抿了一口，是很香的绿茶。

不一会儿，夏之翰又给我端来了一些点心："我妈最近在学烘焙，这是我妈做的蓝莓饼干，你尝尝。"

"谢谢！"接下来的时间里，我跟夏之翰一边吃着点心，一边有一搭没一搭地聊着。起初我还在琢磨着金少天到底想干什么，但慢慢也就忘了这回事。当我彻底放松下来时，夏之翰看向我的眼睛，态度真诚："珊珊，如果你反感心理疏导的话，也可以不做的。"

"没事，我其实……也想试试。"

夏之翰点点头："那好，你跟我来。"

夏之翰把我领到一个幽静的书房里，不知为何，我觉得这个地方给人一种似曾相识的感觉，一束斜阳从窗户照到地板上，静谧而空灵。我们隔着一张桌子坐下，桌上放着两个大沙盘，夏之翰摘下手表，展开修长的食指将沙面抚平，看着那么好看的一双手玩沙子，真是让人赏心悦目呀。

"张爱姗，你就当是小时候玩过家家就行了。"夏之翰指着旁边一个小木架，上面摆满了各种小玩具和小物件，"上面的东西随便拿，在沙盘上搭建一座你理想的城堡吧。"

"就……这么简单？"我有点意外，我看电影里那些心理治疗可都是要问一些特别高深的问题，有一些特别古怪的行为艺术。

"对，就这么简单。"

"哦，好。"我在小木架上挑选玩具，我拿了一座小城堡，挑选了两个看起来像妈妈和航爸的小人，接着又拿走一个小男孩和三个可爱的小女孩，然后我把它们一股脑地摆在了沙盘上。

我想了想，觉得人有点多，又将其中一个小女孩放回了架子上，将黑头发的小男孩跟一个白裙子女孩放在了一块，小男孩没站稳倒下了，我叹了口气：“张家男你别添乱，给我站稳了，站在欣欣旁边。"

夏之翰轻声问："你刚才丢掉了谁？"

"我也不知道，不相干的女孩吧。"

"城堡还没搭完吧？"

"嗯，还没有……"我有点不好意思地笑了，果然对于过家家这种游戏，女孩子不管长多大都会上瘾呀。

木架上有一个小篮子，里面是各种明信片，我翻了一会儿，找到一张大海的明信片；又拿出了一艘小船，把船放在明信片上，接着又将航爸和妈妈的小人放在了船上，就让航爸带妈妈去环游世界吧。之前有一则新闻，说两个六十岁的老人把三套房卖掉了，一起去环游世界，这真是我听过的最浪漫的事。

我又找到一辆摩托车，摆在欣欣和张家男旁边。我住院那段时间才知道，张家男为了逗我开心，带我们去看海，连摩托车都卖掉了。我现在就还你一辆好了，以后只准你带着我和林欣欣兜风，其他女孩靠边站！

我拿起一个金发男孩和一沓大富翁的玩具钱，摆在一个女孩的身后。最后，我拿起一座大桥和一辆小汽车，完成了我的城堡。

"大功告成。"我拍了拍手上的沙子。

夏之翰点点头，整个过程他一直在用笔记录着什么。他放下笔，拿出一副夜礼服假面的面具戴上。

我扑哧一声笑了。

"不喜欢？那我换一个。"夏之翰问。

"别，就这个，我觉得挺适合你的。"

"好，现在，我就是你的树洞，你可以跟我说任何事。"

"可是，我没有什么想说的。"

"那你能向我解释一下你的城堡吗？"

"可以啊。"

我指着黑头发男孩和白裙子女孩："这个是张家男跟林欣欣，我希望他们能永远在一块，丢掉的那个女孩是外面的女孩，我希望张家男不要到处撩妹了。"我又指着那艘船，"这是航爸跟我老妈，我希望他们老了以后可以去环游世界，别闷在家里。"

"为什么？"夜礼服假面问。

我笑笑，因为家里已经没有我了呀。

"那这个呢？"夏之翰指着金发男孩问。

"这是我的白马王子啊，哈哈，他会带着巨款来娶我。"

"如果你身后的金发男孩和那些钱只能选一个，你怎么选？"

"当然是钱啊！爱情什么的我已经不指望了。如果有钱的话，至少家人就可以生活无忧嘛。"

"你有钱了，会先买一辆汽车？"

"啊不是……"我拿起那辆汽车，凝视良久，"这是我亲生父亲的车啦，这座桥，是连通两个世界的桥，他已经去了那个世界……"我拿起另一个小女孩，放在桥上，"这个是我，很快我也要过去了……"

说到这，我没忍住哭了。

直到这一刻我才意识到，原来我还是那么惧怕死亡。我不想分离，不要分离，我还有好多好多事情没有做，我还有好多好多的话没有说，一切都来不及了。我把沙盘上的东西全部打乱，伏在桌上放声痛哭。

夏之翰摘下面具，不再言语。他非常安静，整个人仿佛都隐没在这间书房中，他彻底生长为一个树洞，默默地倾听我的哭泣，接纳我的悲伤。我哭了一会儿，夏之翰递过来一张纸巾，我擦干了眼泪："谢谢！"

"不客气，希望对你有帮助。"

"哭完我心里顺畅多了。"

"那就好。不知道为什么，你哭的样子让我想起一个老朋友。"

我知道他在安慰我，不再说话。

"夏学长，今天很谢谢你！"我起身离开，刚走到门口，余光就瞄到旁边书架上的一个相框，之前没看到，是因为当时它还在背光处，现在阳光的角度倾斜，它便暴露在亮处了。被装裱在相框里面的不是照片，而是一幅幼稚的水笔画，上面有一个穿红裙子的小女孩，一个牵着小女孩的女人，还有一个穿着水手服的男人，男人牵着一个缺了门牙的小男生，最后，我当然看见了，那个穿着白衬衫的最耀眼的小男生。

一瞬间，记忆回溯，世界旋转，我似乎明白了什么叫恍若隔世，眼泪不讲道理地夺眶而出，我回头过，望着眼前的夏之翰。

此刻的夏之翰正拿着我忘在沙盘上的手机，手机还亮着，屏保照片是我跟抱枕的合照，抱枕上画着一个人，上面还绣着"毛毛哥"三个字。夏之翰满脸惊讶，很快，有什么记忆在他的脸上复苏了。

两秒后，我听到了自己的声音，还有他的声音。

"毛毛哥？"

"鼻涕妹？"

我冲上去，一头扎进了夏之翰的怀中。

感谢老天爷，感谢上帝，感谢家人，感谢林欣欣，感谢脑癌，感谢风，感谢雨，感谢多云转阴，感谢差点让我坐过站的公交车，感谢被午后三点半阳光照亮的书房，感谢这世上的一切，感谢你们夺走我的毛毛哥又在多年后把他还给我。我不害怕了，真的，如果我注定要离开这个世界，就在这一秒吧，让我在这个人的怀里幸福地睡去吧。

那天，我感谢那么多那么多人，却唯独忘记了感谢金少天。金少天没有食言，虽然不知道他究竟用了什么方法，但他确实找到了我的毛毛哥。可我不明白的是，为什么他不能直截了当地告诉我夏之翰就是我的毛毛哥？为什么他要用这样迂回的方式让我自己发现呢？金少天，真是个怪人啊。

05

夏之翰想送我回学校，我却带他去了老妈租的公寓。虽然这些年我攒了很多话想对毛毛哥说，可事实上，一路上我们没怎么讲话。他在想什么我不清楚，但我，还沉浸在做梦的恍惚中。我的大脑像是一个高速运转的CPU，正在将记忆中的毛毛哥跟眼前的夏之翰融合，最终，那张记忆中的脸也渐渐变成了夏之翰的脸。我惊讶地发现，我早就应该认出来的，可为什么就是没有认出来呢？

不一会儿，我们就走到了公寓楼下，我按响门铃，然后鼓起勇气抬起头，看了一眼夏之翰："毛毛哥。"

夏之翰点点头："嗯。"

不是做梦，是真的，我脸红了，心跳也乱了。

这时门开了，老妈正穿着围裙，看样子刚要做饭："珊珊，你过来啦，下次回来叫张家男送你，不要一个人……"

"妈！"我迫不及待地要与她分享好消息，"猜猜这是谁？"

妈抬头认真打量了一下从我身后走过来的夏之翰："他呀，那天医院见过的，你辅导员还是学长来着？"

"妈！我不是指这个，再仔细想想，小时候的邻居。"

妈总算反应过来了："毛毛？！"

夏之翰笑着点点头："阿姨你好，我就是小时候你们隔壁家的毛毛。"

我一把抱住妈，开心地又蹦又跳："妈你说巧不巧，没想到毛毛哥就是夏学长，你说我之前怎么就没认出来呢！"

"不怪你，这都多少年没见了，妈也认不出来呀。来，进屋坐，我再出去买点菜，珊珊你先招呼着啊。"妈把我跟夏之翰领进了屋，提着环保袋走了。出发前她还不忘朝屋里喊："毛毛，我记得你最爱吃红烧螃蟹吧？"

"对。"夏之翰答完话，我俩会心一笑。

其实，毛毛哥根本不爱吃螃蟹。我被蚂蟥蜇伤那次，他把我送回家，我妈一打开门就见到了夏之翰，他一只手牵着我，一只手提着一袋从河里抓的螃蟹。我妈并不清楚事情的经过，还以为夏之翰是被江阿姨使唤过来的，那时候，哪户人家新搬来，总是会让自家的小孩子提着吃的登门拜访熟络感情。于是我妈也没想太多，拿过夏之翰手里的螃蟹就往厨房走："来就来嘛，还带什么东西。"第二天，夏之翰就因为没完成户外作业而挨了老师的骂。

十分钟后，老妈就回来了，手里果然提了一袋螃蟹，她走进厨房忙活，我要进去帮忙，她把我推出来："你不是天天吵着要你的毛毛哥吗？毛毛哥在这儿了，也不多陪陪人家。"

"妈！"果然是亲妈，哪壶不开提哪壶。

"啊对了，你那儿不是成天画毛毛哥的漫画吗，都画了十几本。我正好给你带过来了，就放在床底下，你可以拿给毛毛看看。"

"真的？"夏之翰有些惊讶。

"哎，瞎画的，没什么好看的……"

"才没有瞎画，画得可好了。"老妈自豪的声音从厨房传出来，"你不知道吧，珊珊上高中那会儿还因为这个漫画拿了奖，高考还加分了呢！"

"妈，求你别说啦！"我羞死人了，赶忙推着夏之翰进屋。夏之翰径直走到窗边，窗户正好对着一栋公寓，公寓里的一个小男孩正在伏案写着作业。夏之翰看得有些出神："我记得咱们还是邻居的时候，你也老爱趴在窗前，看我写作业。"

"是啊，那会儿我可蠢了。"

"没有，我觉得挺可爱的。"夏之翰笑了，眼神也被某些遥远的记忆点亮了，"我记得，你那时候特别喜欢对着窗户学牛叫。"

我赶忙挥手："哈哈不是牛！是河马！是我从动物园里学来的。"

"原来是河马呀，我一直以为是牛。"

"哞——这才是牛叫。"我捏着鼻子,"哞、哞哞哞……这才是河马叫。"

夏之翰皱着眉头:"有区别吗?"

"有区别啊,你再听。"

"哞——"

"哞、哞哞哞……"

夏之翰开怀大笑,他随手揉了一下我的刘海:"你真是一点都没变。啊对了,你不是要给我看漫画吗?"

"哦对!"我赶紧去找,很快就在床底下抽出一个小纸箱,从里面拿出一本装订好的画册,是我那部参赛作品的分镜稿,"那个,要不你还是别看了,有点傻……"

夏之翰不说话,一页一页地翻起来。

故事讲的是一个奇怪的童话,童话故事里,一个白衣骑士为了赢取公主,决定去屠一条恶龙。白衣骑士赶到之后,发现这条恶龙不好对付,但它也有弱点,特别害怕蚂蟥,骑士借此打败了恶龙,却发现这条恶龙并不坏,它从不吃人,连小动物都不吃,只吃草。骑士动了恻隐之心,没有杀龙,离开之前还吻了恶龙,结果恶龙变成了一个公主,原来这个公主被老巫婆用蚂蟥诅咒了,这才变成了一条龙,需要王子的亲吻才能解除诅咒,最后,白衣骑士和公主过上了快乐幸福的生活。

故事很短,夏之翰几分钟就看完了,一边看一边微笑。我全程大气都不敢出,紧张得像是上小学的时候当面让老师批改作业。

夏之翰合上练习册:"画得真好。"

熟悉的四个字,一如当年。曾经,我的人生因为这四个字而改变,如今,我的人生因为这四个字而圆满。

夏之翰再次走向窗边,他轻叹一声:"每个人都有属于自己的一片森林,迷失的人迷失了,相逢的人会再相逢。"

我点点头,这句话很泛滥,我在无数地方看过无数次,但没有哪次像这一次感同身受。

"珊珊,能跟你重逢,我是真的很开心。"夏之翰仍然背对着我,夕阳染红了他的头发,"跟你在一起的那段童年时光,也是我最快乐的。我爸爸去世得早,我从小性格不好,没什么朋友,其实也很胆小。但是照顾你的那段时间,我觉得自己变得很强大。漫画故事里,骑士的一个吻或许救了恶龙，但其实，恶龙也像一道光温暖了骑士呀。"

"嗯。"

我拼命点头，不争气地哭了。真奇怪，我为什么要哭呢？原来幸福也会让人流泪呀。

"开饭了！"客厅里传来老妈的呼喊声。

"哇！有饭吃了，饿死了！"我赶紧跑出房间，两三下擦掉了眼泪。

吃饭的时候，老妈一直给夏之翰夹菜，很快夏之翰的碗里就满满一堆了。我看不下去了："妈！你别夹了，人家上辈子又不是饿死鬼！"

"瞎说什么呢！毛毛，来，多吃点……"老妈又给他夹了一筷子扣肉，看着那油腻腻、亮闪闪的肥肉，夏之翰表情十分复杂。说时迟那时快，我伸出筷子就将肉截获："妈！毛毛哥不吃肥肉的，给我吃！"

"阿姨，我也不是外人，您不用这么客气。"夏之翰笑。

"也是。"妈放下筷子，轻轻叹了口气，"阿姨记得你以前常常带着我们家珊珊一起玩，一转眼你们都这么大了……"

之后老妈打开了记忆闸门，一发不可收拾地回忆起往事，那些美好的记忆果然是真实存在的。我嘴角不受控制地翘起来，一抬眼，就对上了夏之翰饱含笑意的眼睛，我的心又开始怦怦乱跳，一时间什么都听不见了。

"……对吧珊珊？"

"啊？什么？"我回过神。

"阿姨说我搬走后，你难过了好久，真的吗？"夏之翰问。

"哈哈，有吗？我不记得了……"我的脸唰一下红了，我开始闷头扒饭。老妈倒是很轻松地接过话茬儿，"说起来你跟你妈当时搬走得也太突然了，都来不及一起吃个饭。"

夏之翰点头："是啊，我当时也觉得挺突然的，我是搬家前一天才知道自己要搬家，之前我妈都没跟我提起过。"

"这事怨我，你妈还在彩笔盒里留了联系方式，我后来却找不到了，害得珊珊找了你这么多年，烦恼了这么多年。我这个当妈的真是不称职……"老妈又伤感起来，准是想起了我的病。

"哎呀！妈，吃饭！菜都快凉了！"我赶紧挽救奇怪的气氛。

"阿姨，您多吃点。"夏之翰也夹起一块螃蟹肉放到我妈碗里。

"好好好，妈不说了，你们吃菜啊，多吃点。"

谢天谢地，一顿饭还算愉快地吃完了。

饭后,夏之翰告辞,老妈让我送送他。我当然乐意啊,笑嘻嘻地就跟着他下楼了。把夏之翰送出小区后,我还是依依不舍,又坚持要送他去公交车站。一路上我们故意放慢了脚步,一起回忆着小时候的趣事,清爽的晚风吹在我们的脸上,一切都刚刚好。

忽然间,一个熟悉的身影出现了,我蓦地停下了脚步。

Chapter 7

经受过挫折与苦难的人生才更珍贵,因为你才会看见以前看不见的东西,听见以前听不见的心声。

01

  金少天就站在不远处的公交站牌下,我还以为自己看错了,毕竟他最近老是玩失踪,经常联系不上,一副很忙的样子,怎么看也不像会稀疏平常地站在站牌等公交车。我走近一看,还真是他。

  "金少天?你怎么在这儿呀?"

  金少天听到我的声音,慢慢回过头。他见到我和夏之翰,眼底有什么光泽一闪而过,但也有可能只是路灯照耀下的错觉。

  "路过。"他声音冷淡地说。

  "谢谢……"我正要就毛毛哥的事谢金少天,才发现金少天的脸色苍白,眼角上有一块淤青,嘴角也破了,"你的脸……怎么啦?你没事吧?"

  金少天立刻歪过头:"没什么。"

  "该不会又是接了什么不正经的委托案吧?"夏之翰跟上来,冷冷地问了一句。夏之翰这么一说,我立刻想起了那件遗产委托案:"啊!该不会是那个老板的家人找你报仇……"

  金少天用力瞪我一眼,我赶紧住嘴——万能委托社有规定,绝不能透露委托人和委托案的信息。

我又想到什么，赶忙挽住夏之翰的手臂："对了！谢谢你！夏之翰真的是毛毛哥！世界真小啊，不过你到底是怎么知道的？为什么不直接告诉我呢？"

金少天不说话。

夏之翰有些疑惑，看了看金少天，又看了看我："什么意思？难道我们相认是因为他？"

我点点头："对，金少天……"

"我听不懂你在说什么。"金少天不耐烦地打断我的话。

"啊？"这次轮到我糊涂了，"难道不是你……"

"喊。"金少天忽然冷笑一声，"你该不会真以为我在帮你找毛毛哥吧？骗你的，我根本没找过。"

我的笑容尴尬地挂在嘴边："没……有吗？那你今天帮我约了夏之翰做心理治疗……"

"那是张家男的意思，他说你最近状态不好需要找人开导，我就是帮忙打了个电话。"金少天眯着眼睛，用一种嫌弃的眼神瞄了我一眼，"既然你找到了，还是要恭喜的。好好珍惜，反正你也活不了几天了。"

"金少天！"夏之翰一把抓住金少天的手，我能感觉出他的生气，"跟珊珊道歉！"

"松手。"金少天冷漠地甩开。

"哎呀没事的……"我慌了，赶忙打圆场，"毛毛哥，金少天这人说话就这样，习惯就好……"

"就这样？！"夏之翰看着我，"珊珊，你对他的了解有多少？"

我愣住了："他这个人吧，是有点贪财，有点抠门，也喜欢忽悠人，讲话也口是心非，但人还是有底线的……"我抬头看了一眼金少天，我在这里费心费力地帮他解释，他倒好，两手插兜，一副事不关己的样子。

"底线？"夏之翰冷笑，"为了拿到奖学金不惜考试作弊，这也叫有底线？"

我呆住了。

我看向金少天："你作弊……真的吗？"

金少天不回答，他默认了，但眼神之中没有任何歉意。我希望他能说点什么，可是他没有。公交汽车缓缓在站牌前停靠，他依然还是那种漫不经心的口吻，让人猜不透他在想什么："没事我先走了。"

五秒后，车开走了。

我站在车站前，看着公交车慢慢离去。真奇怪，我不是从一开始就瞧不起这个金少天吗？我不是一早就知道他坑蒙拐骗、财迷心窍吗？现在我的毛毛哥也找到了，答应他的委托案也完成了，我巴不得跟他立马撇清关系才对啊！可是……为什么会那么失落和难过呢？

陪夏之翰等车的时间里，我很想打听金少天作弊的事，但是夏之翰的脸色也不太好看，我忍住了没有问。

把夏之翰送上车后，我独自回老妈的住处。

跟毛毛哥相认的喜悦慢慢冷却下来，一路上，我一直在想金少天。首先是帮我找毛毛哥的事，稍微想想就知道他在撒谎，如果是张家男想找人给我做心理疏导，他大可直接找夏之翰，为何会找金少天呢？他明知道金少天跟夏之翰水火不容。然后是考试作弊的事，两人是不是有什么误会？或许他是不得已？其实内心深处我是想要去相信他的，这段时间，我不知不觉就跟金少天一起经历了许多事，他虽然性格古怪、喜怒无常，但心肠并不坏。可他为什么老是要摆出一副"全世界都欠他"的样子呢，为什么就不能卸下面具坦诚相待呢？

02

第二天，我起了个大早，主动给我和妈妈做了营养早餐，其实就是煎了一个荷包蛋，加入青菜、培根和果酱，盖上两片吐司做成的三明治。

妈妈边吃边夸我懂事，我问老妈味道怎么样，我妈说不错。我有了信心，又给夏之翰、林欣欣、张家男各带了一份，我犹豫了很久，最后还是给金少天带了一份。

说来也巧，我刚到学校门口就撞见了夏之翰。我上前打招呼，拿三明治给他，然后一起往学校里走，一路上我叽叽喳喳说个不停，但他看上去却有些心不在焉，眉眼间尽是焦虑，三明治也只吃了两口。

"毛毛哥，三明治的味道不好吗？"我问。

"不是。"夏之翰笑了笑，"很好吃。"

这时夏之翰的手机响了，他赶忙接起，不一会儿，他愈发着急了，转过身："珊珊，谢谢你的早餐，我这边有点事，我们回头联系啊！"

"啊好的！毛毛哥你快去忙吧，我没事。"我尴尬地挥手，夏之翰已经走远了，我呆呆看着他的背影，有那么一瞬间我怀疑昨天跟夏之翰的相认是不是只是一场梦，现在梦醒了，一切又回到原样。

我打电话给林欣欣，她的手机关机了。我又去社团找张家男和金少天，结果他们都不在，我看着打包袋中那三份没送出的早餐，一时间有些失落，我把早餐扔进社团的冰箱里，便去上课了。

一整个上午我都在走神，老师讲的课我半个字都没听进去。下课后，我跟小七去食堂吃了午饭，然后买了点水果回寝室。此刻，陈安娜跟苗苗正坐在各自的床上，拿着手机聚精会神地看着什么，我跟小七走过去一瞧，原来是直播，我一眼就认出了直播里的夏之翰："毛毛哥？"

"你说啥？"苗苗抬头看我一眼。

"哦，没、没什么……"夏之翰就是我要找的毛毛哥，我想这件事还是不要告诉大家了。我凑到苗苗身旁，"这不是夏学长吗？他在干吗啊？"

"辩论赛。"陈安娜回了我一句。

"啊！是总决赛吗？！"我总算想起来了，今天是长南大学跟塞北大学的辩论赛总决赛，在星城电视台举行，塞北大学的辩论赛一直都是最强的。不过这两年，万年老二的长南大学却连续赢了两次，只因为出了两个明星辩手：金少天和夏之翰。金少天特别擅长诡辩和偷换概念，夏之翰逻辑思维强，口才和台风都极好，两人配合得简直天衣无缝。这次长南大学若是再拿下第一名就是三连冠了。早在一个月前，校园里就到处是海报和横幅，可见学校对此次比赛的重视程度。

我也是从张家男那儿知道的，夏之翰跟金少天第一次代表学校参赛时还是好朋友，配合得很好；大一下学期两人就闹翻了，大二那年的辩论赛金少天要退出，学校极力撮合，两人才不情不愿地继续参赛，结果配合依然默契，这大概就是传说中的"相爱相杀"吧。可这次金少天并没有参赛，夏之翰旁边的两名学长我都不认识，果然许多人跟我有同样的疑惑，在弹幕上刷了起来。

——金少天去哪儿了？

——夏之翰一个人能行吗？感觉够呛啊。

——听说这两人私下不和？

——这金少天估计是膨胀了，不过换我也不想一直给人当副手啊！

我怀着忐忑的心情看了下去，主持人很快宣布了这次辩论赛的主题：人性本善VS人性本恶。塞北大学是正方辩手，长南大学是反方辩手。

我心想糟了，这个反方也太难辩论了吧？果然，正方理直气壮地发起攻击，各种引经据典，从无数正能量的典故说起，并且将善良理解成爱，从小爱，到大爱，最后上升到民族和国家，乃至世界和平，可以说是无可挑剔的教科书答案了。

夏之翰整理了一下，开始阐述自己的观点，我本来以为夏之翰会举出很多反人类的变态杀人狂来佐证人性本恶的观点，但夏之翰没有这样做——事实上这样做也肯定不会讨喜。

夏之翰就是夏之翰，他另辟蹊径，首先坚持的论调是：人性没有善恶之分，全靠后天的教育。这个观点获得了大家的认可，然后夏之翰又开始强调，小孩子出生的时候会以自我为中心，认为全宇宙都围绕着自己转，本质上来说是"自私"的，而这种"自私"是可能会伤害到他人的，所以这种伤害可以算作"恶"，最终结论是：人性本恶。我听完之后简直想隔着手机屏幕给夏之翰鼓掌，天哪，太厉害了，还可以这样。

之后的大半个小时里，我们寝室里特别安静，大家都被这场精彩的辩论赛给吸引住了。然而塞北大学实在是太强了，立刻找出夏之翰的一些逻辑漏洞，并且时刻上升到"和平"和"大爱"这些价值观上。夏之翰的两个副辩手虽然很努力，但帮不上太多忙，夏之翰孤立无援，被对方三人夹击，最终还是输掉了比赛。

当裁判宣布比赛结果时，夏之翰没有抱怨，他带着队员上前跟对方握手，然后下台了，一个记者想采访他，他说了声抱歉然后便离场了。直播上的弹幕早已疯狂地刷起来，有人在骂夏之翰，但更多人在骂金少天为什么不参加比赛。

我的心蓦地一下被攥紧了，几乎没有犹豫地冲出了寝室。我跑出校门口，然后打车赶往电视台，最后在电视台的休息室中找到了夏之翰。夏之翰果然没走，正跟其他两名选手做复盘笔记，总结输掉比赛的原因，我赶到时他们刚好结束。

夏之翰将笔记本收回背包，回头看到我正满头大汗地出现在门口，他愣了一下："珊珊，你怎么来了？"他拿出一张纸巾替我擦汗，"医生说了，让你不要剧烈运动……"

"毛毛哥！这次输了不要紧，还有下次，千万别灰心！"

夏之翰愣了愣，忽然笑了："你特意赶过来，就是为了跟我说这个？"

"嗯！还有……"我上气不接下气，努力调整着呼吸，"比赛我看了，很精彩，毛毛哥你真厉害，要不是他们三个打你一个你肯定赢！"

夏之翰身后两位学长尴尬地咳嗽起来。

夏之翰拉起我的手："走。"

我跟夏之翰离开电视台，夏之翰请我喝了一杯饮料，然后跟我一起回学校。一路上，夏之翰想着心事，我知道他还是很在意辩论赛的事。果然，他还是苦笑着叹了口气："还是有点不甘心呀，差点就三连冠了。"

我点点头。

"这个金少天，上周就约好了今天的比赛，可今天一大早就不见人，电话也关机了。原本转守为攻、转移焦点一向是他最拿手的，这次他不在，对方很多刁钻的袭击让我猝不及防，根本来不及做战术上的调整。"

我不停地点头，也不知道要怎么安慰夏之翰。

"我本以为不管我们的私人关系如何，他至少还是会以大局为重。可这次，他的行为太让我失望了。"

"毛毛哥，别生气了。"

"我不是生气。"夏之翰摇头，"珊珊，说起来你可能不信，大一那年，我原本没打算参加辩论赛社团的，是金少天喊我参加的。"

"啊？他？为什么？"

"我当初跟你的反应一样，也特别吃惊。金少天那种人，平时话都很少说，怎么会突然想要参加辩论赛呢，结果他跟我说，就是想试试吵架的感觉，真是莫名其妙。"

我的心里"咯噔"了一下，金少天有读心术，换在平时，他能读懂别人的想法，根本没人能吵得过他吧？但是辩论赛就不一样了，两方隔着一定的距离，都是用耳麦讲话，在金少天看来，的确算是最"公平"的吵架了。

"珊珊，其实不瞒你说，第一次见到金少天时，我就有一种似曾相识的亲切感，那时候，我真的相信我们会成为很好的朋友。可是越到后来，我越发现自己一点也不了解他，而他，好像也没有当我是朋友。"

夏之翰停下脚步，我抬头一看，已经到了我妈的住处。我赶紧挽留："毛毛哥，进屋坐坐吧，我妈肯定又做了很多菜……"

"今天就不了。"夏之翰摇摇头，"我有些累，明天见。"

"好。"

我站在楼下，目送着夏之翰离开，心中十分惆怅。我想象着如果哪一天，我跟林欣欣也变成了夏之翰和金少天那种关系，那该多难过啊。

我正难过着呢，一双手忽然从背后将我抱住，我立刻闻到了一股特有的古朴的禅香,我惊喜地回过头:"外婆?!你怎么来啦!"

没错,让我又惊又喜的人正是我的外婆,一个瘦小却精神矍铄的小老太婆,因为常年给乡亲父老们作法,身上总是沾染着一股淡淡的禅香味儿。

外婆和我一样拥有催眠术,我从小就和她亲。小时候老妈和航爸工作忙,外婆常常会从乡下过来照顾我跟张家男。后来我们长大了,外婆嫌城里越来越吵,住不惯,便不怎么过来生活了,于是每年春节,我们全家都会回乡下外婆家住上几天。

外婆还没说话,老妈就跟着出现了,她满脸泪水地扑过来,我们三人就这么抱成一团。

我心一沉:看来外婆已经知道我的病了。之前害怕她老人家知道后会受刺激,我们一致决定瞒着她,现在怎么就让她给知道了呢?我一想到外婆要白发人送黑发人,眼泪也忍不住流出来。我和老妈已经哭得不能自已,可外婆却十分镇定,还在乐呵呵地笑着,我更伤心了,看来外婆受刺激过度都已经精神错乱了!

"太好了!我真高兴……谢谢老天爷,菩萨保佑……"老妈一边抽噎一边说着。

完了,我妈也急疯了。我更用力地抱住了她们:"妈!外婆!你们振作一点啊!你们别这样,我还没死呢……"

"珊珊,你没事了!"

"啊?"我有点蒙。

"你没病!你死不了!"老妈又哭又笑,捧着我的脸一顿猛亲。我还是没反应过来,懵懵懂懂地看着外婆。

"傻孩子,你没事,这不是癌。你脑袋里的疙瘩呀,外婆也有。"外婆拍拍我的头,"早个二十年,外婆也在医院检查出了这东西,当时医生都说是癌,我怕你妈担心就瞒着没跟她说,也没治。可你瞧我现在,不是啥事没有吗!"

原来我们张氏女子一脉,每隔一代就会出现一位催眠能力者,同时这也伴随着一种副作用——成年之后,脑内会出现一种疑似肿瘤状的东西,从医学检查的结果来看,它与肿瘤无异,但不会对人造成伤害。从某种意义上来说,这东西更像是我们催眠能力者独有的"器官"。外婆当年也闹过和我一样的乌龙,但她认为生死有命,没去治疗,结果一直活到了现在。

听完外婆的话,我努力得出结论:"所以,没有脑癌?"

"没有。"外婆笑。

"所以，我没病？"

"没有！"妈妈也笑。

"所以，我不会死？"

"死不了！"老妈跟外婆异口同声。

我眼前一黑，晕了过去。别误会，我没事，我就是……人生大起大落太刺激了，我需要缓一缓。

被老妈扶回公寓，我坐在沙发上喝了一口水，终于找回了一点真实感。确认这不是在做梦后，重获新生的喜悦再次涌上心头，我终于不用再担心一觉睡着第二天就醒不过来了，终于不用为还没有体验过的事情而感到遗憾了！我抓着妈妈的手，眼泪止不住地流："妈！我没有病！我真的没有病……"

"是的！我们家珊珊没病！"

我俩又抱头哭了一会儿，哭完妈就开始打电话通知家人。我也拿出手机，几乎是颤抖着双手给夏之翰发了一条短信。十秒后，我的手机就响了："真的吗？！太好了，太好了……"夏之翰一连把"太好了"重复了好几遍，我还是第一次见他这么激动，话都讲不清了。挂了电话后，他又补发过来一条微信：珊珊，你知道吗？我真的为你开心。"

"我也是！"更开心的是我又跟你重逢了，后面一句话我没敢发出去。

我一眼瞥到金少天的头像，想了想，也把这事告诉了他。几秒后，他回了我一条微信：知道了。

冷冰冰的三个字，让我有点说不上来的失落。

这时候外婆推开房门，来我床边坐下，缓缓地握住了我的手："珊珊，外婆回乡下啦。"

"啊？为什么这就走啊，你好不容易才过来一次，多住几天啊？"

"村头的老王快不行了，我必须回去一趟，过一阵子我再来看你。"外婆常常利用催眠能力在村子里惩恶扬善，一直被村民们当成神婆，很受尊敬。谁临终前若是有未了的心愿，乡亲们都会找外婆帮忙"圆梦"，这时外婆就会使用催眠能力为他们编织一个美梦，让他们不留遗憾地离开。

"好吧。"虽然我很舍不得外婆，但外婆从小就教育我：死者为大，死者的心愿当然也必须优先。

"珊珊，这大多数人呀，一辈子也没啥大起大落的，不会经历太大的考验，这样的人生啊简单、幸福。"外婆在我心中是一个睿智的老人，虽然不知道她为什么突然跟我说这些，但我还是静静地听着。

"但经受过挫折与苦难的人生才更珍贵，因为这样你才会看见以前看不见的东西，听见以前听不见的心声。"外婆冲我笑，满脸可爱的皱纹，"就拿你生病这事来说，如果没有这事，你就不会知道谁真的关心你，谁真的为你着急，为你奔波……"

外婆的笑有些不同寻常，我知道她意有所指。我立刻想起了夏之翰：他在海边日出时的安慰；他耐心地为我做沙盘疏导治疗；还有他刚才那通按捺不住喜悦的电话……

"珊珊，那小伙子呀，不错，要抓紧喽。"

果然什么都瞒不过外婆，刚才夏之翰送我回家，她应该也就远远地看了一眼吧，这都能被她察觉。

我红了脸："外婆！人家跟我只是朋友。"

"好好好，朋友，外婆不说啦。"外婆摸了摸我的额头，站起来，俯身亲了一下我的脑袋，"我们家的宝贝珊珊，以后一定会幸福的！"

我送外婆去了车站，又立刻把好消息分享给了林欣欣。电话那边的她一声尖叫，之后便开始哭。当晚，我、老妈、航叔、张家男还有林欣欣一起吃饭庆祝，庆祝我的重生，一直到深夜才散。

林欣欣没有回宿舍，她跟我一块睡，我们一直聊到半夜。林欣欣安静地睡去，我还是睡不着，这些天的一切都像一场梦。我感慨着，同时发自内心地感谢着老天爷，他们都说，失而复得的感觉比得到一个东西的感觉还要好，现在我算是明白了。

忽然间，我有一个想法，干脆这周末的下午叫上夏之翰、林欣欣和张家男，我们再来一场"四人约会"，给这件事画上一个完美的句号。我赶紧拿出手机，发微信给夏之翰和张家男留言了，张家男果然是个夜猫子，居然秒回了我的微信。

张家男：这周末下午？不行啊老妹，我约了朋友！

我：推掉！

张家男：我都好久没约他们了，不好再推了！

他说的倒是实话，自从我"患病"后，他就很少去找狐朋狗友了；后来跟林欣欣在一起了，拈花惹草的事也没有了。不过这正是我想要的，他和林欣欣的幸福以后就由我来守护。趁着他还没从我的癌症乌龙中缓过来，我发起了灵魂拷问三连击。

我：你最可爱的妹妹不是你最重要的人了吗？

我：你最可爱的妹妹好不容易逃离了病魔，你都不愿意替她庆祝一下吗？

我：你最可爱的妹妹只有可怜地死去，才能换取你那一点点的怜悯吗？

张家男果然受不了，赶紧使出了认输三连击。

张家男：打住！

张家男：我来！

张家男：你是爸爸！

03

第二天我回到大学寝室，鼓起勇气跟室友坦白了我的乌龙脑癌一事。之所以要鼓起勇气，是因为我好不容易才跟大家相处得融洽起来，所以很担心一旦自己的"病号"身份消失了，她们对我的态度又冷淡了。

事实证明我想太多了，小七开心地抱住了我大喊大叫，真心为我高兴。苗苗也开起玩笑来："搞什么啊，骗我给你打了那么多次热水，以后你可得还回来啊。"我乐呵呵地点着头："还，还双倍。"陈安娜刷着手机，好像什么都没听到，当然我也不奢求，她不指责我欺骗大家感情我就谢天谢地了。中午我吃完午饭回寝室，发现自己的书桌上放着一瓶香奈儿的香水，下面还压着一张卡片：祝你重获新生。我一眼就认出了是陈安娜的字迹，当即鼻子一酸。

其实自从泳池派对之后，陈安娜对我的态度有了明显改善。虽然表面上她还是对我爱搭不理，但是再也不会刻意地刁难和嘲笑我了，我一直以为是自己的错觉，现在看来是真的。

陈安娜虽然有不少"大小姐"的缺点，但优点也很多。她为人大方，会替朋友出头，即便经常周旋在男生之间享受着众星捧月的感觉，她也从不重色轻友；而且别看她家里有钱，吃喝不愁，但她特别努力，她的专业成绩竟然比我的还好。最近，她还在一个漫画APP上连载着一部恐怖悬疑漫画，编剧、绘画都是她一手包办的，我还有偷偷去看，分镜和画风都非常厉害，网上有句话说"最怕比你优秀的人比你还努力"，说的就是陈安娜啊。

下午我来到画室时，陈安娜已经在她的老位置坐下，别看陈安娜平时老是带着一群姐妹，画起画来她可是高冷得不行，基本都是独处。我背着画板，屁颠屁颠地在陈安娜旁边坐下，想到她送我礼物的事，心里还美滋滋的。

"安娜。"我嘿嘿傻笑。

陈安娜皱起了眉头："画室那么空，别挤我这儿。"

"好嘞。"我赶忙挪开了一点距离，"安娜，你的人体结构特别好。"

"还行吧。"

"我人体结构就不行，回头我可以请你帮我改改画吗？"

"你可以找老师。"

"哎，老师忙吧，不一定能轮到我。"

陈安娜若有所思地看我一眼，勉为其难地点点头："行吧，我试试。"

Yes！

我在心中呐喊一声：攻略成功。

这时画室门被人推开，专业老师走进来："同学们，今天继续练习人体素描。你们之前不是抱怨模特都是一些老人吗，根本画不到年轻人体的结构和肌肉，今天我特意找来一位年轻的模特，让我们欢迎他，感谢他为艺术做出的牺牲和贡献。"

"哇——"画室里一片哗然。要知道，大学的人体素描模特那可都是光着身子让一个班的大学生集体观摩啊，一般的年轻人怎么可能会来当模特，专业老师能找到的都是一些退休在家无聊的老人，现在总算来了一个年轻的模特，大家的震惊程度可想而知。

专业老师说完，一个男生披着一件浴袍走进画室，我看清模特的脸时，差点没一口老血吐出来。

张家男一脸自信的笑容："大家好，我是三年级电子工程系的张家男，希望学弟学妹们把我画帅一点呀，谁画得好看，我就让谁加微信。"

"没问题！快脱吧。"班里为数不多的几个男同学起哄了。

"OK！"张家男来劲了，跳上画室中央的小搭台，霸气地脱下浴袍，露出他那一身相当不错的腱子肉；至于下体，他则用一条白色小毛巾象征性地盖着，稍微刁钻一点的角度就会走光。

一时间，整个画室都陷入一种怪异的安静之中。同学们一方面要保持对艺术神圣的敬畏之心，一方面又要克服没羞没臊的尴尬之情。至于我跟陈安娜，就坐在搭台正前方，我将画板挡住脸，恨不能打个地洞钻进去。果然，张家男不一会儿就发现我了，朝我挤眉弄眼。我受不了了，扛起画板开溜。

"张爱珊,你去哪儿啊?"陈安娜一把抓住我,"你不是要我改画吗?跟我画一个角度,我方便改一点。"

"那个,我……"

"坐下!"陈安娜恨铁不成钢,"安心画画,别少见多怪。"

"哦哦……"我重新坐下,开始削画笔。

这时朱飞翔喊了起来:"学长,你别干坐着啊,摆点动作呀,不然人体结构出不来。"

"没问题!"张家男单膝下跪,一只手举起,露出肱二头肌,一只手抓着毛巾挡住下体,摆出思考者的姿势。

虽然这样说有点不厚道,但全程目睹的我感受到一种浓浓的乱伦感,差一点就吐了。这时又有同学喊起来:"学长,不要这种动作,太夸张了,自然点。"

"怎么个自然法啊?"张家男有点为难了。

"我来。"陈安娜不耐烦了,她放下画板,走上搭台指挥起来,"你先坐好……来,把手肘调整一下……"陈安娜抓着张家男的手臂搭落到椅背上,又踢了踢他的小腿,"好,保持这样,别动!"陈安娜对动作满意了,又开始调整张家男的脸部表情,她身体前倾,双手捧起张家男的脸,贴得很近,"脸朝这边歪一点,好……眼神别乱瞄,往下看吧,对,像是在思考着什么……"

接下来我跑出画室,没了画画的心情,干脆回寝室复习文化知识,没多久就要期中考试了,我心里还没底。看了几分钟我就瞌睡连连,这时候我又想到了夏之翰,自从跟毛毛哥相认后,我跟他的联系明显多了起来。

电话打通了:"喂,毛毛哥?你在干吗呢?"

"在图书馆看书,你呢?"

"我啊,在寝室复习,好无聊啊,要不我也来图书馆好了。"

"可以啊。"

我抱着两本书来到图书馆,出门之前还不忘换了一条刚淘的新裙子。夏之翰坐在二楼阅览室的角落里,午后的阳光被洁白的窗纱过滤得柔和又剔透,它们在夏之翰的洁白的衬衫和干净的侧脸上晕开,干净得就像是……天使。我知道用天使形容男生很奇怪,但那一刻我干瘪的脑袋里实在搜刮不出其他词汇了。

在阅览室复习的学生一向很多,几乎每张桌子都是两三个人拼桌,堆满了各种书本、电脑和保温杯。奇怪的是，夏之翰那张桌子却只有他一人使用，我想可能是他浑身都散发男神的光芒，让人望而却步吧。我轻手轻脚走过去，在夏之翰身旁坐下，果然，立马吸引来了无数目光。

我顶住压力，告诉自己跟他们不一样。我跟毛毛哥从小青梅竹马，一起吃饭，一起看书，一起睡觉，一起尿床——好吧，只有我尿床了，总之，我张爱珊绝对有特权坐在他身边。

夏之翰也是我的辅导员，对我的课程再清楚不过了："我记得，你们今天下午有专业课吧？"

"唉，别提了。"我叹了口气，"我的画画生涯差点遭受毁灭性的打击。"接下来我把画室发生的事告诉了夏之翰。

夏之翰好几次忍俊不禁，最后总结道："你哥挺有意思的。"

"鬼咧，他就是个色魔！"

夏之翰想了想："张家男跟金少天是朋友吧？"

"是吧，不过我觉得他们更像同伙，一起赚钱的那种。"

夏之翰没再说话。

我犹豫了一下，还是问道："毛毛哥，金少天真的作弊了吗？"

夏之翰回头望向我："你不相信我？"

"不是不是！"我赶忙挥手，"就是……很好奇。"

夏之翰放下笔，把事情缓缓道出。

原来夏之翰跟金少天曾经是室友，大一下学期，金少天在期末考试前把试卷偷出来，提前做了一遍。考试结束后，他没来得及销毁试卷，不小心被另一位室友刘远发现了。刘远与金少天关系向来亲厚，本打算帮他隐瞒，却不巧又被回寝室的夏之翰撞见，事情这才曝光。夏之翰找金少天对质，金少天承认了，但他毫无悔意，还心安理得地收下了作弊得来的奖学金，夏之翰非常气愤，从此跟金少天决裂了。也是那段时间，金少天搬出了寝室，并开始用"金大师"的名号在外面赚钱。

听夏之翰说完，我久久没有说话。我很难受，在这之前，不管金少天脾气多么古怪，态度多么恶劣，我总还是对他抱有侥幸心理，认为他不可能会作弊，可现在看来，这些都是真的。当初的夏之翰也一定特别信任金少天吧，当他是自己最好的朋友，所以当他知道金少天偷试卷作弊时，才会更加失望和生气。

"珊珊，不管是作为毛毛哥，还是作为辅导员，我都不希望你再参加那个社团了，三观不同，是不可能成为真正朋友的。你对金少天期望越大，最终只会失望越深。"

我点点头，毛毛哥说得对，道不同不相为谋。我不能再逃避了，是时候下定决心离开万能委托社，跟金少天分道扬镳了。原本我们的相识就是一场意外，就让这场意外画上它应有的句号吧。

04

约好的四人约会总算来临了。周日下午，我和林欣欣来到约定的商城，夏之翰已经在门口大厅提前等候，这点毛毛哥还是和小时候一样，时间观念强得不行，永远不会迟到。反观张家男那家伙，不仅迟到，竟然一个解释的电话都没有。在我的夺命连环call后，他才匆匆赶来，白衬衣、小西裤，还特意用发胶抹了个小分头，虽然审美有那么点叫人着急，但看在他还算是重视这次约会，我大发慈悲没有骂他，谁知道他倒是先埋怨起来："你们不是要买衣服吗？可以自己先逛逛啊，我来了也帮不上忙，无聊死了。"

"你以前陪女生买衣服不是挺积极的吗？"我没好气地说。

"醉翁之意不在酒，你懂吗？"张家男笑得很欠扁。

我冷笑一声，我怎么不懂，我今天的目的就是给林欣欣来个华丽变身，亮瞎张家男的狗眼。

这家商城新开不久，所有店都在打折，加之今天是周末，人特别多。我和林欣欣手挽手走在前面，张家男跟夏之翰跟在后头。自从知道夏之翰就是毛毛哥后，张家男就很自然跟他勾肩搭背了，尽管他们小时候的关系并不融洽，我记得主要是张家男不喜欢夏之翰，认为他太装腔作势，其实他就是在嫉妒夏之翰成绩比他好，颜值比他高。

果然，一路上张家男一直在向夏之翰请教，如何才能像他一样皮肤光滑不长痘，如何才能把头发剪得既自然又好看，夏之翰一脸迷茫地摇着头，感觉这话题涉及了他的知识盲区。我听不下去，没忍住说出了真相："毛毛哥是天生丽质难自弃，哪像你油腻得跟爆炒肥肠似的。"

"我哪儿油腻了？！"张家男不服。

"不油腻，你这种类型也有很多人喜欢。"夏之翰笑。

"毛毛哥你就别安慰他了，他也该有点自知之明了。"我叫起来。

"这叫英雄惜英雄！"张家男来劲了，声音大得恨不能全商场的人都听见。

我懒得再搭理他,拉着林欣欣走进一家女装店,很快她就看上了一套显身材的酒红色小礼服。林欣欣平日总是喜欢宽松、舒适又保守的打扮,大家都以为她是一颗豆芽菜,只有我这种跟她一起洗过澡的闺密才知道,她的真材实料可是一点都不输陈安娜。

我抓起衣服递给她:"来,欣欣,试试。"

林欣欣有些犹豫:"啊?我吗?会不会不太合适……"

"合不合适,试了就知道了。"我将她推进了试衣间。

不一会儿,林欣欣就从试衣间走出来,贴身的剪裁让她的好身材一览无余,一双又白又直的大长腿看得我都要流口水了。林欣欣看着镜子里的自己有些不自在,想回更衣室。"别动!"我冲过去笑嘻嘻地搂住她柔软的腰肢,"欣欣,就这套,完美!"

"哎哎别闹了……我还是换回来吧。"林欣欣脸红了。

"挺适合你的,整个人都精神自信了。"夏之翰也表示赞许。

"看吧,你要相信我的眼光!"我见只有夏之翰一个人,"毛毛哥,张家男呢?"

"他去厕所了。"

"那欣欣你先别换啊,等张家男过来瞧瞧。"

林欣欣羞涩地低下头,没说话。

我们就这样等了五分钟,张家男还是没出现,我不耐烦地拨通电话,居然被他挂断了。不一会儿他发来微信:催什么?!在拉屎呢,要不要我拍张照给你看看。

我:滚蛋,懒人屎尿多!

张家男:你们先逛着呗,我一会儿来找你们。

我十分扫兴地跟大家说明情况,林欣欣点点头,眼中的失落一闪而过。换回衣服后,导购问我们还买不买,我说买,林欣欣却不想买。导购为难地看着我们,最后我一把将衣服抢过来:"林欣欣,不是说好了今天为我庆祝吗?我高兴,送你一套衣服都不行啊?"

"可是珊珊,我穿着觉得不自在。"

"那是你没习惯!欣欣,你不能永远停在舒适区,你要自信一点,勇敢一点,你是绝对的女神潜力股!"

"别取笑我了。"

"我没有，我说真的！"

林欣欣拗不过我，不再坚持。

刚出店，张家男就回来了。我给了他一个大白眼，正要数落他，林欣欣却上前关切地询问了："你是不是吃坏肚子了，要不买点药吧？"

"没事。"张家男傻笑。

唉，一个不成器，一个不争气，我真是恨铁不成钢。

之后的半小时，我们又逛了几家衣服店，其间张家男又消失了一次，说是口渴了去买水，结果买了半天都不见回来。

我们逛得差不多了，便找了一家湘菜馆吃饭，直到我们点好菜，张家男才打包了几杯奶茶回来，他浑身是汗地坐下："啊哈！你们猜我刚才撞见谁了？我小学同学，我俩好些年没见了，一激动就叙了会儿旧——"

"看来你们叙旧的内容相当激烈啊，都叙出了一身汗！"我没好气。

"这不，我那同学也是学街舞的，我俩当场切磋了一下舞技……"

"怎么不叫上我啊，"我阴阳怪气，"我可以在你们旁边放个小盆子，说不定今天晚饭钱都赚回来了。"

张家男完全没意识到我在生气："那是！我人气可高了……"

"张家男！你到底有完没完，今天你要再离开我们半步……"

"不会！绝对不会了！老妹莫生气！莫生气啊！人生就是一场戏，因为有缘才相聚，为了小事发脾气，回头想想又何必……"张家男贱兮兮地赔罪，殷勤地给我们拆碗筷，烫杯子。

之后的整顿饭，张家男果然没再离开我们，但是也很少参与聊天，一直在用手机聊微信。我看不下去了，一筷子敲在他的手上："手机重要还是女朋友重要？"

林欣欣有些尴尬："珊珊，我没事……"

"不行！你现在就染上了中年男人的恶习，以后结婚了还得了！"

"我辅导员找我问话，我总不能不回吧。"张家男理直气壮地说。

"欣欣，你俩平时约会都这样？！这你也受得了？"

"啊？没有啊，还好吧……"林欣欣心虚地看了一眼张家男，又低头吃起了东西。我眼神求助夏之翰，但他只是微笑，也不说话。不知道为什么，我总觉得今天的毛毛哥也不太对劲，有点过分安静了，都怪张家男把氛围搞得这么奇怪。

一顿饭下来我没吃几口，就被张家男气饱了。张家男也发现自己做错了，决定请大家看电影，他挥舞着手机说票都给我们买好了。我喜出望外，这家伙果然开窍了，一问什么电影，他说《前男友》，我脸又拉下来了："前男友？我看你长得就像前男友。"

"老妹你听我说，是爱情喜剧，口碑很好！"张家男拍胸脯保证。

张家男没骗我，虽然名字很不喜庆，但的确是一部喜剧。当然啦，也可能是我笑点太低，反正开场没多久我就笑喷了，活像一个爆米花喷射机，惹得我前面的小哥哥频频回头，还以为自己在看4D电影。

影片进行到一半时，我歪头找林欣欣说话，惊讶地发现她旁边的位置空了："张家男呢？又跑哪儿去了？"

"啊，他呀……又去厕所了吧，可能吃坏肚子了。"林欣欣心不在焉地回答着，影院闪烁的灯光照在她白净的脸上，她的眼中泛着零星的泪光。

"欣欣……你没事吧？"

"没事啊，"林欣欣歪头抹了一下眼角，"电影挺感人的。"

不对，她在骗我，她这副模样明显是在伤心，而不是感动。我又回想起之前的一幕幕，张家男的频繁消失，林欣欣的心不在焉，还有夏之翰的过分安静，一种不好的预感涌上心头。

我起身就走，林欣欣赶忙拉住我："珊珊，你干吗？电影正演到精彩……"

"我上个厕所。"

我没上厕所，一边走出影厅，一边拨打张家男的手机，等了好久那边才接通。

"你人呢？"我对电话大喊。

"唉，今天不知道怎么搞的，拉肚子呢……"

"哦。"我挂了电话。

我是很迟钝，但还不傻。张家男那边很吵，根本没在厕所，商场很吵闹的地方除了电影院就只有城市英雄了。

几分钟后，我果然在城市英雄里找到了张家男，让我出乎意料的是，他旁边还站着一个高挑又性感的美女，两人正在玩一款射击游戏。张家男从身后环住她，教她如何开枪，女孩嗲声嗲气，不时被游戏屏幕中跑出来的丧尸吓得连连尖叫，问题是那丧尸做得很假好吗？一点都不可怕。

"看到没，要打心脏！这样才可以一发入魂！"张家男凑在美女的耳边，甜言蜜语，"就像我第一次见到你时……"

我真该庆幸自己午饭没吃几口，不然我当场就吐了。

我深吸一口气，心中默念：空气是多么新鲜，世界是多么美妙……不行！我还是咽不下这口气！我冲了上去，飞起一脚踢到张家男的屁股上，他"哎哟"一声，连带着怀中的女孩一起倒地。

张家男一边扶起花容失色的美女，一边骂娘："谁踢我！找死啊……珊珊？你怎么在这儿？"

张家男赶紧松开美女："不是你想的那样，你听我解释……"

"别解释了！你居然背着我们跟小三幽会！"

"谁小三啊？"美女也火了，"张家男你给我解释清楚，这人是谁啊，跟你什么关系？"

"不是，她是我妹！"

"妹妹？"美女看着我。

"没有血缘关系的那种。"我说。

"没有血缘关系？！张家男，你——"

"思思，你听我解释，虽然我们没有血缘关系，但胜似血缘关系……"

"是啊，不仅有血缘关系，还有肉体关系呢！"我补刀。

"张家男你变态！"美女一耳光赏给了张家男。

张家男要哭了："张爱珊！你别给我添乱了！"

他强行挽留住急冲冲往外走的美女，开始解释："思思，你别听她瞎说，我们真是兄妹，事情是这样的，我跟她很小的时候就组合了家庭……"

这次，我算是见识到了张家男面对姑娘时的口才和耐心了，他声情并茂，甜言蜜语，还各种发毒誓，这位叫思思的美女火气总算消了。

思思看我一眼："算了，让她跟我道个歉就算了。"

张家男朝我挤眉弄眼："快点，跟你嫂子道个歉。"

"嫂子？就她！"

"你什么意思啊？我还不稀罕当你嫂子呢……"

张家男抓着我往一边走："老祖宗我求你了，你先冷静一下行吗？"

"冷静？！你叫我怎么冷静！张家男你还是不是人，你这样对得起林欣欣吗？"

"珊珊！"我回过头，夏之翰与林欣欣赶过来了。张家男非但没有慌张，反而还一脸得救地走向林欣欣："欣欣，你来得正好，快解释一下，我真的演不下去了！"

"演？"我脑子嗡的一下当机了，"什么意思？"

林欣欣不敢看我的眼睛："珊珊，对不起……我跟你哥，其实我们……"

"我们什么关系都没有！"张家男抬高了声音，故意喊给思思听。

"可是……你们……为什么……"我没有问下去，还能有为什么？张家男弄坏我的手机，肯定看到了我的遗愿清单，现在想想，一切都是从那时候开始的。他跟林欣欣在一块了，然后我们四人一起看海，我手术那天金少天跟夏之翰突然出现跟我表白，这一切不过是为了完成我的"遗愿"，哄我开心。现在，我的绝症不复存在了，大家也没必要再演下去了。

我看向夏之翰："毛毛哥，你也早知道了吗？"

夏之翰眼神有些不忍："我并不知情，但今天我差不多也猜出来了。"

"那你……为什么不告诉我？"我快哭了。

夏之翰看向林欣欣："我觉得这事还是由他们自己说比较好。"

"所以，你们今天都在合伙骗我……"

"珊珊，对不起！"林欣欣走上前一步，拉起我的手，"其实不管怎么样，咱们之间都不会改变，我还是你最好的朋友，我们大家也还是朋友……"

我抽出手，退后一步。林欣欣，你根本不明白，我不是因为自己被骗才生气，我是替你生气啊！喜欢一个人应该是一件很幸福的事，为什么要变成这么卑微呢？你那么好，那么善良，所以就活该被张家男利用吗？偏偏张家男做出这么过分的事还是为了让我开心，一时间，我竟然不知道应该生他的气还是生自己的气！

"我回家了。"我转身离开，刚走几步，眼泪就不争气地流下来。我希望身边的亲人和朋友都能开心幸福，可原来这一切只是我一厢情愿。这种感觉，真的糟透了。

我一口气跑出商城，才发现林欣欣一直追了上来。她眼睛通红，头发凌乱，委屈巴巴得像一只无家可归的小猫。忽然间我特别恨自己，整件事从头到尾最难受的应该是林欣欣啊，可我竟然还在这里跟她赌气。

我往回走，一把抓起林欣欣的手："林欣欣，你怎么这么傻啊！"

林欣欣埋着头，一言不发。

我跟林欣欣走在大街上，一路上林欣欣都很沉默，不知道走了多久，她终于蹲了下来。我走近一看，才发现他整个人都颤抖："珊珊，我想哭。"

"哭吧，哭出来就好了。"我也想哭。

林欣欣摇头，努力咬着牙："我不想在这里哭，太丢人，我不想让别人看见。"

我四下张望，不远处的广场上正在举办什么活动，围满了人，我忽然有了提议："那里好像在举办明星见面会，要不我们混进去吧，假装是激动的粉丝混在里面哭，不丢人。"

"好。"

我跟林欣欣混进了人群中间，我抬头一看，才发现并不是什么明星见面会，舞台中央站着两名穿着奇装异服的选手，主持人也穿着一身滑稽的衣服，看起来像个葫芦娃，他大声宣布："接下来，我们哈哈笑大赛即将决出第三名，两位选手准备好了吗？"

哈哈大笑？我心说这是什么奇葩比赛啊，竟然还有那么多人看，很快我就找到了原因——舞台旁边码放着十几箱面膜，应该都是赞助商提供的奖品，一会儿比赛结束后观众都有份儿。

"比赛开始！"主持人一声令下，两名选手就在台上哈哈大笑。这会儿林欣欣再也绷不住难过的情绪，放声大哭了起来。林欣欣的哭声太过格格不入，很快就引起了围观群众的注意，一时间，大家纷纷回头看过来，俨然把林欣欣当成了神经病。林欣欣赶紧捂住脸，但是一时半会儿也止不住哭泣，我没办法，只好脱下了小外套，把林欣欣的头给盖住："没事啊，没人看见我们，没人认识我们……"

我跟林欣欣埋头跑出人群，不一会儿就跟一个人撞上了。

"哎呀不长眼睛啊！"被我撞上的女孩凶了起来。

"对不起，对不起……唉，苗苗？！"

苗苗也认出了我："珊珊，你怎么在这儿呀？"

苗苗不是一个人，她跟小七一左一右搀扶着陈安娜，并且用外套遮住了陈安娜的后背。今天的陈安娜也很不一样，她戴着绿色假发，穿着一袭飘逸的蓝色古裙，手里还拿着塑料制成的古筝模型。

我一问才知道，原来陈安娜在出cos，cos的角色是《英雄联盟》中的琴瑟仙女，今天她们三人本来是要去附近的展览馆参加一个漫展，可惜出了点意外，现在要打退堂鼓了。

"珊珊，这附近有什么人少的方便换衣服的店吗？"小七问。

"我想想啊，商场人太多，那边的巷子里好像有一家咖啡店。不过你们这是怎么啦？"

"哈哈，安娜的cos服坏了，春光乍泄啦。"苗苗有点幸灾乐祸，她把遮光的衣服一掀，陈安娜就露出了光滑雪白的后背上的黑色内衣扣。

"我花了好几千元买的，没想到质量这么差。"陈安娜十分扫兴，"行了，快走吧，赶紧找地方把衣服换了！"

林欣欣没再哭了，她大致明白了事态："我随身带了针线，要不，让我试试吧？"

"你行吗？"陈安娜心情不太好，讲话有点冲，"我看算了，换了衣服赶紧回去吧，真倒霉！"

"别啊，你准备了这么久，就这样回去多可惜啊！"苗苗劝起来。

"就是，让珊珊的朋友试一下嘛。"小七也附和。

"放心吧，欣欣可厉害了！"我拍胸脯保证。

陈安娜犹疑了一下，她看向林欣欣："那好，我请你们喝点东西。"

十分钟后，我们五人坐在咖啡厅里喝东西，陈安娜换上了常服，假发不方便取下，所以还戴在头上，格外引人注目。林欣欣自从拿到cos服后就一言不发了，她认真地研究了一下cos服的开口，开始穿针引线，一杯咖啡的工夫，林欣欣就把裙子缝好了："我还在里面加固了一圈，应该不会再出问题了。"

陈安娜接过cos服，飞快地检查了一下，她难以置信地看着林欣欣："珊珊，你这朋友也太厉害了！"

"前胸可能会有点紧，不知道行不行，你试试吧。"林欣欣笑笑，似乎把之前的伤心事抛之脑后了。

几分钟后，陈安娜去洗手间换上cos服出来，感觉非常好。

陈安娜很高兴，拉着我和林欣欣一块看了漫展，那场漫展上，陈安娜自然成了人群中最大的焦点之一，无数宅男和摄影师扛着单反把她团团围住，各种拍照，我们四个女孩子都沦为了护花使者。

漫展结束后，陈安娜要请大家吃饭。我跟林欣欣不太想吃，便先回大学了。回去的一路上，闷头看手机的林欣欣忽然停下，我正纳闷，这时自己的手机也响了，原来是张家男，他在"看海四人小组"的微信群里发了一句"对不起！都是我的错"，便把群解散了。

林欣欣的眼眶又红了，她用力攥着手机："珊珊，你说，我是不是特别蠢啊？"

我摇摇头，蠢的人是张家男，他还不知道自己错过了这个世界上最好的姑娘。林欣欣还是哭了，我也红了眼睛，上前温柔地抱住她。这一次，安静的街头再没人嘲笑我们，只有头顶上方那盏落寞又忧伤的路灯静静陪伴着我们。

05

第二天我从宿舍醒来，就收到了一封邮件。三天前，我因为联系不上金少天，便干脆向万念这个名誉社长提交了退社申请，直到今天，他才回了一封邮件，简单两个字：拒绝。我叹了口气，看来有些事还是只能当面讲清楚。

下午上完专业课后，我整理好了说辞，去了小别墅。二楼的社团只有万念一个人在，他坐在电脑桌前，戴着耳机，认真地捣鼓着一个小黄鸭玩具，他的背影瘦瘦的，微微弯曲，看上去有那么点落寞。

说起来，万念似乎永远都是一个人沉浸在自己的小世界里，他孤独吗？肯定有一点吧，不然也不会成立这个社团。张家男每次都拿这事嘲笑他：一个从没谈过恋爱的母胎单身，竟然成立了一个百分之八十以上的委托案都跟爱情有关的社团。可我觉得，张家男没资格笑他，他自己那些乱七八糟的撩妹经历，恕我直言，什么都不是。

我上前拍拍他的肩，万念吓得一个激灵，见到是我后脸立刻红了，他把手中捣鼓的小玩意儿塞进口袋里，眨着亮晶晶的小眼睛，不说话。

"你在做什么东西呀？"

"报警……器……"万念是个理工天才，经常会做一些奇怪的发明。

"哦，这样啊。"我决定不再绕弯，开门见山，"万社长，这段时间跟你们在一起很开心，我见识了很多事，也学到了不少东西。但是我想了很久，还是决定退出社团，你就批准了吧；你就算不批准，我以后也不再来社团了。"

"原因。"万念舔了舔舌头，又重复了一遍，"原因。"

我语塞，一时间竟不知从何说起。一切都是因为金少天，契约情侣，寻找毛毛哥……原来不知不觉，我们之间已经发生了那么多事，但终归，我跟他不是一个世界的人，道不同不相为谋。

"是我个人的原因。"我半天憋出一句话。

万念很为难地沉默着，看得出他在努力思考挽留我的措辞，我有点不忍心，决定快刀斩乱麻："就这样，再见！"

我刚转身，王建宁就哼着小曲上楼了。

"哟，珊珊，好久不见啊，你的病我都听说了，哈哈哈，刺不刺激？庸医真可怕！"他一屁股坐在沙发上，"你是来找金哥的吗？"自从我没事就拿"金哥"这个名字来损金少天，王建宁也有样学样了。

"不是，我干吗要找他？"我撇撇嘴。

"我去，你也太无情了，金哥都为你伤成那样了。"他夸张地捂住胸口，一脸痛惜。

"伤？什么伤？"我迅速抓住重点。

"你不知道？"他有些惊讶，踢了一下万念的椅子，"喂，你还没有告诉她吗？"

万念不应，王建宁拿起一个纸团扔过去，正中万念的后脑勺。万念这才摘下耳机，转过头来。

"你干吗不告诉她啊？"

"他……不准……"

"到底发生了什么啊！"我急了。

王建宁摊摊手："既然金哥不让说，那我也无可奉告喽。"

我平生最讨厌话说一半吊胃口的人，我气势汹汹地抄起桌上的美工剪刀："告诉我，到底是怎么回事？！"

王建宁吓坏了，赶忙举起双手："别激动！我说，我说……"

十分钟后我离开社团，脑袋里还萦绕着王建宁那番话："金少天之前一直在查你脑癌的事，整天废寝忘食，考试都没见他这么认真过……具体情况嘛，我也不清楚，他好像是通过一个已经从医院退休的老教授那里打听到的，你这病二十年前有过先例，也是脑袋里有个疙瘩，如果那名患者还健在，就能确认你没病……他怕你等不及会做手术，疯狂寻找那名患者，动用了身边所有的资源和人脉……后来好像还被人打了……具体怎么回事我也不知道，你不如去问他吧……"

我倒是想问金少天，可是给他打了好几通电话，就是没人接。我急得团团转，这时候老妈打我电话，叫我回出租屋吃饭。

"妈，你怎么还没退房啊？"

"今天叫你航爸给我收拾完行李，明天就走。"妈笑了，"珊珊，你现在赶紧过来吃饭。"

"妈，我没心情……"

"没得商量，必须过来！"

我无奈，赶去了大学附近的出租屋。我刚推开门，两只礼花炮就在我两旁炸开了，无数彩纸漫天飞舞，张家男和夏之翰站在房门两边，举着礼花炮迎接我。

"珊珊！生日快乐！"林欣欣双手端着一个蛋糕走向我，身后站着我妈、航爸，还有外婆——看她的样子应该是刚从乡下过来的。

"你们……"我还有些糊涂，大家一边拍手一边唱了起来："祝你生日快乐，祝你生日快乐……"

我尖叫一声，总算想起来了，今天是我的十八岁生日啊！最近实在发生了太多事，我竟然把自己的生日都给忘了。

唱完生日歌，林欣欣催促起来："许个愿。"

我点点头，双手合十，开始许愿：希望外婆长命百岁，希望妈妈跟航爸可以白头偕老，希望林欣欣找到属于自己的真爱，希望张家男街舞越跳越好，最后……希望我跟毛毛哥永远不分离。

我睁开眼睛，一口气吹熄了蜡烛，大家开始拍手欢呼，那一瞬间，我心里头还冒出了一个名字：金少天。我鼻子有些酸，说不出是愧疚还是难过。我怕大家发现我不对劲，赶忙去了洗手间，我用水冲了一下脸，努力调解好心情，这会儿外婆慢悠悠地走进来："珊珊，你喜欢的那个小伙子怎么没来啊？"

"啊？"我有点蒙，"来了呀。"

"在哪儿呀，没见到他啊。"

我怔住了："难道你说的不是毛毛哥？"

"哎呀，不是毛毛。"外婆笑了，"我说的是那个戴墨镜的小伙子，那天就是他费了老大劲才找到我。我当时正好在给村里一个人超度，他冲过来就让我跟他走，大伙还以为他是来砸场的，差点把他给揍了。结果他说是想让我去帮他做证明，证明一个姑娘没病，我问那姑娘是谁，一听你的名字我就明白是什么事了，我让他别担心，说这姑娘是我外孙女，明早就去找她……"

原来，那晚金少天脸上的伤是这么来的，他是为了我才受伤的；原来那天他出现在我家附近的公交车站并不是偶然，他只是想确认我有没有去做手术，因为第二天外婆就会过来告诉我真相。他为我做了这么多，可我呢，脑子想着的却是怎么跟他撇清关系，退出社团。

"外婆，这些你怎么不早告诉我呀！"

外婆笑了："我以为你早知道了呀，他俩不是你同学吗……"

外婆还要说什么，我飞快地穿过客厅："妈，我有点急事出去一下。"我穿好鞋，在众人讶异的目光中跑出了家门。

我以平生最快的速度来到金少天的公寓门外，我上气不接下气地去按门铃，没人开门，我大声拍门："金少天！你出来！你别躲在里面不出声！我知道你在家。你有本事当好人，没本事开门，你算什么男人……"

我敲了半天，忽然发现金少天正站在我身旁，我"啊"地吓了一大跳。

金少天提着一袋刚买的日用品，眼角的淤青已经消退得差不多了，他面无表情地道："让开。"

我乖乖让开，金少天走上前，掏出钥匙打开门，眼看他就要关门，我大喊一声："等一下！"

"干吗？"他皱着眉。

"你饿了吗？还没吃晚饭吧？"

"吃了，不饿。"金少天刚说完，肚子就"咕噜"一声抗议了。

我嘿嘿笑了："嘴上不承认，身体很诚实嘛。"

十分钟后，我将一碗香喷喷的蛋炒饭端上桌时，原本我还想大展厨艺，但是冰箱里的食材实在少得可怜，我只好用剩饭、鸡蛋、火腿肠和葱花随意发挥。金少天这次倒没有矜持，立刻开吃，我这才注意到他的右手也受伤了，他的左手用不好筷子，吃得嘴周围都是饭粒，我叹了口气，起身去厨房给他找了个饭勺。

我托腮看着金少天吃饭,感觉像在照顾小朋友。不一会儿,我就瞄到桌子上的一张账单,看上去像是汇款单,我仔细一看,上面写有"天文望远镜""研究经费"等字样,每一笔数目都高到让人咂舌。

"砰。"金少天用盘子压住了汇款单,"吃饱了。"

"哦。"

"水。"

这家伙还真把我当保姆了,算了,大人有大量,我起身去厨房冰箱,给他拿了一瓶薄荷水,回来时,那张汇款单已经不见了。虽然我对这事也很好奇,不过眼下我有更重要的话对他说,我坐直了身体,端正态度,认真向金少天鞠了一躬:"谢谢你!"

"谢什么?"金少天还装糊涂。

"这些天你为我做的所有事。"

金少天不再说话,他目光飘忽,似乎在看我,又似乎什么都没看。

我叹了口气:"你这人,为什么这么别扭呢?做了好事也不说,你不说谁知道啊。还有,别人道谢就好好接受呀,说一句不用谢很难吗?"

"不难。"金少天抽出纸巾擦嘴,然后把纸巾揉成了一团,"主要是我感受不到你道谢的诚意。"

"这还没诚意啊?!这碗蛋炒饭至少值三十块钱。"

"你的诚意就是三十块?"

"加上端水的服务费,三十五块。"

"贫嘴有意思?"

"也没有啦。"

"张爱珊,我问你。"

"你问。"

"你为什么要退社?"

我不知道要怎么回答,最终,我鼓起勇气:"那你能先回答我一个问题吗?"

"不能。"

"不能我也要问,作弊的事,到底是怎么回事?"我还是觉得金少天和夏之翰之间有什么误会,如果金少天能坦率一些,事情就不会搞得那么复杂。

"去把碗洗了,再帮我完成一个委托案,咱们就两清。"金少天果然没有回答,不过这早在我的预料之中,哼,不说我就没办法了吗?

"一言为定。"我收拾好碗筷,还不忘补充了一句,"洗碗还得加收二十块!"

金少天一个纸团扔过来,正打中我的脑袋。

人的一生，是由许多个瞬间组成，而我们最初经历的瞬间，或许就叫心动。

01

那晚因为我的突然离开，生日聚会变成了一顿普通的晚饭，夏之翰和林欣欣吃完便回了宿舍；外婆永远是来去匆匆，张家男便负责送外婆去车站坐车回乡下；航爸则把打包的行李运回了家。当我赶回公寓时，空空荡荡的屋里只剩下我妈一个人，对着一桌已经冷掉的剩菜百无聊赖地看着手机。

一时间我愣在门口，心里说不出的难受。

"珊珊回来啦，"妈放下手机，"吃过了没啊？"

"还没吃呢，饿死啦。"我撒娇。

"我就知道，我还给你热着两个菜呢！"妈高高兴兴地去厨房端菜，是我最爱吃的墨鱼排骨汤和土豆烧牛肉，妈给我盛过一碗饭，看着我吃，也不说话。

我吃了几口，放下了碗筷："妈，你都不问我去做什么了吗？"

"珊珊长大啦，"妈摸了下我的头，"有自己的事情了。"

我有点不好意思。

"珊珊，你老实说，是不是谈恋爱了？"

一口汤呛得我直咳嗽："妈，说什么呢？"

"你今天满十八岁了,要恋爱了妈也不反对。"

"是不是外婆跟你说了什么,你别听她的……"

"有对象了,记得给妈瞧瞧啊,照片也行……"妈笑得很得意,"妈别的不敢说,但这看男人的眼光可准了!"

"是是是。"我真是怕了她。

吃了饭我让妈休息,自己去厨房洗碗。我刚把碗筷收好,手机就响了,从金少天家回来的时候,我已经给毛毛哥和林欣欣发微信道歉了,难得他们特意过来给我过生日,我却一声不吭地跑了。这会儿夏之翰回了我的微信:信息才看到,没关系的,不过你那么急匆匆的,是有什么事吗?

我犹豫了一下,还是跟夏之翰简单地坦白了。

可之后,夏之翰却很久都没有回我信息,我鼓起勇气,又打了一串字过去:毛毛哥,我还是相信金少天不是那种人,你们之间或许有什么误会。

接下来又是几分钟的漫长等待,终于,微信响起。

夏之翰:谢谢你的好意,不过我们之间的事还是让我们自己处理吧。

我放下手机,心情一瞬间跌落到了谷底。

当晚,我失眠了,我找林欣欣聊天,把整件事都告诉了她。林欣欣的看法跟我差不多,她觉得金少天不像是会作弊的人,或许有什么隐情,但是夏之翰为人正直,心思细腻,也不太可能冤枉好人,这中间肯定哪里出了问题。最后在林欣欣的鼓励和支持下,我决定对整件事进行暗中调查,一定要让金少天和夏之翰解除误会,和好如初。

第二天,我上完课便如约来到万能委托社。金少天看到我时,没有表现出丝毫的热情,就好像昨晚上我跟他什么都没发生……呸,口误,我们之间确实什么都没发生,我是说,就好像我们昨晚的那个约定不存在一样。

金少天见人到齐了,懒懒地站起来,走到黑板前画重点:"今天的委托比较特别,委托人已经到了。"

"在哪儿啊?"我怎么看都只有我们五个人啊。

金少天瞄了一眼二楼的洗手间:"还在里面哭。"

不一会儿,洗手间的门打开了,一个黄发女孩泣不成声地走出来,眼睛都哭肿了,我大喊一声:"苗苗?!"

苗苗早知道我加入了万能委托社,之前还开玩笑让我引荐一下,说自己也想入社,我当然是打个哈哈糊弄过去了。谁能想到呢,如今她居然以这样的方式过来了。苗苗一见到我,又哭了起来:"珊珊,你一定要替我出这口气!"

我心疼地抱住了苗苗,大声保证:"放心!我一定帮你……"

"她只是个打杂的。"金少天冷冷地打断,"别哭了,把事情跟大家说说。"

"哦。"苗苗松开我,走向金少天,徒留我张开双臂尴尬地僵在原地,落井下石的张家男在一旁哈哈大笑。

趁大家都被苗苗吸引了注意,我悄悄来到电脑桌旁,从口袋里掏出一张纸条,飞快地塞到万念手里,万念吃惊地看着我,我给他一个眼神,让他别吱声。他悄悄看了一眼纸条,接着朝我比画了一个"OK"的手势。

苗苗没说几句,门铃又响了起来。

"今天生意这么好?"张家男跟王建宁对视一眼,两人屁颠屁颠地下楼接客了。不一会儿,张家男殷切的声音传过来:"四位美女,来,里边请!这里是万能委托社,有什么能为你们效劳……"

美女?还是四个?!

我正吃惊,四个女孩已经上楼了。王建宁走到办公桌旁,拿着四张表格送过去:"来,麻烦先填写下基本信息,对,这里登记下委托内容,然后在这里签个名。"

四个女孩围着办公桌坐下,其中一个女孩刚写两笔,眼眶就红了,其他三个女孩看起来也是很难过的样子。

"给,纸巾。"王建宁递给女孩每人两张纸巾,扮演起了知心哥哥,"看你们的样子,肯定是受了很大的冤屈。别担心,有什么需要,我们金大师出马一准儿药到病除。张爱珊同学,别愣着啊,快给四个学妹倒杯茶。"

我泡好茶端过来时,张家男已经凑到其中最好看的一个女孩身旁嘘寒问暖了:"同学,如果是感情方面的问题,可以先跟我说说,我最近也刚失恋,我们说不定可以……哎哟!疼疼疼……"

我揪着张家男的耳朵把他拖走了。

金少天走上来:"四位说说吧,什么情况?"

四个女孩放下手里的茶,你看看我,我看看你,终于用眼神推选出一位代表,也就是张家男想调戏的那位漂亮女孩。她正要说什么,忽然眼睛一亮,指着万念骂起来:"渣男!就是他!"

众人纷纷看向万念,吃惊不已。当然受惊吓最严重的还是万念本人,他整个人像是被点了穴，小眼睛都快睁成大眼睛了。

"不可能的！"王建宁第一个站起来，"美女，我们这位同学母胎单身，连女孩手都没牵过。"

"我说的不是他，是他！"

漂亮女孩指着万念手中的照片，众人这才松了一口气。万念手中的照片是苗苗委托案的目标人，他正打算把这张照片贴在黑板上。

"什么？！"张家男激动地冲上去，一把夺过照片挥舞起来，"你确定是他吗？他可是苗苗的前任。"

金少天略一沉吟，得出了答案："看来我们可以并案调查了。"

"就是说……"王建宁摸着下巴总结，"这个渣男还渣了其他人？"

一时间，包括苗苗在内的五个女生炸开了锅，之后的半个小时根本就是一场集体控诉大会，五个女生声泪俱下地痛骂着那个渣男。我在一旁听得云里雾里，极其吃力，最后被迫拿出本子做笔记，才基本搞清楚了事情原委。

简单说：A跟B是好友，两人突然发现自己的男友是同一个人，C跟B的闺密是好朋友，一次约出来吃饭，发现自己跟B的男友是同一人；D正在跟该男友约会，被A、B、C同时抓了现形，现在A、B、C、D气不过，决定找金少天的万能委托社好好教训一下这个渣男，不仅要让他肉体上痛苦，还要让他承受精神上的折磨，谁知道在这里又遇见同样的受害者E——也就是我的室友苗苗。

"无耻！简直是败类！" 我肺都要气炸了，"一个人怎么可以这么渣？"

王建宁来劲了："珊珊，你问我可就问对人了！"

我有点尴尬："我没问你啊，我就是感慨一下……"

"先生们！女士们！既然缘分让我们相遇，今天就让我来教大家怎么辨别渣男！"王建宁大手一挥，已经戏精附体。

大家被他的架势唬住了，纷纷决定洗耳恭听。

王建宁举起指头："一级渣男直男思维，大男子主义；二级渣男口头承诺一大堆，却从未付诸过实际行动；三级渣男温柔体贴，看似很暖，但是妹妹特别多，今天冒出一个妹妹，明天又冒出一个妹妹，长得好看点的女孩基本都是他妹妹；四级渣男像个间谍，跟他谈恋爱，你在他的社交圈里几乎看不到他的生活内容，也别指望自己会成为他的生活内容，反正主动权一直在他手里，你每天都过得提心吊胆，生怕哪天他整个人就消失了；五级渣男是个情场高手,你只有他,他却有三五个备胎,七八个千斤顶;六级渣男完全没有责任感,没有上进心,整天不切实际,好高骛远,但其实特别没用,像个吸血虫一样黏着你,一点点榨干你的青春,腐蚀你的生活;七级渣男像个定时炸弹,随时会出轨,被你发现后一定会声泪俱下地保证这是最后一次,但事实上永远都有下一次;八级渣男情商高到爆炸,寂寞了,来找你,甜言蜜语把你哄得开开心心,厌倦了,就说好聚好散,以后还是朋友,追你的时候他说他爱你,不是喜欢你,分手的时候他却说我们可能更适合做朋友,洗脑能力堪称一流;九级渣男,他不高不帅也没钱,表面上普普通通,人畜无害,根本配不上你,但小优点还是有不少的,会让你觉得是经济实用型男友,可以托付终生,可最后你才发现,他同时交往了很多个跟你有一样想法的女孩。你们遇到的属于哪一种?"

五个女生面面相觑,最后异口同声:"九级。"

张家男听得目瞪口呆:"厉害了,还有这种操作,真是活到老学到老啊。"

我气得不行,拍案而起:"各位请放心,我们万能委托社一定替你们出这口恶气……"

"这委托我不接了。"金少天打断。

"为什么啊?"这个金少天,次次拆我台。

"就是,为什么不接啊?"苗苗不乐意了,"你们不是什么案子都接吗?"

"这事属于私事,你们当初选了他,说明你们最开始的判断就出了错,所以……"

"所以她们就活该被骗吗?"我气不过。

"这次我站珊珊一边。"王建宁站出来了,"这种渣男要是放任不管,之后还得祸害多少姑娘啊,咱们就当为民除害了。"

金少天略一沉吟:"这样吧,如果你们一定要报仇,不如再去发动一些感情中的受害者,咱们来一场大的,好好给这些渣男上一课。"

苗苗几人相互看了看,有些疑惑。

"想让这种人成为过街老鼠,单纯的整蛊和报复没有意义,就得把他推到大庭广众之下,让大家一同见证。当所有人都知道了他们的渣。"金少天看了一眼白板上的照片,"才可以彻底杜绝下一个受害者。"

搞半天金少天是在欲拒还迎,拿我当枪使,不过我这次心甘情愿被他当枪使，金少天好样的，今天你身高两米八！

02

之后的两天，委托社果然又陆续收到很多同类型的委托，就连隔壁大学都有不少被渣男所伤的女生参与了进来，金少天让万念把所有案例打印出来，大家一起评判和筛选，PASS掉那些普通的失恋案例，只留下实打实的"渣男案例"，加上苗苗的案例一共十件。

万能委托社针对这十件案例召开了会议，情况不容乐观。

"不好办呀。"张家男摇摇头，"这几个孙子一看就不是省油的灯，怎么可能乖乖道歉，渣男的作风我最清楚了，吃完嘴一抹，翻脸不认账。"

"你对自己的同类果然很了解。"我嗤之以鼻。

"天地良心啊，我哪儿渣了？"张家男很无辜。

"哈哈，你不属于吃干抹净的渣男，"王建宁贼兮兮地笑着，"你属于另一种：渣而不自知。"

"说得太对了！"

我跟王建宁击了个掌。

"行了。"金少天敲了一下小黑板，上面贴着十个渣男的小照片，"我心里大概有数了，咱们来分一下工，万念负责收集目标的信息，王建宁和张家男先跟委托人接洽，记录一下她们交往过程中的细节，顺便安抚一下委托人的情绪。"

"OK。"

"注意，是安抚情绪，不是撩妹。"金少天特别叮嘱。

"没问题，我会努力克制我的人格魅力。"王建宁一把揽住张家男，"也会努力阻止张家男的兽欲。"

"死开！"张家男推开他。

"张爱珊，你重点去盯一下王涛吧，说服他来参加我们的渣男道歉会。"

"你说什么？"我怀疑自己听错了，这个王涛就是欺骗了苗苗的九级渣男，九级呀，同时在和五六个女生交往，这种脚踏N条船的蜈蚣精，金少天竟然让我一个从没谈过恋爱的菜鸟去对付，这不是把我往火坑里推吗？

"你先给我一个理由。"

"我对你放心。"

"放心？是对我的能力放心吗？"我有点小开心。

"不是，是容貌。"

"金少天看我不手刃你！"我张牙舞爪，被张家男给拉住了。

"给你两天时间，相信你。"金少天发号施令。

相信个屁咧，我真想拒绝啊，不过一想到这些天金少天为我做了那么多，我怎么也要还他这个人情。我深吸一口气，露出了迷人的微笑和八颗洁白的牙齿："遵命，金哥！"

"叫金社长。"

下午的专业课结束后，我赶回寝室洗了个头，把自己收拾了一下，便去食堂门口等着了。别误会，我可不是去见渣男，见渣男的事还早着，我今晚约了夏之翰一起去食堂吃饭，虽然只是简单的校园日常，但我还是紧张得像是约会。我照着手机拨弄着刘海，怎么拨弄都不满意，不一会儿夏之翰就出现了。

"久等了。"

"没有没有，我也刚到。"我发现自己好像又在傻笑，赶紧抿住了嘴，最近我一直有对着镜子练习表情管理，但收效甚微。

"走吧。"夏之翰上前一步，很绅士地替我推开玻璃门，就在推开的一瞬间，玻璃门上就传出脆裂声。

"小心！"夏之翰本能地将我推向一旁，我踉跄两步跌坐在地。当我反应过来的时候，玻璃门上的一面玻璃开始碎裂，玻璃碴儿掉了一地，夏之翰的右手臂被玻璃碎片划伤，鲜血顺着他的手臂流下来，修长的手指不停地滴着血。

"毛毛哥！你受伤了！"我冲上去。

"没事，我自己来。"夏之翰伸手制止我，"会弄脏衣服的。"

我哪还顾得上那么多，赶忙掏出纸巾，将夏之翰的伤口按住。

医务室内，医生正在替夏之翰包扎伤口。我坐在房间外的长椅上，偷偷抹眼泪。最近也不知道是怎么回事，特别邪门。我跟毛毛哥相识后的第一次二人约会，他就被疾驰而过的出租车溅了一身水；第二次我请他去一家川菜馆吃饭，结果火锅就在身旁打翻了，差点把他给烫伤；第三次我们二人去江边散步，一个骑共享单车的莽撞小孩又撞到了他的胳膊……反正只要我俩单独约会，就总有不好的事发生。

第四次约会，我特意带上林欣欣，结果那天大家果然都平安无事。自此之后我就更加钻牛角尖了，难道我跟夏之翰八字不合？林欣欣知道了安慰我，说我想太多了，不过就是纯粹的巧合。我也决定说服自己，这才又约夏之翰一起吃晚饭，可结果……他又受伤了。

我叹了口气，心想自己到底是得罪了什么牛鬼神蛇啊，还是说我被诅咒啦？暗恋夏之翰的女孩那么多，我最近又老缠着他，跟他走得那么近，说不定真被人给扎小人啦，我越想越害怕，赶忙给金少天发微信。

我：金大师，帮个忙！

金少天：？

我：快帮我和毛毛哥算一卦，在线等，急！

金少天：不用算。

我：为什么啊？

金少天：看你俩面相就不合适。

我：胡说！怎么不合适？哪不合适你告诉我，我去整容。

金少天：面相在骨，不在皮，你难不成要去削骨？

我：你少唬我，我才不信你这套封建迷信！

金少天：那你找我干吗？想求个心理安慰？

我：……

金少天：张爱珊，有些事别太强求。

我：你就是嫉妒！再见！

我退出微信，哼！他竟想让我放弃毛毛哥？绝不可能！别说这点困难，就是上刀山下火海，我也不会退缩。

这时毛毛哥走出来了，他的左手已经包扎好了："结束了，走吧。"

"啊？"我有点蒙，赶紧站起来，"毛毛哥你受伤了，要不还是回去休息……"我话还没说完，肚子就不争气地叫了一声。

"我也饿了，咱们去吃饭吧。"

"算了，食堂早关门了。"

夏之翰笑了："谁说去食堂吃了。"

毛毛哥带我去了商场，他明明是受害者，一路上却还主动跟我道歉，说扫了我的兴，必须请我吃饭和看电影作为补偿。我简直要被他无敌的温柔和体贴感动哭了，与此同时，我飞快地拿出手机，偷偷给林欣欣报上地址，让她赶紧过来跟我们"偶遇"。虽然我真的很想跟毛毛哥二人世界，但是有些事宁可信其有，不可信其无，我不能拿他的生命安全冒险。

夏之翰选了一家居酒屋吃日本料理，整个过程我一直有点心不在焉，因为林欣欣还是没有出现，就这样忐忑地吃完了饭，我借口上洗手间给林欣欣打了一个电话。

"欣欣，你怎么还没有来呀？"

"那个……路上堵车呢。"

"你撒谎，就那么近的路，走都走过来了……"我忽然喊起来，"啊！你该不会，你故意不来吧？"

"珊珊，你太迷信啦，那些肯定只是巧合。"

"可是……"

"我也有自己的生活呀，难道以后你们每次约会，我都要随叫随到吗？"

林欣欣说得有道理，我这样的确太自私了。

"好啦，你别想太多，今晚准没事。"林欣欣给我加油打气。

"嗯好，欣欣，谢谢你！"

我挂了电话，朝着镜子深吸一口气："没事的，张爱珊，不会有事的！"

我走出洗手间，夏之翰正站在人来人往的扶梯口，他穿着修身又好看的白衬衫，就那么温文尔雅地站着，周身仿佛有一种磁场，吸引着路过的女孩频频回头。一时间我竟然不敢走过去了，虽然从小到大我就希望自己能嫁给毛毛哥，并且一直在为此努力着，可现在当老天爷真的把这么优秀耀眼的毛毛哥还给我，我真的配得上他吗？

我停止胡思乱想，小跑着来到夏之翰身边："好了，咱们去看电影吧。"

夏之翰伸手拨弄了一下我凌乱的刘海："电影还有一会儿才开始，票我刚取了，要喝点什么吗？"

我知道这或许只是哥哥对妹妹的关心，但心脏还是怦怦直跳，我拍拍肚子："不喝啦，刚吃得好饱。"

"那去城市英雄夹娃娃怎么样？"夏之翰问。

"好啊。"

我跟夏之翰来到城市英雄，夏之翰买了一袋游戏币，我围着夹娃娃机走了一圈，最后指着一个龙猫玩偶说："这个好可爱。"

"那就这个了。"夏之翰给我投币，我试了五六次还是没成功，有点泄气了。

"我来。"夏之翰没急着投币,而是先凑近玻璃柜,认真地观察了一下角度,皱眉思考,独属于游戏厅的霓虹光线笼罩在他好看的眉眼上,闪着淡淡的光芒,我看得有些出神。

"叮咚——"

一个娃娃掉了出来,我又惊又喜,赶快拿过来:"哇!你一次就夹出来了,也太厉害了吧?"

"有规律的,一般失败三次可以成功一次。角度也有讲究,不能是正对着,要去寻找一只爪子的角度,真正能夹到娃娃的通常都是一只爪子,三只爪子一起用力,力反而会抵消,夹住了也很快就掉落。"夏之翰说得头头是道,果然优秀的人做什么都优秀。

"你经常夹娃娃吗?"

夏之翰点点头:"说了你肯定不信,每当我心情不好的时候,就会来夹娃娃。"

"要不是亲眼看到了,我还真的不会相信,我以为只有女生才爱夹娃娃。"

"你是不是觉得爱夹娃娃的男生都很娘?"夏之翰问。

"那倒没有!"

夏之翰看着玻璃柜中的娃娃:"我只是比较喜欢夹娃娃的过程,定下目标,然后为此努力,而且只要努力,虽然过程少不了失败,但最终就一定有结果。我一直认为,生活也是这样的。"

我似懂非懂地点点头,手机响了。

我滑屏解锁,是万念发来的:珊珊,金少天作弊的事有线索了。

我心一紧,立刻收回手机,怕被夏之翰看见——上午我偷偷递给万念的纸条,就是希望他帮我调查这件事,没想到这么快就有结果了。夏之翰还是看见了,他微微一愣,随即开门见山:"你还在金少天的社团?"

"嗯,算是吧……"我不敢看夏之翰,像个做错事的小孩。

"他最近为你做的那些事,张家男都告诉我了,我想……"夏之翰稍一停顿,加重了声音,"他应该是喜欢上你了。"

"啊?!"我以为自己听错了。

"我从没见过金少天会那么在乎一个女孩。"夏之翰目光灼灼地看着我,"你呢?对他是什么感觉?"

——我？对他？

我还从没想过这个问题，对金少天的感觉的确太复杂了，一下子说不清楚。

"你喜欢他吗？"夏之翰问出这个问题时特别平静，好像在问我是不是吃过晚饭了。

"毛毛哥你误会了！"我急了，话都说不清楚了，"那个金少天，的确帮了我大忙，我也想感谢他，所以才决定继续留在社团帮他做点什么，我不希望欠他人情……"

"珊珊，我知道你很善良，又有情有义，不过你跟金少天这样，我有点不太能接受。不管怎样，我还是希望你能与他断绝来往，金少天这人不值得信任。"

我一愣，毛毛哥这是……吃醋啦？这一刻我应该开心，事实上我也确实很开心，激动得眼泪都要出来了。可不知道为什么，我的大脑却在处理另外一个信息，当我反应过来时我已经脱口而出："金少天不是这样的人！"

夏之翰愣一下，其实就连我自己都吓了一跳。

"毛毛哥，你可能误会金少天了，我感觉他并不是你以为的那种人，这段时间，他做的事看似有些过分，但其实并没有伤害任何人啊，反而帮到了不少人……我也说不清楚，但我觉得他是值得信任的！"

夏之翰望着我，眼中的光芒随着变幻的光而流转。不知过去多久，就在我感觉要被四周的嘈杂声给淹没时，他轻叹息了一声："好吧，我尊重你的意愿，无论你怎么选择，我都不怪你，也会一直支持你。"

这一刻我特别想哭，但我忍住了："毛毛哥，你相信我，我一定会证明给你看的！"

夏之翰不置可否，他微笑着把龙猫玩偶塞到我手里："我猜，电影是看不成了。"

"对不起……"

"别说对不起，咱们之间永远不要道歉。"

"嗯。"我重重地点头。

03

我十万火急地赶回了社团，金少天不在，张家男和王建宁也不在，万念待在二楼会议室里自己的电脑桌前，听到我的脚步声，他从旋转椅上转过来，拿出嘴里的棒棒糖，头一歪示意我看电脑。

我凑过去，屏幕上显示的是一份心理学试卷的扫描件，我点击鼠标往下翻："这莫非……那次考试的档案？"

万念点头。

"可是这有什么用啊？"

"看……仔细……看……"万念得意地眨着单眼皮的小眼睛。

我又认真看了下试卷的内容，惊讶地发现了区别，"AB卷？！"

"嗯！"

原来试卷库内一共有两套不同的试卷，想来当时就是为了防止学生作弊。而在金少天那里搜到的试卷只有一套，这就说明……金少天有50%的概率没有作弊，我似乎有点明白是怎么回事了。

万念拿过鼠标，将金少天与夏之翰的试卷调了出来：一个A卷，一个B卷。他们两个的试题是不一样的。

我与万念对视了一眼，心中有了答案。

夏之翰正直而骄傲，考试后不会和其他同学对答案，做B卷的他能一眼看出金少天在寝室私藏的试卷是考试试卷，说明当时那张私藏的试卷同样是B卷。但是，当时金少天在现场考试的试卷却是A卷，这证明金少天没有作弊，至少证明金少天那一次的考试成绩是靠自己的真才实学拿到的。

我点开那次考试的成绩排名，金少天排名第一，夏之翰紧随其后。金少天既然有这样的实力，又为什么要去偷试卷呢？这根本说不通。而且我早应该想到，金少天如果真想作弊，直接用读心术现场抄答案不就好了，干吗大费周章？我越来越坚信当年的事有隐情，但现在证据还不足，顶多给他判一个"作弊未遂"。

我看着那次考试排名，一个熟悉的名字映入眼帘——刘远，按照夏之翰的说法，这不就是当时的"目击证人"吗？他的成绩排在第三，年级前三都被他们寝室给包揽了，还真是一个学霸寝啊。夏之翰对金少天误会太深，金少天那个臭脾气估计什么都不肯说，想要继续寻找突破口，看来我只能寄希望于第三个当事人刘远了。

"万念，你可以帮我查一下这个刘远的信息吗？"

万念点点头，双手在键盘上飞快地敲击起来，不一会儿工夫，我就收到了刘远的个人档案。

"万念！你太厉害了！"我拍了拍万念的肩膀，"辛苦你啦，接下来该轮到我出马了。"

万念红了脸，小眼睛羞涩地闪烁着："不……不……辛苦……"

"走。"我一挥手。

"……啊？"万念指了指自己的鼻子，"跟我……说话……"

"当然，这里除了你还有谁呀，你帮了我大忙，我请你吃饭。"我看一眼他压在电脑桌旁还没来得及吃的泡面，"整天吃这个不好。"

十分钟后，我拉着万念去了学校堕落街的一家火锅店。万念告诉我，准确说是他通过微信的方式告诉我的：他从小有社恐症，特别害怕人多的场合，所以这次既然要出去吃饭，想突破一下自己，就去人最多最热闹的地方。

我想来想去，人多的地方那就只有火锅店了。

万念果然又全副武装了，扣着鸭舌帽，戴着口罩，整个人都弓着背，我实在看不下去了，拍了一下他的背："昂首挺胸，大步向前！自信点！"

万念努力挺直腰杆，没过一会儿，背又弓起来了。

来到火锅店，我特意找了店里中央的位置，帮他练胆。可是万念就像一只惊弓之鸟，不停地左右看，一旦有人经过，他就会紧绷神经，根本没办法好好吃东西。我没办法，只好换到一个相对僻静的角落，万念这才稍微放松了下来。

"万念同学，可以摘掉口罩了吧？"

万念摘掉了口罩。

"把鸭舌帽也摘了！"

万念有点犹豫，像个委屈的小朋友，但抵不过我强势的目光，最后只好把鸭舌帽摘了。

"抬头。"我觉得我像个在调教丫鬟的嬷嬷。

万念抬起头，慌张地看了我一眼，迅速低头。我吃了一惊，虽然我早知道万念底子不错，但没想到长得这么好看，皮肤嫩得能掐出水，巴掌脸，五官秀气，眼睛小但特别有神，而且睫毛修长，眼睛下垂的时候眨啊眨的，让人莫名心动，加上乱糟糟的头发和那根呆毛，又增添了几分呆呆的可爱。最近网上很流行的日本盐系小奶狗，万念不就是这一款吗？没想到啊没想到，这个"臭名昭著"的万能委托社，颜值都这么高！

很快火锅端上来了，万念不能吃辣的，我点了鸳鸯锅。很快我又发现了问题，万念用不好筷子，一块豆腐夹了好几次都没夹稳，好不容易夹起来一块，眼看要到碗里了，"哧溜"一下又掉桌上了。他一愣，继续夹掉在桌上的豆腐。

我一筷子敲在他的手上："脏死了，放着别动。"我麻利地夹起锅里的一块豆腐，扔到他碗里，他崇拜地看着我："厉……厉害……"

"谢谢夸奖！"谁能想到呢？有一天自己会因为能夹起一块豆腐而被一个黑客天才崇拜。

万念像只小松鼠，吃东西特别慢，我一边给他夹菜，一边看着他吃，感觉自己像个大姐姐。以前不管是毛毛哥、张家男、林欣欣，都把我当成妹妹照顾，现在我也成了可以照顾别人的大姐姐，感觉很奇怪。

"万念同学。"

万念抬起头，朝我眨眼睛。

"你说话结巴是天生的吗？"

万念沉默了，过了好一会儿他摇摇头："不是……我……有点……结巴……大家……笑我……我……不说……后来……不会……说……了……"

"那你能说三个字吗？"我夹起一块五花肉，"五花肉，跟我念。"

"五花肉。"万念说了出来。

"不错嘛。"我把五花肉扔进了火锅里，又夹起一片胡萝卜在万念面前晃了晃。

"胡萝卜。"万念说。

"这不就对了嘛，以后你每次讲话就说三个字。比如，我今天，很开心，张爱珊，请火锅，很好吃，很简单对不对？"

万念恍然大悟地点点头，继续埋头吃饭。

没多久，万念忽然放下筷子，看向我："我喜欢，张爱珊。"

我愣了下："啊？"

万念红了脸，他手忙脚乱，以飞快的速度戴上帽子和口罩："吃饱了。"

"喂喂喂……"我有点吃惊，"你刚才是开玩笑的对吧？"

"我喜欢，张爱珊。张爱珊，不需要，喜欢我。"万念隔着口罩，声音却很坚定，我一时间竟然有点不知所措。

万念想起了什么，赶忙从口袋里拿出了一个小黄鸭的挂坠："送给你。"

"哇，谢谢！"我接过小黄鸭，按了一下，小黄鸭立马"嘎"了一声，我哈哈大笑，"好可爱啊！"

"报警器。"万念指着小黄鸭，"有危险，连续按，会报警，保平安。"

"谢谢！我今后一定每天带着。"我把小黄鸭挂在自己的钥匙扣上，之后也不知道该继续吃东西还是起身结账。火锅不知不觉沸腾了，桌前弥漫着袅袅白气，我脑子也有点蒙。今天是怎么回事啊，突然之间，两个男孩向我变向表白，我真的不是在做梦吗？

我忍不住捏了捏自己的脸，呀，好多油，不是梦。

04

世界可真小啊，当晚我回到寝室一问，才知道我要找的刘远学长竟然是小七的老乡，前几天小七的电脑坏了，就是找这个老乡修好的。按照小七的了解，这个刘远学长人很不错，他家境贫寒，父母根本负担不起大学的学费，好在他自己争气，入学以来成绩一直拔尖，每年都拿奖学金，再加上各种助学金，除掉学费还有剩余。我琢磨了一晚，心里有了计划。

周四的下午，我躺在老妈足疗店的椅子上，看着从万念那儿收集到的刘远资料。基本跟小七说的差不多，这才是真正将知识转化为金钱啊，同样是学霸，金少天怎么就不能像人家这样脚踏实地呢！

我正感慨着，门外传来轻微的响动声，我赶忙跑出去迎接，果然是刘远，他站在门口踌躇不前。

"学长过来啦，别愣着，快进来啊！"

"那个……"刘远有点犹豫。

"来嘛。"我一把将他拉了进来。

其实一开始，我是打算直接找刘远问作弊的事，可是我从万念查到的信息中了解到，当时出了事情后，不仅金少天搬离了寝室，刘远也搬出去了。一个好好的学霸寝就这么分崩离析，从此三人形同陌路，估计对刘远而言，这件事也是不愿提起的"过往"吧，最终我决定采取迂回战术。

我先让万念在我的电脑里植入了一点小病毒，又通过小七找到刘远。刘远不疑有他，热心地帮我修好电脑，还耐心地给我推荐了杀毒软件。修电脑的过程中，我假装闲聊，故意提起心理学系的几大学霸，他果然回避了这个话题。

修好电脑后，刘远出了一身汗，我立马逮住机会："学长，你好像很容易出汗。"

"是啊。"

"这是身体不好,我家开了一家足疗店,对穴位很有研究,作为感谢,我请你去按摩吧?"

"啊?"

"放心,绝对正规。"

"还是算了……"

"不行!我这人最不喜欢欠别人人情!"

"哦哦……"

刘远果然是"老实人",半推半就地答应了。

今天正好是我妈足疗店的休息日,我偷了我妈的钥匙,把店门打开,又在门口挂了一个"不营业"的招牌,之后我便做了一系列的准备工作,等着刘远上门。

我让刘远趴在按摩椅上,努力开始回忆老妈平时给客人做肩颈治疗的情形,装模作样地给他按摩。

"你这块有淤血啊,是不是常常伏案久坐啊?这里感觉有点劳损啊……看样子平时缺乏锻炼啊……"

我一通瞎聊,刘远还真信了,不停地回答:"对对对。"

按摩了一阵子,我手也酸了,估摸刘远应该对我放下了防备,也开始试探地问他:"学长,你之前是和金少天一个寝室吧?"

他的背瞬间僵直了,我赶紧给他松弛肌肉。

"嗯,以前是,你是怎么知道的?"

"我和他是一个社团的。"

"哦,我知道,那个万能委托社是吧?在学校里很有名啊。"

"嘿嘿,是吗?"

"那个,金少天……有提起过我吗?"刘远问。

"这倒没有,是夏学长告诉我的。"

"夏学长?夏之翰?你还认识他?"他激动地要翻身。

"别着急,还没按完呢。"我赶紧按住他,"学长,其实我有件事想找你打听一下,当年金少天考试作弊的事,你知道是怎么回事吗?"

"不太清楚。"刘远语气忽然变得冷淡。

我开始动之以情,晓之以理:"学长,我知道你们关系好,金少天的为人你不会不清楚,你们三个因为这件事闹成这样,难道你就不想解开吗?"

"这件事已经过去了!"刘远"唰"的一下坐了起来,吓我一大跳。

"别急啊,按摩还没结束呢!"

"我有点不舒服,我先走了。"刘远坚持要走。

不对,直觉告诉我这个刘远在回避什么,肯定有隐情,他一定知道什么但不想说。我抓住时机,趁着他最心慌的一瞬间,对上了他的眼睛。

刘远的眼神渐渐失焦,再次聚焦时,他一副惊恐的神色:"你怎么在这儿?"

我不知道他口中的"你"是谁,我的催眠分几种功能,都是随机发生的,有时候可以直接控制人,有时候只能让人看到自己渴望或者恐惧的事物,刘远现在看到的这个人应该就是事情的关键,我将计就计地套起了话。

"我为什么在这儿,你应该很清楚吧?"

"对不起,对不起……"刘远突然开始道歉,我感觉自己离真相不远了。

"对不起?一句对不起就没事了?"我继续刺激他。

"我真的不是故意的,是夏之翰先认出了你的笔迹……对不起……我真的很需要那笔奖学金……"

看样子,他看到的人是金少天,他感到对不起的人也是金少天。

"所以就可以那样做吗?"我继续套话。

"我真的没办法了……对不起……我也是一时冲动,偷完试卷我特别后悔……"

"什么?!是你偷……"我赶紧捂住嘴巴,不得了啊,没想到事情竟然会发展成这样,我感觉自己就是那只拔萝卜的小白兔,哪想到地下的胡萝卜这么大。

接下来,在刘远断断续续的坦白中,我大致还原了事情真相,原来当年偷出试卷的人是刘远。考试前夕,他无意间拿到试题,却发现有不会的题目,时间紧迫,便跑去找金少天请教。金少天对他毫无戒心,顺手把试卷做了。刘远记下答案,一时间没机会处理试卷,就先藏在了枕头底下。第二天考完试,他第一个返回寝室准备销毁证据,却被夏之翰撞见。夏之翰认出试卷上金少天的笔迹,问刘远金少天是不是作弊了,刘远慌乱之下没有回答,夏之翰当刘远默认,最终,这个锅就甩给了金少天。刘远本以为金少天面对夏之翰的质问会辩解,却不想金少天根本不屑解释这件事,最后两人的关系就交恶了，没几天金少天就搬出了寝室，夏之翰也搬离了寝室，最后刘远也换了寝室。

金少天果然是被冤枉的！

眼看刘远渐渐恢复意识，我赶忙跑出房间，两分钟后，刘远清醒过来，大喊大叫："这是哪儿？我在哪儿……"

"你醒啦。"我端着一杯菊花枸杞茶过来，"我刚给你做肩颈治疗，你睡着了，是不是做噩梦啦？"

"是梦吗，好真实的梦……那个，我还有事，先走了！"刘远没有接茶，匆匆穿上鞋离开了，我站在门口，目送着几乎是落荒而逃的他，心中感慨万千，没想到真相会是这样。我下定决心，虽然这样做有点过分，但我一定要证明金少天的清白，这样才算是真正还他的人情。

第二天，我又跑去见刘远，刘远明显对我产生了防备。我约他去学校的一个操场聊聊诗词歌赋、人生理想，他态度坚定地拒绝了。这也在我意料之中，我深深运气，然后找机会把他给催眠了。

被催眠的刘远跟着我来到操场上，站在附近的一个篮球场不停地投篮，虽然他的手里根本没有篮球。与此同时，我也将金少天和夏之翰约到了操场上，事实上，金少天是被我骗到操场上的，我告诉他我有特别紧急的事让他赶快过来，金少天这才不情不愿地答应了。

夏之翰前脚刚到，金少天后脚便到了，两人一见面脸就黑了。夏之翰看到刘远也在场，还做着奇怪的动作，有些困惑，金少天知道我使用了催眠术，对此很淡定。在我的苦苦恳求之下，夏之翰和金少天总算答应：先什么都不问，给我几分钟时间，让我尽情地"表演"。

我打了个响指，刘远清醒过来。他见到夏之翰和金少天时显然吓了一大跳，犹豫了一会儿，还是走过来打招呼，表情很不自然。这时候，我得意地拿出手机，打开录音软件，当着三个人的面播放了昨天下午刘远被我催眠后的那番交谈。

刘远听到录音时脸都绿了，我以为他会勃然大怒，骂我骗他，但他没有，他只是捏紧拳头，杵在原地一言不发。录音进行到一半时，事情的真相已经水落石出，夏之翰难以置信地看着刘远，金少天却忽然抢过我的手机，把录音关掉，他还想删掉音频，被我抢了回来："你干什么？这东西很重要，可以还你清白！"

"张爱珊！"金少天吼了一声，我怔住了，"你什么时候也开始用这种卑鄙的手段了？"

"我卑鄙？"我以为自己听错了。我承认，我先斩后奏的方式是有点过分，但我好歹成功帮金少天查出了真相，他不感谢我也就算了，居然还反过来指责我。不管怎么说，刘远考试作弊是事实，人做错了事难道不应该得到教训吗？

"用录音这种方式还不够卑鄙吗？"

"你俩先别吵了！"夏之翰终于开口了，他看向刘远，不怒自威，"录音里的事都是真的吗？"

刘远痛苦地沉默着，看得出他在挣扎——究竟是转身离开，还是像个男人一样面对。终于，他没有走，抬头对上夏之翰的目光："是。"

"刘远，你……"

"对不起！夏之翰，是我骗了你。我真的很需要那笔钱，但你和金少天都是学霸，我根本没有机会。"

"所以你就作弊？还嫁祸给室友！"夏之翰很受伤。

"对不起！我也不想这样，我本来打算偷偷把试卷销毁，可结果被你发现……"

"如果当时我没发现，这件事就没错了吗？！"夏之翰很生气，"你这是什么歪理？！"

刘远不说话了。

金少天没打算继续留在这儿，转身就走。

"等一下！"夏之翰喊住金少天，"你为什么要帮他顶罪？当时如果你说没有作弊，我会相信你的，你为什么不为自己辩解？"

"陈年旧事，我早忘了。"金少天一副无所谓的样子，"可能我当时心情不好，懒得解释。"

"金少天，你别用这种方式糊弄我。"夏之翰今天是打破砂锅问到底了。

金少天背对着我们，没有回头，也不知过去多久，他轻轻叹了口气："他曾经……是我的朋友。"

刘远狠狠一颤，他再也扛不住，放声大哭，愧疚、自责、难过，此时此刻，他才意识到自己失去了一个真心对他的朋友。

"金少天，我对不起你！我真的是一时犯了浑，我一直很羡慕你，希望能成为你这样优秀的人，我感觉你无所不能。我真的非常努力了，可永远只能看到你的后背……原谅我……"

金少天慢慢转身，看着哭得像个孩子的刘远："我早就原谅你了。但我希望你知道，我不是什么无所不能的人，没有谁的生活是真正一帆风顺的，大家背后都承担了很多东西，付出了很多代价，你是，我也是，大家都是。"

这一刻，再没有人比我更理解金少天了吧。他因为读心术而"无所不能"，代价却是永远把人心看得那么清楚，这辈子都很难交到知心朋友，交到了也迟早会像现在这样失去。作为他的同类我又何尝不是呢？这些年，我从来没有因为催眠术而自豪过，相反，这种不同让我觉得很自卑，我其实很害怕跟别人不一样，最终才变成了一个谁都可以捏的讨好型人格。

金少天说完便走了。

夏之翰看一眼停止哭泣的刘远，又看了我一眼，欲言又止。一旦触及三观，夏之翰会变得严厉，甚至不近人情，但抛开这些，他平时是一个很温柔、很体贴的人。现在，他大概也不知道要怎么面对刘远吧。

"谢谢你！"刘远先开口了。

我有点吃惊："你……不怪我给你下套了吗？"

刘远摇摇头："不怪你，其实这件事一直让我很后悔，压得我喘不过气，但我太软弱，没勇气承认。现在这样也好，都讲清楚了，我也可以释怀了。"刘远说完，认真地向我鞠了一躬，朝着金少天的方向追上去，他应该还有很多话想跟金少天说吧。

夏之翰看着两个昔日的室友消失在操场上，轻不可闻地叹息了一声。我记得小时候的毛毛哥就喜欢习惯性地叹气，很轻，很温柔，带着一种淡淡的说不出的惆怅，让人忍不住想要给他一个拥抱。

我正看着他的侧脸胡思乱想，夏之翰回过头，摸了摸我的头，眼神中尽是温柔，但似乎又多了一些不一样的东西："珊珊，你真的长大了啊。"

我不敢看他的眼睛，内心早就如小鹿乱撞了。

"珊珊，这次真的要谢谢你，之前是我太自负，错怪了金少天，差点失去了一个朋友，找个机会，我会亲自跟他道歉。"

"嗯嗯，你们要能和好那就再好不过了。"

"不过我还是希望，之后你除了社团工作之外，能跟他保持适当的距离。"

"好啊。"我爽快答应了。

"你不会觉得我管得太宽吗?"夏之翰有点意外。

"不会啊。"我嘿嘿傻笑,我现在开心还来不及呢,今天我可是化解了长南大学两大男神的恩怨啊,超有成就感。而且,毛毛哥会让我跟金少天保持距离,是出于关心和在意,或许还有吃醋……想到这我心里都要美上天了。

我跟夏之翰并肩穿过操场,往教学楼走。一阵劲风忽然吹过,卷起了操场上的枯草叶,夏之翰的眼睛似乎进了沙子,他赶紧闭上了眼睛用手背去揉。就在这时,一个足球飞出,恰好砸在了夏之翰的后脑勺上。

夏之翰闷哼一声,整个人跌倒在地。

"毛毛哥!"我赶紧上前扶起他,他脸色苍白,手用力捂着自己的手臂,满手都是血。原来他因为跌倒,之前被玻璃划伤的伤口再次裂开了。

"毛毛哥……你没事吧……"

夏之翰的嘴角挤出一丝苦笑:"没事,我真倒霉啊……"

踢球的几个学长过来道歉,一看夏之翰伤得这么严重,赶紧扶他去医务室,我也想陪着去,但还是站在了原地。看着夏之翰慢慢走远,我眼泪"哗"一下涌了出来。

这太不寻常了,一次两次三次都算了,这都多少次了,为什么毛毛哥一跟我在一块就会受各种伤?小时候明明不这样啊。我好不容易考上长南大学,好不容易从脑癌乌龙事件中死里逃生,好不容易跟毛毛哥重逢,现在却还是不能和他在一起。老天爷对我的考验还不够多吗?为什么到现在还要这样折磨我?难道我就是个二次元纸片人?我的人生就是一本小说,哪个脑子坏掉的作家要这样书写我的命运啊,他对这个社会是有多不满啊!

05

我回到宿舍,正为毛毛哥的事而烦恼得睡不着,金少天又发来了最后通牒,时间已经过去好几天,他问我到底什么时候去搞定那个九级渣男王涛。现在其他渣男都已经搞定,三天后就要举行渣男道歉大会了,王涛这条最大的鱼要是不上钩,一切都白搭。

我没办法,次日一早便找陈安娜求助,本以为她会拒绝,没想到她竟然爽快地答应,转身就拿出几件漂亮衣服和裙子给我搭配出一套,还亲自给我化了一个淡妆。作为王涛前任之一的苗苗把王涛经常出没的地点告诉了我,不甘寂寞的小七也加入进来,大家一起给我商定计划,准备好各种搭讪方法和应对策略。出门前陈安娜不忘叮嘱我,一旦有危险立刻发微信,她们立刻前来救场。我超级感动,想不到有一天我们四个姑娘会因为一个渣男而紧密团结在一起,我向组织保证:一定完成任务,不辱使命!

当天下午,我怀着忐忑的心情和强烈的好奇心接近了王涛——趁他在图书馆复习时跟他搭话,方法虽然老土,但非常奏效,我准备了一些他感兴趣的话题,很快,我们就聊了起来。

我本以为他会是一个甜言蜜语、油腔滑调的人,再或者对人毛手毛脚,但完全不是。他很懂礼貌,性格腼腆,还很博学,对我也没表现出任何企图心——也可能是我没啥魅力,用张家男的话说,我是半夜醉倒在酒吧门口也只会被进出的男人当地毯踩的那种女人。

从图书馆出来后,我跟王涛已经聊得很熟络了,目前为止我还没发现他有任何让女孩讨厌的缺点。他很自然地请我去堕落街的一家KTV唱歌,我看了一眼手机,欣然答应。来到KTV后,王涛订了一间情侣包厢,又给我买饮料,不过我牢记陈安娜的叮嘱,没有喝。

王涛让我点歌,我矜持了一下,王涛也不客气,便给自己点了一首周杰伦的《算什么男人》,一开口我就跪了——天哪!这也太好听了!

唱歌好听的男生就是加分,当他拿起话筒一瞬间整个人都变了,普通的长相越看越顺眼,眉眼在暗淡的灯光下也变得立体和深邃。王涛唱歌特别动情,在唱到副歌部分时他情感饱满,声嘶力竭,最后竟然哽咽了。

我慌了,赶忙上前问他怎么了。他捂着脸不说话,只是摇头,过了好久他才难过地开口,原来他一直忘不了前女友,心里特别苦,之所以第一次见面就鼓起勇气约我唱歌,是因为我的眼睛很好看,跟她前女友的眼睛特别像,说得我一阵心软。关键时刻,我脑袋里"叮"的一声:哇!这就是九级渣男的套路吗?我差点中招了!

"珊珊,今天真的很谢谢你,我刚才一直在想,可能你就是上天派来拯救我的人吧。"王涛朝我坐过来了一点。

我微笑:不了吧,我倒觉得你是上天派来恶心我的人。

"我的眼睛真的跟她很像吗?"我故意问。

王涛再次靠近了一点,肩膀已经挨到我的肩:"嗯,是的,就像……"

他没再说下去,对视的瞬间我成功将他催眠了。对于毫无防备的人,我的催眠成功率很大,王涛大概还以为我是一只单纯的小绵羊吧,嘿嘿,我可是大魔王！此刻的王涛已经没有灵魂，任我摆布，当然我对他的肉体和精神都没有任何兴趣，我之所以催眠他，是因为金少天一直在用微信指挥我，他最新交给我的任务是：将王涛催眠，带到我的校外办事处来。

我们唱歌的KTV离"金大师"的宅子不远，十分钟后我便将王涛带到院子里，张家男和金少天已经等候多时，王涛乖乖进了金少天的屋子。我要进去，张家男却揽住我："接下来是男人之间的交谈。"

"喂！有你们这样的吗？利用完人家就丢一边。"

"瞧你说得多难听，这叫男女搭配，干活不累。你快回宿舍吧，不然都熄灯了，接下来的事情交给我们。"张家男一脸坏笑地关上大门，我忽然打了个寒战，这个王涛，该不会被他们给活剥生吞了吧？这就是传说中的……黑吃黑？

晚上回到寝室，我迫不及待地跟三个室友绘声绘色地分享了整件事，她们大呼过瘾，最后我拍胸脯向大家保证，后天王涛肯定会痛改前非，真心诚意过来参加渣男道歉大会。

到了第二天，我心里又开始七上八下了，正所谓江山易改，本性难移，在我看来，这个王涛已经渣入骨髓，无药可救，金少天再怎么神通广大也不可能在这么短的时间对他进行全身心的改造。

下午的专业课结束，我怀着满腔的疑虑去了万能委托社。金少天和张家男都没在，王建宁正窝在沙发上玩《王者荣耀》，万念还是闷头敲打着键盘，电脑屏幕上是密密麻麻的代码。

"金少天呢？"我问。

"刚出去，在上课……"自从上次吃过火锅后，万念讲话就顺畅多了。

"上课？"我不明所以。

王建宁放下手机，伸了个懒腰："就是那个渣男委托案，马上到时间了，金少天正和那几个渣男商量着怎么演好这出戏。"

"演戏？演什么戏？！"我心一沉，这跟当初说好的不一样啊。

"对。"王建宁摸着下巴贱兮兮地笑了，"真亏金少天想得出，他打算两头赚钱，委托方收一次钱，渣男这边也收一次钱。让渣男们假装道歉，演一场戏，回头我们再来给他们洗白一下，说不定他们还可以破镜重圆……"

"你们太龌龊了！"我尖叫起来。

"真龌龊！"万念跟我一条战线，这让我感到了一丝安慰。

"龌龊什么呀,珊珊,你听过宁拆十座庙不毁一桩婚吗?听说过夫妻床头吵架床尾合吗?这谈恋爱嘛,谁不是吵吵闹闹,分分合合,你真当委托人是来惩罚渣男的啊?我看啊,她们就是让我们陪着演演戏,给彼此一个台阶下,对于人性啊,金少天看得比咱透……"

我抓起一本书敲在王建宁的脑袋上。

"哎呀,你怎么打人啊!"

"该打!我昨天特意去接近了那个王涛,他是真的很渣呀!你们什么都不懂,女孩子有时候是会心软,分手后会舍不得,会不甘心,所以才来委托你们惩罚渣男,不就是想借助这样的方式让自己彻底断掉念想吗?可你们呢,又把她们往火坑里推,就为了多赚点钱?你们、你们还是人吗?!"

王建宁被我这一番话给震住了,他张大嘴巴,半天说不出话。

万念也激动地站起来:"这不好,我反对!"

"王建宁!"我吼起来。

"到!"

"金少天在哪儿?!"

"珊珊你先冷静点,要不咱们各让一步……"

我左右看看,再次抄起了桌上的那把水果刀。

王建宁扶额:"万念我说多少次了,水果刀不要放在这么显眼的地方……"

"你到底说不说!"

"我说!爸爸我说!"

我骑着共享单车,朝着大学南校区的旧礼堂飞奔。这座礼堂以前是专门用来给学生做文艺汇演的,后来在北校区兴建了起来,这座礼堂也就无人问津了,变成了仓库;后来仓库门被撬开,里面值钱的东西能搬走的都被人搬走了,最后便废弃了。

王建宁告诉我,明天万能委托社的"渣男道歉大会"就在这座旧礼堂里举办,不得不说,这的确是个不错的地点。当我走进礼堂时,三个学长已经在布置舞台,我一问才知道,他们都是话剧社的,收了金少天的工钱在这里赶工。

我问金少天在哪儿,一名学长指了指后台:"刚跟一群男生在里面聊天,现在不知道还在不在。"

我冲到后台,其他人不见了,只看到了金少天。他正用手机联系着什么:"行,明天晚上八点三十分开始,别出娄子。"

挂了电话,他回过头,看了我一眼,微微有些意外:"你怎么来这儿了?谁告诉你的?"

"金少天!为什么不回我微信?"

"刚在忙,没顾得上。"

"忙着挣你的黑心钱?!"

金少天一愣,不置可否。

"我真是看错人了!亏我还帮你证明清白,帮你跟大家保证,结果你却在这里干这么龌龊的勾当!"我又失望又生气。

金少天的眼角抽搐了一下,他继续刷着手机:"说够了没?说够了就走吧,我还有事。"

"不!我还没说够!钱对你就那么重要吗?你少赚一点钱会死吗?你昧着良心挣这些黑心钱,晚上睡得安稳吗?委托人那么信任你,你却出卖她们,我看你才是最大的渣男!"

金少天收回手机,一把抓着我走出了房间,我用力甩开他:"你给我放手!"

"张爱珊,你一口一个渣男,渣男不也是被你们惯的吗?"

我一愣:"你在说什么……"

"我问你,张家男算不算渣男?"

我一时语塞。

"你是不是特别替你的好朋友林欣欣不值?可你有没有想过,正因为林欣欣对张家男无休止地付出,才把张家男惯成这样。对林欣欣而言张家男是渣男,那对其他女孩呢?张家男他渣得起来吗?张家男有求着林欣欣喜欢他吗?是林欣欣自己在倒贴。分明是自己一厢情愿,还要摆出一副受害者的可怜样子,大家一个愿打一个愿挨,有什么渣不渣的区别?"

"不对!这是两码事!"

"就是一码事!这世上,没有谁比谁高尚,大家都一样自私。他们心里的声音在我听来都是一样的,最后还不过是为了满足自己的欲望。"

"够了!"我生气地推开他,"你给我闭嘴!你会读心就了不起吗?你这种人,自以为什么都看透了,其实你什么都不懂!"

"我不懂?"金少天笑了。

"对!你不懂!你虽然会读别人的心,但你自己却没有心,你没有感情,你还不如一条狗,你就是一台可怜的冰冷的机器!"

金少天像被子弹击中,狠狠颤了一下。他的一半脸藏进过道的昏暗中,一半暴露在阳光下,他整个人都显得哀伤又冰冷,让人看不懂。忽然我就后悔了,我不应该说这种话的,然而覆水难收。

"说完了?"金少天看着我。

"……"

"说完了就滚吧。"

"金少天,你这个白痴!你会后悔的!"说完我就跑了。

我心情很糟,一个人在校园里乱转。我很想把金少天的"计划"提前告诉苗苗和其他委托人,转念一想她们未必会信,说不定还以为是我跟金少天不合。不然我为何前一天还保证得好好的,现在渣男道歉大会的海报都贴满了校园,我却突然要倒戈?

暮色四合,我坐在露天篮球场的水泥观众席上,吹了很久的风,直到心情稍稍缓过来。我打开手机,第一个想到的还是毛毛哥,我想找他倾诉,可是又怕他因为见到我而受伤。

正犹豫的时候,夏之翰却主动发来了微信:珊珊,你现在有没有时间?

我心头一暖,这就是心有灵犀一点通吧。

我犹豫了很久,还是回复了他:毛毛哥,我是个扫把星。我们暂时还是别见面了吧。

夏之翰立刻回过来了信息:这事,你说了可不算。

十分钟后,我跟夏之翰就在大学城附近走了起来。我犹豫再三,还是把金少天这次的事情跟夏之翰说了,夏之翰默默听着,最后轻轻叹息了一声。

"真没想到他是这种人。"我很难过。

"我能明白你的心情。"夏之翰苦笑,"我当初也是对他期待太高,最后失望了,才更觉得感情受到了伤害。"

"毛毛哥,你说他怎么能这样呢?"

"人都是复杂的,因为生长环境的不同,每个人内心都有一套完整的善恶体系。如果这套善恶体系出现了偏差,那么他做得越多就错得越多,而且他们通常很难醒悟过来。"

"我不懂。"

"比如电影里的很多反派，他们都不觉得自己在做坏事。"夏之翰笑笑，"就像《复联3》里的灭霸，他就认为随机消灭宇宙中的一半生命是正确的。"

"我好像……懂了点。"我很烦闷，"那要怎么办呢？"

夏之翰摇摇头，叹了口气："我也不知道呀。"

原来即使是夏之翰，也会有不知道的事情啊。就在这时，有人从身后叫了我一声："珊珊。"

我回过头，一个风韵犹存的阿姨正朝我走过来，两秒后，我张大了嘴巴："江——阿姨？！"

江阿姨也很吃惊："珊珊，没想到真的是你呀！天哪，你都长这么大啦。"

"是呀，江阿姨你怎么一点都没变，还是跟以前一样漂亮。"

"小嘴可真甜，阿姨老啦，鱼尾纹都出来了。"江阿姨叹了口气，看了一眼夏之翰，"你们怎么联络上的，这事也没跟我说。"

"就前段时间，忘记跟你说了。而且妈，你搞错了，珊珊她们一直住在原来的地方。"夏之翰语气里有些埋怨。

"是吗？我早些年的确路过一次，发现珊珊他们全家都搬走了呀。"江阿姨说。

"阿姨，您什么时候路过的呀？有两年暑假我们去乡下外婆家避暑了。"我试着回忆。

"应该就是那两年吧。好啦，现在能重新联络上了就好。"江阿姨上前揽住夏之翰的肩膀，两人看上去就像是姐弟，"毛毛，正好我找你有事，你今晚跟妈回家吧。"

阿姨朝我赔笑："珊珊啊，今天就不多聊了，改天去阿姨家玩啊。"

"好，阿姨慢走。"我招招手，跟江阿姨和夏之翰告别了。

江阿姨拉着夏之翰就走，脚步有些匆忙，应该是出了什么急事。我一个人回了大学，路上，我想着要不要给夏之翰发条微信关心一下，但又想着可能是他们的家事，还是算了。

06

第二天晚上八点，我跟林欣欣一块前往大学南校区的旧礼堂。中午我跟林欣欣一块吃的饭，林欣欣听我说完金少天干的那些事后特别气愤，决定陪我一起去"砸场",拆穿那些渣男的真面目。有林欣欣的陪同,我底气也更足了。

天色彻底暗下来,旧礼堂的窗户透着亮光,里面传出夸张的音乐声,礼堂的匾额处拉着一面夸张的横幅:渣?不渣?你们说了算!

我百感交集,想不到我张爱珊人生中参加的第一场会不是歌手演唱会,不是作家签售会,不是爱豆见面会,竟然是这样一个槽点满满的"渣男道歉会"。

万念戴着鸭舌帽和口罩,站在门外检票,看上去很不情愿的样子。万念就是这样,尽管不赞同这次的活动,但如果是金少天强制命令,他还是会照做,不知道为什么,万念就是特别听金少天的话。

见到我和林欣欣,万念直接放行:"开始了,快进去。"

我跟林欣欣推门而入,立马震惊了!

眼前的情况完全超出我的预料,原本一个破旧的礼堂,在幕布、道具和灯光的布置下焕然一新,舞台正前方的观众席上还摆放了上百张小板凳,更不可思议的是,观众席上竟然坐满了观众,如此大的阵仗,请了这么多群众演员,那点委托费真的够本吗?不过我还是太天真了,后来我才知道,这些观众都是闲着没事来看热闹的大学生,每个人都购买了入场券。而这些门票钱加上万能委托社在手机直播上的打赏收入已经达到一个恐怖的数字,用张家男的话,在这全民娱乐的时代,到处都是商机。

煽情的钢琴曲在礼堂中回响,十几个女生坐在观众席前的嘉宾席上,每一个都打扮得花枝招展,我一眼便看到坐在中间的苗苗,粉底起码涂了三层,白得跟吸血鬼似的,假睫毛堪比苍蝇腿,都要翘上天了,还有那款GUCCI的包包和Dior的小礼裙,应该是找陈安娜借的。天哪,这也太拼了,这哪是来接受渣男道歉的,这根本就是来参加非诚勿扰的啊。其实我好想跟苗苗说,她这样有点过了,她更适合淡妆。

至于渣男那边也是完全不落下风,每个人都穿着正装,梳着帅气的发型,手拿一朵白色玫瑰,怎么看……都像是英国绅士前来参加葬礼。果然,身穿燕尾服的主持人王建宁动情地喊起来:"这束白玫瑰,是为了纪念我们死去的爱情。"

我内心狂吐槽:纪念死去的爱情?!你怎么不弹一首肖邦的《夜曲》?

不过这场晚会槽点虽多,但在灯光和音乐的渲染下,气氛还是相当到位,我理智上难以接受,情感上竟然能有些许共鸣。

此刻，王建宁朝着几个渣男动情地喊起来："同学们，好好看着你们的前任。今晚，我们就来做一个君子游戏，以下的问题，但凡你们符合，就往后退一步！"

"第一个问题，前女友无理取闹吗？"

五六个男生退后了一步。

"第二个问题，前女友不准你玩游戏吗？"

七八个男生退后了一步。

"第三个问题，前女友双标吗？就是自己花痴韩国小鲜肉，却不准你们欣赏岛国爱情动作大片。"

十个男生集体退后一步。

王建宁一口气问了十个问题，都是数落恋爱时女方的不好，男生们都各自退了五六米，眼看离嘉宾席上的前女友越来越远。我心想，这个王建宁到底在玩什么把戏？这哪里是道歉，分明是在激怒女嘉宾吧。

忽然，王建宁画风一转："好，下面咱们再做一个君子游戏！以下的问题，但凡你们符合，就往前走一步！"

"第一个问题，前女友给你们用心挑选过礼物吗？"

一半以上的男生往前走了一步。

"第二个问题，前女友回你信息的速度比你快吗？"

这次，几乎所有男生都上前一步。

"第三个问题，你生病的时候，前女友会关心你、照顾你，可前女友来大姨妈时，你却只会说多喝热水吗？"

…………

随着问题的增多，王建宁的声音越来越高亢，情绪越来越饱满，渣男们的神色也越来越动容。渐渐地，他们离前女友越来越近，十几位嘉宾似乎也因这些问题想到了相处时的点点滴滴，热泪盈眶，有些已经掩面哭泣。

最终，每个渣男都离前女友只有一步之遥。

音乐忽然煽情了起来，王建宁抑扬顿挫的播音腔回荡在整个礼堂："同学们，你们看看，同样是十个问题，第一次游戏结束，你们远离了她们；可是第二个游戏结束，你们离她们更近了，相爱就是这样，有欢笑有眼泪，有甜蜜也有争吵。以前的人，东西坏了会想着修，现在的人，东西坏了就想着换。所以你们总觉得感情不顺，总觉得找不到那个与自己共度一生的人，其实那个人一直就在我们身边啊，重要的是，你们不能用眼睛去看，得用心去听……或许这段感情已经无可挽回，但是你们扪心自问，真的不欠她们一声对不起吗？是男人，就请勇于承认自己的过错！"

渣男们纷纷将手中的白玫瑰献给前女友，前女友们也红着眼睛大度地接过。除了王涛，他前面坐着五个前女友，他都不知道要将花送给谁，可以说是超级尴尬了。真不知道金少天是用什么方法说服他来参加道歉会的。

整个节目虽然浮夸，但还是让人有点感动的——前提是，如果我不知道他们背地里的交易。我看了一眼林欣欣，她早已红了眼睛，可能是也想起了自己为张家男做过的点点滴滴吧。恋爱中的女孩总是更容易吃亏的那一方，相比同龄的男生，女生心思更细腻，对感情也更在乎，认真爱过，受伤了，委屈了，想要对方一个真心诚意的道歉，想给这段感情画上一个圆满的句号，而不是结束得不明不白，这样的心情有什么不对呢？

"喂，让一下，让一下……"张家男举着自拍杆和手机，从我和林欣欣中间挤了过去，"老铁们怎么样？今晚的节目精不精彩？！还愣着干吗？火箭游艇刷起来啊！更精彩的还在后面……"

"砰"一声，门被踢开了。

一个戴黑框眼镜的男生带着五六个男生闯进来，我认得他，是周子俊！这不是纪律检查委员会的副会长吗？上次碟仙事件就是他要将偷拍的视频上交给政教处举报金少天的，被夏之翰拦了下来，难道他这次的突击行动也是夏之翰安排的？我立刻给夏之翰打电话，那边没人接。

张家男见况不妙，赶紧上前阻挠："喂，同学们，请先入场买票……"

两名学长二话不说，上前把张家男架开了。

周子俊无视张家男，走到观众席前方。王建宁也上前帮忙了："你们什么意思啊？我们给学校打过申请了，这次的活动也没有宣扬封建迷信……"

周子俊毫不客气地夺过王建宁的麦克风："各位同学，想不想看更精彩的戏？！"

"想！"

"当然想！"

"加戏加戏！"

看热闹不嫌事大的观众喊起来。

周子俊举起手机："想看戏的面对面加我微信群，密码1234。"

能来这里的观众本来就是抱着看热闹的心态，纷纷拿出手机加入了微信群，我跟林欣欣也加进了微信群时，微信群里已经有上百号人了，周子俊颇为满意。五秒后，在场所有人的手机都发出了微信提示音，并收到了一段长达五十多秒的视频。

我点进去，视频是用微型摄像头拍出来的，角度很刁钻。因为光线暗淡，画质很不清晰，但还是可以看出场景就是礼堂的幕后休息室，十个"渣男"正跟一个黄发男生交流，我一眼就认出那个黄发男生是戴着假发的金少天。

十个"渣男"先是激烈地争吵，很快就被金少天给说服了，声音不是很清晰，隐约还是能听出个大概。

"道歉？！不可能！"

"就是，她们以为自己是谁啊？"

"不用真道歉，只要演一场戏，到时候卖门票和直播打赏的钱你们可以抽成。来，先看下节目流程……怎么样？名为道歉，实则洗白，更方便你们撩妹……"

我听不下去了，不只我，现场已经炸了锅，这种行为已经引起了公愤。正义感强的观众飙起了脏话，撸起袖子就要揍那十个渣男，十个渣男也不是省油的灯，见状不妙拔腿就跑，不过以后他们在学校是别想再骗女孩了，肯定会被所有人拉进黑名单。

周子俊扬扬得意："各位，这就是万能委托社的真面目，而整件事的主谋……"

"想不到你竟然是这种人！"金少天高声打断了周子俊，气冲冲地推了一把张家男。

张家男有点蒙，不明白这演的又是哪一出。周子俊也很吃惊，没想到这个金少天会倒打自己的社员一耙。

"张家男，最早的时候我就说过这些渣男本性不改，不可能道歉！可你当时怎么说的？你说劝和不劝分，一段感情不容易，这些渣男并不真的渣，现在看来，你比他们更渣！"金少天摘下鸭舌帽，假装生气地往地上一扔。一瞬间我什么都明白了，这个金少天昨天为什么会戴上黄色假发，他一开始就是为了嫁祸给张家男啊——我们社团里只有张家男一个人是黄头发。

金少天一把抢过张家男的手机："还不把直播关了！"

金少天出卖队友这一手真是绝了，大家的仇恨值立刻锁定了张家男。不过也怪张家男自己不争气，到处拈花惹草，上学期还上过学校论坛的渣男排行榜前十，后来还是万念帮忙才把张家男的名字从那个排行榜上给去掉了。

场面不受控制，张家男被愤怒的观众围上去，几个委托人哭着吵着要退钱，张家男百口莫辩，只能不停地做着无力的解释，最后干脆直接像个复读机一样不停地重复："对不起！对不起！对不起……"

我一不留神，发现林欣欣也冲上去了，她挡在张家男前面试图帮他说话，但于事无补。虽然我觉得张家男实属活该，但又实在不忍心林欣欣重蹈覆辙，也决定上去帮忙。混乱中，一只手抓住了我。

当我喘上一口气时，我已经被金少天低调地带离了现场。我们从礼堂的侧门离开，穿过一条小路，翻上一个小土坡，最后来到了南校区的人工湖旁。

"喂，喂……你干吗啊？"

金少天松开我，在湖岸边的草地上坐下："有些事，我们旁观就可以了，也许这次就能叫醒沉睡的人了。"

"你什么意思？你自己干的好事，为什么要赖在我哥头上？你的心也太黑了！"我正窝了一肚子火。

"张爱珊，"金少天抬头，似笑非笑地看向我，"你到现在还觉得，我是临时起意要出卖你哥的？"

我一愣："你早知道周子俊在休息室里装了摄像头？"

"昨天，我请话剧社的人来给我布置舞台，其中一个人神色不对劲，我偷偷读了心，发现他果然是周子俊安排过来的人，我干脆将计就计。"

"将计就计？"

"你真以为我会帮那些渣男？"金少天反问。

我答不上来，我现在已经分不清楚他哪句话是真，哪句话是假了。

金少天捡起一块小石头，在手里把玩："张家男最近为了泡妞急用钱，卖门票、直播这些馊主意都是他想出来的，今天这锅他背得一点都不冤。"

"可是，你昨天对我说的那番话……"

"骗你的。"

我在金少天身旁坐下："你不仅骗了我，连大家也一块骗啦？"

"那些渣男精明得很，做戏必须做全套。想让他们真心道歉根本是痴心妄想，唯一能做的，就是让他们彻底得到教训。"

我沉默了。

"张爱珊，你有没有想过，苗苗和那些女孩找上我们社团的真正目的是什么？"

"惩罚渣男啊。"

"如果真的是为了惩罚他们,这样一场虚伪的道歉会还能把她们感动得死去活来?"

我被问住了。

"因为在她们内心深处,还是没有接受自己曾经喜欢过的人是渣男,也不愿意承认曾经的感情中只有她们自己单方面走了心。她们心存侥幸,总想着或许还能和好如初;她们不甘心,希望证明自己在这份感情中的位置是对等的,而不是被欺骗和利用的一方。可真相往往是残忍的,她们的的确确瞎了眼,也的的确确被渣男骗了感情。这场道歉会,不过是一场自欺欺人的自我安慰。"

"所以你……从一开始,就打算让她们看到渣男的真面目?"

"不错。"金少天把小石子扔向湖面,激起了一圈涟漪,"这次之后,她们应该会彻底认清渣男,也认清自己。"

很难形容我那一刻的心情,刮目相看?不是的,金少天的聪明和狡猾我早就领教过了。惭愧?有一点,毕竟我还是误会了他,可谁让他先演戏骗了我。或许,我更多的还是开心,因为我终于确信,眼前的人虽然傲娇得要命,虽然嘴巴毒得要死,虽然一点也不温柔、不体贴、不绅士,还抠门得要死,但他跟我的确是一个世界的人。

我不再说话,抬头看着夜空,今天的夜空很璀璨,漫天的繁星,湖面也被倒映得静谧而美丽,我从来不知道,学校里还有这么美好的地方。

"你是不是常来这里看星星?"我没来由地冒出一句话。

金少天歪头看我一眼:"你怎么知道?"

"你似乎很喜欢天文学,你不是选修了天文学专业吗?听张家男说,你好像在资助一个民间天文爱好者组织,似乎在找什么流星。"我笑了,"哇!你该不会跟都教授一样是个来自其他星星的外星人吧?"

金少天笑了,我还是第一次见他笑得那么温柔,他摇摇头:"张爱珊,从小到大,你就没对自己的能力感到好奇吗?"

"有啊。"我托着腮,"我以前常常想为什么别人都不会催眠术,就我们张家会?这个能力到底是怎么来的呢?我想破了脑袋也想不明白为什么,后来也就懒得想了。"

"我也一直在寻找答案。"金少天抬头看向星空。

安静来得很突然,我们一起看着深邃而美丽的夜空,感觉着宇宙的浩渺和人类的渺小，久久没有说话。忽然，一阵风沿着湖面吹过来，我打了个寒战："夏天不是还没结束吗，怎么就有点冷了？"

"并非夏去秋才至。"金少天没来由地冒出一句。

"啥？你在……跟我说话？"

"《徒然草》中的一句话，意思是并不是夏天过去秋天才来到，在夏天的时候就已经孕育出秋天的征兆。"

"哦，你想表达什么？"

"很多东西都这样，拥有的时候就是失去的开始。"一丝落寞从金少天没有神采的眼中划过。

"你这人呀什么都好，就是太悲观了。"

风停了，金少天站起来，声音平静："这次的委托结束了，咱俩互不相欠。明天起，你不用来社团了。"

我呆住了，以前一直想着要摆脱金少天，现在终于可以堂堂正正、干干净净地跟他撇清关系了，可我一点都不开心，竟然有些舍不得，感觉空落落的。人啊，真是奇怪的生物。

07

晚上，夏之翰给我回了电话，我把整件事完整地告诉了他。他大感惊讶，原来周子俊的突袭他毫不知情，夏之翰一边责备周子俊做事莽撞，同时也对金少天刮目相看："想不到，他把咱们一起骗了。"

"是啊，真过分！"

"你听上去挺开心的吗？"电话那头的夏之翰笑了。

"啊，有吗？"

好吧，我确实挺开心的，也挺过瘾的，虽然整个过程有点曲折，但金少天的确帮委托人打了一个大胜仗，不过张家男就惨了。

我老哥这个人吧，虽然在感情上特别失败，但为人却非常仗义，甚至可以说伟大。小时候，他跟许多男孩一样沉迷于电影《古惑仔》，那会儿他最喜欢的角色不是陈浩南，也不是山鸡，而是大天二。大天二被出卖惨死的那一段，张家男看一次哭一次，他曾扬言说自己绝对不会出卖兄弟，他还真是说到做到。

当晚的渣男道歉会，金少天拍拍屁股走人，王建宁见苗头不对，立马表示自己只是个无辜的主持人，随后逃之夭夭。万念更是一个卖门票的"小透明",根本没人注意他。张家男作为整件事的"主谋",硬着头皮扛下了所有的雷。

之后一连好多天,"张渣男"三个字变成了一个梗,在长南大学的校内论坛刷屏了,张家男被推上风口浪尖,被众人口诛笔伐。我听万念说,他再也没去过社团,整天闷在寝室睡觉,谁也不见。作为老妹,我还是有点心疼他的,但是转念一想,他活该,还是让他好好反省,以后重新做人吧。

这天中午,林欣欣来我寝室串门,与以往不一样的是,这次她不仅没给我带零食,还让我请她吃午饭。请好闺密吃饭我当然义不容辞,但是林欣欣这么主动地找我蹭饭,实在不符合她的人设。

吃完午饭,我俩在操场散步,我贼兮兮地问一句:"林欣欣,要不要喝奶茶呀?"

"啊不了……"林欣欣赶忙摇头。

"我请你?"

"嗯嗯嗯。"林欣欣疯狂点头。

"你老实告诉我,你多久没喝奶茶了?"

"四天。"林欣欣委屈巴巴地看了一眼手机,"零六个小时二十四分。"

"什么?!"如果你知道林欣欣有多爱喝奶茶,就能理解我有多震惊了。她对奶茶的热爱,丝毫不亚于我在找到毛毛哥之前对那个抱枕的热爱。她每天至少要喝一大杯奶茶,否则根本活不下去。

"你是谁?"我抓住她的双肩使劲摇,"把林欣欣还我!"

"珊珊,别闹了……"

我不闹了,请林欣欣去快乐柠檬喝了一大杯岩盐芝士绿茶,但作为交换,林欣欣必须跟我坦白。林欣欣几乎是一口气喝完,她抬起头,可怜兮兮地看着我:"珊珊,我想再喝一杯四季春玛奇朵。"

手捧第二杯奶茶的林欣欣,总算跟我老实交代了。她拐弯抹角了半天,总结下来就是:渣男道歉会那晚,很多人吵着要退门票,委托人也吵着退钱,张家男钱不够,林欣欣把一个月的生活费帮他垫进去了。

我恨铁不成钢地擂了一下她的榆木脑袋:"你让我说你什么好!张家男他就是个扶不起的阿斗,你以后别管他了行不行!"

"我保证这是最后一次,以后绝不会了。"

"你每次都说最后一次。"

"这次真的是最后一次！"林欣欣保证。

我叹了口气，心里十分不好受。我掏出手机，把自己的生活费转了一半给林欣欣，林欣欣不肯收，我强行让她收下了。

两天后，张家男又出事了。由于渣男道歉会的事闹得实在太大，最后竟然闹到了政教处。老师叫来张家男和王涛，并请来了两人的家长，我作为张家男的妹妹陪着老妈一起去了办公室，老妈没有通知航爸，她的决定是对的，不然张家男免不了挨一顿毒打。

办公室里，教导处主任一直在谆谆教导，张家男认错的本事还是一流的，他不停地点头哈腰，姿态极其谦卑，认错态度极其良好，我跟老妈也在一旁不停地求情。我妈不愧是老江湖，大肆夸张离异再重组家庭的困难，把张家男说得各种缺爱各种可怜，教导主任听得心软了，最后决定从轻处罚，给予一个警告处分，只要表现良好，毕业之前还可以消除。

王涛的情况则截然相反，王涛的妈妈——林阿姨，听说还在上班，接到电话立刻赶来了学校。她一直跟教导主任赔不是，表示是自己没有教育好孩子，然而王涛本人却无动于衷，从头到尾吊儿郎当。

"王涛！快跟老师认错！"林阿姨拉了王涛一把。

王涛非但不认错，嘴角还露出了一丝嘲讽的冷笑。这彻底把教导主任惹恼了："王涛你这是什么态度？！"

"没什么态度，我想退学。"王涛语出惊人。

教导主任惊呆了，一时间竟然不知该说什么。

"你这孩子，胡说些什么啊！"林阿姨大惊失色，又气又急，她用力拉扯王涛，"我赚钱供你上大学容易吗？你到底是怎么想的，退学后你能做什么啊？！你这个样子……到了社会上也就是个流氓。"

"流氓？"王涛看着母亲，眼神既倔强又憎恶，"这些年我见过的流氓还少吗？"

林阿姨呆住了，她松开儿子，眼泪簌簌地流下来。

"咳咳，王涛，学校最多就是给你个处分，只要你认识到错误，改过自新就行。"教导主任有点尴尬了，没想到事情会闹到这一步，"这样吧，你也别冲动，你跟你妈先回家，好好冷静几天，这事咱们过几天再来谈……"

王涛早等着这句话了，他转身就走。

"王涛！涛儿……"林阿姨又给教导主任赔了几个不是，抓起环保袋追出去，看着她消瘦又操劳的身影，我的心一阵揪痛。

晚上九点，我独自找上了林阿姨。

林阿姨在步行街附近一家很有名的川菜馆当服务员。我之所以知道，是因为当时她的环保袋上面印有那家川菜馆的LOGO，里面还塞着临时换下来的工作服。这家川菜馆很有名，算得上是一家网红店，我之前跟林欣欣去吃过两次，因此有印象。

找过去的一路上，我也在想自己有点多管闲事，可我看到林阿姨那个样子，总觉得自己应该做点什么。如果不是这次的渣男道歉会，王涛应该也不会闹到退学，林阿姨也不用这样伤心，可是王涛这种渣男如果放任不管，以后还不知道会祸害多少女孩。

我站在店门口的路边纠结着，这会儿林阿姨已经走出了打烊的菜馆。她一眼就认出了我，"你不是……白天那个……"

"对，就是我，张家男的妹妹，我叫张爱珊。林阿姨你好。"

"哦，你好你好。你是来找我的吗？"

"嗯，算是吧。"我鼓起勇气问，"林阿姨，王涛会退学吗？"

林阿姨微微一愣，摇摇头："他白天跑了就没再见人影，我也没追上。以前他生气就老是这样，没事，过几天他就回来了……"

"哦。"我想说点什么，但话却卡在喉咙里。

"小珊呀，你有时间吗？"林阿姨忽然问我。

"啊？"

林阿姨有点苦涩地笑了："阿姨想喝酒了，你陪我喝点酒行吗？"

二十分钟后，我跟林阿姨在路边的一家大排档坐下，林阿姨要了几瓶啤酒，点了一些夜宵，但是我们两人都没吃。气氛有些说不出的微妙，林阿姨将眼前的一次性杯子盛满啤酒，端起来，默默地喝了一口。

放下酒杯时，她的眼眶已经湿润了。

"林阿姨……你怎么了？"

"没事。"林阿姨歪过脸，抹了一把眼睛。林阿姨看上去并不苍老，五官也很端正，看得出她年轻时应该很漂亮，然而她的眼窝深陷，法令纹有点深，显得过分沧桑。

"不怪涛儿，真的不怪他。"林阿姨还是哭了，"要怪就怪我这个当妈的没用，是我没教好他……"

接下来，我在林阿姨断断续续的讲述中听完了另一个故事。在这个故事中，王涛不是同时劈腿很多女孩的渣男，而是另一个受害者。林阿姨年轻时很漂亮,有很多男人追,但是用她自己的话说,她当时人太傻,很好骗,王涛的诞生,某种意义上也属于一场爱情的骗局。刚生下王涛没多久,王涛的父亲就跑了,林阿姨特别悔恨,决定把王涛扔给父母,让自己的人生重新开始。

林阿姨也的确这样做了,然而才过两年,她就后悔了,最终她还是把王涛抱回了自己身边,那会儿王涛已经三岁,每天问得最多的问题就是:爸爸在哪里?什么时候回来?为什么大家都有爸爸,只有我没有?

王涛上了小学后,林阿姨开始频繁带陌生男人回家,有些男人在家里待几周就走,有些能住上几个月,但最多的也没超过一年。每个男人都不一样,有些男人会陪王涛玩,也常说甜言蜜语逗林阿姨笑,但过不了多久就消失不见了;有些男人则反复无常,心情好的时候会给王涛买玩具,喝醉了酒后却会动手揍林阿姨,王涛要是大喊大叫也跟着一起揍。对王涛最深的一次伤害是在他上五年级时,那会儿林阿姨找了一个男人,这个男人比之前所有的男人都靠谱,他对王涛和林阿姨很好,承诺一定给他们母子一个家。直到有一天,一对母女找上门来,一个和王涛差不多大的女孩冲着王涛愤怒地喊着:"他不是你爸爸,他是我的爸爸。你这个小偷,想偷走我的爸爸!"

说完这个故事,桌上的啤酒瓶也空了,林阿姨已满脸泪水:"对不起!让你见笑了。"

我摇摇头,眼睛也红了。那一刻我忽然有点明白,为什么自己会忍不住多管闲事了。因为我在林阿姨的身上看到了自己妈妈曾经的影子:丈夫离去,独自一人带着孩子奔波,被生活不停地击垮又不停地站起来,只为了给孩子一个更完整的家。

"阿姨,我敬你!"我举起桌上的一杯酒一饮而尽,我决定,这闲事我管定了。

08

"多管闲事。"第二天,当我去社团找到金少天并表明我的想法时,他一口拒绝了我。当然这早在我的意料之中,我立刻把林阿姨的故事添油加醋地跟金少天说了一遍,他越听越动摇,接着我又是一番动之以情,晓之以理,好吧,其实就是死皮赖脸加软磨硬泡。

金少天怕了我:"行了行了,只此一次,下不为例!"

半小时内,我就制订出了一套名为"拯救失足少年"的计划,此计划并不复杂,主要是以我那点脑容量也想不出太复杂的计划。我告诉金少天,我就想找到王涛,然后带他去见林阿姨,让他们母子俩好好谈一次,把心结解开。

金少天让万念调查,没过多久就找到了王涛。原来王涛躲在堕落街里的一家网吧上网,他用所有的生活费充了一张会员卡,没日没夜地玩游戏,已经三天三夜没见人了。我跟金少天找到他时,他浑身散发出一股难闻的汗酸味。

我们悄悄来到王涛的座位后面,没有惊动他。金少天悄悄对他使用了读心术,几分钟后,金少天拉着我走出网吧,叫我拿出手机登录QQ,然后给万念打电话:"帮我侵入王涛的网络,嗯,他现在正在跟一个QQ尾号566的女孩聊天,你把那个女孩跟张爱珊的QQ调包……好,等你消息。"

一分钟后,万念发给我一个插件,我安装之后,手机QQ果然就切换到了跟王涛聊天的界面。金少天一把抢过手机:"接下来交给我。"

之后的十分钟里,我算见识到了什么叫"人妖",什么叫"女装大佬"。金少天使用了大量文字和可爱的表情包跟王涛聊得热火朝天。在网络上,王涛把自己伪装成了长南大学的风云人物,被兄弟出卖,遭老师嫉妒,最后才闹得一个退学的下场。金少天十分配合,表示自己非常欣赏王涛这样的男孩,正好自己有钱又有闲,非常乐意接济他。

金少天把手机扔给我:"搞定了,时间、地点你定。"

我看着手机里的聊天窗口,犹豫了一下,发过去一句话:"今晚九点,川菜人家。"

八点半之后,川菜人家便过了黄金的饭点时间,厅堂里的客人已经寥寥无几。我选了一个靠角落的位置,紧张地等候着。不到十分钟,王涛就出现了,他一改在网吧的邋遢模样,特意洗澡,换了衣服,还做了一个很精神的发型。他很自然地来到我身旁,拉开椅子:"不好意思,久等……怎么是你?!"

"嗨,学长好。"我故作镇定,"巧啊,是我。"

"你、你……"

"美琪是我好闺密啦,她今晚忽然有点事,让我先过来接待,她过一会儿就过来,你不介意吧?"

"哦哦……"王涛半信半疑,但见我就一个女孩子,还是大方地坐下了。

"再过一会儿这家店的厨师就下班啦,我已经帮你点好了菜。"我继续说。

"没事,我也不饿。"王涛舔了舔舌头,"美琪她什么时候……"

"啊,菜上了。"我赶忙伸手,"这边。"

服务员端着一碗蒜泥白肉走上来,她把菜放上桌时,王涛睁大了眼睛,服务员正是林阿姨。林阿姨自然也很惊讶,但她只看了我一眼,就立即明白了。

"涛儿……"她要说什么。

王涛"吭哧"一声站起来:"抱歉,我还有事。"

"王涛!"我也懒得再演了,大声激道,"你这么惊讶干吗?你难道连你妈在哪儿工作都不知道吗?还是说你妈做这份工作让你觉得很丢脸?"

"我的事用不着你管!"王涛用力瞪了我一眼,"我警告你,别再缠着我,我不会再被你戏弄了!"

"懦夫。"我说。

王涛转过身:"你说什么?!"

"我说你就是个懦夫。"

"我……懦夫?"

"你不仅懦弱,还很愚蠢。"别误会,面无表情挑衅王涛的人不是我,一切都是金少天的指示,我的右耳蜗里塞着一个蓝牙耳机,金少天在教我怎么说怎么做。至于他,正躲在暗处读王涛的心呢,正因为能读心,所以可以摸到对方的软肋,每一句话都在激怒他。在"整个计划"中,金少天跟我是持反对意见的,我原本是希望母子俩能心平气和地好好坐下来聊一聊。但金少天告诉我,王涛现在一直在逃避,我们用这种欺骗的方式把他带到林阿姨面前,只会让他更加逆反,干脆把他逼到极端,不破不立。

但愿金少天是正确的,这会儿他又有新指示:"冷笑,用鼻子哼气,轻蔑一点。"

我一声冷笑,果然彻底激怒了王涛,王涛眼角抽搐地看着我:"你别以为你今天骗我过来了就了不起,你们女人,我一天就能骗几个。实话告诉你吧,除了长南大学,我在校外还有好几个,嚇,愚蠢,你们女人才是我见过最愚蠢的生物。"

"涛儿,你在说什么……"林阿姨听不下去了。

"别碰我!"王涛打开林阿姨的手,"我说错了吗?你们女人就是我见过最蠢的生物，反正说几句甜言蜜语就能骗上钩，被人卖了还帮人家数钱，还以为自己遇见了真爱呢。啧，爱情，让人作呕……"

"王涛，你这话不对。"

"怎么不对？哪里不对！"王涛指着自己的母亲大喊，"这些年我不就看着这个女人一路被男人骗过来的吗？她这种人还不算傻，还不算蠢吗？她现在沦落到在这里当服务员都是她自己活该，根本不值得同情，我才不会像她这样……"

"啪。"我重重一耳光扇在王涛的脸上，申明，这不是金少天的指示，是我自己想做的。

"打得好。"耳机里传来金少天的声音。

"王涛！所有人都可以这样说你妈，只有你不能！"

王涛摸着自己的脸，怔怔地看着我。

"你妈最傻、最蠢的事情，就是想对你尽一个母亲的责任！"

"孩子，别说了……"林阿姨捂着脸哭了起来。

我也哭了，是被王涛气哭的，情况已经完全没按台本在走了，我也顾不上在场的客人纷纷看过来，必须把心里话说出来："你以为你妈这些年一直换男人是因为什么？因为她渴望爱情？因为她喜欢被人骗？不是的，是因为她一直想给你找一个爸爸，她一直想让你在一个完整的家庭长大，为了这个她才不停地努力，不停地受伤，但从不放弃，可你呢？你又做了什么？你只会自怨自艾，只会逃避，只会把不幸都推给身边的人，你还让自己变成曾经欺骗过你妈的那种男人，还引以为豪……"

"别说了，不要再说了！"林阿姨哭着阻止我，"不怪涛儿，怪我，都怪我……"

对不起！林阿姨，我还要继续说："王涛，你还打算逃避到什么时候？好好看看眼前的人，要等她老了，死了，再也不能被你伤害的那一天，你才会知道这世上谁最爱你吗？"

一滴眼泪从王涛的眼角滑落，这一刻，他面无表情，却比我曾经见过他的任何一个表情都真诚，长久的沉默，沉默到我以为这个世界是不是已经失去了声音。王涛抬起头，认真地看了一眼自己的母亲。他低下头，蹲到桌下，将之前打翻在地的那盘蒜泥白肉收拾起来。

"别弄了，脏……"林阿姨赶紧拉他。

"我这就收拾干净……"刘涛像是没听见，一直在用手抓着，"我马上弄干净……"

"涛儿啊，你别这样，妈心疼啊，妈真的心疼！"林阿姨哭了，"你恨我吧，妈不怨你，你恨我一辈子吧……"

刘涛浑身颤抖，他抱住林阿姨，号啕大哭起来。

几天后，王涛返校了，虚心接受了学校的处分，决定继续完成学业。他也来了一趟万能委托社，似乎是要专门感谢我，但当时我不在，他便把这些话跟金少天说了。王涛说其实他这些年不是恨他母亲，也不是恨那些伤害过他母亲的男人，而是在恨自己。他觉得自己是个累赘，拖累了母亲。后来他便开始钻牛角尖，他去糟践自己，去伤害别人，好像只要把自己彻底变成一摊烂泥就什么都不怕了。这些都是后话了。

离开正品川菜馆时，我的心情说不上来，像是参演了一场感人的电影，又像是做了一场梦，刚才发生的一切还有那么点不真实。金少天递过来一张纸巾，我接过，用力擤了一把鼻涕，揉成团，扔进了一旁的垃圾桶。

金少天又递过来两张纸巾，我刚要擤鼻涕，就被喊住："白痴，看清楚！"

我一愣，才发现是两张音乐节门票。

"哇！"星城的西瓜音乐节，我跟林欣欣老早就想去听一听了。可是这个月林欣欣因为帮张家男直接破产了，我一个人负担两个人的生活费也是囊中羞涩，最终我俩只能忍痛割爱，哪想到这个金少天竟然会雪中送炭。

我拿着两张门票看了又看，最后还是还给了金少天。

金少天有点意外："怎么？不感兴趣？"

"无事不登三宝殿，你突然对我这么好，太可疑了。"

"别想太多，我就是单纯感谢一下。"

"感谢什么？"

"上次的事。"

"哪一次。"我明知故问。

金少天干咳两声，歪过头，顾左右而言他："前两天，夏之翰来找过我，他跟我道歉，希望我们今后还是朋友。"

"哦。"我心中暗喜。

金少天双手插兜，漫不经心地踢了一下脚下的易拉罐："其实，我从一开始就知道是刘远作弊。"

"哦……什么？！"

我先是吃惊，转念一想金少天会读心，好像也很正常。我追上两步，将金少天踢过的易拉罐又向前踢了一脚："那你为什么不跟夏之翰解释？夏之翰肯定会相信你。还是说……你是特意为刘远背锅的？"

金少天不说话，往前走，捡起易拉罐丢进了垃圾桶："刘远也有苦衷。"

"是吗？"我假装不在意，耳朵却竖了起来。

"我跟你们……"金少天微微停顿，"不太一样。"

我静静等待下文。

"我是孤儿，从小在福利院长大。"金少天还是向我坦白了，虽然我早已发现了这个秘密，但还是很高兴，这说明他真的把我当朋友了。

"啊？！"我装作一副吃惊的样子。

"别装了，你早知道了吧？"金少天拆穿我。

"嘿嘿。"我摸摸头，"之前去你家时，看到了你在福利院的照片。"

"因为会读心术，我从小就对大人不信任，他们总是表面说一套心里想一套；大人们也不喜欢我，因为我经常会拆穿他们的谎言；小孩子一开始觉得我很厉害，后来也开始害怕我；再后来，当我意识到我不应该展现这种能力时，我已经被孤立了。"他语气轻松，我却想起了那张儿童节合影，在一群喜笑颜开的小朋友中，只有金少天孤孤单单的。

"上大学以后我依然是一个人，没有朋友，最开始跟室友也不过是点头之交。"

"你是说夏之翰和刘远？"我赶忙问。

金少天点点头："一开始我并不喜欢刘远，他这个人特别抠。"

"难道比你还抠？！"

金少天白我一眼："比如三人合买十卷卫生纸，他会很自然地拿四卷；有时候我去吃饭，他让我给他打饭，最后总是会少付我零头；诸如此类，他特别爱占人小便宜。"

"这种人是蛮讨厌的。"

金少天似笑非笑："有一次我感冒发烧，躺在床上昏睡，我以为是自己读心术的副作用，没太在意。醒来时我已经躺在医务室输液，医生说我烧到39.8摄氏度，再晚一点就很危险了。"

39.8摄氏度，我光听到都心惊肉跳。

"我后来才知道，是刘远把我背去医务室，打退烧针，垫了两百多块输液费。我猜刘远一定会主动来问我要钱，顺便以此让我请他吃顿饭什么的。"

金少天停下来，微微叹了口气："结果他一直没开口，对那件事只字未提。两百块是他大半个月的生活费了，那个月他过得很紧巴，到处找人蹭饭。我后来对他用读心术，才知道他早将这事忘了。很不可思议吧，那么抠的一个人，竟然对这两百块一点都不在意。"

我点点头。

"我曾以为所有的帮助和施舍都是有所求的，小到一声谢谢，大到人情和报恩，但那个我瞧不起的刘远却无条件帮助了我，什么都不求，他只是单纯地对我好。"金少天笑了，那是一种说不上落寞还是自嘲的笑。

我的胸口一阵作痛，我忽然想起了一句话：不被善待的人，更容易识别善良。金少天大概就是从来没被人善待过吧，所以，别人的一点点善意他都会铭记在心，加倍奉还。

"所以，你才帮他背下作弊这件事吗？"我问。

"不算帮吧，我什么都没做。"对，你金少天什么都没做，什么也没说，就这么默默地扛下了一切。

"刘远人挺好的，为什么会作弊呢？"

"可能有苦衷，也可能一时冲动。"金少天抬起头，"但不管怎样，每个人都要为自己的选择负责。"

这句话有点深奥，我似懂非懂。

"好了，就这儿吧。"金少天在公交车站牌前停下，"你在这儿坐末班车回学校吧，我还有事，先走了。"

"嗯，再见！"

金少天走了几步，回过头："周末的音乐节你一定要来。"

"好。"

金少天走了几步，再次回过头："一定要来！"

"知道啦。"

"因为……"金少天看向我，昏黄的路灯下，他深邃的眼底荡漾开了一丝我从未见过的柔软，"我为你准备了一个惊喜。"

惊喜？为我准备。

那一刻，我站在原地，说不上是紧张、期待还是别的什么，我只觉得胸口暖暖的，心跳也乱了。那年的我还太年轻，没法概括如此复杂的感受。后来长大了，我倒是可以微笑地讲起曾经。人的一生是由许多个瞬间组成，而我们最初经历的瞬间，或许就叫心动。

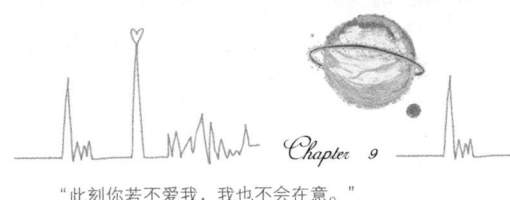

"此刻你若不爱我,我也不会在意。"

01

音乐节的场地很大,南北各有一个舞台。按照海报上的流程介绍,音乐节会从下午一直到晚上,十几个我听说的没听说的民谣歌手和小众乐队会在两个舞台轮番上阵,你方唱罢我登场。我跟林欣欣其实也没有特别喜爱的歌手,跟着狂热的歌迷们一会儿往南跑,一会儿往北跑,歌手出场了就跟着大家一起欢呼和尖叫,听见耳熟的歌也会情不自禁地哼几句,充分表现了什么叫作墙头草。

就这样嗨了一个小时,我跟林欣欣嗓子都哑了,我拉着林欣欣去树荫下休息一会儿,才走几步林欣欣就停下来,眼睛看到了什么。

我抬头一看,果然是张家男,金少天也陪同在一旁。我立刻紧张了起来,其实我一直惦记着,他说过今天会给我一个惊喜的。

"哇!好巧,你们也来啦!"张家男发现了我们,上前打招呼。看样子他已经从之前的阴影中走出来了,没心没肺的人就是好,恢复力还真是惊人。

"真是太阳打西边出来了,你这种人竟然会来音乐节?"我开始对他展开平时的嘲讽。

"我可不是来听音乐的。"张家男神秘兮兮地笑起来。

"那你来干吗?"

"一会儿你就知道了,正好,来帮忙!"张家男一手搂住我,一手搂住林欣欣,将我俩带到一棵树下。树下放着一个纸箱,我凑近一看,里面装满了五颜六色的气球,旁边已经绑了一大串吹好的气球。

我有一种不好的预感:"张家男,你该不会……要我们吹气球吧?"

"猜对了,真是冰雪聪明!"张家男抓起一把气球塞到我手里,"快点吹,没时间了,我得去准备一下了。"

"准备什么呀?"林欣欣问。

"一会儿你就知道了!"张家男提起一个纸袋往厕所跑。

我掐着腰,没好气地说道:"这家伙也太财迷了吧,竟然跑来音乐节卖气球,这能赚几个钱呀?"

"不是卖气球,他是打算跟人告白。"金少天淡淡地回了一句。

金少天话音刚落,林欣欣的笑容就僵硬了,眼中的兴奋也转变为了失落。当然,我的脸色也好不到哪去,我拉着林欣欣就走:"哦,你们开心就好,恕不奉陪。"

"喂!"金少天喊住了我,"这次张家男可是煞费苦心,好不容易才把对方约出来;工作人员那边他也是费了老大劲才沟通好,为了准备这场世纪告白,他的信用卡都刷爆了。这么感天动地,你真的不帮一下吗?"

"我帮你个大猪蹄……"

"帮。"林欣欣说。

我以为自己听错了:"欣欣,你说什么?"

"我帮他!"林欣欣挣脱我的手,从箱子里拿出一只气球,二话不说就吹了起来,她肺活量很小,体测的时候就没及格过,一只气球分了好几口气才吹起来,一张小脸早已涨得通红。我说不出地心疼:"欣欣,你干吗?走啦,别理他们……"

林欣欣不理我,她又拿出一只气球,更用力地吹着。别看林欣欣平时文文静静没主见的样子,一旦性子上来了比牛都倔。

金少天似笑非笑,也吹起了气球,吹完还理所当然地递给我:"扎起来。"

"拿开,都是口水!"

"我没有对嘴吹。"

"那我也不扎！"

金少天倒不勉强，拉长气球口，一绕一缠就扎好了，手巧得不行。他把气球扔向我的脸，我偏头躲开。

接下来的时间里，金少天跟林欣欣似乎较上劲了，一只接一只地吹着气球，我站在旁边盯着他们，像个不苟言笑的裁判。我很烦，而且越想越不对劲，金少天真的是感谢我才送我音乐节门票的吗？该不会他早知道张家男要上演这么一出浮夸的"真情告白"，才设套将我跟林欣欣骗过来吧？这家伙，就是成心要气我们！

"吹得怎么样了？"不远处，张家男穿着一身骚气十足的休闲小西装朝我们跑过来，原来这家伙是去换衣服了。我也是后来才知道，之前的"渣男事件"对他打击很大，他消沉和逃避了一阵子，最后终于想通了，决定改过自新。但他的改过自新跟正常人有点不一样，他不是好好反省自己的所作所为，而是决定把他早就想追的隔壁大学的一个系花追到手，用最浪漫、最轰动的方式，以此证明自己不是渣男，而是一个用情至深的好男人。由于已经负债累累，经费不足，音乐节的票他都是托一个朋友走关系弄到的，这套西装也是找王建宁的舞蹈社团借的，果然不太合身，穿在身上有点紧巴。

"怎么样，气球吹好了没啊？！"张家男看向我们后方的舞台，有点着急，"他马上就要唱最后一首歌了！"

金少天清点着气球："还差三只。"

"战斗力不行啊！"

"某人不肯帮忙。"金少天睨我一眼。

"算了，我自己来。"张家男也不抱怨，抢过一只气球，刚深吸一口气，衬衣上的扣子就崩掉了一颗，"我去！我的扣子……"

张家男扔掉气球趴在草地上找起来，怎么也找不着。很快他就放弃了，拿出手机当镜子，自我感觉良好地整理着西装："也好，开一颗扣子，露出我性感的胸肌，更有男人味！"

"找到了。"说话的是林欣欣，她站起来，朝张家男面前摊开手，那颗小小的白色纽扣正躺在她的手心上。

"哇，谢啦！"张家男接过纽扣，又想起什么，"唉，好像找到也没用，算了。"张家男把纽扣放进前胸口袋，朝金少天打了个响指，"哥上了。"

"等一下。"林欣欣喊住张家男。

"怎么啦？"张家男回头。

"我随身带了针线，我可以帮你缝。"林欣欣见张家男有些犹豫，她加重声音，"很快！"

"行！必须得快啊，不然计划全砸了。"张家男焦急地看向舞台，完全没有注意到林欣欣有什么不对。

那一刻我真的特别难受，我想过去把林欣欣拉走，让她不要再作践自己了，可我知道她不会听。

林欣欣从包里拿出小盒子，挑针，穿线，由于时间紧急，张家男没脱衣服。林欣欣踮起脚，将扣子摁在他的前胸位置一针一线地缝起来，偏偏是第二颗，最靠近心脏的位置。如果是路人看到这一幕，大概还以为他们是一对甜蜜又默契的情侣，可事实上他们之间却隔着全世界最遥远的距离。

林欣欣全神贯注，仿佛缝扣子就是全天下最重要的事。张家男焦急等待，口中不停地背诵着一会儿要用的台词：我想和你一起生活，在某个小镇，共享无尽的黄昏，听那绵绵不绝的钟声……

"张家男什么时候这么有文采了？"我嘀咕道。

"这是茨维塔耶娃的诗，我帮他找的。"金少天低声说。

"真看不出呀，金大师还喜欢现代诗呢？"

"你看不出的事多着呢。"

"……吹笛者倚着窗，而窗口大朵郁金香，此刻、此刻……"张家男忘了词，皱着眉头开始翻裤带，"唉，我的手稿呢？妈呀，放在原来的衣服口袋里了。"

"此刻你若不爱我，我也不会在意。"默不作声的林欣欣说话了。

张家男愣了愣，一时没反应过来。"此刻你若不爱我，我也不会在意。"林欣欣抬起头，望着张家男的眼睛，她的声音微微有些哽咽，"到这句了。"

"对对对！都到嘴边了，就是出不来！"张家男拍了一下脑袋。

"欣欣，好了吗？快点！"张家男有些急了，开始催促，眼睛一直往台上瞟。

"好了，结束了。"

林欣欣倾身上前，用嘴咬断了线。后来我想，大概就是在这个时候，她决心放下这段感情，决心停下这段长达八年的没有对手也没有终点的长跑。可张家男，还一个劲儿地沉浸在幼稚的自我感动中，根本不知道自己失去了什么。

"哇！"身后舞台下的观众爆发出一阵欢呼，歌手跳上舞台，台下的观众纷纷尖叫，有的还吹起了口哨。舞台上的歌手抱起吉他，唱起了最后一首歌。这是一首温柔的民谣，歌名是《小楚姑娘》，起初并不是很火，后来这歌手去参加了一个《歌手》节目，这首民谣一夜之间风靡了大街小巷火到不行。就连我这个对音乐不怎么关注的人也会哼唱几句，更不用说那些狂热的歌迷了，此刻俨然成了千人大合唱。

一曲罢了，台下的歌迷纷纷要求再加唱一首，歌手微笑着示意大家安静，"很感谢大家能来听我唱歌，今天这首歌，我本来想作为第一首，但有人特意拜托我放在最后唱，他说他喜欢一个姑娘很久了，但觉得自己不善于表达，无法讲出动听的情话，希望我能帮他唱出自己的心意，也希望她可以接收到。"说到这，歌手停下来，卖起了关子，底下的粉丝尖叫了起来，热情空前高涨。

"我还听说，这个女孩也是我的歌迷，叫林曼殊，不知道你在台下吗？"歌手说完，一个女孩尖叫一声，在人群中挥起了手。

"曼殊，他就在你身后，你愿意到他身边去吗？"歌手温柔地询问，所有观众都转过身，看向张家男。

这段时间张家男也没闲着，他拿出早就准备好的玫瑰花，站在了心形气球的前面，双手别在腰后，还对着我们嫌弃地摆摆手，示意我们快闪到一边去。

又是一阵尖叫和欢呼，歌迷们缓缓为林曼殊让出了一条路，女孩一头金色的大波浪卷发，面容姣好，身材火辣——张家男的口味真是亘古不变地专一。

张家男单膝跪地，拿出玫瑰花。

林曼殊难以置信地捂着嘴，她慢步走向张家男。围观的群众在林曼殊身后一点点靠拢，最终将两个人包围了起来，大家不停地喊起来："在一起！在一起！在一起！"

"张家男不会真的成功了吧？"虽然我非常鄙视这种行为，但眼看这个阵仗我都有点动摇了。

金少天眯着眼睛："乖乖看着吧。"

终于，林曼殊来到了张家男身边，愣愣地接过张家男的玫瑰花，整个表白活动到了最高潮的时候，围观的群众都停止了吵闹，屏息凝神地等待着下文。张家男抬头看向眼前的女孩："曼殊,此时此刻,我想为你念一首诗……"

"啪"的一记响亮的耳光扇在张家男的脸上。

我差一点以为自己看错了。喂喂?这是什么情况?广大群众显然也被这场面给惊到了,纷纷倒吸了一口冷气。

林曼殊将玫瑰花扔在张家男脸上:"张家男,你在你们大学的光辉事迹我早有听闻!要不是你朋友跟我说你已经改过自新,想让我给你一个机会先从朋友做起,我早拒绝你了。今天才是我们第一次出来玩,你又搞出这么浮夸的一套,我'尴尬癌'都要犯了,你把我当成什么女人?我就那么容易被骗吗?你真的太让我失望了,我以后再也不想见到你……"

林曼殊扬长而去,现场的观众非但没有失望,反而更兴奋了,不过这次是落井下石,许多人都拿出手机拍照,还有人吹起了口哨。不得不说,这个林曼殊真是太霸气了,我全程听得也特别解恨,张家男就是活该!

张家男还保持着单膝跪地的姿势,好像一个忽然死机的机器人。他大概被那一耳光打蒙了,还在其他世界没能回来。

"啊哈,看来这次的表白有点不一样啊。爱情这种事呢,虽然美好,但也不能强求,有缘人有时候在身边,有时候也在天边,小哥不要灰心……"台上的歌手尴尬地打起了圆场,天不知何时变得阴沉沉的,豆大的雨滴落下来,歌手退场,歌迷们也稀稀落落地跑进了避雨的建筑和商店里。

雨越下越大,张家男想站起来,但似乎跪太久把腿跪麻了,一屁股瘫坐在地。除了张家男,还有一个人没有动,那就是林欣欣,他站在张家男身后不远处,静静地看着他。两人的身边,是四处逃散的慌乱身影,他们两人一坐一站,好像静止在时间中。

雨水很快打湿了林欣欣的头发和脸庞,就像哭过一样。最终,林欣欣微微歪了下头,露出一个我这辈子见过的最伤心的笑容,转身走了。

"林欣欣!"我要追上去,金少天一把抓住我。

"你给我——松手!"我甩开金少天,气得浑身发抖,"金少天,这一切都是你策划好的对不对?"

"对。"金少天大方承认。

"这就是你给我准备的惊喜?!"

"是。"

"你神经病啊!你整张家男就算了,林欣欣哪里得罪你了,你要这样伤害她？"

金少天抓起我的手："张爱珊，你当初的愿望清单上不是写着吗？希望他们都能找到各自的真爱，他们这样子，什么时候能找到真爱？"

我愣住了。

"一个爱得太卑微，只懂得付出；一个接受得太坦然，只知道索取。这只会是一种没有尽头的悲剧。你比我更清楚，这两个人都在装睡，我现在不过是提前叫醒他们，让他们认清自己，面对现实。"

我无言以对，金少天是对的，他们之间这种畸形的关系早就应该结束了。可是看到林欣欣这样我真的很难受，明明她什么错都没有啊。

我回过头，草地上已经空无一人，林欣欣和张家男都不见了。

我拿出手机，金少天又说话了："长痛不如短痛，这时候你就别再找她了，让她静一静。"

"好，我不找她了。"我点点头，"但你也别读我的心了！"

金少天别过脸，不再看我。

我收回手机，看着空荡荡的草坪出神。雨还在下，但音乐会没有结束。下一位歌手懒洋洋地坐在舞台的高脚椅上，弹着木吉他，沙哑的烟嗓声混杂在阵阵雨雾中，有那么一瞬间，我觉得自己穿越到了某部法国文艺片的电影镜头中。

我跟金少天就这样各怀心事地沉默着，不知道过去了多久，雨稍微小了一点，金少天歪头看我一眼："可以不要走吗？"

"啊？"我偏过头，"你在跟我说话？"

金少天点头："可以不离开社团吗？"

"为什么？"

金少天思考了下："社团需要你。"

"有吗？为什么我觉得我在社团只会碍手碍脚，坏你的好事，你巴不得我走才对吧？"

"我这几天认真考虑了一下。"金少天双手插在口袋里，咂了咂嘴，"这个团队里需要一个跟我唱反调的人，不然还真没意思。"

"啊？"

"我的意思是，不一定每次都是我对，我毕竟也不是圣人。上次王涛的事，你的收尾工作就做得很不错。"

圣人？真亏他讲得出口。我故意抬杠："哪里哪里，还是金大师厉害，金大师上知天文，下知地理，不但能算命占卜，还能洞察人心，我怎么能跟你比呀。"

"得了便宜还卖乖。"金少天笑了。

"这话是我说才对吧？"我也笑了。

"我就当你答应了。"

"行呗。"我假装勉为其难地答应了，其实心里开心到爆炸：金少天啊金少天，我就知道你没我不行，哼，你也有今天！

"珊珊。"

谁在叫我？声音好熟悉！一个身影撑伞从我的侧面出现，为我挡住了屋檐下的雨帘，我一抬头，就对上了夏之翰温柔的眉眼。

我的第一反应不是惊喜，竟然是心虚——奇怪？我为什么要心虚？我问道："毛毛哥？！你怎么来啦？！"

"天气预报说两小时后会下雨，听说你们会来西瓜音乐节，怕你们没带伞，我就过来了，欣欣人呢？"夏之翰左右看看。

"她……有点事，先走了。"我撒谎。

夏之翰点点头，不再问，他把另一把伞递给金少天："那正好，这把伞借你吧。"

金少天很自然地接过。

这家伙，真是的，说声谢谢有那么难？

我和夏之翰共撑一把伞，金少天独自撑伞与我们同行。三个人都没说话，气氛有点微妙。不一会儿，我们就随着稀稀疏疏的人群走出活动场地，来到了公园门口。

夏之翰开口了："今天，麻烦你照顾珊珊了。"

"应该的。"金少天看我一眼。

"珊珊，走吧。"夏之翰轻轻揽过我的肩，伞朝我这边歪过来。

"欸？"我有点蒙，就这么散了吗？不是还可以一起顺一段路的吗？分头走的话好浪费出租车费啊。

"张爱珊。"金少天在身后喊住我，"回去记得看邮箱。"

"哦好……这么快就有委托案啦？"

"对，这个案子，我需要你。"金少天一字一顿地说。

夏之翰看着金少天，两人短暂地对视："真稀奇啊，你也会有需要别人的时候，这可不像我认识的金少天了。"

"人嘛，总会变的。"金少天面无表情地转身，扬起手，"拜。"

"拜，明天见——"我话没说完，夏之翰就护着我转身了。

等等，究竟是什么情况？

虽然这样说可能会遭雷劈，但我确实在空气中闻到了一股剑拔弩张的醋味，两人的误会不是已经解除了吗？他们不应该和好如初，然后基友一生一起走吗？难道真的是因为我？呸呸呸，我赶紧断了这个念头，在心中默念身为"小透明"的人生三大错觉：手机在振动，有人在敲门，他喜欢我。

02

凌晨，我的手机响了，我立刻清醒了，一整晚我一直在等林欣欣的电话，结果我现在却等来了一个陌生号码。

"喂？张爱珊，"讲话的人声音粗犷又沙哑，像个老头儿，"你哥哥张家男在派出所，你现在立刻……"

我挂了电话，搞半天怀疑是个骗子打来的。我刚翻身，手机又响了，我直接挂了。十秒后，手机再次响了，这骗子还真是不屈不挠。这一次，寝室里的陈安娜也被吵醒了："我说张爱珊，能不能快点接了完事？"

"对不起！对不起……"我只好接过电话，说话的人竟然是张家男，他的声音有点飘，似乎喝醉了酒，"喂，珊珊，猜猜我是谁？没错……我是你哥，嘿嘿，我在派出所……你也过来玩啊……"

"张家男？！你在派出所干吗啊你？！"我一个鲤鱼打挺坐了起来，这次苗苗跟小七也被惊醒了。

五分钟后，我们四个女生都醒了，小七打开台灯，我们围坐在一块商量对策。情况有点麻烦，张家男闯了祸，被抓去派出所，需要家属去领，张家男自然不会告诉我老妈，只能想到我。但是现在寝室已经熄灯，宿管阿姨早睡了，我就算去找宿管阿姨估计她也不会同意。我急得团团转："怎么办怎么办？还不知道他闯了什么祸！"

小七和苗苗都安慰我，陈安娜不说话，一直在思考。忽然，她站了起来："翻窗吧。"

"啊？二楼也有点高啊，会摔瘸腿吧？"小七说。

"咱们用床单。"陈安娜走向床铺，抽出自己的床单，开始拧麻花，"愣着干吗，一起来啊？"

"刺激！我喜欢！"苗苗行动了起来。

"这样不好吧,要是被发现了会不会受处分啊?"小七嘴上担心着,人却开始帮忙了。

"大家……"我鼻子一酸,"谢谢安娜,谢谢你们大家!"

"不用谢,就当还你上次的人情。"

"嗯!"

陈安娜捏了一把我的肩:"你该不会又长胖了吧,先说好啊,床单断了我可不负责啊。"

"嗯嗯!"

谢天谢地,在三个室友的帮助下,我最终还是顺利翻窗离开宿舍楼,在大学门口拦上一辆出租车去了派出所。我走进办公大厅,一眼就看见了蔫头耷脑的张家男,手上拷着手铐,我冲过去:"张家男你这是怎么了?你杀人了还是放火了?"

张家男歪着脑袋,满脸的酒气,他什么都不说。他身旁坐着一个老爷爷,穿着无袖的铆钉皮衣和皮裤,身材还很结实,茂盛的银发和络腮胡使他看起来就像一头雄狮:"小妹妹,别紧张,你哥没犯啥事,他就是在撒酒疯,才被铐了起来。"

"你就是……"我认出这个声音,"给我打电话的人?"

"对!"老爷爷的声音比电话里要洪亮许多。

"谢谢你,您真是好人!"我上前抓住老爷爷的手。

"小事一桩,不客气!"

"老爷爷……"

"我叫张德全,你叫我老全就行!"

"哦哦,老全,请问我哥是怎么进派出所的啊?"

"嘿嘿!"老全咧嘴一笑,十分自豪,"当然是我把他送进来的!"

"啊?!"

凌晨两点,我跟老全一左一右搀扶着张家男走出派出所。事情的来龙去脉我也清楚了:今天晚上,老全骑摩托车回家,过红绿灯时,发现旁边也停着一辆摩托车,车主是个年轻小伙,满脸酒气,一看就是喝多了,此人就是张家男。老全劝张家男不要酒驾,张家男不听,还吵着要跟老全比试一段。老全答应了,全程领先张家男,最后左拐右拐就把张家男带到了派出所,让警察把他给扣了。老全表面上耍了张家男,但其实是救了他一命。果然,张家男才进派出所没一会儿,酒劲上来了,开始撒酒疯,他这样子要是继续开车，迟早会出事。现在，张家男的摩托车被扣了，还要交一笔保证金，我身上的钱不够，老全帮我垫了一部分。

"你、你这个老骗子……你竟敢骗我……缩头乌龟，懦夫！我们再比一场……"张家男站都站不稳了，还在撒酒疯，我的脸都让他丢尽了。我也是后来才知道，白天张家男在音乐节上表白遭拒的事再次让他成了全校的笑柄，把"长南第一渣男"的称号给坐实了。张家男回到学校，连平日里关系不错的舍友都在笑他。他翻开手机，发现好多人都将他拉黑了，其中也包括林欣欣。这次张家男是扎扎实实被伤到了，他不知道找谁倾诉，只能一个人去喝酒，去飙车，去发泄，幸亏刚上路就遇到了老全，不然可不是丢人这么简单了，只怕命都丢了。

张家男根本就是一个大秤砣，我实在没力气把他送回学校，只能随便找了一家旅馆把他安顿好。热心的老全帮我把他扶上楼才走。我关上门，把张家男扶到床上，怕他会被自己的呕吐物噎死，愣是坐在旁边强打起精神守了一个小时，终于，他忽然翻身起来冲进厕所开始呕吐，一直吐到虚脱。

我给他倒了杯热茶，他喝了两口，躺回床上总算清醒了些。他怔怔地盯着天花板，我以为他睡着了，过了老半天，他忽然虚弱无力地开口了："老妹啊。"

我吓一跳："干吗？"

"为什么他们都说我是渣男啊？"

"因为……"你本来就很渣，我想这样说的，最后还是改了口，"大家不是很理解你的行事风格。"

"呵呵，"张家男翻了个身，"真不会安慰人。"

我叹气："你也知道这是安慰呀？"

"老妹，其实你哥我啊……没什么知心朋友，你看像金少天和夏之翰这种人，虽然我们关系还行，但是他们都太优秀了，我们之间差距很大，根本不是一个世界的人，他们也未必看得起我。所以啊，我才会去认识余乐那些人，我知道你不喜欢他们，可是跟他们在一起我才觉得自己有存在感。之前的渣男道歉会我想出赚钱的歪主意，其实也是余乐他们想的，他们最近赌球欠了不少钱，说我要不帮他们就不是兄弟……"

"我知道。"我心情复杂，"其实你以前撩妹，大部分也是在帮余乐他们认识和打听的。"

"是啊，但是这次林曼殊不同，我认识她有段时间了，我还挺喜欢她的，好不容易鼓起勇气，结果是这样的下场……"

"你喜欢她什么？"

张家男沉默了一会儿："她长得好看。"

"长得好看的女孩子千千万，这世上肯定还有比她更好看的女孩，那要是你又遇上了怎么办？"

张家男答不上来。

"张家男，你了解她吗？"

张家男眨了眨眼："出来玩过两次，我感觉她……"

"别你感觉，你跟她交心地聊过天吗？她跟你说过她的事吗？她的朋友、她的家人、她的梦想、她内心的伤痛，这些有说过吗？"

张家男沉默了。

"你对她完全不了解，你凭什么认为你喜欢她？"我冷笑一声，"你到底知不知道什么是爱？"

张家男认真思考我的问题："我觉得爱就是全心全意对一个人好。"

"林欣欣那才叫全心全意对你好，那才叫爱，你所谓的爱都是花架子。你如果真的爱一个人，你就会想要去了解她的喜好、她的性格、她的一切，你会去试着考虑她的感受，时刻关心她，理解她，支持她，而不是整天做一些形式上的事。"

张家男歪过头，再次陷入沉默，也不知道他是在消化我这番话，还是睡了过去。过了很久，他从床上坐起来："那你对夏之翰、你的毛毛哥，是真爱吗？"

"当然是啊！"我斩钉截铁地回答。

"那你对金少天呢？"

"什么？"我有点吃惊，为什么张家男会突然冒出这种问题。

"所以啊所以，咱们都是当局者迷，旁观者清。"张家男颇为得意，"我这方面可能比较迟钝，但我至少还看得出来，金少天对你的感觉基本符合你刚才所说的爱。"

"不可能！你别乱开玩笑！"

"你激动什么，我像是在开玩笑吗？这段时间他为你做了多少事你心里没数。要不要我帮你数数……"张家男掰起了指头。

"我不听我不听！"我站起来，"谈话到此结束！"

金少天喜欢我，怎么可能？！退一万步，就算他真对我有意思，我们之间也是绝不可能的。从小到大,我唯一想嫁的人就是毛毛哥,这已经成了我的梦想。现在,我终于找到了毛毛哥,我喜欢他,他也应该是喜欢我的,我们是命中注定的一对,我这辈子绝不可能再跟别人在一起。"

03

大清早,我回宿舍补了一觉,课也没去上,让小七帮我请了假。我迷迷糊糊睡到下午四点才醒,起来的时候脑子还有点乱。刚洗漱完,陈安娜就从画室回来,她给我带了些吃的,我感动得不行,接过来吃。陈安娜坐在我身边,看着我吃了一会儿:"张爱珊,问你个事。"

"嗯……你问。"

"你跟林欣欣是好朋友吧?"

"嗯!我们从小玩到大。"我很自豪地说。

"我听说她喜欢张家男,但张家男不喜欢她?"

"是啊。"我放下外卖打包盒,长叹一口气。昨天那事她肯定特别伤心,我到现在还没有联系上她,本来还想中午找她一起吃饭的,结果又被张家男给耽误了。

"算了,我直说了吧,我一个关系还不错的学长,他对林欣欣有好感,希望我能给他牵个线。"陈安娜见我有些犹疑,笑着保证,"放心,绝对靠谱,可以先从朋友做起,互相了解一下,合适了就进一步发展,不合适绝不勉强。"

我想了想,觉得不坏,说不定是让林欣欣走出低谷的好机会。当晚我找上林欣欣,她表面上已经恢复了平静,但整个人还有点心不在焉。我请她喝奶茶,陪她逛街散心,她的心情才总算好转了一点,我找个机会,把陈安娜拜托我的事跟她说了。林欣欣立刻摇头,这也在我的预料之中。之后,我便给林欣欣做了思想工作,几乎用尽我毕生的口才,她总算有些动摇了。

"就只做朋友?"她问。

"当然啊,交个朋友而已。"我拍胸脯保证,"我难道还会卖了你不成?"

"可是珊珊,"林欣欣垂下眼睛,"我没自信。"

"交朋友也需要自信吗?"

"嗯。"林欣欣埋头,"这些年,除了张家男,我几乎没接触过其他异性,我不知道要如何跟他们聊天和相处。"

"所以呀,你就是性格太内向了,你以后要广交朋友,多认识不同的人,对你绝对没坏处!你想啊,你将来大学毕业,要进入职场,你总不可能一辈子都不跟异性打交道吧?至于自信方面,不用担心,你底子那么好,帮你改造改造保证大变身!"

"你来改造吗?"林欣欣好奇。

"唉,我哪行呀,交给我室友安娜,你之前见过的,那个大美女。"

第二天周六,我把林欣欣给约出来,这次陈安娜也在。

陈安娜对于林欣欣的改造计划有着一套自己的整体规划,可不是说随便换件衣服那么简单。陈安娜趁着一起喝茶的时候,将林欣欣打量了一番,基本有了评判。

陈安娜先带林欣欣去了"你好漂亮",掏出白金会员卡,让自己的御用造型师Andy给林欣欣换了发型。林欣欣剪头发的时候,我坐在一旁的懒人沙发上,听陈安娜头头是道地讲着课。陈老师认为,女人的发型至关重要,她决定了一个女人的气质和第一印象。林欣欣的"黑长直"虽然文静、不张扬、不容易出错,但总体来说还是太规矩,缺少活力,显得沉闷,所以陈安娜让造型师把林欣欣的头发剪短一些,刚好过肩。

剪完头发,我还看不出太大区别,之后陈安娜又带林欣欣逛商场,给她挑选一套精致的黑色小礼裙,林欣欣换上后,整个人都变得活泼而娇俏,更引人注目了。陈安娜摸着下巴,打量着自己的"艺术品":"不对,还差了点什么。"

陈安娜灵光一闪:"走,去眼镜店。"

半小时后,在店员的耐心教导下,林欣欣总算摘下厚厚的镜框眼镜,换上了隐形眼镜,眼睛立刻大了一圈,还特别水灵。陈安娜带着林欣欣走到墙镜前,这次林欣欣呆住了。跟上次我给她挑选完衣服时的那种小惊喜不同,这一次,她是整个被自己的模样给"吓坏了",林欣欣大概从没想过有一天自己可以这么漂亮和闪耀吧。从小到大,我就认为这世上只分两种人,一种十二色,一种二十四色。像我和林欣欣就是属于十二色的人,虽然在十二色之中也有高下之分,但怎么也逃不出十二色的范畴,可是像金少天、夏之翰和陈安娜这种,就是二十四色的人,他们天生丽质,站在人群中就是闪闪发光的类型。

现在,我最好的朋友林欣欣也变成"闪闪发光"的二十四色,我站在一旁,开心得差点哭出来,真的,我太骄傲了!后来林欣欣才告诉我,当时她站在镜子前，看着画风都变得不一样的自己，其实特别想哭，因为她难过地发现，那一刻她第一个想到的还是：这样的自己，如果张家男能看到就好了。

周末下午，我陪欣欣来到学校图书馆，虽然图书馆是知识的海洋，是莘莘学子的圣地，可是……它也的确是个适合男女初次约会的地方，尤其适合林欣欣这样腼腆、胆小的女孩。第一次约会如果就去咖啡厅或者逛街，还是显得太过正式，林欣欣恐怕撑不到三分钟就要逃走了，但是图书馆就不一样了，林欣欣没事也经常来，对环境熟悉，实在没话题了就各自看书，不会有什么压力。

我跟林欣欣来到二楼阅览室，对方已经在约好的位置了。我见林欣欣有些紧张，抓过她的手，穿过埋头看书的同学，径直走过去。靠窗的位置上，男生穿着一件很薄的黑色针织衫，正埋头看着一本天体学方面的专业书籍，我立马想到了金少天，是不是男生都爱足球、游戏和天文学呀。

我跟林欣欣在对面坐下，他抬起头，露出一个家教良好的微笑。其实之前陈安娜就给我看过他的照片，说实话，这位叫朱文天的学长相貌只能算普通。现在看本人，才发现他比照片要好看一些，整个人舒服、得体，给人亲切和舒服的感觉，用我外婆的话说这叫面相好。

"学长，我越看你越觉得你有些眼熟，咱们是不是在哪里见过呀？"我率先说话了，这话可不是客套，我真的有种似曾相识的感觉。

朱文天笑着合上书："的确见过，想不到你还记得。"

"真的？我就说嘛，到底是在哪儿呢？"我苦思冥想。

"泳池。"他给了提示。

"啊对！"我想起来了，当初在陈安娜的前男友的泳池派对上，林欣欣被张家男伤了心，围观的人群中有一个戴眼镜的很绅士的男生给林欣欣递过一张纸，但是林欣欣没有要，那个男生就是朱文天啊！

"欣欣？"我回过头，"你是不是早就知道了？"

林欣欣不说话。

"其实，这是我跟林欣欣第三次见面了。"朱文天微笑。

"第三次？！"

"是啊，前几天的音乐节是我送她回学校的。"朱文天说。后来我才知道，原来那天音乐节朱文天也在，他看到林欣欣独自走在雨中，就上前给她撑伞，默默地护送她回了大学。林欣欣原本是想拒绝的，但她当时太伤心了，连拒绝别人的力气都没有了。

"林欣欣你——"我顿时有一种被欺骗的感觉，亏我跟陈安娜还为林欣欣各种出谋划策，没想到她跟这个朱文天早就"暗通幽径"了。

"对不起！我不知道怎么说……"林欣欣很抱歉。

"没事！"转念一想，我又放下心来，既然两个人早有前缘，我倒是省心了，没必要在这儿当个尴尬的话题制造机。而且这也说明朱文天不是三分钟热度，他对林欣欣的确注意很久了，是经过深思熟虑才决定追求林欣欣的，跟张家男那种幼稚男完全不一样。说不定这次，林欣欣真的可以收获想要的爱情呢！

"学长，我还有课，先走了。"我一起身，林欣欣就跟着起身，我用力把她摁回到座位上："你们好好聊，回头见。"

我没有急着离开图书馆，守在门外偷偷看着，起初林欣欣还很拘谨，不怎么说话，只是轻轻点头算是回应。朱文天并没有表现出过分殷切和急切，言谈举止都很自然。陈安娜之前也有跟我说，朱文天是属于乍看并不起眼，深入了解后会发现是很有魅力的人，他很博学而且风趣。我现在相信了，不一会儿，林欣欣就笑了，两人的交谈越来越自然。

"学长真不赖啊。"我自言自语。

"我看不靠谱。"

"哪儿不靠谱了——啊！"我吓了一跳，张家男不知何时站在我身后，跟我一起偷看着阅览室里的约会。

"张家男！？你在这儿干什么呀！"

张家男挥舞了一下手中的《摩托车维修实用指南》："借书呗，欣欣对面那小子是谁啊？"

"关你什么事。"我没好气。

"怎么不关我事！"张家男来劲了，"我可是看着她长大的，她什么时候跟其他男生单独在一起过？这么大的事我当然有权过问。"

"人家今年十八岁了，可以合法恋爱了，OK？"

"恋爱？！"张家男瞪大了眼睛，"你是说，那小子……是他……"

"对啊，男朋友，不可以吗？"我故意气张家男。

张家男愣了半天，脸色十分复杂，他咂咂嘴："这小子行不行啊，要是敢欺负欣欣，我可不放过他。"

事实证明张家男想多了，朱文天表现良好，跟林欣欣已经聊得火热。我看差不多了，便离开图书馆，去了校门口。今天下午三点，我跟毛毛哥约好去省博物馆，去年星城一个房地产盖房子打地基时不小心发现了汉朝的古墓，出产了一块造型奇特的玉佩，我早就听闻了，一直想去参观一下。

不过由于跟夏之翰的两人约会一直不太顺利，今天我早有准备，特意去菩萨庙求了一个乌木牌护身符，说是很灵，戴在身上可以保平安。

我刚来到校门口，耳边就传来一阵低沉的引擎声，一阵劲风刮过，接着一辆笨重的涂满了暴走图案的摩托车在我前面停下，一个打扮很酷的老头儿取下墨镜，放进胸前的皮夹克口袋里，朝我咧嘴一笑。

"老全？！"我认出了张德全爷爷。

"哈哈，小孩子，又见面啦。"老全停好摩托车，走到我跟前，"我正要来找你呢。"

"找我？"

"对呀，上次我还帮你垫了钱了。"

"啊对对对！"我差点忘了，当时去派出所领张家男保证金不够，还是老全给我垫的。我赶紧拿出钱包，开始找钱，"几百来着？"

"三百多，你给个三百整吧。"

"啊，我看看够不够……"我一张一张数着散钱，数一张老全就接过一张，当我数到"二百一"的时候，老全手中的钞票被一只手抢走了——是夏之翰，他将我拉到身后，看向老全："你干什么？勒索大学生……"

夏之翰怔住了，同一时间，老全也愣住了："毛毛？！"

"等等，你们……认识啊？"我有点蒙。

"他是我爷爷。"夏之翰回答。

"啊？！"我承认被惊吓到了。这两人是爷孙？这画风也差太远了吧？

"毛毛，哈哈，好久没见啦……你又长高了！"老全很激动，拍着夏之翰的肩，夏之翰后退一步，冷冷地躲开："你怎么会认识珊珊？你找她有什么事？"

"毛毛哥，是这样，上次张家男被抓派出所，就是他帮我……"

"我知道了。"夏之翰不等我说完，拿出钱包，抽出几张钞票塞给老全，"珊珊的钱我帮她还了，我们还有事，先走了。"

夏之翰全程都十分冷漠和嫌弃，我内心疑惑，但也不方便多问，跟着夏之翰匆匆离开了。去省博物馆的一路上，夏之翰才跟我说了老全的事，原来老全并不是夏之翰的亲爷爷，而是他爷爷的二弟，也就是二大爷。夏之翰的爷爷是大学教授，父母都是人民教师，家族算得上是书香门第，可是夏之翰的二大爷老全却是家族中的一个异类，早年他就是个风流浪子，没有正经工作，整天在外面拈花惹草，游手好闲，浪荡了大半辈子。据说夏之翰的曾爷爷过世那天，二大爷都没回家，最后一面也没能见上，直到下葬那天才出现，这件事让夏之翰的爷爷跟老全直接闹翻了。

"二大爷现在都六十好几了，膝下无子。听我妈说，他的夫人也就是我二奶奶，最近两年也患上了老年痴呆病。这个二奶奶年轻时跟着二大爷吃尽了苦头，而且也是因为他才不能生育的。可你看看我二大爷，都这个年纪他还在外面飙车，经常要靠着家族的救济才能活下去，每次看到他，我就会想起那句话，可怜之人必有可恨之处。"

夏之翰说完叹了口气，我心情也有点复杂。第一次见老全时，我对他印象还挺好，觉得他是个热心、仗义的酷老头，可当我知道这种酷是建立在伤害亲人的基础之上，就另当别论了。

此刻，我跟夏之翰正站在博物馆的中心，隔着玻璃柜欣赏着那件玉佩古董。一个圆形的玉佩，上面刻着古老的花纹，看上去像是眼睛，又像是耳朵。我看了一下古董的简介，官方也没有给出很合理的解释和出处，只说这个玉佩非常罕见，应该出自名门贵族，而且可能是定情信物，但是目前这个极有可能是仿品。

一看到"定情信物"四个字，我立刻想到了护身符，赶紧从包里拿出那个乌木牌："毛毛哥，这个给你。"

"谢谢！"毛毛哥接过，细细打量，乌木牌的正面刻着"平安"，背面刻着"毛"，"这是你专门替我求的吗？"

我点点头。

"我是无神论者，不相信鬼神。"夏之翰淡淡地说。

我心里"咯噔"了一下，虽然也不是没想过他会不接受，但没想到他会拒绝得这么直接。我不知所措，尴尬得双手都不知道往哪儿放了。我以为夏之翰会把护身符还给我，可他却低头，将木牌放进了自己胸口的口袋。

我糊涂了："毛毛哥，你不是不信……"

"我不相信鬼神。"夏之翰微笑着伸出手，越过隔在我们之间的一束天光，揉了一下我的刘海。无论是小时的毛毛哥，还是如今长大的夏学长，都对我做过很多次这个动作，但这一次不一样，不再是哥哥对妹妹的那种宠爱,我感到更加温柔,也更加炙热的爱意。

"但我相信你。"

04

三天后,我再次见到了老全。

那天中午,我一人提着五人份的快餐赶去万能委托社——我也忘记什么时候起,我成了社团的全能型保姆,几个巨婴整天都嗷嗷待哺等着我照料。当我上楼时,发现二楼的会议桌上围了一圈人,金少天、张家男、万念、王建宁,还有老全和夏之翰,气氛不是很融洽,可以说还有些尴尬。

"全爷爷,毛毛哥?你们怎么在这儿呀?"

不爱吃早餐的金少天早就饿了,他起身从我手里拿走一个盒饭,掰开一次性筷子,看了一眼老全:"他说是来找你的,给你一分钟解释清楚。"

我一脸蒙逼,心说我哪知道这是怎么回事呀?

夏之翰朝我苦笑:"说来话长。"

事情还得回到两天前,两天前的晚上,张家男在修好自己的摩托车后,信心满满地跑去找老全比一段,老全见状欣然应战,最后还是张家男输了,他愿赌服输,请老全喝酒。一老一少蹲在路边喝酒,酒过三巡,老全指着张家男摩托车上的涂鸦广告问:这个万能委托社,真有那么神?啥心愿都能完成?

张家男不愧为社团的宣传担当,当即侃侃而谈,借着酒劲狠狠地吹了一波牛,说这个万能委托社如何了得,自己作为社团领导如何厉害。老全被唬得一愣一愣的,最后还听说原来张家男的妹妹也就是我,也在万能委托社,他当即就问张家男要了社团名片。

两天后,老全来到长南大学,但却没找到万能委托社,便联系上了自己的孙子夏之翰,夏之翰虽然很不情愿,但还是带着老全找上门来。老全声称自己是委托人,但必须见到我才肯说出自己的委托,于是大家便围成一圈,大眼瞪小眼,等着我出现。

"所以……"我给老全倒上一杯茶,"你的委托到底是什么呀?"

"很简单。"老全喝了一口茶,"你们去给我的老婆找个小帅哥耍耍。"

屋子里鸦雀无声,陷入死寂。

王建宁清了清嗓子:"大爷,如果我没理解错,您的意思是想要找一个像我这样年轻帅气的小伙子,跟您的夫人谈一场黄昏恋?"

"对。"

王建宁快速脑补了一下画面,神色微妙:"这谈恋爱……是真谈,还是假谈啊?"

"当然是真谈呀,假的多没劲!"老全很不屑地说。

"这个……操作难度有点大,价格方面的话……"

"王建宁你闭嘴行吗?"我扶额。

"这样吧!"金少天开口了,"我们考虑一下再答复你。"

"考虑?有啥好考虑的!你们不是啥都接的万能委托社吗?"老全不开心了。

"我可没这样说。"金少天看了一眼张家男,张家男立马跳得远远的,"别指望我,虽然牛是我吹的,但我绝对不会出卖自己的灵魂去做这种事!"

"就你?"老全哈哈大笑,"我还不如自己上呢!"

"你什么意思,质疑我的魅力吗?"张家男不服气,两人斗起嘴来,那一刻我真心觉得夏之翰跟老全不是一家人,张家男才是。

"行了,送客。"金少天总算打开盒饭,迫不及待地吃起来。

张家男送老全下楼,夏之翰也一同离开,走之前他看了金少天一眼:"你该不会真的在考虑吧?这种荒唐事还是算了,如果你想赚钱我可以负责地告诉你,他根本没钱,他下个月的生活费还不知道在哪儿呢。"

金少天放下筷子,望向我:"你怎么看?"

我实话实说:"我也觉得老全的委托有点离谱。"

金少天不再说话,看来他对我跟夏之翰持不同看法。

老全和夏之翰走后,大家边吃午饭边猜测着老全的故事。王建宁脑洞奇大,硬是给两位老人脑补出一场罗密欧与朱丽叶式的旷世奇恋。

金少天全程听完,然后宣布:"我决定接这个案子。"

还在侃侃而谈的王建宁筷子"吧嗒"一声掉桌上:"喂!你认真的啊?我刚就说着玩的……"

"别紧张,不用你出马。"

"早说嘛!"王建宁松了一口气。

"张爱珊协助我就行。"

我一口饭喷出来:"什么?为什么是我?"

"你过来，我们私聊一下。"金少天起身走向阳台，我不情不愿地跟过去。

"说吧，要怎样你才肯答应？"这家伙，会读心了不起啊，果然什么事都瞒不住他。虽然我觉得老全的委托有点戏，不是很赞成，但也不是全然反对。不过我想趁机提个要求，我也不藏着掖着了："其实，我想让你帮张家男跟林欣欣和好。"

金少天不说话，伸手摸了一下我的额头："没发烧啊？"

"滚蛋！"我打开金少天的手，"我不是让他们在一起，我只是不希望他们变成陌生人，我们三个从小一块长大，现在的局面真的让我很不自在。而且你别看张家男好像表面上没事似的，其实心里特别苦闷，这几天老找我打听林欣欣的情况。"

"有吗，我看他挺好的。"金少天半信半疑，"今早上还吃了两人份的面。"

"我跟我哥生活十几年了，他怎么样我还不清楚吗？总之，你想办法帮他俩缓解一下关系，我就跟你一起接老全的委托。"

"成交。"

第二天晚上，金少天发起了一场小型联谊，万能委托社的全体成员和我们寝室的全体女生，外加林欣欣一共九人参加。

我们四个女孩来到约定好的校门时，万能委托社的成员已经在门口等候了。金少天还是老样子，双手插兜，面瘫脸，一身黑衣死气沉沉，在他的脸上完全没有"即将去联谊"的喜悦和兴奋；王建宇春风得意，精神抖擞，兴致倒是很不错；万念看来还是没能克服社恐，依然是鸭舌帽和口罩的"全副武装"，只露出一双小眼睛慌乱地打量着四周；张家男换上一件新夹克，梳了一个精神的发型，看得出有精心准备。

果然，一见到我他就问："欸，林欣欣呢？"

"我怎么知道呀。"

"你俩不是好朋友吗？"

"我是她好朋友，又不是她妈。"我故意气他。

"你……"张家男还想说什么，忽然张大了嘴，他的视线越过我的肩膀，落在我身后的某个地方。

林欣欣出现在不远处，她今天穿着一件修身的小黑裙，发尾微卷，齐刘海,洁白的脸颊上抹了一点腮红,就像时尚杂志上那些性感又甜美的少女模特。自从被陈安娜改造过之后,她真的越来越会打扮了。

  毫不夸张地说,张家男已经看得如痴如醉,如果他是一条狗,恐怕已经在摇尾巴了。不过转眼他的脸色又沉下来,因为林欣欣的身边还陪同着一个人,朱文天。两人愉快地交谈,有说有笑。林欣欣还没太习惯高跟鞋,走下一个小坡时脚轻轻崴了下,朱文天立刻扶了她一下,林欣欣捋了一下头发,红着脸说了声"谢谢"。

  那一刻我听到"咔嚓咔嚓"的声响,也不知道是张家男拳头捏出来的,还是牙齿咬出来的。其实我多少能理解张家男的心情,一直以来,林欣欣都是个慢热型的人,这个朱文天竟然那么快就打开了林欣欣的心扉,让我这个好朋友都有点吃醋了。

  时间刚好是饭点,大家一起吃了一顿饭,王建宁、陈安娜、朱文天都很健谈,整顿饭下来把每个人都照顾得很好,从头到尾都没有冷场。至于双商并不高但特别喜欢刷存在感的张家男,今天却十分反常,一没撩妹,二也放弃了对食物的热爱,全程都在埋头发微信,发微信的对象不是别人,正是我。

  吃饭的时候我自然跟林欣欣坐一块,林欣欣的另一边坐着的人不再是张家男,而是朱文天,被取代的张家男非常不满。

  张家男:凭什么这个朱文天能坐在欣欣身旁!

  张家男:你别光顾着吃,给林欣欣夹点菜啊!

  张家男:那个朱文天离她太近了!

  张家男:你去和林欣欣换个位置!

  我被张家男搞得不胜其烦,后来干脆手机都懒得看了,专心吃饭。张家男贼心不死,隔着桌子踢我的脚,我要被他气死了。

  一顿饭吃下来,我身心俱疲。见大家吃得差不多了,张家男立马起身,豪气冲天:"我去埋单!"

  "不用了。"朱文天微笑,"我刚上洗手间时顺便结账了。"

  张家男愣在原地,手都不知道往哪儿放,他语气有点冲:"谁让你买了,你一个外人?"

  "张家男!"我瞪他。

  "我有说错吗?"张家男来劲了,"本来这次聚会也没喊他的,谁让他来的,自作多情。"

"是我让他来的。"林欣欣说话了,"如果你不欢迎,我们走就是了。"

林欣欣起身抓着包就走,朱文天也跟着起来,朝大家轻声说了句"抱歉"。

"欣欣!欣欣我不是那意思……你听我解释!"张家男追了出去,一时间饭桌上无人说话,只剩下还在沸腾的火锅底料。

最终,林欣欣和朱文天还是被张家男给追回来了,赔礼道歉自然少不了。吃了饭,大家一行人去桌游吧玩"狼人杀"。玩了两轮,由于里面有一半是新手,实力悬殊太大,陈安娜觉得没意思,提议玩真心话大冒险。我心想,天哪,你们知不知道在座的有一个人会读心术啊,你们玩这游戏不是自讨苦吃吗?就算你们选择了大冒险,金少天也可以读出真心话,血亏有没有?奈何大家热情高涨,我也不便反对。

第一回合赢的是王建宁,输的是苗苗。王建宁的问题还算比较客气,问她现在还喜不喜欢王涛,如果不想回答,就把桌前的那杯酒喝了。苗苗很霸气,直接回答"不喜欢,也不恨",说完便端起桌上的酒一饮而尽,大家集体为她欢呼鼓掌。

第二回合张家男赢了,朱文天输了。张家男直接问朱文天:"你真的只是单纯想跟林欣欣交朋友吗?如果不回答就现场来一段钢管舞。"

朱文天慢条斯理地回答着,眼神却很坚定:"不是。"

林欣欣的脸唰一下红了,在座的各位开始拍桌子起哄,张家男低下头,没人知道他想什么。

第三回合,小七赢了,万念输了。

小七对万念不太了解,想了想,问:"如果在做的各位都掉水里了,你只能救一个人,你会救谁呢?不想回答就把口罩摘了。"

万念浑身僵硬,他的小眼睛瞄了一眼金少天,又瞄了一眼我,似乎在痛苦地抉择,最后他还是没有回答,鼓起勇气摘了口罩,双手几乎是颤抖的。

"哇!"女生们几乎集体惊叹。

"这不长得挺秀气的嘛,我还以为你有龅牙呢。"陈安娜笑了。

"小哥单身吗?我也单身,要不要了解一下?"苗苗半开玩笑地调戏道。

"哎呀你们别欺负他了,他还是小朋友。"我赶紧把口罩还给万念,万念飞快地戴回去,好像戴了氧气罩,整个人这才活过来。

第四回合,陈安娜赢了,金少天输了。陈安娜问金少天:"在座的有没有你喜欢的人?如果你不想回答,就在我们当中找个女孩亲一下。"自从跟陈安娜的关系好转后,我也没再隐瞒,把我跟金少天"契约情侣"的事向大家坦白了,所以陈安娜已经知道金少天是单身了。

金少天面无表情,但我知道他在纠结,嘿嘿,没想到吧,金少天,你也有今天。

"有。"

金少天一开口,所有人都变成哑巴了,不单是我们女生,就连几个男生都呆住了。也难怪,大家从来没想过金少天会有喜欢的人,好像他就是天上的神仙,完全不懂七情六欲——除了对金钱的渴望之外。

"啧!啧!啧!"王建宁咂起了嘴,"金少天,这可是君子游戏,你这样撒谎可就没意思了。"

"我没撒谎。"金少天说。

"天哪!"苗苗尖叫起来,"在座的就五个女孩,这么说,我也有百分之二十的概率喽?哇,我感觉要晕过去了!"

"安娜的问题没说一定是女人。"金少天补充了一句。

坐在金少天左右的张家男和王建宁如临大敌,站起来吵着要换座位,在自恋这件事上,这俩人还真是不相上下。

游戏继续,这一次,林欣欣赢了,陈安娜输了。林欣欣不知道要问什么,决定放弃。苗苗不肯,抢过提问权:"我来问我来问!嘿嘿,安娜,不好意思了,我这次要来一个最猛的。听说你以前暗恋过金少天,是不是真的?如果不想回答,就要给你手机通信录里的第七个人打电话告白。"

陈安娜翻了一个大白眼,她看了一眼桌对面的金少天,飞快地别过脸。等等,陈安娜刚才的表情……是害羞吗?天哪,众星捧月的女神也会有害羞的时候。陈安娜没有回答,她拿出手机,打算找人告白了。

"唉,我劝你还是说实话吧,"张家男喊起来,"不然你可要吃亏了。"

"吃亏?吃什么亏?"

"金少天会读心,你说不说他都知……"张家男住嘴了,这蠢货知道自己说错话了。

"读心?"陈安娜抓住了重点。

"心理学中的一种,通过观察一个人的微表情判断对方有没有说谎,也叫读心术。其实没有那么神。"金少天果然是只老狐狸，风轻云淡地糊弄了过去。

"这个我知道，美国FBI还专门设有这门课程，应用到对犯人的审讯中。"朱文天补充道。

"对。"

"哎呀，我们别玩这游戏了。"我赶紧打圆场，"咱们换一个吧。"

"对！换一个！"张家男也跟着附和。

接下来大家玩的游戏叫"心有灵犀"，其实就是你比画动作，我猜答案，很多综艺节目里都玩过这个游戏。

大家抽签分组，我很幸运跟金少天分到同一组，张家男则跟林欣欣分到了一组，他开心得嘴巴都歪了。

我本以为这次我跟金少天赢定了，可结果根本不是这样。我首先摸到了一个"嫦娥奔月"，我又是跳舞，又是画圆圈，可金少天半天猜不出来。我急得要死，虽说我的肢体语言很差劲，但金少天你不是会读心吗？我已经在心里默念了一百遍"嫦娥奔月"，可金少天过了很久才猜出来。

张家男和林欣欣恰恰相反，张家男的表演功力可谓一流，既生动又有趣。比如表演"青蛙王子"，张家男就在地上一边跳一边呱呱叫，接着立马站起来举起扫帚当成宝剑跟假想敌搏斗，逗得大家哈哈大笑。林欣欣虽然不善言辞，但才思敏捷，立刻就猜到是什么了，两人一口气猜对了二十几个。

游戏结束后，张家男和林欣欣拿下第一名，我跟金少天竟然落得最后一名。我十分沮丧，大家还吵着要玩第二轮，这时万念忽然将我拉到一个没人的角落。

"怎么啦？"我好奇地问。

万念不说话，掏出手机递给我，上面写着几个字：金大哥，读不了你的心。

"啊——"我大喊一声，又立刻捂住了嘴，不可思议地看着手机上的字，又看了看万念，"真、真的？"

万念点头。

我强行镇定，记忆却一股脑地涌上来，从我们初识到后来相处的点点滴滴，金少天的确没有正面读过我的心，好多次都是连猜带蒙地把我糊弄过去了。这一次的游戏，的确更加证明了这一点。

"可是……为什么他能读别人的心，却偏偏读不了我的心呢？"我不明白。

万念摇摇头，他也不知道。

05

联谊之后，张家男跟林欣欣的关系的确有所缓和，虽然还没回到从前，但也不再是最熟悉的陌生人。按照约定，我也要协助金少天完成老全的委托了。隔天下午，我上完课后便跟金少天见了老全的老伴，桃婆婆。

傍晚十分，我们一走进养老院，就见老全正牵着桃婆婆的手散步，柔美的夕阳下，瘦小的桃婆婆穿着花衣裳，乖巧得像个小女孩，老全则像一个耐心的父亲。金少天要走过去，我一把拉住了他："再等一会儿吧。"

"为什么？"

我摇摇头，我只是觉得这一刻很美，不想打破这个氛围。

我们静静等了一会儿，老全带着桃婆婆在院子里绕了一圈，在长椅上坐下休息，我跟金少天这才走了过去。

"你们来啦？"老全今天心情不错。

"桃婆婆，她……"我看了一眼，不知该不该问。

老全倒是很坦然："老年痴呆病晚期，恐怕日子不多喽。"

气氛一时有点凝重，我不明白："既然这样，你干吗还要委托这种事情呢？多陪陪她不好吗？"

老全朝身后的桃婆婆做了个鬼脸，桃婆婆立马眉开眼笑。他又回过头，沉沉叹了口气："这老婆子，一看到帅哥就上前拉住人家喊老公，我有啥子办法？既然他那么喜欢帅哥，我就给他找个呗。"老全摇头晃脑，"唉，都是报应啊！年轻时我对不起她，现在她老了，这是成心要气我了……"

"你确定给她找个帅哥就能解决问题？"金少天问。

"我哪知道呀，我听张家男说你很神，懂心理学，还修过那个什么关怀的专业……"

"临终关怀专业。"

"对，所以我想拜托你，了解一下我老伴内心到底咋想的，是不是真的整天盼着小帅哥。如果是就给她找一个，她时日不多了，别留下啥遗憾，我反正头发也快掉光了，头上再长点绿草也好。"

我扑哧一下笑了，这个老全还挺幽默："了解桃婆婆的内心，这个简单……"

"不简单。"金少天打断。

我疑惑地看着金少天,金少天拉着我走远了几步。

"你不是会读心吗?读一下桃婆婆的心不就行了。"我低声问。

"针对正常人我的读心术有用,但桃婆婆患有老年痴呆病,读出来的信息都是混乱、零碎和自相矛盾的,没法正常判断。"

我恍然大悟:"怪不得你非要找我帮忙,等等,我的催眠术也帮不上忙吧?"

"你的催眠术可以引导桃婆婆,让她进入某种清醒状态,回忆一些连贯的往事,我再通过读心术拿到有用的信息,理论上可行。"

我略一思索:"行。不过在这之前,你先告诉我,我这会儿在想什么?"

金少天一愣:"这有什么意义?"

"你别管,快说,不然我就不帮你了。"嘿嘿,当然有意义,我必须确认一下,你金少天是否真的不能读我的心。

金少天不耐烦地叹了口气,他认真地盯着我:"你在想桃婆婆的事。"

"不对。"

"你在想林欣欣的事。"

我摇摇头。

金少天不说话了,其实我也没想什么,我刚好看到一片叶子落在他的头发上,我想给他拿掉。我踮起脚,伸手拿掉金少天头发上的叶子,在手里摇晃:"金少天,你实话告诉我,你其实不能读我的心,对吧?"

金少天不置可否,算是默认了。

"哈哈,果然是这样!"我开心极了,看来这些天我并没有在他面前"裸奔","不能读就不能读呗,瞒着我干吗?咱们之间不是应该多交流一下这方面的事吗?"

金少天避开我的眼神:"我为什么要告诉你?"

忽然间我灵光一闪,想起了曾在他房间里看到的族谱,我张大了嘴,念了出来:"凡遇不能读心者,必报之……难道你……我……你之前救我,是因为……"

"张爱珊,你别瞎猜了。"金少天打断我,"顺利完成委托,以后你自然会知道。"

"真的?"

"如果你能顺利帮我完成委托的话。"

"一言为定。"

金少天跟老全说,我们需要给桃婆婆做一些心理方面的引导和治疗。老全很配合,把桃婆婆带回卧房,自己关上门出去了。

我立刻将桃婆婆催眠,引导她进入自己的回忆,金少天则在一旁找机会读心。桃婆婆并不是很配合,催眠不一会儿便醒过来,大喊大叫着要爸爸;这时候老全就会回到房间,对桃婆婆一番安抚,情绪稳定后他便回避,我再继续催眠;结果持续不到两分钟催眠又中断了,这次桃婆婆抱着金少天开始喊老公。

这样反复折腾了半小时,我跟金少天都累得不行,解读她内心的进展并没有很顺利。最终,金少天总结出了她心里出现频率最高的几个关键词,分别是:妈妈、绳子、玫瑰花、蓝色大海、帅哥。

我现场找出纸和笔,把五个关键词画出来,金少天看着画面思考着:"老年痴呆病又叫阿尔茨海默病,属于神经系统退行性疾病,起初是记忆障碍,然后是失语、失用、失认、视空间技能损害、执行功能障碍,最后是全面性痴呆。而且临床研究,越近的记忆忘记得越快,越是年轻时印象深刻的东西越忘记得慢。通俗点说,这些记忆要不特别美好,要不就特别痛苦。"

"要不咱们去问问老全?"我不确信。

说曹操曹操就到,老全这会儿端着养老院的晚饭推开了门:"来喽,吃饭啦。"

"吃饭饭……吃饭饭……"桃婆婆开心地拍起了手。老全给桃婆婆系好吃饭的小方巾,用汤勺一口一口地喂她。

金少天将我画出来的五个关键词拿给老全:"你看看这些,有没有什么线索。"

老全看了一眼,摇摇头。

"不一定是你的事,可能是你们共同经历的,比如桃婆婆曾经有什么遗憾之类的?"

"遗憾啊……"老全继续专心地给桃婆婆喂着饭,"没有。我俩在一块挺好的,没啥遗憾,非说有的话就是老婆子没想到自己会得痴呆。"

"好,今天先到这,明天我们再来。"金少天看我一眼,"走了。"

我虽然心有不甘,但见金少天心意已决,也只好离开了。

走出养老院时,金少天告诉我:"老全在撒谎,他有事瞒着我。但是什么事,我没能读出来,他藏得很深。"

我点头:"我也感觉出来了,现在怎么办?"

"老全不会轻易松口。"金少天略一思索,"这样吧,分头行动。我跟万念去调查一下老全的事,你去找夏之翰的妈妈,应该能从她那儿打听到不少老全的事。"

"好。"

当晚我回到宿舍,给江阿姨发了一条微信,我没有立刻表明来意,决定先单纯地问问好,结果江阿姨并没有回我。第二天我想着要不要再给江阿姨发一条,但又觉得过于打扰,便给夏之翰发了一条微信,问他在干吗,结果夏之翰也没回我。我正纳闷,金少天倒是发来了一条微信,让我立刻去一趟养老院。

我无奈,在小七的掩护下翘了下午的专业课,跟金少天去了养老院。原来,万念打听到不少老全的事,老全跟桃婆婆年轻时有过一个儿子,叫张林立,但是早夭了;有段时间桃婆婆身体不好,老全便在一家机车行当修车师傅,没安分两年,又跟一个客人闹矛盾,客人找人把店给砸了,老全也因此丢了工作,之后便再没有个正经工作。

我们找到桃婆婆时,老全不在。桃婆婆坐在床上,看着窗外发呆,她不说话的时候,看上去特别平静和与世无争。

金少天在桃婆婆前面坐下:"桃婆婆,我们来看你了。"

桃婆婆缓缓回过头,目光呆滞:"你是谁啊?"

"我是张林立啊。"金少天说。

"立儿……立儿……"桃婆婆混浊的眼睛里有了光,忽然间,她哇哇大哭了起来,"你不是立儿!立儿出国了!他出国了……"

"不哭啊,不哭。"我赶紧上前安抚桃婆婆,把她当小孩子哄着。

"唱歌,立儿要听歌……"桃婆婆继续喊着,好像自己又成了立儿。我没办法,唱起了儿歌,"噢,噢,噢,睡觉了,老猫猴子来到了。娃娃睡,盖花被,娃娃醒,吃油饼……"

桃婆婆安静下来,整个人都伏在我的怀里。

金少天在房间四处走动,找着什么东西。

"你找什么……"我压低了声音,"一会儿老全就回来了。"

"盒子。"金少天趴下,开始看床底下,"万念查到养老院的监控录像,桃婆婆是一个月前被送进养老院的,进来时她随身带着一个大箱子,因为箱子太大没地方放,护工不让搬进养老院宿舍,老全还为此跟护工吵了起来。"

"这有……什么关系?"我继续安抚着桃婆婆。

"那段录像我仔细看了,最后老全妥协了,没把大箱子搬进宿舍,但从箱子里拿出一个铁皮盒,我觉得这铁皮盒里应该有什么东西,对桃婆婆特别重要。"正说着,金少天便找出了那个生锈的红色铁皮盒,是一个极具年代感的凤梨酥包装盒。

金少天轻轻打开盖子,我好奇地走过去,里面有一些很细很软的头发,还有一个黄色项圈和一根麻绳。

金少天皱着眉头,他拿起那圈麻绳:"如果我没猜错的话,这应该就是五个关键词中的'绳子'了,但这东西是用来干什么的,桃婆婆为什么会对此耿耿于怀?"

我想到了什么:"啊!这绳子……该不会是用来拴孩子的吧?!"

金少天看向我,一脸不解。

"你不知道吗?以前的父母白天要下地干农活,又害怕孩子太小出门会跑丢,就用这种绳子和项圈拴住孩子。我小时候,隔壁家有个三四岁的小孩,父母出门的时候就把她拴在床头,她只能在房间里活动,跟拴狗一样,怪可怜的,我还经常趴在窗台上看她,给她糖吃呢。"

"原来如此。"似乎为了印证我的话,金少天将绳子递到桃婆婆面前。桃婆婆只看了一眼,立刻情绪激动地大喊大叫,她抢过金少天手中的绳子,往自己身上绑:"立儿不跑了,立儿再也不跑了,妈妈不要怕,立儿不跑了……"

"你们在干什么?!"老全不知何时出现在门口,他扔掉打包的清粥,冲上来一把推开金少天,将桃婆婆身上的绳子扯下来。

"对不起!不是你看到的那样,是桃婆婆自己要绑在身上的……"

我拼命解释和道歉,老全不理我,飞快地将绳子塞回铁皮盒,放进床底。我本以为他会起身朝我们破口大骂,但他只是跪在床底,维持着那个躬身的姿势久久没有动弹。过了好久,我才发现他整个人都在颤抖。

我朝金少天使了个眼色,从他的眼神中,我确认了老全在哭。

"造孽啊!都是我造的孽……"终于,老全抬起头,已是老泪纵横。他把脸埋在桃婆婆的双腿上,"老婆子,不怪你!是我害死了立儿啊,是我啊!!"

06

暮色四合，天边的晚霞正在快速退去，我跟金少天坐在公交车的末尾位置，看着街头的喧嚣和渐渐亮起的灯光，谁也没说话。我一直觉得，傍晚结束的那几分钟，是一天当中最美也最忧伤的时间。

我叹了口气，再次想起了一小时前老全的坦白。老全年轻时有一副好皮囊，风流倜傥，放荡不羁爱自由，在外面结交了一帮狐朋狗友，他或许是个好兄弟，却不是一个好丈夫。桃婆婆那会儿深爱着老全，但老全却不怎么把她放在心上，后来桃婆婆意外有了身孕，老全这才半推半就地跟桃婆婆结了婚。

然而老全就是一匹野狼，柴米油盐的生活哪是他想要的？没两年，老全就认识了一个同样爱自由的红颜知己，两人一见钟情，私奔了。桃婆婆伤透了心，每天以泪洗面，但还是重新振作，决定把孩子拉扯大。

那会儿孩子才三岁，又没人照顾，桃婆婆白天出去干农活，只好用绳子拴住孩子。孩子又哭又闹，经常不吃东西，身体就是那时候落下了病根。后来老全被外面的女人抛弃，他灰头土脸地回了家，桃婆婆原谅了他，两人决定好好过日子，没多久，孩子却发了一场高烧夭了。桃婆婆十分自责，认为孩子的死都是自己的错，她怎么都不肯烧掉拴孩子的绳子和项圈，她说要把这东西留在身边，留到死。

我刚听完这些时，气得浑身发抖，要不是老师从小教育我要尊老爱幼，我真想给老全一个耳光。金少天见我情绪过于激动，而老全也过于伤心，暂时终止了委托，抓着我离开了。此刻，我的情绪基本平复了下来，眼看公交车就要到长南大学了，我的手机响了，是夏之翰打来了电话。

"珊珊，你之前微信找我有事吗？抱歉我现在才看到。"电话里，夏之翰有些抱歉。

"啊不要紧。不过，确实有点事……"我跟夏之翰坦白了。

夏之翰听完，微微叹了一口气："我就知道，你还是接了这个委托。这样吧，你现在有空吗？干脆来我家吃个饭吧，我妈在家。"

"啊！现在？"虽然我的确是想找江阿姨了解老全和桃婆婆的事，但眼下这情况，这是要见家长吗？我的心怦怦直跳。

"怎么……不方便吗？"

"也不是……可是……"

"该不会你跟金少天在一起吧？"夏之翰猜到了。

"嗯，我们刚从桃婆婆的养老院出来。"

夏之翰笑了："那就叫上他吧，一起尝尝我的厨艺。"

经过深思熟虑，二十分钟后，我带着金少天来到夏之翰的家。给我们开门的是江阿姨，她今天看上有点憔悴，眼睛红肿，像是哭过。

"来啦，来，屋里坐。"江阿姨强行打起精神，从鞋柜里拿出两双新拖鞋。

我有点担忧："江阿姨，你……没事吧？"

"哦，没事……"江阿姨抹了一把眼角，"刚帮毛毛切洋葱，熏到眼睛了。"

我跟金少天换好鞋，走进客厅，厨房传来了夏之翰的声音："你们随便坐会儿，一会儿就可以吃饭了。"

江阿姨给我们泡上两杯茉莉花茶，陪我们寒暄了一会儿，金少天全程挺直着腰杆，十分拘谨，半天憋不出几句像样的话。后来他干脆起身找厕所，偏偏还找错了地方，跑去了夏之翰的房间，真是蠢死了。

晚饭相当丰盛，夏之翰精心准备了一桌好菜，我惊喜地发现都是我爱吃的。我是后来才知道，我妈搬到我大学附近陪我的那段日子，夏之翰有专门找我妈学师，学了几道我平时最爱吃的菜。

我尝了一口啤酒鸭："嗯，好吃！"

"跟阿姨做的比差远了吧？"夏之翰问。

"哪里，比我妈做得好吃多了！"妈，对不起，您大人有大量，原谅不孝女吧。

"不错。"金少天也尝了一口，"不过肉还可以再嫩点，火候的掌握……"我在桌底下狠狠踩了他一脚。

闲话结束，我便向江阿姨打听起了老全的事。一提到老全，江阿姨就连连叹气。孩子早夭的事江阿姨自然是知道的，听说那件事对老全和桃婆婆都是一个沉痛的打击，老全也因此回心转意，痛改前非，之后一直很爱桃婆婆，再不去外头拈花惹草。但除此之外，他的一身臭脾气还是没改，家族里的人都不喜欢他，也看不起他，认为他罪有应得。后来，桃婆婆没有再怀孕，具体原因不清楚，反正就是怀不上了。老全四十几岁时，去福利院领养过一个八九岁的小男孩，但那个小男孩不好好上学，整天在外面跟人鬼混，跟当年的老全一模一样，有一次他闯了祸，老全把他吊在树上打，没过几天这个男孩就离家出走了，再也没回来。那之后，老全跟桃婆婆也死了心，之后便两个人过了。

"人生无常，要珍惜眼前人。"江阿姨放下筷子，感慨了一声。

我十分赞同地点头，一抬眼，才发现夏之翰和金少天的两双眼睛都盯着我。

"干吗？"我赶忙摸了摸嘴巴，"没饭粒啊。"

金少天和夏之翰别过头，继续吃饭。

"我吃饱了，你们多吃点啊，招待不周。"江阿姨端着碗筷去了厨房，其实我早就注意到了，江阿姨没胃口，碗里的饭基本没动过。我心想江阿姨一定是遇到什么不开心的事了吧，作为准儿媳妇的我是时候好好表现一波了。

"我也吃饱了。"我来到厨房，"江阿姨，我来帮你洗吧？"

"不用。"江阿姨头也不抬。

我的手僵在半空，没想到她会拒绝得这么冷硬。江阿姨把碗里的饭倒进垃圾桶，用水冲了一下，放进洗碗池，最后她目光凌厉地看向我："珊珊，有些话阿姨本打算之后再找机会跟你说，但既然现在这里只有咱俩，我不妨直接跟你说了。"

"阿姨您说。"我心脏狂跳，这难道就是婆婆对媳妇的测试吗？

"我知道你跟毛毛的关系，我也知道你心里是怎么想的。"

"我们，那个……其实……"

"我不允许！"江阿姨斩钉截铁地说道。

我蒙了，半天才问出一句："……为什么啊？"

"你配不上我家毛毛。"

我呆住了，江阿姨的话很伤人，但却没讲错。要说不配，我当然配不上夏之翰，无论哪方面他都比我优秀太多，跟他走在一起我永远会被他闪耀的光芒给遮掩。可是，跟毛毛哥在一起是我从小到大的梦想，现在梦想近在眼前，却要这么随便放弃吗？

"珊珊，你跟夏之翰在一起，对夏之翰是一种伤害，我希望你明白这一点。如果你真的喜欢他，就不应该再伤害他。"

江阿姨擦了擦手，从口袋里掏出一个东西塞到我手中，我吃了一惊，这不是我送给夏之翰的护身符吗？怎么会在江阿姨手里？

"江阿姨，我……"

"今晚这顿饭也不是我的意思，希望你明白，我一点也不欢迎你。以后，我们两家不要再来往了。"

江阿姨走出了厨房。

我抓着手中的护身符，委屈极了，豆大的眼泪不争气地流出来。有那么一瞬间，我觉得自己呼吸都快停止了，我捂住胸口，努力让自己冷静下来。几分钟后，我擦干眼泪，回到了客厅，夏之翰跟金少天也吃完了，两人正在收拾碗筷。

"毛毛哥，我还有点事，先走了。"

"这么急吗？"夏之翰放下碗筷，"我送你……"

"不用！"我飞快地打断他，"金少天送我就行。"

金少天轻轻皱眉，有些不解，但在对上我哀求的目光时，他立刻改口："我送珊珊回学校就好了，今天谢谢款待！"

夏之翰还要说什么，我飞快地转身了。

我没有回大学，事实上，我刚走进电梯就开始哭，一个劲地哭，什么都顾不上了。金少天也不多问，全程安静地跟在我身后。我走出夏之翰家的小区，觉得自己特别丢脸，埋头往人少的地方走，也不知道走了多久走到一个小河堤上，我哭累了，便在河堤上坐下。

金少天在我身旁坐下，首度开口了："说吧，发生了什么事？"

我一想到江阿姨在厨房的那番话，还是难受得不行，又忍不住哭了起来："怎么办……江阿姨讨厌我……我一直都不知道……小时候江阿姨对我可好了……我那时候还觉得她一定是个好婆婆……为什么等我长大了就变了呢……"

"可能你小时候比较可爱，长大后反而长残了。"金少天这家伙果然狗嘴里吐不出象牙，我"哇"的一声哭得更伤心了。

"最难过的不是这个……"我从口袋里掏出护身符，"江阿姨把这个还给了我，这是我送给毛毛哥的，结果却在江阿姨的手里……"

"这能说明什么？"

金少天那么聪明，怎么现在又变傻了呢？

"这顿饭根本不是见家长，是鸿门宴……毛毛哥就是想借江阿姨跟我讲清楚，他不要我了，只有我像个傻子，还在自作多情……"我哭得更凶了，还指望金少天能安慰一下我，可当我抬起头时，他竟然在玩微信小游戏"跳一跳"，我凑近一看，竟然玩到了480分。我真想一头跳进河里算了，但我又想,看你跳到什么时候死。

跳到520分的时候,金少天还是失误了,游戏结束。金少天把手机塞回了口袋,叹了口气。河对面就是闹市区,微弱的霓虹灯光隐隐跳跃在金少天的眉梢上,他淡蓝色的侧脸看上去忧伤又漠然,忽然,他漫不经心地开口了:"夏之翰不要你,我要你。"

我一愣,没反应过来。

"你说……什么?"

金少天侧过脸,时间似乎在那一刻静止了:"他不要你,我要你。"

爱是想跟你一起,分享未来每一秒的喜悦与感动。

01

"你你你你……"我跳了起来,连连后退,"你别忽然开这种玩笑,一点都不好笑,哎呀——"我后脚跟儿不稳,身子一歪,差点从河堤上滚下去,幸好金少天眼疾手快,一把抓住我,将我用力拉回到自己身边。

他低头,看着我的眼睛:"张爱珊,我没开玩笑。"

我不敢看他:"可是,为什么……是我?"

确认我站稳后,金少天松开我:"一定要说理由的话,因为我不能读你的心。"

"就这个?"

金少天点点头:"因为读心术的关系,我一直无法真正地跟任何人亲近,不管什么人,内心总会有一些不能给别人知道的东西,就像是……心灵的地下室。可我却拥有一把万能钥匙,可以轻易地走进这个地下室。我无法控制自己,越是在意的人,我就越忍不住去探究,可一旦走进,往往这段关系也就结束了。只有你,我什么都看不到,第一次我觉得自己可以正常地与人相处。"

金少天上前一步,我立马后退两步:"你别过来——"

金少天嘴角泛起一丝苦笑:"我有那么可怕吗?"

"不是……我、我现在很乱……对不起……"我跑了,一边跑还一边大喊,"你别追上来,我跑不过你!"

谢天谢地,金少天没有追上来。

那一夜,我失眠了,我没跟任何人提起这件事,躺在床上看着寝室的天花板发呆。我像个犯错的小孩,正孤单地、害怕地消化着心事。金少天喜欢我,不是张家男的调侃,不是林欣欣的猜测,也不是我自恋幻想出来的情节,是金少天亲口告诉我的真实发生了的事。

我没接受,也没拒绝,而是做了最没出息的选择:逃避。

我问自己,为什么要逃避?我喜欢毛毛哥,一直以来我对此深信不疑,这在我的世界里就像"地球围着太阳转"的真理,可金少天的突然表白却在某一瞬间动摇了我,我说不上来,这动摇可能源自惊吓,也可能是别的什么。而且我也想不明白,金少天为什么要喜欢我,我试着代入他的处境,根本没法感同身受,仅仅是因为他不能读我的心,所以就喜欢我吗?如果哪天他发现第二个不能读心的女孩,是不是也可以喜欢上她?这是很有可能的。不对,张爱珊你干吗要在意这种事啊?如果金少天喜欢上另一个女孩你就没有困扰了,你应该开心才对吧……

我越想越乱,简直要崩溃了。这时枕边的手机振动起来,我侧身看了一眼,是金少天发来的微信:别急着做决定,好好考虑。另外,老全的委托我们还是要一起完成的。

接下来的好长一段时间里,我攥着手机编着文字,我写了很长一段话,最后又一个字一个字地删掉,只剩下一个字:

——好。

我跟金少天一致认为,完成老全的委托,首先是要弄清楚桃婆婆的内心世界,而不是给她找个帅哥,让她抱着叫老公这么粗暴简单。我们按照当初总结出来的五个关键词顺藤摸瓜,"妈妈"和"绳子"目前已经有答案,但是"玫瑰花""蓝色大海""帅哥"这三个关键词还没有头绪。

两天后,夏之翰找来万能委托社,表示要帮我们一起完成老全的委托。但我猜他醉翁之意不在酒,果然很快他就找机会单独问我,为什么我那晚在他家吃饭突然就走了,这两天也不接他的电话,不回他的微信。

夏之翰眼神很困惑,看来他并不知道江阿姨对我说了什么,我心里好过了一些，这至少说明江阿姨那番话不代表夏之翰的立场。可是，现在要我当着夏之翰的面讲江阿姨的"坏话"，我也不知道如何开口，最后我只能讪讪一笑，撒谎说最近有点忙。

夏之翰知道我在撒谎，但碍于其他人在，也不便再问。

下午上完课后，我、金少天、夏之翰、张家男四人前往老全的住处。一路上张家男一直在说老全的事，张家男除了跳街舞之外还特别爱好玩机车，而老全算得上是中国最早的一代机车族了，他手里有一款二十世纪八十年代的经典机车，如今早停产了，算得上是相当酷的古董机车了。张家男一直很想要，老全却不肯卖给他，结果这几天老全却低价处理给别人了，张家男气得要死，认为老全没把他当朋友。

傍晚的时候，我们来到老全住的地方，虽然我早就做好了心理准备，知道老全买不起房，但我怎么也没想到他会住在船上。那是一条老旧的淘沙船，被废弃多年，锈迹斑斑，停泊在汩江上游的一片浅滩上，老全就在船上安的家。此刻他坐在船头的睡椅上，手里拿着一个空酒瓶，整个人已经烂醉如泥。

我在心里叹息了一声，听说桃婆婆最近的病情又加重了，老全特别郁闷，他一郁闷就爱喝酒逃避，年轻时候就这样，这点倒是跟张家男很像。

我们踩着木箱子搭建的楼梯上了船，夏之翰跟老全打招呼，并说明来意，老全意志消沉，似乎早就放弃了委托一事，他挥挥手，嘟哝两声，翻身睡过去了。

我们面面相觑，钻进了船舱，船舱比想象中大，抵得上一间单身公寓。里面堆满了杂物，空气里满是破铜锈铁的气息，虽然没到刺鼻的程度，但还是有点怪怪的。一想到桃婆婆竟然是跟着老全在这样的地方生活，我就一阵心疼。

大家分头行动寻找线索，很快，夏之翰就在一个衣柜里找到一本发黄的日记本，不过里面记的并不是日记，而是每个月的生活开销。我们仔细检查了一下这个账本，在封皮里面找到了几片干枯成标本了的玫瑰花瓣。

"玫瑰花！"我跟金少天不约而同地喊出声。张家男拿着玫瑰花去船头找老全，我们继续查找其他线索。几分钟后张家男回来了："老全想起来了，这朵玫瑰花是他当初追桃婆婆时送给她的。"

"你确定？"夏之翰问。

"确定，老全说他就送过桃婆婆这么一次花，所以有印象。"

"渣男！"我气不打一处来，"我以后一定擦亮眼睛，要找个好男人，才不要跟着他受苦受气……"

我不过是有感而发随口一说，船舱里的空气忽然安静了下来。我抬起头，果然，金少天和夏之翰又把目光投向了我，跟上次吃饭时一模一样。我赶紧低下头，假装什么都不知道，继续找东西，不一会儿我又在抽屉里翻出一本相册。

我们把相册从头到尾翻了一遍，但并没有找到大海的照片，老全的朋友很多，但也没在里面找到什么帅哥。

这时我妈打来电话，说想我了，叫我今晚回家睡。我想也没想立刻答应，也不管张家男有没有空，抓着他一块下船了，离开之前，我在征询老全的同意后把相册也带走了。

张家男不傻，陪我回家的路上，他拆穿了我："老妹，你不厚道啊，居然拿我当挡箭牌。"

"啊？什么挡箭牌？"我装糊涂。

"少装了，我今天明显感觉你在跟金少天保持距离……"

"从哪儿看出来的？"

"以前你们一路上都是吵个不停，不大战三百回合才怪，今天倒好，安静得像是第一天认识。我说，你该不会喜欢上他了吧？"

"怎么可能！"我大喊着辩解。

"那就是他喜欢你咯。"

我语塞。

张家男一愣，瞪大了眼睛："我去！还真是啊！"

02

晚上，我们一家人吃了饭，张家男去厨房洗碗，我跟老妈坐在客厅的沙发上看电视，最近老妈迷恋上了一个练习生节目，整天吵着要给这个小哥哥打电话，要PICK那个小鲜肉，还口口声声说自己是亲妈粉，对比之下，我更像是她捡来的。

我坐在一旁，翻阅老全的旧相册。相册里的照片大多都是老全跟他那群开机车的朋友的合照，跟桃婆婆的照片少得可怜。俩人倒是有一张寒酸的婚纱照，桃婆婆穿着喜庆的新娘装，羞涩地看着镜头，想笑又有点紧张和羞涩的少女模样；老全留着中分头，目光炯炯，把中山装系在裤子的皮带里，自以为意气风发，其实透着几分憨傻。我感慨着，桃婆婆怎么会喜欢这样的男人呢。

电视插播广告，老妈无聊，凑过来陪着我一起看，问东问西的，我心不在焉地回答着。老妈"呀"了一声，指着一张老全跨在机车上的照片："这辆车不是张家男去年买的那辆吗？"

我定睛一看，还真是！这辆机车上贴的蓝色漆贴，的确很眼熟。

"张家男！"我大喊一声，"快过来！"

张家男系着粉色围裙，满手的洗洁精泡沫，他冲过来："怎么啦？"

我扬起手机，张家男看了一眼，没看出什么，我将照片凑到他脸上："仔细看！"

张家男大喊一声："我去！这不是我的机车吗？！"

十分钟后，我跟张家男互相交流完信息，大胆猜想了一下事情的可能性：张家男去年在二手市场淘到的机车正是老全当年卖掉的机车。那天晚上，酒驾的张家男遇上老全，老全一眼就认出了自己的车，于是主动搭话，结果激怒了张家男。两人飙车，老全把张家男拐到派出所，一方面是担心张家男的安危，一方面也是怕他将自己的爱车给撞毁，然而老全并没有把机车的事告诉张家男，这说明他绝对还对我们隐藏着什么。

当我推测完时，老妈听得一脸蒙，但她还是抓住了关键信息，揪住张家男的耳朵："好小子，你居然酒驾！我说多少次了，喝酒了就不要去骑摩托车，你要是有什么三长两短我怎么跟你爸交代……"

"妈我错了，我错了！"张家男一边哀号一边向我求助，我才懒得管他呢，抱着相册回房了。

找出新线索后，我非常兴奋，打算给金少天打电话，谁知他却先打过来了。我们几乎同时喊出来：

"我有新发现！"

"我有新想法！"

"你先讲……"

"你先说……"

"算了，我先来。"我迫不及待地把摩托车的事告诉了金少天。金少天也认为这个巧合没那么简单，他问我："你还记得你今天说的那句话吗？"

"哪一句？"

"你说，你以后一定要找个好老公，才不要一辈子受苦受气……"

我紧张起来："打住打住！咱们说好了完成委托之前不谈私事的！"

"少自作多情了，我说的就是工作。"

"哦哦。"

"我一直在想，或许桃婆婆当年也有这种想法，桃婆婆完全可能爱上了别人，说不定这个'蓝色大海'和'帅哥'是她跟另一个男人的约定。"

"不是吧？！"在我的想象中，桃婆婆一直是那个为情所困的受害者，这种反转我实在不能接受，也不愿意接受。

次日一大早，我跟张家男还有金少天又去了养老院，老全每天上午都会来看桃婆婆，今天也不例外。我拿出相册里的照片，当面质问老全这到底是怎么回事。老全一开始还装糊涂说不记得了，张家男拆穿老全："你对我的车非常了解，哪里性能好，哪里的零件有问题说得头头是道！我当时就纳闷是怎么回事，因为这车之前就是你的。你再不承认，我们就去找卖二手车的老板对质！"

老全没法再抵赖，说了实话。

原来，老全以前的确有两辆让他引以为傲的机车，一辆叫蓝色，一辆叫大海。蓝色那辆摩托车还是桃婆婆送给老全的，她知道老全爱机车，把自己的嫁妆变卖了，送了老全在当时梦寐以求的一辆机车。老全开心极了，让桃婆婆给机车取个名，桃婆婆抬头看了一眼天空，湛蓝如洗，就顺口取名"蓝儿"，后来叫着叫着就喊成了"蓝色"。后来有段时间老全急用钱，便把"蓝色"卖掉了；原本老全以为自己这辈子都不会再骑摩托车了，谁知三年后，老全最好的一个朋友飙车出车祸死了，机车送到了老全的修车厂，老全哭着将机车修好，自己买了下来，那个朋友生前就被人叫"阿海"，老全便给机车取名叫大海。事已至此，真相终于水落石出，原来桃婆婆脑海中的"蓝色大海"，是两辆摩托车的名字。

老全当然没想到，这辆"蓝色"会辗转到张家男的手里，那晚老全骑着"大海"，一眼就认出来自己的"蓝色"，勾起了不少往事。

"你为什么不早告诉我们呢？"我不明白。

"这些跟老婆子的遗憾有啥关系啊。"老全目光闪躲，年轻时因为没钱只好把女人送给自己的机车卖掉，这种事说出来的确有些丢脸。男人这种生物，真是到死都会在意一些没用的自尊心。

"有没有关系是我们说了算的。"金少天全程听老全回忆往事，眼睛却一直没有离开坐在床头发呆的桃婆婆。

终于，金少天结束了读心，他十分疲倦，揉了揉自己的太阳穴："老全，我问你一个问题，你有没有骑着'蓝色'带桃婆婆兜风？"

老全不说话了。

"到底有没有啊？"我也急了，既然金少天问，一定是他读到了什么很重要的信息。

老全摇摇头："我记得，她当时提过两次，我没让她坐。后来她就没再提过了。"

"为什么啊！"张家男不明白。

"你们不懂，我那个年代特别迷信，机车是用来比赛的，要是坐上女人就会输。"

桃婆婆忽然"醒"过来，他上前抱住张家男的胳膊："老全啊，老全我今天没穿裙子……你开车载我上街啊，我想去吃凤梨酥……"

老全走上去，跪在桃婆婆的身旁，他伸出粗糙的大手，颤颤巍巍地抚摸着桃婆婆脸颊上的皱纹："老婆子，我在这儿，我是老全啊……我是……"

桃婆婆没理他，继续抱着张家男的胳膊："老全啊……立儿没病，立儿他没死，他在美国……你不要跟别人乱说啊……"

老全哭了。

所有人都沉默了。

之后，桃婆婆一直把张家男当成老全，张家男这次竟然没嫌烦，耐心演着老全，直到桃婆婆睡着。

离开养老院后，大家一言不发地上了公交车，心情都不是很好。张家男坐在前头，塞上了耳机，想着心事。我跟金少天坐在后面，吹着晚风。我一直在想，人生中有太多的遗憾，可能我们到死都不会忘记，被别人辜负和辜负了别人到底哪个更难受呢？或许只有当事人有答案。

"我就说吧，桃婆婆才不会喜欢上别人呢。"公交车晃晃悠悠，我挖苦身旁的金少天，"真是什么样的人想什么样的事。"

"我只是不想放过任何可能。"金少天嘴硬。

"现在我们终于搞清楚桃婆婆的心愿了。"我低头，揉了揉眼睛，"多简单啊，不过是想坐着老全的机车兜一次风。"

"是啊。"金少天微微叹了口气。

"爱是想跟你一起，分享未来每一秒的喜悦与感动。"我没由来地说出这句话，也忘记是从哪儿看到的了。

"我们替桃婆婆完成心愿吧？"金少天说。

"好！"

03

意外大概是这世上最美好也最残忍的字眼，它会给你奇迹般的惊喜，也会给你无法承受的痛，更多的时候，它像一个黑色幽默，让你措手不及，不知道该哭还是该笑。当我们着手准备完成桃婆婆的心愿时，当我们所有人都以为桃婆婆会比老全先离开时，老全却先走了。

那几天，桃婆婆身体状况不好，住进了医院，全爷爷砸锅卖铁，四处奔走借钱，总算把住院费给凑齐了。桃婆婆住院的第四天清晨，老全去病房给桃婆婆送饭时，忽然一声闷响倒在了病房门口，饭盆里的汤洒了一地。

我跟金少天赶过去时，老全的遗体已经被送进了医院的太平间。医生说是脑出血突发，走得很快，几乎没有痛苦。我冲进厕所，哭了好久才缓过劲来。当我再回到病房时，金少天正坐在桃婆婆的床边听她说话。

我惊讶地发现，此刻桃婆婆的眼神不再混浊，她面容平静，口齿清醒。后来我才知道，可能是因为老全当着她的面去世，悲痛刺激了她，反而让她短暂地清醒过来，可以理解为回光返照。

"桃婆婆，你是说……那个'帅哥'，不是老全？"

桃婆婆微笑着摇头："不是啊，不是他，是阿海。"

我站在门口，震惊得说不出话。接下来的十分钟，我跟金少天一起听完了故事最后的真相。阿海，是老全的兄弟，两人是玩机车时认识的，感情很好。阿海跟老全经常骑车比赛，终点是南门口，谁输了就请对方吃冰糕，而那个常常站在南门口卖冰糕的小姑娘就是桃婆婆。某天两人打了个赌，看谁先追到卖冰糕的小姑娘，最后老全用一束廉价的玫瑰花得到了桃婆婆的芳心。

那之后，两人谈对象，桃婆婆怀上了孩子，老全迫于家族的压力，半推半就跟桃婆婆结了婚，再之后老全跟一个女人私奔，桃婆婆独自抚养孩子。就是那段时间，阿海又找上桃婆婆，照顾她，接济她，桃婆婆也不是没有动心过，也常常后悔自己选错了人。在桃婆婆生日那天，阿海想找桃婆婆私奔，一起重新开始，桃婆婆动心了，两人约好傍晚六点在南门口见面，再坐火车去北方。桃婆婆拿着手中的票，看着收拾好的包袱，下定决心要走，这时三岁的孩子醒了，哭了起来，桃婆婆一心软最后还是没去赴约。

一个月后，老全回来了，桃婆婆就当什么事都没发生过，原谅了老全，可没多久，孩子就夭折了。再之后，阿海飙车，出了意外，他的车子辗转到了老全的手里，老全一直留着那辆车，也一直当阿海是兄弟，他从没想过，自己的兄弟也曾经差点做出对不起自己的事。

现在，这个秘密老全永远不会知道了，他这一辈子自认为活得洒脱、仗义，为女人一掷千金，为兄弟两肋插刀，可其实他就是个永远没长大的孩子。

"人这一辈子啊，过得可真快，眨眼就老了。"桃婆婆叹了口气，她说完了，也说累了，沉沉地睡去。我知道，当她再次醒来时她又会变成那个心智只有三岁的小孩，哭着吵着要帅哥，要坐车去兜风。

我再也忍不住，失声痛哭，金少天上前扶我，我抱住他，哭得更凶了。那一刻我心里特别难受，我不知道自己是为老全伤心，为桃婆婆伤心，还是为作为看客的自己伤心。

不多久，张家男和夏之翰也赶来了医院。张家男缠着医生，死活要求去太平间看一眼老全的遗体，看完之后他蹲在走廊上痛哭了一场。这些日子，张家男早把老全当成忘年交了，两人还约好等桃婆婆出院了就一起去飙车喝酒，谁知道老全招呼都没打就走了。

夏之翰也很难过，但他全程都很冷静，电话通知老全本家的亲戚来善后，接着又跟着医生办理相关的手续。夏之翰处理完所有事情后回到病房，跟我们三个一起坐在桃婆婆的床边，看着熟睡的桃婆婆，各怀心事。

张家男站起来："不行！老全虽然走了，但他的委托还是要完成！"

"我同意，这是老全的委托，也是桃婆婆的心愿。"我说。

"你们打算怎么做？"夏之翰问。

"做桃婆婆的男朋友，带桃婆婆去兜风。"张家男说。

"别胡闹了！"夏之翰反对，"现在桃婆婆的状况根本不允许……"

"我没胡闹！"张家男激动地喊道，"再过一段时间，她就真的什么都忘了。如果离开之前还带着那么深的遗憾，躺在这里多活几天有什么意义？"

我从没想过，这话会从张家男的嘴里说出来，他把所有人都问住了。

夏之翰的手机响了，他走到窗边接电话，很快夏之翰挂了电话，看向我们："要做的话赶快，亲戚们已经过来了，他们会接管桃婆婆，你们别指望我能说服他们。"

"交给我。"全程沉默的金少天站起来,"张家男你背着桃婆婆从住院部的后门离开,张爱珊你负责掩护,如果有特殊情况你知道该怎么做……"

金少天随手抓起病床旁边的白大褂披上:"夏之翰,你跟我去堵人,我们负责拖住他们。"

见大家还待在原地,金少天大喊一声:"愣着干吗?行动啊!"

张家男一把将桃婆婆抱到怀里,桃婆婆醒过来,她果然又变回了什么都不知道的小女孩,她抓着张家男的手,喊起了老公。

我赶忙脱下外套,给桃婆婆盖上,领着张家男出门。一个护士正好推门进来,她刚来得及吓一跳,就被我给催眠了,她退回门口,给大家让开一条道。张家男刚来得及转到楼梯间,背后的电梯门就开了,老全的亲戚们涌出来,金少天跟夏之翰迎面走上去拦住了他们,我跟张家男没敢回头。

我跟张家男从消防通道离开了住院部,来到马路边,我拦下一辆出租车,张家男刚来得及把桃婆婆抱上车,身后就传来金少天的声音。我回头一看,金少天一边脱白大褂一边跑过来,他赶在最后一秒钻上了车:"师傅,开车!"

"毛毛哥呢?"我问。

"他还在拖着,一小时后跟我们会合。"

桃婆婆再次醒来时,发现自己正躺在船头的睡椅上,她听着沙滩上的水浪声,闻着空气里淡淡的铁锈气息,总算回想起这是自己的家。这时,远方传来一阵低沉的机车引擎声,桃婆婆缓缓抬头,只见五六辆机车缓缓开过来,并集体停在了浅滩上。

车队领头的是一个穿皮夹克的帅气小伙子,他从蓝色机车上下来,在众人的欢呼声中上了船,他喊了一声"阿桃,我来了",便将桃婆婆抱在了怀里。桃婆婆起初有些慌乱,不一会儿就认出抱自己的男人。

她安心地倚在男人怀里,小心翼翼地问:"老全,我们……去哪儿呀……"

"兜风!"男人一边回答一边将桃婆婆抱上机车。

"真的吗?"桃婆婆有些不敢相信。

"真的!"他发动了摩托车,"抱紧喽,摔下去我可不管。"

桃婆婆贴着男人宽阔的背,双手紧紧环在他的腰上。

男人一声令下,车队闹哄哄地出发了,大家沿着江边的高速公路一路向北,载着桃婆婆的蓝色机车开在最前头,速度不过四十迈,五辆保持五米距离的车紧跟其后,为桃婆婆保驾护航。我、金少天和夏之翰分别坐在其他机车后座上,开车的司机都是张家男飙车时认识的哥们儿,他们听说了桃婆婆的故事,纷纷决定来友情客串。

黄昏,晚霞美丽而醉人,晚风徐徐迎面吹来。一旁的江面上波光粼粼,像一条巨大的金色光带,从侧面望去,张家男的机车仿佛行驶在光带上,随着时光逆流而上。

"哟!"张家男朝天空高举左手,大喊大叫,张扬又肆意,一如年少时代的张德全。瘦小而苍老的桃婆婆紧紧搂着张家男的腰,脸上绽放着少女般的笑意,那一瞬间,她似乎也回到了十八岁。

两个千疮百孔的灵魂终于穿越时空,抓紧了彼此,在这一刻定格成永恒的爱。

04

我不知道老全的委托我们有没有圆满地完成,就像我也不知道桃婆婆年轻时候的那个简单却深刻的遗憾有没有释然。那天之后,桃婆婆的老年痴呆症依然越来越严重,但据说她再也没有逮住一个年轻小伙子就叫"老公"的毛病了,这给养老院的看护人员省了不少心。

据夏之翰说,在他三大爷也就是老全的弟弟的主持下,亲戚们决定一起赡养桃婆婆,夏之翰的三大爷认为桃婆婆是个苦命女人,也认为自己有义务替哥哥还债。不管怎么说,桃婆婆都终究有归宿了,总能体面地走完最后一段人生路了。

老全葬礼结束的第二天,夏之翰去船屋里整理老全的遗物,在抽屉里意外发现了一封还没寄出的信。他来到社团,把信转交给张家男。张家男难以置信地接过信:"老全写给我的信?难不成他还有什么秘密遗产要留给我?"张家男开了一个不好笑的玩笑。

"或许还真是。"夏之翰笑笑,离开了。

张家男拆开信封,神色忽然就变得伤感起来,他独自走到阳台上一口气看完信,之后在阳台上沉默了很久。暮色四合的时候,张家男走回屋里,他两眼通红,我问信上写什么了,他不言语,只是把信塞给我,出门了。

我接过信,发现老全的钢笔字苍劲有力,竟然意外地好看。信很长,前面都是老全在回忆自己当初的年少无知,反省自己的过错;信的结尾,老全对张家男说：孩子，那晚我在环线上看到你骑着"蓝色"，浑身酒气，恍惚间我真的以为见到了年轻时候的自己。我年轻那会儿啊，玩世不恭，对待感情十分随性，不想被任何事情束缚。这样的人生啊，有好有坏，好的地方是，年轻时的你是自由的，无拘无束，像风一样；坏的地方是，你这阵风迟早会停，可生活的风却永远不会停，当你恍过神时，身边那些真正爱你的人都被生活的风吹跑了，而你两手空空，什么都没抓住。

　　孩子，那辆"大海"我不想卖给你，是不希望你像它的主人一样，也不要像我一样，我们都不是好榜样。但这辆"蓝色"，它跟你是有缘分的，我希望你能好好骑下去，有一天它走不动了，也不要扔掉它，它是一把钥匙，打开了我的心门，让我回了家，有了归宿，不枉此生。现在，我希望它也能成为你的钥匙，帮你回家。

　　看完信后，我躲在厕所偷偷擦了会儿眼泪。

　　当晚，直到深夜时我还没入睡，我想着老全和桃婆婆的事，也想着自己的事。张家男发来了一条微信：老妹，我回不了家了。

　　我当然知道他说的"家"不是大学宿舍，也不是航爸的家，这个家，是指林欣欣的未来。我也是后来才知道，张家男看完老全的信后立刻跑去找林欣欣，问了一圈人才知道林欣欣正在体操室排练。自从林欣欣被陈安娜大改造，接着又认识了朱文天之后，她整个人都变了，变得美丽、自信，学会享受青春。她小时候学过两年体操，体操老师一直夸她身子骨柔软，是个好苗子，她自己也很喜欢，但那会儿父母都认为孩子只有学习才是正经事，没让林欣欣继续学，林欣欣并没有为自己争取，继续做着那个埋头看书的文静女孩。如今在朱文天的鼓励下，她决定重拾这个爱好，加入了体操社团。最近，她一有时间就会去体操室练体操。朱文天几乎寸步不离地陪在她身旁，给她倒水，为她加油，用单反相机拍下她美丽的瞬间。

　　张家男有满腔的话想对林欣欣说，可当他远远看着林欣欣像只白天鹅一样在木地板上翩翩起舞时，当他看到她在朱文天的喊掉声中露出少女羞涩的神情时，他没有勇气，也没有脸再跨入那扇门。老全终究是幸运的，无论他犯下多少错，他至少还有弥补的机会。但张家男，永远失去了这个机会。

　　隔着手机，我想安慰张家男，却不知道该说什么。虽然他现在挺可怜的，但一切都是他咎由自取，何况如果林欣欣真的找到了自己的幸福，我会真心替她高兴。

　　这时微信再次发来了信息。

夏之翰：珊珊，你明天有时间吗？

我的心"咯噔"一下，突然间，我有一种强烈的预感，我预感自己再也没空操心张家男的烦恼了，因为我自己的烦恼，那个三角关系的巨大漩涡终于还是开始拉拽着我往下沉，我逃避了那么久，终于不得不面对了。

次日，夏之翰约我来到长南大学的人工湖。人工湖的中间有一座很现代化的凉亭，连接凉亭和湖岸的是无数个方格子组成的小石路，夏天的时候，很多情侣都喜欢来这儿约会，一起蹦蹦跳跳地踩格子。如今已是深秋，同学忙着复习备考，来这儿散步的人也少了，厚厚的一层银杏树叶飘落在湖面上，看上去就像一幅静谧的油画，夏之翰就在这幅油画的小凉亭里。

看到他笔挺的白色身影时，我胸口疼了一下，很酸涩。我走上小石路，小心翼翼地踩着脚下的格子石板，生怕会不慎落水。夏之翰发现了我，主动朝我的方向走来，我忽然就失去了继续前行的勇气，杵在原地，有那么一瞬间我甚至想要转身逃走。

夏之翰走完剩下的石板路，来到我的身边。我以为他会说些什么，比如今天天气真好，或者你的裙子很好看。他以前总是很体贴，会找各种话题缓解我的紧张和尴尬，可今天，他什么都没有说，他伸手揉了揉我的头发，一如既往地温柔。然后，他告白了。

"珊珊，我喜欢你。"

我张了张嘴，但没来得及说什么。

"自从跟你相认的那一天，我就一直在想这个问题。我不是一个草率和冲动的人。我一直问自己，我对你的好感，究竟是因为曾经的鼻涕妹，还是现在的张爱珊。现在，我想我可以认真地告诉你。"夏之翰深情地凝望着我，"张爱珊，我喜欢你，不是哥哥对妹妹的宠爱，也不是什么星座血型性格匹配之类的合适，就是一个男孩单纯地想要给一个女孩幸福的那种喜欢，希望你可以跟我交往。"

我的眼眶湿润了，天知道，这句话我等了多少年，多少次梦里我演练着这个场景。现在，梦想照进现实，我却分不清自己的心情是喜悦、感动，还是难过和害怕。我脑海中又不由自主地回想起江阿姨那番话，曾经我看到电视剧里那些因为父母反对没能走下去的情侣总是嗤之以鼻，直到这一刻，我才终于能感受到父母的反对对一份感情的伤害有多大。

——"你配不上我家毛毛。"

——"你跟夏之翰在一起，对夏之翰是一种伤害。如果你真的喜欢他，就不应该再伤害他。"

——"今晚这顿饭也不是我的意思,希望你明白,我一点也不欢迎你。以后,我们两家不要再来往了。"

我摇摇头:"对不起!"

夏之翰的眼神暗淡了下去,他很失望,但又意料之中地苦笑了一下:"是因为……金少天吗?"

"……"

"你喜欢金少天?"

我一怔。

"对!"

我猛地回头,金少天正朝我走来。这里我必须要解释下,这条湖泊上的小石板路不止一条,而是很多条交会在一起,我跟夏之翰所处的位置,右边正好有一条小分叉路,金少天就是从那条路走向我们。

"珊珊,告诉他吧,他迟早会知道的。"金少天看向夏之翰。

"金少天你在说什么啊?"

"你不想伤害他?行,我来替你说。"金少天抓住我的手,看向夏之翰,"我已经跟张爱珊在一起了,不是契约情侣,这次是真的。虽然我们是朋友,不过你下次找我女朋友,最好还是先征询一下我的意见。"

我好想大喊一声"你神经病啊",但我什么也没说。夏之翰半信半疑地看着我,还想问什么,金少天不给机会:"走了。"

我就那样没出息地任由金少天将我带走。回到岸上,我才鼓起勇气回头看了一眼,夏之翰还站在原地,用那种炙热却又破碎的眼神望着我,那一刻我的心被狠狠揪起来了。

"金少天,你松手!"

"他还看得见。"金少天头也不回。

"金少天你松手,谁让你多管闲事……你放开我!"我还是哭了,我真的特别讨厌我自己,我已经不知道要怎么办了。

金少天没松手,他抓得更紧了:"不管你信不信,我是为你好。"

05

我脑袋里特别乱,想来想去,我只能去找林欣欣了。林欣欣近来不是在体操室就是在图书馆,我先找去体操室,果然在门口跟她撞了个满怀,她提着换洗的体操服，额发上还沾着一些未干的汗，看样子刚刚结束练习。

我也管不了那么多了，一把抱住了林欣欣，眼泪流了出来。

"珊珊你怎么啦！没事吧？！"林欣欣被我吓坏了。十分钟后，我跟林欣欣在操场的观众席上坐下，林欣欣听完我的事后长叹了一口气："其实我一点也不意外，我早就猜到了。"

"早就猜到了？"我很惊讶，"你是说，你早知道他们两个都会跟我表白？"

"嗯。"林欣欣点点头，"我也说不上为什么，一种直觉。"

"那我现在要怎么办？"

"什么怎么办呀？"林欣欣有些莫名其妙，"珊珊，这不是一个很简单的选择题吗？你喜欢谁，就跟谁在一起呀。"

"可是……"我脑袋里还是很乱。

"可是什么？"林欣欣逼问。

"我不知道……"我揪住脑袋，"啊，烦死了！"

"既然你做不出选择，那就先什么都别想，跟我去酒吧。"

"酒吧？！"我被吓到了，不是因为去酒吧这件事，而是因为这句话是从林欣欣嘴里说出的。

林欣欣站起来，挥舞了一下手机："我之前跟朱文天说自己的青春太单调，他让我把自己想做却不敢做的事都写下来，然后一件一件带我去体验。我还从没去过酒吧，今晚他打算带我去体验一下，不如你也跟我一块去吧，咱们把烦恼通通抛掉。"

"还是……算了吧。"我有点心动，但实在不想做电灯泡。

林欣欣莞尔一笑："安娜也去，不会尴尬的。"

当晚，我们三个女孩打扮得漂漂亮亮——主要是林欣欣和陈安娜漂漂亮亮，而我是一如既往的土味——去了酒吧。我一看到那些纸醉金迷的场面立马后悔了，转身要走，陈安娜一把拉住我："干吗呢，你现在要是回去，对得起你洗了一小时的头发吗？"

我心想有道理，心一横，是死是活不管了。

朱文天知道我跟林欣欣对这种场合不太适应，特意预约了一个远离舞池的卡座，给我们点上一杯度数很低的鸡尾酒。

劲爆的音乐像是空袭的炸弹一样在我的耳膜上爆开，我觉得自己像是来到了战场。再看林欣欣，她已经没有了局促之感，安之若素地品起了酒，甚至有一点享受这样的氛围。这些天，在陈安娜的调和和朱文天的鼓励下，林欣欣真的变了，她浑身都散发着"女神"的魅力，哪里还有一点点"软妹子"的影子呀。

不一会儿，一个造型浮夸的小哥哥就过来跟林欣欣搭讪了，林欣欣毫不怯场，微笑应对，小哥哥见没机会便离开了。看着如此nice的林欣欣，再看看拖泥带水、优柔寡断的我，我越发觉得自己没出息了，我决定改变，端起桌上的酒打算一饮而尽，林欣欣拦住我："你干吗？"

"喝酒啊，一醉解千愁。"我高喊。

"我就是想让你转换一下心情，但是不用真的喝醉吧？"林欣欣说。

"是啊。"朱文天笑了，"你们一会儿可以去跳跳舞，很解压的。"

我认真往舞池里看了看，一群年轻人在随着音乐跳着舞，女孩们个个披头散发，衣着性感，腰肢扭动起来跟水蛇一样，还有不少人把白色餐巾纸撕碎，大把大把地往头顶撒，一边撒还一边尖叫，我乍一看还以为是我外婆在坟头给人作法呢。

我赶忙摆手："不不不，我就不跳了吧，我感觉我已经没烦恼了！"

"真的不跳啊？"陈安娜已经跃跃欲试了，对我有点失望。

"不跳了。"

"你说什么？听不见。"音乐实在太吵，陈安娜隔着桌子大声问我。

"我就不跳了！"我也扯着嗓子喊起来，"我想尿尿……"

音乐声戛然而止，一时间所有人都听见了"我想尿尿"四个字，上百双眼睛齐刷刷地看过来，DJ小哥率先打破沉默："美女，厕所在你左手边啊。"大家发出一阵爆笑，我赶紧埋头躲在林欣欣的身后，天哪，太丢脸了！

几秒后，新的DJ曲响起，大家继续嗨了起来，林欣欣安慰我："没事了，没事了，你去上厕所吧。"

"不，我哪儿也不去了！"我抓住林欣欣的手臂还要说什么，突然看到吧台上坐着一个熟悉的人。

"欣欣，你看那个……是不是张家男？！"

林欣欣顺着我的目光看过去，微微一怔，果然是他。

张家男的身旁还坐着三个狐朋狗友，其中一个正是我最讨厌的余乐，两人高举酒杯，正在拼酒，感觉张家男已经有点喝高了，全然没发觉余乐在拿他开心。

"来，干杯！哥们儿感情深，一口闷。"余乐假装仰头喝酒，其实都从身后倒掉了，张家男那个蠢货却真的一口喝掉。

他把酒杯往吧台上一砸："再来一杯！"

酒保没有再续酒，他有些为难地赔笑："先生，您已经欠了五杯了，要不您还是先把之前的结了……"

"少废话！再来一杯！"张家男喊着。

"就是！我们男哥像是没钱的人吗？"余乐起哄道，"再给他满上一杯！"

酒保十分为难，犹豫了一下，还是给张家男满了一杯，张家男举起酒杯，人都快站不稳了，余乐还在一旁起哄："喝！喝！喝！"

林欣欣忽然起身冲了过去，我跟陈安娜吃了一惊。

张家男仰头要喝，酒杯被林欣欣一把夺过。张家男回过头，眯起了眼睛，还以为自己看错了："……欣欣？"林欣欣没理会张家男，转过身，将手中的酒泼在了余乐的身上。

余乐没料到这一出，他"啊"了一声退开两步："臭娘们儿你发什么疯啊！"

"这杯酒是替张家男泼的，你这样的人，根本不配跟张家男做朋友！"

余乐脸色阴沉了下来，目光在林欣欣身上来回打量："怎么？心疼啦？要心疼也轮不到你啊，别以为我不知道，你就是张家男玩剩下的一个犯贱的二流货……"

余乐还没说完，一个拳头已经砸过去。

张家男像条疯狗一样把余乐扑倒在地，照着他的脸揍了起来。余乐也不是省油的灯，他一脚蹬开张家男，反扑过去，身旁两个人也过来帮忙。张家男一对三，很快就倒地不起，三个人对他拳打脚踢，平日里和他称兄道弟的朋友此刻毫不手软，张家男蜷缩成一团，双臂死死护住脑袋。

"别打了！你们快住手！"林欣欣上前阻止。朱文天却将她拉到了自己身后："别过去，太危险了！"

我想帮忙，也被陈安娜给抓住了："别冲动，我们报警！"

张家男彻底起不来了，余乐一边踢着张家男，一边还在不解气地骂："你以为你是什么东西？你就是条狗知道吗？当初要不是老子可怜你……"

"哐！"一瓶酒在余乐的脑袋上碎开，所有人都愣住了。

林欣欣满脸通红，拿着半截酒瓶的手都在颤抖，但她目光比任何人都坚定，他对着余乐愤怒地大喊："张家男才不是你们的狗！他比谁都讲义气，他一直当你们是兄弟，可你们呢，只知道利用他！"

　　林欣欣上前扶起张家男："我瞧不起你们！你们这种人根本不值得有朋友！"

　　"你这个臭娘们……"余乐摸着已经被砸出血的脑袋，他恼羞成怒，转身抄起一把椅子就往林欣欣身上砸过去。

　　"住手！"关键时刻，我对上余乐的眼睛，成功使出了催眠术。

　　余乐脸色惨白，他扔掉椅子，一屁股坐在地上："啊！贞、贞贞子……"一时间大家都愣住了，不知道发生了什么事，还以为余乐中邪了。

　　什么嘛，搞半天这家伙怕鬼。

　　我不敢恋战，趁着催眠还有效，我们几个合力把张家男带离了酒吧。半路出了这种事，大家什么兴致也没了，林欣欣让朱天天送陈安娜回家，她自己则跟我拦了一辆车，把张家男扶回了大学，由于我跟林欣欣不方便去男生宿舍，只好把醉醺醺的张家男扛回了万能委托社。

　　第二天上午，我去了别墅，社团里只有张家男一个人，估计他才醒酒，躺在沙发上哎哟哎哟地鬼叫着。

　　我找出跌打药，给他揉了起来。我问张家男还记不记得昨晚发生了什么事，张家男一脸无辜，表示自己喝断片了，醒来后已经睡在沙发上，浑身像被人揍过一样。我告诉他，他昨晚的确被人揍了一顿，张家男很震惊，接着我便帮他还原了一下当时的场景。张家男默默听着，最后憋出了一句："原来……不是梦啊。"

　　这时，四五个人气势汹汹地冲了进来，我认出来了，为首的人是周子俊。领路的人是王建宁。

　　"周子俊？！你来这儿干什么？！"张家男跟周子俊的仇恨可谓不共戴天，"这里不欢迎你！给我滚！"

　　"冷静，哥们儿冷静……"王建宁赶紧过来劝住张家男，同时还朝我挤眉弄眼，让我帮忙。

　　"王建宁，这到底是怎么回事？"我也想搞清楚。

　　"我来说吧。"周子俊傲慢地走到会议室中央，四下环顾了一圈，"从现在起，这里就是我的地盘了，该滚的是你们！"

我是后来才知道，一周之前，学校新一届的纪律检查委员会竞选，夏之翰由于种种原因而落选了，他的会长位置被之前的副会长周子俊取代。周子俊一直对金少天很不爽，上台后第一件事就是要解散万能委托社，但夏之翰反对，事情一直胶着着，这几天周子俊把事情闹到政教处，非说万能委托社涉嫌诈骗，还拿出了不少所谓的"证据"。老师相信了，所以周子俊便带着一帮人过来查封了社团，征用为自己的办公地点。但是当时我并不知道这些，要不是王建宁充当和事佬，我跟张家男恐怕跟他们打起来了。

王建宁把我们拉到了阳台上："哥、姐，情况已经够复杂了，你们别再惹事了。"

"太过分了，他们凭什么这样做！"

张家男喊起来："难道我们就任由那孙子……"

"嘘！小声点！"王建宁赶紧捂住张家男的嘴巴，"现在社长万念和副社长金少天正在政教处挨训，估计还得挨处分，万能委托社已经解散了！你们别跟那个周子俊吵了，不然金少天和万念可就不是挨处分了，开除都说不定！"

我跟张家男稍稍冷静下来。

"现在怎么办？"我问。

"还能怎么办？撤啊，留得青山在，不愁没柴烧。君子报仇，十年不晚！"

我跟张家男不再说话，跟着王建宁走出阳台，下了楼，周子俊这会儿已经在客厅指挥大家搬东西，他站在客厅中央，正在跟人打电话："我办事，你放心，已经搞定了。接下来还是原计划，嗯，人都找好了，绝对万无一失……"

我不小心对上了周子俊的目光，感到一股子阴冷。他朝我冷冷笑了笑："好走不送。"

离开万能委托社后，我情绪低落地回到了宿舍，我有点担心万念和金少天，给他们发了微信，但他们都没有回我。

这时，夏之翰打来了电话，我犹豫了一下，还是接了。

"珊珊，社团的事情我刚听说了，真的很抱歉。"

"我已经知道了，不是毛毛哥的错，都怪那个周子俊！"

"我跟他一直理念不合，但我没想到他会算计我。"

"你那边……还好吧？"

"我没事,其实这个会长我早就不想当了。"那边停顿了一下,"你今晚有时间吗?最近发生了不少事,有些话,我还是想跟你当面说清楚。"

我攥着手机,心里说不出的难受。

我本想趁上次的机会跟夏之翰断了关系,可我发现自己根本做不到。

06

晚上九点,我按照约定,来到校外公园的门口。最终,我还是答应跟夏之翰见面了,我决心不再逃避,我要跟夏之翰摊牌,告诉他一切实情,即使最终我跟夏之翰没有结果,也绝不能像现在这样不明不白。此刻夏之翰还没出现,我正刷着手机,一个穿卫衣的男生走向我,他深埋着头,我看不清楚他的脸:"美女,请问长南大学怎么走?"

"你往前走,第一个路口左转三百米就到……"我还在指路,只觉得眼前一黑,有人从身后用麻袋罩住了我的头。

我刚要大喊救命,问路的那个人便用一团布塞住我的嘴巴,接着我便被两个人拖走了。

在挣扎的过程中,我还是扯掉了罩头的麻布袋。我发现几个蒙面的男人正拖着我穿过公园的小树林,直觉告诉我他们不是想对我做什么,而是要带我去某个地方。我找准机会,伸手抱住一棵树干,死也不松手。几个人着急了,揪住我的头发往前拽,我疼痛难忍,还是松了手,脑袋撞在了一个树干上,只觉得眼冒金星。

这时我隐约听到有人叫我的名字,我还以为是错觉,渐渐地,声音大了起来:"张爱珊!"

小树林里漆黑一片,只有几道手电筒的光束在胡乱闪动,前方一个黑影冲上来,我认出他的声音:"金少天!是你吗金少天?救命……我在……"

我的嘴巴再次被人堵上,但这次我感觉到了希望,我再次抱住身前的树干,这次说什么也不松手了。几个人拼命拽拉我,不一会儿,金少天已经冲上来,他一脚踢开我身后的人,抓起我的手就往回跑。但是我跑得太慢,没跑两步几个人就追上来,其中一个人一棍子敲打在金少天的后脑勺上,金少天闷声倒地,我跟着一起绊倒,吃了一嘴的枯叶。

"呸!"我吐掉嘴里的枯叶,想要扶起金少天,有人再次揪住我的头发往后拉,我仰倒在地。

"放开他!"又一个身影冲过来。

"毛毛哥！"我再也忍不住，哭了出来，"毛毛哥……"

夏之翰捡起一根木棍胡乱挥舞，把几个人暂时吓退，他转身过来拉我，身后的人立刻逼上来。

"小心！"我大喊一声。

一根棒球棍挥舞下来，夏之翰抬起手臂扛下了一击。夏之翰转身将一个人踹倒，从口袋里掏出了手机，朝着人群说道："我刚已经报警了！警察马上就过来！！"

对面四个人停了下来，似乎在犹豫要不要继续，这时候，金少天也从地上爬了起来，对方见情况不妙，不再恋战，捡起手电筒跑了，最后消失在小树林里。

一切像是在做梦，我叫来了救护车，金少天和夏之翰被送进医院。至于我，主要是惊吓过度，并没受什么伤，简单处理了一下伤口便跟警察去派出所录了口供。警察调出当时公园路口的录像，然而天色太黑，作案人全戴着口罩和连衣帽，看不清楚脸。警方认为可能是人贩子，但也不排除是熟人作案，问我最近有没有得罪什么人，我想了半天也没头绪，要是警察抓住那些绑架犯，我真想好好问下他们，我张爱珊何德何能啊，竟然值得他们如此兴师动众。

录完口供已是深夜，我没敢把这事告诉老妈，张家男护送我回了宿舍。第二天，我去医院看到金少天和夏之翰时，才稍微有了一点真实感——是的，我张爱珊被人贩子绑架，要不是他们两个及时出现说不定他们就成功了，现在我已经在大山里给人当媳妇了。

说来也巧，当时的金少天刚好路过——对于这个路过我是有怀疑的，后来我才知道，他果然是听闻我跟夏之翰要见面才专程赶过来"堵截"，至于他为什么会掌握我的行踪，是因为他居然已经"收买"了小七，让她成了他的眼线。夏之翰赶到时，我已经不见了，可他却看到一个熟悉的身影正往公园深处追去，于是他什么也没想，跟着追上去，最终有了小树林里的那一幕。

"珊珊？"夏之翰轻声唤我。

"啊？"我回过神来。

"你怎么了？"

"没事。"我将削好的苹果递给夏之翰，"来，毛毛哥吃苹果。"

"我也要吃。"同在一间病房的金少天没脸没皮地喊起来，他脑袋上缠着绷带，一副大老爷使唤丫鬟的模样，我严重怀疑绑架犯那一棍把他的脑袋给打坏了。

我拿起一个苹果，金少天又不满地喊起来："换一个，这个苹果太小了！"

我深吸一口气，告诉自己空气是多么新鲜，世界是多么美妙，然后挑选了一只最大的苹果削起皮来，刚削一半，夏之翰又说话了："珊珊，我肩有点疼。"

我赶忙放下苹果，帮夏之翰按肩。

"我脖子也疼。"金少天又喊了起来。

我白了他一眼："你不是伤了脑袋吗，怎么脖子疼了？"

"昨晚没睡好，落枕。"

"好好好……"我无奈，转身给金少天按摩后脖颈，刚按摩两下，身后又传来夏之翰的咳嗽声。

我转身："毛毛哥，你怎么了？"

"没事，喉咙有点痒，我想喝水……"

"我也要喝水。"金少天也喊起来，"别太冷，别太热，最好是恒温……"

"知道了知道了！这就给你们倒水，都好好躺着！"我要崩溃了，这两人哪里是需要我照顾，根本就是较上劲了，男人怎么都那么幼稚！我走出病房，去热水处接了一瓶开水，往回走时，发现一个熟悉的人影正站在病房门外，我愣住了，是江阿姨。

我没出息，只想掉头就走。

"张爱珊！"江阿姨喊住了我，她神色很憔悴，应该出门很匆忙，都没来得及化妆。

我低着头，慢慢走过去，不敢看江阿姨的眼睛。江阿姨的声音微微颤抖："他都伤成这样了！你还要瞒我到什么时候？"

"对不起！江阿姨……"

"我早跟你说过，你跟他在一起只会伤害他！请你以后离我儿子远点，不要再跟他有任何瓜葛……"

"妈！"夏之翰还很虚弱，他不知道何时扶在了门口，"妈，别怪珊珊，是我不想让你知道。"

江阿姨愣住了。

"妈，我已经知道了，那晚是你把珊珊赶走的吧？她送我的护身符你是不是也偷拿走，然后还给了她？"

"毛毛，妈是为你……"

"别说了，我早就知道了。"

江阿姨愣住了："你……已经看到了族谱？那是真的，你如果执意跟她在一起，会有生命危险的！"

"那又怎么样？"夏之翰目光坚定，他看向我，眼底尽是温柔，"我不在乎，也不相信……"

"夏之翰，有些事，你不信也得信。"金少天走出了病房，他扶着墙壁，还有些站不稳。我上前扶他，"你就别来添乱了，医生说了脑震荡不要走动……"

"张爱珊。"金少天打断我，"你不是想知道我的秘密吗？现在让我来告诉你吧。我、你、夏之翰，我们三家一直有恩怨，千百年来，从没有化解过。"

我呆住了。

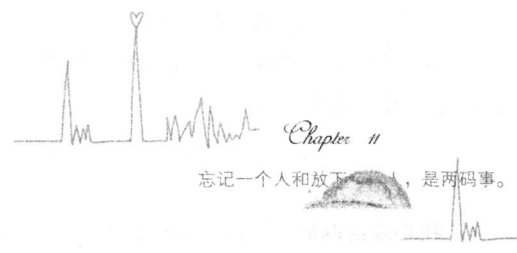

Chapter 11

忘记一个人和放下一个人,是两码事。

01

金少天和夏之翰躺回了病床上,我跟江阿姨各自坐在他们的床边,一起面对着眼下的荒唐事。如果不是因为我有催眠术,金少天有读心术,如果不是因为我已经接受了这个世界确实存在着非自然力量,那么我一定会认为自己的生活是一本魔幻现实小说。

按照江阿姨的描述,金少天的补充,我用有限的脑容量大概还原出了我们三个家族的恩怨。

在很多年前,具体哪个朝代已经不可考,总之,那会儿的夏家是权势滔天的名门贵族,而张氏一族是有名的女祭司,为了延续张家的血脉和能力,生下的女儿都只跟母亲姓。

当时夏家的长子夏楚风痴爱上张氏一族的小女儿、同时也是张氏的继承人张亦瑶,整日茶饭不思、魂不守舍。然而张亦瑶跟金氏一族的少将军金林羽是青梅竹马,两家很早以前就定下了娃娃亲,金林羽年轻有为,在外征战,屡立战功,待最后边疆一战结束后,便会回来迎娶未婚妻张亦瑶。

夏家一方面担心金家威胁到夏家的权力地位,一方面也觊觎张氏一族的继承人张亦瑶,以达到政治联姻、巩固权力的目的,最终设计诬陷金家,说他们拥有魅惑人心的邪术，且伪造他们勾结外敌谋反的证据，最终金氏一族被抄家，全部流放到南海一带，永世不得为官。夏家的长子夏楚风最终迎娶了张家的继承人张亦瑶。

然而好景不长，夏楚风在迎娶张亦瑶的三年后忽然暴毙，夏家认为张亦瑶是灾星，便把张亦瑶逐出家门，从此张夏两家势不两立，断绝往来，且在夏家的祖训里，夏家的子孙永远不得靠近张姓女子，否则必引来血光之灾。

"张爱珊，你知道毛毛的爸爸是怎么死的吗？"

"妈！"夏之翰打断她的话。

"我必须告诉他！"江阿姨坚持要说，"他在毛毛五岁生日那晚出车祸死了。当时毛毛他爸在乡下支教，那天雨特别大，他没赶上回城的大巴，但又急着回家给毛毛庆祝生日，便搭了一辆顺风车。"江阿姨红着眼睛看向我，"那辆车，就是你爸的警车。"

我怔住了："难道说……"

"没错，你当时也在车上，那是一场大型追尾车祸，死伤几十个人。我丈夫和你父亲也死在那场车祸中，而你当时也在车上。"

"怎么可能？！"我难以置信，"我一点印象都没有了！"

"你那会儿才三岁，会把这些事忘记也正常。"江阿姨叹了口气，"我跟我丈夫结婚不到两年，我婆婆就过世了。婆婆临死前拿出夏家的族谱特意叮嘱我，因为她的儿子从不信这些，她只能拜托我，让我照看好他，别靠近张姓女子。那时候，我也只当成是老人家的迷信，谁知道后来，我丈夫就真的因为遇上你而死去了。"

"妈……这只是巧合！"夏之翰说。

"巧合？"江阿姨情绪激动，"一次叫巧合，两次、三次还能叫巧合吗？"

江阿姨看向我："毛毛他爸过世后，我没再改嫁，一年后，你跟你妈搬来了我家隔壁，我们成了邻居，我一开始并没有认出是你们母女，毕竟当初只跟你们有过一面之缘。那年暑假，你妈把你寄养在我家，就是那段时间毛毛差点死了，我才恍然想起为何你们母女有些眼熟了。"江阿姨叹了口气，"唉，真是命运弄人……"

"可是……我都不知道。"我难以置信。

"你当然不知道。那天晚上，他在路边的树下捡蝉蜕，差点被一辆车撞死，幸好一个路人眼疾手快才把他给救下来。后来还连续发生了好几次类似的事情，我不相信都不行了。"

"所以……"我恍然大悟，"阿姨你当年……是故意搬走的？"

"是。我根本没有给你妈留下新住址，后来也没回来看过你们。"

一时间我百感交集，原来这些年，我找不到毛毛哥不是因为我不够努力，而是江阿姨一直在躲着我们。

"这么多年过去了，我以为一切都结束了。可没想到你还是找上了毛毛，还跟他上了一所大学。"江阿姨哭了，"老天爷为什么就是不肯放过我们夏家呢？夺走了我的丈夫还不够，现在连我的儿子也要夺走……"

江阿姨情绪再次失控了，她抓住我的双手："珊珊，你少毛毛这一个朋友没什么大不了，你还有那么多朋友，那么多男孩可以考虑，可是江阿姨就他这么一个儿子啊，我说什么也不能再失去他了！我要是连他也没了我活着还有什么意思呢？珊珊，就当阿姨求你了行吗？阿姨给你磕头！"

江阿姨跪下来，我赶紧扶她起来："江阿姨，你别这样……你真别这样……"

我也要哭了，最后还是夏之翰把江阿姨扶起来。过了一会儿，江阿姨情绪稳定了些，她不再说话，只是坐在夏之翰的床边，低头抹着眼泪。

我完全不知道要怎么办，信息太多，一时间根本消化不过来。

我看向金少天，希望他能告诉我这不是真的，可他没有说话，他脸上的表情说明了一切。后来我才知道，金少天那天去夏之翰家做客，上厕所走错房间是故意的，就是为了找夏家的族谱。那晚他忽然就跟我表白了，并不单纯是出于私心，也是为了保护我和夏之翰不受"诅咒"的伤害。

夏之翰柔声安慰着江阿姨，待到江阿姨情绪稳定下来，他才问金少天："其实我以前就怀疑你是不是有什么特殊能力，没想到你果然会读心术。"

金少天默认。

夏之翰又看向我："这样看来，珊珊你的催眠术也是特殊能力？"

我点点头。

"金少天，如果说我们夏家的祖先做了对不起你们金家的事，这么多年，也受到了应有的惩罚，这份仇恨还要延续到什么时候？如果你们家族对我们家族施展了什么诅咒，希望你能为我解开。"

夏之翰等待着，我也在等待着，但金少天没有回答。

夏之翰笑了："就算你不解开，我也不会放弃珊珊……"

"毛毛！"江阿姨喊起来，"你会死啊！"

"我的命运我自己掌控。"夏之翰很决然,"我喜欢的人我也会自己抓住。"

金少天说不上是冷笑还是苦笑,他靠着床头,闭上眼睛:"夏之翰,我还不至于那么下作。如果我能解开这个诅咒,我早就解开了;如果是通过这种方式让张爱珊离开你而选择我,也不是我要的结果。"

夏之翰微微一愣,露出惺惺相惜的笑意:"老规矩?"

"公平竞争。"

虽然有点不应该,但那一刻我竟然莫名感觉到有点燃,可是等等……我现在好像不是在意这个的时候啊。这两人是认真的!他们喜欢我,要追我,那我到底喜欢谁呢?明显是毛毛哥啊,可是为什么……我竟然在迟疑?我不敢再深想,张爱珊,你真应该遭天谴!

"不过,当务之急还是要弄清楚诅咒到底是什么。"金少天的话将我拉回了现实,"我们两家的族谱缺失都很严重,很多信息都丢失了,现在,最关键的部分恐怕要靠张家的族谱来完善了。"

夏之翰和江阿姨纷纷看向我。

"珊珊,你家族谱怎么写的?"

"啊?我家吗?我从不知道我家有什么族谱。"我忽然想到了什么,"啊!外婆!我外婆肯定知道,我去找她问!"

02

外婆不爱用手机,家里也没有座机,电话是联系不上的。周末,我让张家男陪我回了一趟乡下,才发现外婆住的老宅子大门紧闭。我们问了一下外婆的邻居,才知道外婆最近出了趟远门,偶尔也会有一些慕名而来的外地人,找外婆远赴他乡给死者超度,短的话两三天,长的话十天半个月。我没办法,找邻居的阿姨借了纸和笔,留下一张字条贴在外婆家的门上,让外婆回来立刻联系我。

之后,我一边等待着外婆的联系,一边继续着大学生活。不知不觉,就到了第一学期的末尾。深秋时节,校园里的落叶越来越多,天气也在逐渐转冷,大家纷纷换上了毛衣和外套,同学们也不再每天往堕落街跑,更多时间会泡在图书馆复习,不求考多少,但求不挂科。

那天下午,我上完专业课后回到寝室,小七的男朋友找过来了,她出去约会了;苗苗有事回了趟老家;宿舍里只剩下陈安娜,她突然邀请我去看流星雨。

"流星雨！真的？！"

"嗯，新闻上说，听说是百年一遇的狮子座流星雨，今晚要是错过，这辈子都别想再看到了，要不咱俩去？"

"好啊好啊！不过……这么浪漫的事不应该跟喜欢的男孩子一起去看吗？"

陈安娜双手一摊，翻了个大白眼："你当我想跟你去啊，这不是身边还没有顺眼的男孩吗？"

"怎么会，追你的人那么多。"

"宁缺毋滥。"陈安娜对着镜子涂睫毛膏，"准备一下，十分钟后出发。"

晚上八点，我跟陈安娜坐地铁来到星城的月鹿山脚下，我们在肯德基随便吃了点，便往山上走。不知道是不是流星雨的缘故，今晚登山的人特别多，陈安娜一看山路上摩肩接踵、人山人海，立马放弃徒步登山，改去缆车处买了两张票。

我跟陈安娜坐上缆车，缓缓上升，起初我还不觉得，当缆车升到半山腰而我的双脚已经悬浮在空旷又漆黑的山沟之上，我开始感觉害怕，紧紧抓着扶手，脖子伸得笔直，不敢往脚下看。身旁的陈安娜笑："至于这么怕吗？"

"我……我恐高……"

"放心啦，真摔下去了也死得很快，没有痛苦。"

"别说了别说了……"我要哭了。

"真是个胆小鬼。"陈安娜忽然有些幽怨地叹了口气，"张爱珊，真羡慕你呀！"

"哈？羡慕我？"

"你知道的吧，我之前喜欢金少天。"陈安娜说。

我点点头，这时候要再装糊涂就太虚伪了。

"放心，我现在已经不喜欢他了。不管我多么喜欢一个人，只要他不喜欢我，那么他也不再值得我喜欢；值得我喜欢的人，一定也是要特别喜欢我的人。"陈安娜笑了，这一刻我觉得她的笑容特别美，比以往都美，既骄傲又倔强，以后能跟她在一起的男孩一定很幸福吧。

"你呢？你跟金少天怎么样？"陈安娜又问，偶尔我们之间也会说一说心事，金少天和夏之翰的事她还是知道一点的。

我不知道怎么回答。

"喂，讲真，你到底喜不喜欢他啊？"

"我……"我以为我会说不喜欢，开口却成了，"不知道。"

"不知道就是喜欢喽。"陈安娜下了结论。

"怎么可能！我喜欢的是毛毛哥！"

电缆车缓缓往山顶前进，陈安娜看向夜空，明亮的眼眸转了一圈："小时候妈妈给我买了很多漂亮的芭比娃娃，我会把这些芭比娃娃带到学校，送给同学，所有人都觉得我喜欢芭比娃娃，我自己也这样觉得。直到后来，我才发现其实我好像并不是那么喜欢芭比娃娃。"陈安娜鼓起嘴巴，思考了一下，"怎么说呢，人有时候很奇怪的，你喜欢的东西并不一定真的是你喜欢的东西，只是你自认为应该喜欢的东西。其实你真正喜欢的东西，可能是你之前想也没想过的东西。"

我似懂非懂："所以，你是说……"

"我也不知道自己在说什么，你别当真。"陈安娜歪头冲我笑笑，忽然她收回笑容，"对了，你还记得姜崇吧，我之前交过的那个男朋友？"

"嗯。"我点点头，何止记得，还印象深刻。

"分手后我们就没有联系了，他最近忽然找上我，找我打听你的事情。"

"啊？我的事？"

"嗯，我觉得很可疑，什么都没跟他说。总之，你以后小心点，那个人深不可测。"

我点点头，鼻子有点酸："安娜，你真好，谢谢你！"

陈安娜打了个哈哈："少来啦，肉麻死了。"

月鹿山的山顶建有一家名为"追星踏月"的西餐厅，这家餐馆很有名，顶层是露天的，据说也是月鹿山的最高点，在顶层用餐的客人可以把整个星城的风光尽收眼底，遇上节假日想来这而吃饭还得预约，今晚这里自然也是最适合观星的地点。

我跟陈安娜点了两杯咖啡和一份甜点，来到餐厅的顶层。果然，这一层的客人格外多，我跟陈安娜看准一个不错的位置，赶忙走过去。刚走两步就撞上一个人的肩膀，对方身材高大，动作粗鲁，我整个人几乎是被弹飞了出去。

"小心！"一双手从身后扶住了我，我回头一看，竟然是夏之翰。

"毛毛哥？"

"好巧。"夏之翰微笑。

"张爱珊？！你怎么在这儿啊？"撞到我的人是张家男，原来他也要去抢空座位。不仅是他，王建宁、万念、金少天都过来了，想来也不奇怪，金少天那么喜欢天文，怎么会错过这么好的机会。

说起来，自从金少天和夏之翰出院后我就再没见过他们任何一个人。因为我答应了江阿姨，在找外婆弄清"诅咒"一事之前，再不跟夏之翰见面，夏之翰起初不同意，但最后还是妥协了。那之后我也没再找过金少天，因为我内心深处觉得这样做对夏之翰是一种背叛。金少天也很默契地没再找过我。

这次能在月鹿山顶意外相遇，其实我心里还挺开心的，但是这个金少天，看见我了居然招呼也不打，双手插兜，径直走到空座位上坐下。我简直气不打一处来，之前不是还口口声声说要跟夏之翰公平竞争吗？刚才我差点摔倒了，可他竟然像是没看见一样，就这样的表现我直接给他打零分。

我气冲冲地走过去："这是我跟安娜先看上的位置，你让开。"

金少天抬头瞄我一眼，一脸"同学你哪位"的嫌弃，他跷起二郎腿："座位够，一起坐。"

"谁要跟你一块坐啊。"我还要说什么，夏之翰已经走过来："珊珊，这里没有空位了，要不咱们就一起吧？"

"好。"如果我有尾巴，此刻一定摇了起来。

陈安娜对于拼桌也没意见，大家便挤着一张圆桌坐下。时间是九点半，差不多到了新闻里预测的时间，夜空繁星闪烁，但仍然没有流星雨的迹象。我们一边抬头守着不知何时会出现的狮子座流星雨，一边聊着各自的近况。

万能委托社的办公地点被征用后，金少天依然还在经营他的"生意"，更多时间待在堕落街的办公地点，万念依然是他最忠实的副手。王建宁则退出了社团，他最近面试一部古装大戏，拿下了一个小配角，下周就要去跟剧组了。我问是什么角色，王建宁绕了半天不说重点，最后万念道出真相：小太监。一桌人哄堂大笑。

至于张家男，虽然他没有退出社团，但也很少去找金少天了，他最近一门心思想着追回林欣欣。其实这次来看狮子座流星雨也是他的提议，他本来是想约林欣欣来的，但林欣欣竟然跟朱文天一块去看了，据说朱文天的父亲就是狂热的民间天文学家,直接带他们去了星城最好的观星地点用天文望远镜看。

张家男气得不行,为了排遣寂寞,就找上大伙一起来了。夏之翰最近在考雅思,学习之余就去图书馆查阅资料,醉心于研究"神秘学"。大家对此都很不解,夏之翰只是笑笑,也不解释,只有我知道,他一定是在为了破解"诅咒"让我们之间能正常相处而努力。

现场忽然有人叫起来:"流星雨来了!"

我们纷纷抬头,头顶上空,一颗流星飞快地由南向北划破了天际,接着,越来越多的流星快速出现,又快速消失。怎么说呢,眼前的流星雨并不比一束烟花更美丽,相反,它寂静无声,在那璀璨的星空之中就像一群微小的浮游,很容易就被忽略。但那一刻,一种奇异的浪漫和神圣感还是将所有人笼罩,这是流星啊,是从宇宙最遥远的某个地方流浪过来的,最终,它们降落在我们的星球,只为了这一刹那的绽放,能有缘见到它们的人何其幸运啊。

王建宁大喊一声:"愣着干吗?许愿呀!"

大家恍然大悟,纷纷双手合十,仰头望着星空许愿。我正要许愿,胸口忽然传来一阵剧痛,像是被什么东西给狠狠撞击了一下,接着,四周的声音离我远去,我感觉自己的意识似乎脱离了肉体,飘向了空中。我不知道那个过程持续了多久,慢慢地,周围的声音再次回来,我的身体又重新有了真实感。

回过神时,我已经浑身冷汗,脚步虚浮,所有人还闭着眼睛在真诚地许愿。这时一只手抓住我,是金少天,他脸色苍白,似乎也是刚从鬼门关里走出来。

"金……"

"跟我走。"

金少天摇摇晃晃地拽着我离开西餐厅,当然我也好不了多少,全程都跌跌撞撞,随时会摔倒。出了餐厅,我们在附近相对僻静的一个断崖处,确认四下无人他才松开了我的手,躺倒在地大口地喘气。

我也一屁股坐下:"你、你没事吧……"

"没事,你呢?"金少天反问。

"不知道,刚才突然好难受,但是现在缓过来了,应该……没事了……"我摸着胸口,心跳已经平复下来。

"真奇怪，"金少天抹了一把额角的汗，"刚才流星雨出现的时候，我发现我的读心术失灵了。"

"我也是！"我大喊一声，"好像有一块巨大的磁铁把我体内的什么东西吸走了似的，不过现在，它们又回来了。"

"看来我的猜测果然没错。"

"什么意思？"

"在我的族谱上有提到过流星，更多的信息已经不可考证了，破损的部分也无法修复。但我一直认为，它跟我们两个家族的能力有着密切关系。上大学后，我一直在资助一个天文民间团体，也弄到了不少陨石碎片……"

"啊！原来那个是陨石碎片。"我想起来了，我跟金少天第二次见面时，他逼我做他的契约情侣，还拿出一块石头，我当时还以为他要砸我呢，现在想来应该就是陨石碎片吧。

"嗯，当时我发现不能读你的心，所以想看看你对陨石有没有反应……"金少天忽然猛地回过头："谁？！"

我吓了一跳，顺着他的方向看去，背后是通过餐厅的水泥路，路灯坏了，漆黑一片，路边的灌木丛里传来了窸窸窣窣的声响。

"金少天你别吓我啊……"我有点发毛，"这地方，不会有什么野兽吧？"

"不会，应该是错觉。"金少天不确信地揉着太阳穴。

我手机响了，我看了一眼，是张家男打来的电话，我对金少天说："我哥在找我们了，我们回去吧？"

"好，今天的事咱们先保密，别对任何人说。"金少天起身，伸出手，轻轻一拉，就将我拉了起来。不知道为何，这一幕是那么熟悉，我脑袋微微有些眩晕，我慌忙松开了手，心跳却又加快了。

03

当晚从月鹿山回来，我沉沉睡去，一夜无梦。之后的几天，我的催眠能力并没有消失，也没有增强或者削弱之类的感受。跟金少天微信交流，他跟我的情况也差不多，对此没什么头绪。这样，我暂时放松了警惕，把更多精力投入到了复习当中。

周六晚上，我没去图书馆，而是参加了一场学校的联谊舞会。这个联谊舞会算得上是长南大学的优良传统了，每到学期末的时候都会举办一次，通常是由大三和大四的单身学长们发起，邀请大一、大二的单身学妹们参加，大家跳跳舞、聊聊天，交个朋友；感觉好的话，关系还可以进一步发展，据说每学期的期末联谊舞会都能促成不少情侣，造福了不少单身狗。

我原本是不打算参加的，毕竟我虽然是单身狗，却是一只情况特别复杂的单身狗，不能跟其他单身狗一概而论。不过寝室里的三个姑娘都跃跃欲试，留我一个人在寝室啃书实在是太残忍了，最后我还是决定去凑个热闹，我告诉自己：不跳舞，不撩汉，就做一个单纯的吃货。

舞会是在学校的新礼堂举办的，市内装点得温馨浪漫，自助餐点的酒水和食物也都很好吃，看得出学长们很有诚意，撩妹果然舍得下血本。舞池的两边各摆上几十张凳子，左边坐着跃跃欲试的学长，右边坐着盛装出席的学妹，主持人活跃了一下气氛，大家便开始自由活动。

胆大的学长率先鼓起勇气穿过舞池，邀约心仪的学妹跳舞——有些答应了，有些则婉拒了。我发现像苗苗和小七这种，反而比较受欢迎，不一会儿就被人邀请去了舞池；像陈安娜这种，反而少有人来问津。但我知道，不是陈安娜不够优秀，恰恰相反，她太优秀了，给人一种高不可攀的感觉，换作我是男生，估计也不想"自取其辱"。

这时有人轻拍了下我的肩，我被吓一跳，本能地喊起来："我不会跳你找别人……"

"珊珊，是我。"

"欣欣？！"天哪，我差点要认不出来了，林欣欣穿着大方得体的露背白色礼裙，在灯光下皮肤白净得简直要发光，跟仙女似的。我承认我嫉妒了，我捏了一下林欣欣的脸，"气死我了，你怎么越来越好看了啊，我们没法做朋友了。"

"哪里呀。"林欣欣红了脸。

我还要说什么，一个声音传过来："这位学妹，我可以邀你跳支舞吗？"

我转身，是朱文天，他今天显然有备而来，一身好看又精神的休闲西装，换上一副贵气的金框眼镜，绅士得不行，他微微屈身，朝林欣欣伸出手。

林欣欣微微迟疑，伸出了手。

朱文天领着林欣欣来到舞台中央，两个人随着音乐跳起了交际舞。朱文天应该专门练过交际舞，步伐稳健，节奏感也很好，他全程引导着林欣欣，很快，两人就成了舞池中最闪耀的一对。

我坐在观众席上，看着他们翩翩起舞，我应该为林欣欣感到开心的，可不知为何我竟有些说不上的失落。几秒后，我知道自己为何失落了，因为张家男出现了。

张家男今天的模样吓了我一跳，当然不是惊讶，是惊喜。他把头发染回了黑色，剪了一个清爽干净的寸头，骚气的耳钉也摘下来了，手臂上的文身也洗掉了，他的着装也不再浮夸，油腻气质荡然无存。我也是后来才知道，如今的张家男彻底跟余乐那群狐朋狗友划清了界限，也不再去酒吧鬼混，每天早起早睡，好好上课，俨然成了一个好学生。

"怎样，赏脸跳支舞吗？"张家男朝我伸出手，他讲话的样子也比之前稳重多了。

"我的妈！你你你……"我捏了捏张家男的脸，"你到底是谁？快把我哥还我！"

"别闹！"张家男打开我的手，笑容中竟然透着少年的青涩。

"你找我跳舞干吗？你去找林欣欣啊！"

"我今天就是为她而来，不过需要你的帮助。"

看来张家男是真的变了啊，换以前他看到林欣欣跟朱文天在一起，肯定会生气地上去搞破坏，可这次他竟然知道曲线救国了。为了老哥的幸福，妹妹我这张老脸也豁出去了。

我跟张家男步入舞台，笨拙地跳了起来，张家男的目光一直盯着林欣欣，几乎没有离开过。

"喂！还要跳多久呀……"第三次被张家男踩到脚时，我实在坚持不住了。

"不知道，难道舞会没有换舞伴的环节吗？"张家男问。

"你当是在演电影啊。"我翻个白眼。

"你不是会催眠术吗，给老哥创造一个机会。"

我叹了口气，算了，送佛送到西，我跟张家男继续跳着，慢慢朝着一旁的主持人靠近，我找准机会，一个旋转的动作，目光跟主持人交会了两秒。主持人猛地绷直身体，拿起话筒："各位同学，下面就请交换各自的舞伴吧。"

主持人的提议引来了大家的热烈响应，张家男找准机会靠近朱文天和林欣欣，他将我轻轻一推，我一头撞到朱文天的后背。朱文天松开林欣欣，回头看向我，我也顾不上撞疼的脑袋，没羞没臊地抓住朱文天的双手："学长，教我跳一会儿吧！"

朱文天有些为难，可当他再回头时，张家男已经很自然地牵过了林欣欣的手。朱文天看穿了我的小把戏，嘴角泛起一丝苦笑，但什么也没说。在朱文天的引导下我几乎不需要思考，每一步都能踩对拍子，动作也很流畅，果然跟会跳舞的人一起跳，真的是一种享受啊。

相比之下，张家男那边就有点惨不忍睹了，要说跳街舞，张家男可以给你跳出花来，但是交际舞他全然不会。

林欣欣倒是会跳，但是她的老毛病又犯了：那就是一在张家男面前就会过度紧张，最后两人像是断线的木偶，动作僵硬，脚步凌乱，他们合在一起，简直像是一只不受控制的陀螺，不停地撞到其他舞伴。

"呀……"

"对不起！对不起……"

"哎呀，小心点……"

"不好意思……"

张家男努力想要找回节奏，却事与愿违，一脚踩在林欣欣的脚尖上，林欣欣"呀"了一声，身体失去平衡往后仰；张家男立刻跨腿，伸出手臂，做出一个街舞中才会出现的高难度动作把林欣欣给捞了起来。由于用力过猛，只听到"刺啦"一声，张家男的左裤腿裂开了，这一幕是多么似曾相识。

跳舞的同学们先是一愣，很快哄堂大笑，张家男面红耳赤，他扶稳林欣欣后，转身就走。长这么大，我还是第一次看到这样的张家男，以前的张家男是多么自恋和臭美啊，就算出了丑，就算很尴尬，也绝不会露出这样既失落又自卑的背影。可这一次，张家男深埋着头，没人看清他的表情，他咬着牙，揪着自己裂开的裤腿，灰头土脸地挤开人群。他或许并不害怕丢脸，但这一次，他很害怕给喜欢的人丢脸。

"张家男！"笑声中，林欣欣朝张家男大喊了一声。

张家男的背影狠狠一颤，他不确信似的回过头。

林欣欣挽着礼裙飞快地跑向观众席，从座位上的包里拿出随身携带的针线盒，接着又跑向张家男，也顾不上大家的眼光，直接在张家男的脚边蹲下。

"不用了，没事……"张家男面色为难。

"别动！"林欣欣专注地穿好针线，"几分钟就好。"

张家男像个犯错被训的小孩子，不再说话。他杵在原地，吸了吸鼻子，终于忍不住捂着脸抽泣起来。

我跟朱文天早没再跳舞了，朱文天看着不远处的林欣欣和张家男，他赶忙脱下了自己的西装外套："去吧，替林欣欣遮一下背……"

我一愣："你，不过去吗？"

"我去干吗？"朱文天嘴边浮现一抹苦笑，"去抢林欣欣吗？"

我答不上来。

"我倒是希望爱情是场公平的比赛，可惜爱情它不是。张爱珊，我的确喜欢林欣欣，我也为此努力了，我们成了很好的朋友，但我们之间总是差了点什么，我说不上来，可能就是所谓爱情的花火吧，林欣欣对我没有花火。"

朱文天将外套塞到我手中："我以前不相信，现在有点相信了，爱情是真的分先来后到的。如果我跟张家男同时认识林欣欣，我一定不会输给他。可是我缺席了她的青春很多年，她的青春里全是张家男，我不是赢不了张家男，我是赢不了林欣欣。"

朱文天走了，留给我一个既落寞又绅士的背影。

我抱着衣服，上前给林欣欣披上，林欣欣还在专注地缝着张家男的裤腿，一点也不在意别人的目光，甚至不在意抽泣得不能自已的张家男。从小她就是这样，总会不由自主地奉献自己的全部，不计得失，不问对错，比起被爱，她更习惯靠本能爱一个人。真好啊，不管变得多美，她还是我认识的那个既善良又勇敢的林欣欣。

04

尽管我比谁都希望张家男和林欣欣能在一起，但事实并没有那么顺利。那晚，我们三人一起离开了礼堂，去操场上走圈散步，说了很多话。后来他们两个想单独聊，我有意保持了距离。快到熄灯时间，我跟张家男一起送林欣欣回了她的宿舍，然后我迫不及待地问张家男情况，张家男摇摇头。

"到底怎么啦？"我急死了。

"她问了我一个问题，我答不上来。"张家男抬头看向林欣欣的宿舍楼，"她希望我想清楚再回答。"

"什么问题？"

"她问我到底喜欢她什么？"

"就这么简单的问题？"我吃惊。

"很简单吗？"张家男反问，我一下语塞了。

那晚，我也在问自己，我喜欢毛毛哥吗？我到底喜欢他什么？我似乎也说不上来。我又想起了陈安娜那番话，我究竟是真的喜欢他，还是只不过我从小就觉得我应该喜欢他？然后，我还想起了朱文天那番话，他说爱情是分先来后到的，如果他也能跟张家男同时出现在林欣欣的生命中，他一定不会输。我脑海中蓦地浮现金少天的脸，如果我很早以前就认识金少天……

微信响起，金少天发来了信息，我的心脏怦怦狂跳，竟然有点做贼心虚的感觉。

金少天：睡了吗？

我：睡着了。

金少天：哦，那你醒了再看。明天下午上完课，来堕落街的办公地点报到。

我：干吗？

金少天：赚钱。

次日下午，我不情不愿——好吧，其实我是有点小期待地来到金大师的宅子里。自从万能委托社被查封后，我便没再接过任何委托，已经习惯"办案"的生活，每天只需要上课学习竟然还有些不习惯。

这次除了王建宁，其余成员都到齐了。万念打开手提电脑，上面出现一张合影。合影中的三个人都穿着登山服，站在皑皑白雪的一座山腰上，背后的高峰耸入云端，最左边的人是金少天，中间的人是夏之翰，右边的男生长得挺阳光，笑起来的样子有点神似刘昊然，他的脑袋被勾出一个圈，看来就是此次的委托人了。

"谁啊？"我问。

"这人叫秦海轩。"张家男负责解说，"家里特有钱，目前在长南大学攻读天体物理学硕士学位，跟夏之翰关系不错，之前还请他去瑞士登山滑雪。当时夏之翰跟金少天关系很好，就捎上了他，所以说认识土豪朋友就是好啊……"

金少天干咳一声："说重点。"

"重点来了，秦海轩父母都在国外做生意，他在校外住着一栋别墅，家政每周一和周四来两次，本来日子过得挺好，可最近这栋别墅却开始闹鬼。"

"闹鬼？！"我眼睛一亮。

"是啊，而且这鬼非但没有迫害他，还特别热心勤劳，没事就给他洗衣服，叠被子，准备饭菜，秦海轩每次醒来都发现家里大变样。秦海轩有点崩溃，就找人在家里安装了监控，结果什么人也没抓到，只有可能是鬼了。"张家男瞅了一眼金少天，"最后他就想到他的朋友金大师了。"

金少天点点头，基本认可张家男的描述："这事有点意思，张爱珊你要不要一起去？"

"去！必须去！"我对神神鬼鬼的东西可感兴趣了。

下午我翘了课，怀着强烈的好奇心跟金少天来到秦海轩家中。我本以为整个别墅都会阴气沉沉的，比如水龙头一直漏水啊，镜子自动碎裂啊，空气充满着腐败味之类的，但是完全没有，这栋别墅采光极好，室内明亮而整洁，完全没有让人不适的地方。

金少天在屋里来回走了两圈，问了秦海轩一些问题，最后要求看录像。秦海轩早等这句话了，立刻打开电脑，调出一段录像。

我跟金少天凑近一看，傻眼了。

录像不算清晰，但可以看见屋里分明有一个女孩子在忙前忙后，一会儿拖地，一会儿去房间叠衣服，一会儿又去厨房煮饭，忙完这一切，她再提着生活垃圾从后门离开了。

"这不就是田螺姑娘吗？"我率先开口了。

"什么田螺姑娘？"秦海轩一脸懵懂。

"视频里有个女孩啊，你看不到呀？"我问。

秦海轩激动地喊了起来："哪有什么女孩！我什么都没看到！这分明就是闹鬼！"

"你真的看不到？"金少天也问话了。

秦海轩迟疑了一下，又盯着视频看了一会儿，更加疑惑了："这里面哪有人？你们别给我故弄玄虚，来皇帝的新装那一套，哥才不傻！"

"你一个物理系高才生，怎么会相信鬼神这种东西？"金少天一脸鄙夷。

"你还有脸说！"秦海轩十分激动，"还不是被你给影响的，整天神神道道，给别人作法驱魔。滑雪那次，你给我讲的那个《雪山凶灵》的故事把我吓得半死，到现在我都还会做噩梦！"

金少天不再争论，摘下墨镜，看向一脸迷茫的秦海轩，耳朵微微抖动。金少天沉吟片刻，下了结论："你说得没错，这就是闹鬼。"

一旁的我下巴都要掉下来了，喂喂，金少天你的底线呢？秦海轩怎么也算是你的朋友啊，你连朋友都要坑吗？

"啊！？真的！我现在要怎么办……"秦海轩一脸惊恐。

"我刚开了天眼，所以能看到录像里的东西，是一个妖。"金少天一本正经地说。

"妖？！不是吧，她为什么要缠着我啊？"秦海轩脸色煞白，双腿都在打战了。

"得从自身找原因，你以前有没有情债？"

"我想想啊……"秦海轩掰着指头算起来，"一、二、三……"

"渣男。"我嘀咕。

"是谈过几个，但都是和平分手啊，她们也不是什么女妖啊，现在都过得挺好，我们还会经常在朋友圈互相点赞呢。不可能啊，不过有一个现在越来越像男孩了，该不会……是人妖吧？"

"拜托，人妖不算妖。"我扶额。

金少天又在屋里随意走动："这妖是个女妖，性情温和，喜欢操持家务，不会害人，你大可放心。"

"放心个屁啊？家里住着一个女妖，这也太瘆人了！"

"咳咳……"金少天朝我使了个眼色，重新戴回墨镜，"既然你不放心，就让我这位助理帮你好了，她祖上都是驱邪师，她现在是第三十六代传人，下面就请她来给你开坛作法吧，保证女妖不再缠着你。"

What？！这又是哪一出啊！金少天你就是这么卖队友的？秦海轩冲上来，激动地抓住我的双手："这位大师！一切就有劳你了！钱的事好说！"

"稍等！"我抽回手，抓着金少天走到一旁，"你搞什么？！我现在要怎么办？"

"你从小没少看你外婆作法吧，随意发挥下。"金少天不以为然。

"说得轻巧，我哪会什么……"

"我助理说没问题，开始吧。"金少天高喊一声，断了我的后路。

我哀叹一声，在心中将金少天的祖宗十八代都亲切地问候了一遍，开始努力回忆小时候外婆在乡下给人作法的情形。

我在秦海轩的家里找出几根生日蜡烛，据说是他去年在家搞生日派对时剩下的。我将蜡烛点燃,插在了一碗生米之中,接着我又找来一根马桶塞,披头散发,开始对着电饭煲作法,嘴里念念有词,反正什么"临兵斗者皆正列在前太上老君急急如意令"之类的瞎说一通,就当自己是在《中国有嘻哈》的舞台上即兴发挥一段freestyle了。

嘀咕得差不多了,我大喝一声,抓着马桶塞往屋外跑。我一口气冲到别墅前院的草地上,又是一番狂魔乱舞,跳完舞我将马桶塞一扔,开始在草坪上找东西,最后找到一颗田螺。虽然不明白草坪里为什么会有田螺,但管不了那么多,就它了!

我把那颗田螺捏在手心:"终于找到了,原来是你这只孽畜!还不快现回原形!"

秦海轩躲在金少天背后,不敢看。

"别担心,我已经将它打回原形!"我继续胡扯。

秦海轩这才鼓起勇气走上来:"哦,太好了……"他接过那颗田螺,忽然皱了皱眉,"唉,怎么一股爆炒田螺的味道,好像是我上星期喊的外卖……"

"没……没错!就是爆炒!你想想,为什么中国人都喜欢吃爆炒田螺,而不是清蒸或者红烧?因为自古以来爆炒都是一种降妖除魔的方式,跟吃大蒜驱鬼是一个道理。"

秦海轩若有所思,还在努力消化。

金少天不给他时间,抢过田螺:"放心,它今后不会再缠着你了,我现在就将这只田螺女妖带走,送她转世投胎。"

"这就……解决啦?"

"对,尾款你汇我账上就行。"

几分钟后我跟金少天坐上出租车打道回府。回去的路上,我一言不发,金少天主动开口了:"你刚才的演技不错。"

"不错你个头!"我气不打一处来,"到底怎么回事啊?"

"如果我没猜错,应该是PTSD。"

"啊?什么?"

"创伤后应激障碍,简称PTSD,是指个体经历突如其来的灾难或巨大的生活变故,受到巨大心理创伤,所导致的个体延迟出现和持续存在的精神障碍。患者会将最不愿意面对的记忆压抑到潜意识中,回避创伤的地点或与创伤有关的人或事,有些患者甚至出现选择性遗忘,不能回忆起与创伤有关的记忆。或者产生幻视,对不想看到的东西视而不见。"

我惊呆了,还真是活到老学到老:"所以说,那个女孩……"

"应该曾经给过他巨大的心理伤害,所以他将她从自己的世界里抹除。我刚读心的时候,有引导过他回忆自己的恋情,我隐约能感受到有一段记忆是空白的。"

"原来如此。"

"别担心,我会解决的。"

"你怎么解决?"

"我认识那个女孩。"金少天看向窗外,声音有些古怪。

"哇,这世界也太小了!那我们什么时候……"

"你不用去了。"

我愣了下:"为什么?"

"这案子结束了,你别管了,回去复习考试吧,剩下的交给我,钱到账了我不会少你那份。"金少天不留余地。

我俩回到学校,分别前,金少天似乎怕我跟踪他,竟然强行要目送我离开。我觉得自己虽然年满十八岁,但一定还处于非常严重的叛逆期,不然为何金少天越是不让我管,我就越想管呢?

我没回女生宿舍,而是从大学的北门绕去了堕落街。万念果然还在金大师的宅子里,没想到的是王建宁也过来了,他剃了个光头,正一边喝啤酒一边跟万念吹嘘自己在剧组的所见所闻。

"王建宁?!你从剧组回来啦?!"我差点没认出来,"你怎么剃光头啦,你不是说发型是你的命吗?"

王建宁摸了一下光溜溜的头:"我这叫为艺术献身!"

"演太监,清朝剧。"万念解释。

"哦,原来如此。"我笑嘻嘻地上前摸了摸他的小光头,"别说嘛,换了个发型后还有几分可爱。"

"去去去!"王建宁不接我的茬儿。

我想起了正事,翻出手机相册——当时在秦海轩家的时候,我将视频中的女孩拍下来了,不过我当时可没想那么远,纯粹是为了让自己的"开坛作法"与时俱进一点,显得更专业。

我把手机递给万念:"来,帮我查一下这个女孩。"

王建宁瞄了一眼:"唉!等下!这姑娘很眼熟啊!"

"你认识？"我吃惊。

王建宁抢过手机把图片放大："照片太模糊了，不过应该是何慧没错了。"

"何慧？"我重复了一遍。

"对，就是咱们大学民族舞蹈系的系花。我去年跟她在一个舞蹈社团，我们之前还搭档跳过一场舞蹈剧呢。"王建宁颇为自豪。

"你怎么什么社团都参加呀？"

王建宁十分自豪："身为一个演员，当然不能放过任何一个磨砺自己演技的机会，舞蹈剧也是非常不错的……"

"行了行了，知道了。"我对王建宁的演员梦没兴趣，"这个何慧，我想去见见她，你帮帮我呗。"

"小事一桩，包我身上。"

吃了晚饭，王建宁便带我去舞蹈室，何慧正好在练舞。舞蹈室里昏黑一片，只有舞台中洒下一道光，一个长发飞扬的女孩正在跳一段单人舞，她身材纤细、脖颈颀长，就像一只翩翩起舞的白天鹅，美丽、温婉，还透着淡淡的哀怨。

万建宁想要打断何慧，我阻止了他。

就这样，我跟王建宁站在门口，静静欣赏完了整段舞蹈。

一曲完毕，何慧停下来，转身到一旁拿毛巾擦汗，顺手打开了灯，然后就被我跟王建宁吓了一跳。

"嗨，何慧。"王建宁热情地上前打招呼。

"王建宁？你干吗不出声啊，吓死我了。"何慧认出王建宁，朝我们走过来，"她是……"

"学姐，你好，我叫张爱珊。"我赶忙自我介绍，"一年级动漫系的。"

"你好。"何慧微笑，近看才发现何慧的五官精致，眼睛又大又水灵，笑的时候卧蚕动人，整个人都散发着一股清泉般的纯净，这样的女孩根本就是直男斩啊。

我鼓起勇气："学姐，那个，我可以单独跟你聊一会儿吗？"

"有事吗？"何慧微微迟疑，毕竟这是我们第一次见面。

"嗯，有一点事。"我双手合十做恳请状，"绝不耽误你太久，拜托拜托！"

"好吧。"

王建宁离开后,舞蹈室就剩下我俩,何慧一边收拾东西一边等待着我的下文,我组织了半天的语言,发现还是不如开门见山:"其实,我是为了秦海轩的事情来的,事情是这样的,我们接到他的委托……"

何慧脸上的笑容立刻消失了:"放心,我以后不会再去找他了。"

"啊?"我随后才反应过来,"是金少天来找过你了对吧?他跟你说了什么呢?你们是怎么……"

"这事结束了,没什么好说的。"何慧不再回答,她提起挎包,走向更衣室。我还不死心,跟在她身后,"学姐,我其实没别的意思,就是想弄清楚……"

"唰——"何慧把更衣室的门帘拉上了。

我杵在更衣室外。怎么会这样呢?她以后不再去找秦海轩,事情就算解决了吗?在我看来,这种粗暴简单的"解决"根本不算完成委托。何慧为什么要去秦海轩家里扮演"田螺姑娘"?秦海轩为什么会对何慧视而不见?金少天为什么忽然就不准我再插手这件事?

不行,我一定要搞清楚!

我深吸一口气,气运丹田,集中精神,耐心等待。

几分钟后,何慧换好衣服,她一定没想到我还在外面等候。当她拉开门帘时,果然被我给惊了一跳,我趁机对她进行催眠。她愣在原地,涣散的眼神一点点重新聚焦,她见到我,露出了惊讶的表情。

"海轩……"何慧不可思议地看着我。

"是我。"我压低声音,努力降低违和感。看来我猜得没错,秦海轩果然是何慧心中很重要的人。

"你……你能看见我了吗?"

"嗯。"

"你为什么……还来找我……"何慧再也止不住,低声啜泣起来。

我上前一步,踮起脚:"因为……我放不下你。"

何慧扔掉手里的挎包,上前一步抱住我,开始号啕大哭:"对不起!对不起……都是我的错,都怪我,你打我吧,骂我吧……"

半小时后,我跟何慧一起走出舞蹈室。

因为催眠术很不稳定,何慧在大哭的过程中就已经发现我是假冒的秦海轩了,但是感情的闸门一旦打开,悲伤的洪流再也收不住,她还是痛痛快快地哭了一场。事后我跟何慧道歉,并掰扯了许多"科学"的方法,解释我是如何将她催眠的。她惊诧于催眠术的神奇,并没有深究。

之后,何慧还是跟我说起了这段往事。

何慧是一个孤儿,十四岁那年被一对好心人收养,从此过上正常人的生活。何慧的养父母是工薪阶层,家境普通,养父母每天出门上班,何慧上学之余还承包了家里的大小家务,但何慧没有怨言,她一直很感恩,刻苦学习,成绩出众。

何慧十八岁那年,也就是高中毕业的暑假,她跟同学一块去酒吧玩,那是她第一次去酒吧,也是那一次她认识了酒吧的常客秦海轩。何慧当时内心多少是有点虚荣的,秦海轩长得好看,又有钱,面对他的甜言蜜语和糖衣炮弹,何慧很快沦陷了。

两人度过一段快乐的时光,也更加了解了彼此。何慧发现,秦海轩虽然家里有钱,但他并不会仗势欺人,对自己也不是三分钟热度。两人相恋的第三个月,秦海轩在何慧生日那天送了她一条Tiffany项链,并且约好永远不分开。

何慧有一个已经步入社会的不争气的哥哥,哥哥沉迷于赌博,在得知秦海轩的存在后,便私下里找秦海轩"借钱"。秦海轩碍于何慧的面子,加上自己也不缺钱就借了,谁知道后来哥哥赌博时出老千,被人打断了腿。

按照电视剧里的套路,应该是秦海轩的父母介入,强行用一笔钱侮辱何慧和她的家人,结束了这段不般配的恋情。但现实往往更加不可思议,何慧的家人反倒是先找上秦海轩的麻烦,他们坚持认为要不是秦海轩借钱给何慧的哥哥,自己的儿子也不至于去赌博,最后也就不会被打断腿,他们要求秦海轩的家人给一大笔钱作为赔偿费。

秦海轩的父母从国外赶回来,听闻这件事后勃然大怒,他们虽然不缺钱,但也不可能任何慧的父母讹诈。秦海轩的父母逼迫秦海轩跟何慧分手,而何慧的父母坚决索要赔款,毫不让步,这对苦命鸳鸯做出各种反抗,秦海轩为了何慧甚至不惜跟父母断绝关系,可是何慧却做不到,养父母供她上学,给了她全新的生活,这份恩情她必须报答,最终,何慧单方面跟秦海轩分了手。

秦海轩的父母都是商人,整天忙于生意,从没给过秦海轩家庭的温暖。秦海轩跟何慧虽然相处不过半年之久,但却早已将她当成亲人。何慧的离开和"背叛"对他打击巨大,秦海轩伤心欲绝,大病一场,昏睡了一天两夜,再次醒来时他的记忆中便没有了"何慧"这个人。

两年过去了,何慧已经是长南大学的大三学生,一次偶然的机会,何慧得知秦海轩的新地址,起初她只想去看他一眼,想知道他如今过得好不好,结果不小心被他给撞见。然而奇怪的事发生了,何慧鼓起勇气上前跟秦海轩打招呼,他却毫无反应,像是根本没有看到,后来她才知道他患上了PTSD。

何慧非常难过和愧疚,自此之后便常去他家,像曾经恋爱时那样照顾他的起居饮食,最后,便有了我们在监控里看到的"田螺姑娘"。何慧只是想尽自己所能地去补偿秦海轩,却不想给秦海轩造成了困扰,还被当成了"女妖",金少天跟她说明情况后,她决定再也不会去找他。

"没有我,他会过得更幸福吧。"何慧走在昏暗的夜路下,她笑容苦涩,让人心疼,"这才是最好的结局。"

我听完他们的故事,胸口搅成一团。良久后,我摇头:"不,结局不应该是这样的。"

何慧微微愣住。

"秦海轩并不是不喜欢你了,他只是忘了你。"我停下来,试着组织语言,"我始终觉得,忘记一个人和放下一个人,是两码事。我可以接受一个人不再喜欢我,但绝不能接受他忘了我,如果这样的话,我们以前经历过的那么多又算什么呢?"

何慧不知何时停下了脚步,当我回过头时,发现她在掩面哭泣。

05

夜深人静,我睡不着,给金少天发微信,这家伙果然没睡。我实话告诉金少天,我也去找了何慧。

金少天:???

我:何慧都跟我说了。

金少天:委托案已经结束。

我:不,还没结束。

金少天:你想干什么?

我:让委托真正地结束。

我退出微信,关机,不给他再有找我的机会。

我想了很久,还是决定求助心理系的夏之翰。夏之翰欣然答应,那天我们约在人很多的一家餐厅见面,其实我也是考虑到这里人那么多,我们应该不算单独相处了,说不定可以避开诅咒。

夏之翰前来赴约时,竟然戴着头盔,穿上了全副武装的橄榄球服,我"扑哧"一声就笑了,不是嘲笑,是觉得他的样子很可爱。

夏之翰也笑:"珊珊,你别误会,我不是怕死。我只是不想给你造成心理负担,这样你就不用老想着跟我在一起会给我带来伤害。"

"那你这样,待会儿能吃东西吗?"

"可以吃的,我特意在家练习过。"夏之翰拿起筷子,慢慢地从头盔前的钢丝缝隙中伸进去,然后碰到了嘴巴,"看,完全没问题。"

身边的一些客人朝着我们指指点点,为了我,毛毛哥都可以做到这个份儿上,被人当成小丑都不要紧。想到这我又感动又难过,我鼻子一酸,感觉又要哭了。

我整理好情绪,赶紧说正事。

"没想到,这个秦海轩学长居然还有这么一段经历。"夏之翰听完我的事,十分感慨,"看样子,应该是PTSD了。"

"嗯,金少天说就是创伤后应激……"

"我知道。"夏之翰调整了一下安全帽的角度,方便说话,"不过就连本人出现在眼前都看不见,这已经不是单纯的PTSD了。"

"那这是什么?"

"你知道有一种病叫联觉症吗?"

我摇摇头。

"联觉症是一种五感错乱。比如我现在看到一颗巧克力,我就能尝到它的味道。甚至我听到你说'巧克力'三个字,也能尝到巧克力的味道。"

"这么神奇?"

"嗯,秦海轩被何慧刺激到了,从而针对何慧这个人,患上了反向联觉症。简单说,不管是他听到何慧的声音还是看到何慧的样子,哪怕有人提到'何慧'这两个字,都会牵动他的大脑,让五感集体屏蔽,所以,哪怕是何慧出现在他身边也跟空气一样。"

"天哪,心理学还真是博大精深。"

"应该说,是人的大脑太深奥了,还有很多未知的领域我们不曾涉足。"

"那,怎样才能让秦海轩见到何慧呢?"

"认知是存在合理性的界定,何慧目前在秦海轩的认知中是不合理的事物，所以被抹除了。你可以试着先让何慧以合理的方式出现在秦海轩身边，从边边角角唤醒他潜意识中的记忆，再让记忆佐证她的合理性，这样说不定会有效。"

我愣了半天，有点不好意思："毛毛哥，我……没太听懂。"

夏之翰隔着安全帽笑了："这样吧，我一边制定对策一边跟你解释。"

几天后，我邀请秦海轩来长南大学的礼堂观看舞蹈剧。自从上次我在秦海轩家"开坛作法"，"田螺女妖"果然没再来骚扰他，秦海轩对我十分信服，一口一个"张大师"，因此对于我这次的邀约他二话不说就答应了。他绝对不会想到，为了这场"鸿门宴"，我跟夏之翰、王建宁还有万念足足准备了三天。

这场舞台剧，是王建宁与何慧的舞蹈社团精心排练了半年的一段舞蹈，题材借鉴了《梁祝》，王建宁是男一号，何慧是女一号。上学期，该演出在园内大获成功，还代表学校参加了市青年舞蹈比赛。这一次两人再度联手，为秦海轩单独表演了一次，为了不影响效果，我还花重金自费给王建宁在网上买了一顶假发。

下午三点，我领着秦海轩入场，为了不让秦海轩起疑心，王建宁还叫上了七八个朋友稀稀落落地坐在观众席上充数。

秦海轩没察觉有什么不对，但他对舞台剧不感兴趣，一直在请教我"驱邪作法"的事情，我一边胡说八道，一边将秦海轩拉到观众席的第一排，不一会儿，凄美的古风音乐响起，舞台剧开始了。

王建宁和何慧分别从舞台的两端出场，不同的是，这次两人都戴着面具。两个人靠着含蓄而优美的肢体动作表达着人物的感情，从相逢到相识，到相知，到相爱，加上音乐和干冰的烘托，氛围很好。

秦海轩看着看着便入戏了，全程都沉浸其中，当舞蹈快要接近尾声时，我凑过去问："怎么样？"

"跳得还不错。"秦海轩俨然一副专业评委的模样。

"那你觉得男方跳得好，还是女方跳得好？"我试探地问了一下。

"女方。"秦海轩不假思索。

我内心大喜，他果然能看到何慧了。我继续循循善诱："我怎么觉得男方跳得更好呢，女方很一般啊。"

秦海轩较真了："张大师，驱鬼你是专业的，这舞蹈你就不懂了吧？那个男舞蹈演员一看就是业余的,但是这位女舞蹈演员就不一样了,她基本功很扎实,每一个动作都踩对了节奏,而且她的体态优美,举手投足都饱含着感情。"

"哇,看不出嘛,你还懂这些?"

"我当然懂,因为……"秦海轩愣住了。

"因为什么?"我继续问。

"因为……"秦海轩皱起眉头,努力回忆着什么。

"有人教过你?"

秦海轩没有回答,好像没有听到,继续看着舞台。

我不死心,过了一会儿又问:"欸,你说这女舞蹈演员,长得漂不漂亮啊?"

秦海轩陷入了思考,表情有些迷惑。

我故意说:"我觉得应该很丑,一般这种身材好的,脸都不行。"

"这是什么逻辑啊?!"秦海轩有些激动,看我一眼,"张大师你身材不好,脸也没见得多漂亮啊。"

我忍住爆揍他一顿的冲动,告诉自己要稳住,胜利就在眼前。我深吸一口气:"那你觉得,她会长什么样子?"

秦海轩再次陷入沉默,但这一次,我明显感觉他在思考,而不是无视。

这时舞蹈结束了,两个舞蹈演员手拉着手,朝着台下鞠了一躬,身后响起稀稀落落的掌声。舞台两边放出大量的干冰,一时间整个舞台宛如仙境,王建宁默默退场,只剩下戴着面具的何慧站在舞台中央。

何慧走下舞台,来到秦海轩的身边,朝她伸出手,邀他共舞一曲。

秦海轩看了看我,又看了看舞伴,面色犹豫,我假装漫不经心:"有美女邀请,跳一支呗。"

"我不会跳。"秦海轩说。

"她会带你跳的,试一试呗。"

"可是……"

"怕什么呀,这么多人看着呢,还怕她仙人跳割你的肾啊……"

"不是这意思……"

"哎哎,你还是不是男人呀,大方点行吗?"我激他。

秦海轩跟何慧上了舞台,两人手牵手跳了起来。起初秦海轩浑身僵硬,但慢慢地,他身体的记忆开始复苏,很快就跟上了音乐的节拍,跟何慧共舞。

这时候，王建宁开始指挥群演观众低调地离场，我也从观众席的前排退到了观众席末尾的暗处，我松了口气，看了一眼身旁的夏之翰："大功告成。"

"成不成还不清楚。"夏之翰微笑，"一切要等何慧摘下面具那一刻才能确定。"

"不管啦，反正咱们尽力啦。"我点点头，"就算失败，能像现在这样跳一支舞也是好的呀。"

"珊珊。"

"啊？"忽然被夏之翰叫名字，我有点紧张。

"我以前一直觉得，你就是个直率单纯的女生。"

"啊？现在……不是了吗？"

"不，我不是这个意思。"夏之翰目光温柔地看着舞台上的两个人，"这些日子，你跟金少天一起完成了不少委托，在这个过程中，我渐渐发现了，在对爱的感受和领悟力上，你胜过很多人。"

我似懂非懂："这……算夸奖吗？"

"当然。"夏之翰微微一笑。

优美的钢琴曲还在奏响着，秦海轩的表情从一开始的茫然变得有些戒备，随之又松弛下来，到最后，他已经完全沉醉其中。其实这支舞蹈，原本就是秦海轩当初特意请舞蹈老师为他们两人量身设计的。

何慧的梦想是舞蹈演员，在福利院也是舞蹈队的队长，从小就代表福利院去参加各种比赛，但想成为真正的舞蹈演员，对何慧来说却无异于痴人说梦。秦海轩跟何慧在一起后，特别为何慧惋惜，亲自找老师为她设计了一支舞蹈，说以后在自己的婚礼上跳给所有人看，后来也正是在秦海轩的支持和鼓励下，何慧最终转入长南大学的舞蹈系。可现在，秦海轩把这些事全给忘了，怎么能就这样忘记呢？

这时，秦海轩忽然停下来，音乐声戛然而止。

秦海轩认出了何慧脖子上的Tiffany项链，他颤抖着，拿在手中细细打量，接着他猛地后退了几步，大喊大叫，表情痛苦："不！不！不……"

何慧摘下面具，早已泪流满面。

何慧一步步上前，死死地抱住秦海轩，秦海轩渐渐从癫狂中冷静下来，他终于什么都想起来了，他颤抖着伸出双手，抱住面前的何慧，终于放声痛哭。

"Yes！"我握拳，"毛毛哥你真厉害，我们成功了！"

夏之翰也很开心，但他忽然发现了什么："等等，这个何慧……怎么那么脸熟，啊！居然是她？"

"谁？"我云里雾里。

"金少天的初恋。"

什么？金少天？初恋?

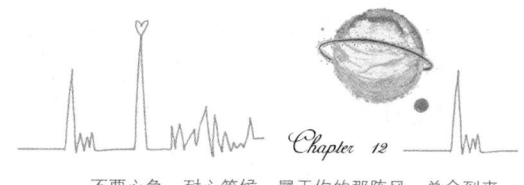

不要心急,耐心等候,属于你的那阵风,总会到来。

01

原来,金少天刚上大学的时候,钱包里放着一张女孩的照片,某次被刘远和夏之翰看到,刘远开玩笑问金少天这个女孩是不是女朋友,金少天回答:不是了。这个"了"字很意味深长,两人便猜测,照片上的女孩应该是金少天的初恋。

金少天有初恋,他曾经谈过恋爱,我竟然一直不知道。但我的确也从没问过他感情方面的事,我想当然地以为,像他这种性格傲慢又古怪的人是不可能谈恋爱的,一定跟我一样还是个母胎单身,可现在,他竟然冒出一个这么漂亮的初恋,我的心情比烧坏的线路板还要复杂一百倍。

当晚,我不出意外地失眠了。我无法不去在意这件事,我想象着金少天跟何慧在一起的情形会是怎样,应该很开心吧,绝不会像现在这样一张面瘫脸,我脑补着他们在一起的种种细节,再不停地拿来跟他和我相处的细节对比,接着便整个人都不好了。

第二天,我做傻事了。委托案已经结束,但我还是跑去舞蹈室找上何慧。何慧果然在,不同的是,这次秦海轩也陪同在身边。我去的时候正好赶上休息时间,便拉着何慧深谈了一会儿,何慧很感激我,对我的问题也是有问必答。

　　我开门见山，告诉她我很想知道金少天的过去，尤其是跟她在一起的过去。何慧微微惊讶，旋即微微一笑："你喜欢他吧？"

　　"不是不是！"我急忙挥手，"我就是好奇！好奇而已！"

　　何慧若有所思："我可以说给你听，不过有点长。"

　　何慧跟金少天都是孤儿，自幼就在福利院长大，算得上是青梅竹马。金少天是六岁那年来到福利院的，听李奶奶说，金少天的父母都死于车祸。那时候，金少天的性格相当孤僻，福利院里的孩子和大人们都不喜欢他，他常常被欺负和孤立，只有何慧和李奶奶对他好——听到这里，我才猛然想起，为何我当时觉得何慧有一点眼熟，原来我早就在那张福利院的合照上见过何慧了，那时我就觉得这个女孩长得真水灵。

　　随着年龄的增长，何慧跟金少天日久生情，两人几乎是福利院里公认的一对。何慧长得漂亮，每年都有养父母愿意收养她，但每一次金少天都会阻止何慧，金少天告诉何慧，自己能听到大人们心中的想法，那些大人收养何慧的目的都不单纯。何慧相信金少天，也不想跟金少天分离，便一次又一次地拒绝了。

　　"后来，我跟金少天分手了。恰好这时有一家人想要收养我，我一直很想拥有一个家，也很想上大学，便答应了。"何慧慢慢回忆，眼神中泛着愧疚的光，"我记得那天下着大雨，金少天冲到大雨中，拦住了我和我的养父母，他说我的养父母没安好心，不准我走……当时场面闹得很僵，最后我还是走了，现在想想，一定很伤他的心。"

　　我静静听着，没说话。

　　"金少天没骗我，我的养父母起初确实目的不纯，他们知道自己的儿子没出息，怕儿子将来找不到媳妇，所以才想找一个'童养媳'，是不是很可笑？后来因为我跟秦海轩的事，我一度患上抑郁症，养父母也意识到自己的做法有多自私，他们悔悟了，主动向我道歉，也不再一味地纵容和溺爱哥哥，现在，我们已经成了真正意义上相互扶持的一家人……"

　　何慧偏过头，看向坐在一旁玩手机的秦海轩："其实，这世上哪有什么完美的人，重要的是人会改变，会成长。可偏偏金少天能看透人心，所以在他的世界里，一个人从第一眼起就被他判刑了，他这样活着特别辛苦，也特别孤独。"

　　我一个劲地点头，无比赞同。

"不过也正因为这样，对他好过的人，哪怕只是一点点好，他都会记得一辈子。这两年，他加入万能委托社，还有冒充金大师给人算命的事我都知道了。"

"嗯。"我笑了笑，"那家伙，特别财迷，还抠门得要死。"

"不过你应该还不知道吧？"何慧笑了，"他抠门是有原因的。他每个月都会给福利院汇款，李奶奶之前在养老院的费用也都是他在负担。他这人很奇怪，在乎一个人，会默默为他做很多事，但却不想让对方知道。"

我愣住了，跟金少天发生的那么多事还历历在目，一时竟然不知道要说什么。

离开前，我最后鼓起勇气问了何慧一个问题："你们当初，为什么要分手呢？"

何慧歪着头，朝我微笑："我觉得，你还是去问他吧。"

周六下午，我还在画室画画，忽然接到外婆的电话，她告诉我她已经回家了，也看到我贴在门口的字条，现在是用邻居家的手机打过来的。外婆问我找她有什么急事，我知道电话里根本说不清楚，我决定立刻回一趟乡下。

我请了假，打电话叫张家男陪我一块回去，我们约在校门口见面，二十分钟后，出现的人竟然是金少天。

我刚要问话，他就率先开口了："张家男没空，我陪你去吧。"

"那个张家男，关键时刻就掉链子。"我吐槽，但想到回老家的路途遥远，有一个人陪着总是好的。

我们去汽车总站，买了长途大巴的车票，坐上了车。出发前金少天下车给自己买了一瓶薄荷水，还给我捎了一瓶绿茶。我好奇他怎么知道我爱喝绿茶。金少天白我一眼："我随便买的，少自作多情。"

我气极："你这样子，一辈子都别想追到女朋友。"

"你该不会真以为我在追你吧？"金少天饶有兴味地看向我。

"是你自己说的。"我脸红了。

"那就是吧。"车子开动了，金少天仰头闭目养神。

"什么那就是啊，是就是，不是就不是，你的态度也太不坚定了。"我有点生气。

"你不也是吗？"金少天反问，我哑口无言。不知道为什么，这时候我忽然有点羡慕何慧，如果我是何慧，金少天立刻就能读出我的心思，说不定,他能比我更了解我自己。

"我听说……"金少天淡淡开口了,"你让秦海轩跟何慧复合了?"

"是。"我别过头。

"你真是越来越能干了。"

"谢谢夸奖!"

"看来我跟何慧的关系你也知道了?"

"略有耳闻。"

"考虑到你可能会吃醋,我还是告诉你好了,毕竟以后我们俩要一起生活,迟早要坦诚相待。"

我气不打一处来:"金少天,你这人是不是有病呀?谁说要跟你一起生活了。"

"你想听什么?"

"我想听……呸!你爱说不说,我才没兴趣。"

"既然这样,那不说了。"金少天塞上耳机,重新闭上眼。

"金——少——天!"我一声河东狮吼,整车人都回头看向我,司机都被吓得一脚刹车减速了下来,我捂住脸,恨不能整个人塞进包包里。

金少天没有跟我讲何慧,却说起了自己的事。

那一年,金少天五岁,在他的奶奶七十六岁大寿的前一天,金少天一家三口开车前往奶奶所在的村子祝寿。那天的雨特别大,路上又出现山体滑坡,最终导致一场连环车祸,死了很多人,金少天父母也在内,他们当场断了气,只有系了安全带的金少天一人活了下来。

也是那场车祸,金少天的读心术能力被激发出来。在父母的葬礼上,金少天读到了亲戚内心的想法,第一次体会到了什么是人情冷暖。亲戚们没人真心想收养他,唯一想收养他的舅舅也是为了贪图父母留下的遗产。固执要强的奶奶赶走其他人,决定独自抚养孙子,金少天和奶奶度过了一段短暂的温馨时光。也是这段时间,奶奶察觉到了金少天继承了自己老伴的读心术,这读心术起初是无法控制的,会主动对所有人使用,在使用过度后就会让感官受到损伤,进入聋瞎的状态,严重的时候还会昏厥。外婆给金少天买了黑色墨镜和耳塞,让他平时避免跟人进行眼神接触,努力控制和训练,让自己可以主动控制这种读心术。

金少天六岁那年夏天,奶奶患癌症去世,他最终被送到了福利院。奶奶临死前,托人把所有的钱都存进银行,希望孙子能好好考上大学,去外面的大世界，这些钱既是他的学费和生活费，也是治病钱，奶奶希望在大城市有人能治好金少天的"怪病"，免受读心之苦。六岁的金少天，并不理解奶奶的良苦用心，也并不觉得读心术是一种病。后来，他在漫长的青春岁月里果然饱受了读心之苦，但是，他已经习惯了用读心术了解和判断身边的每一个人，这成为一种本能，就像眼睛依赖光明，鱼儿依赖水一样，而这样做的后果，就是让他真正成了世界的孤儿。

听完这些，我说不出地心疼。同样是拥有不同寻常的能力，同样失去了亲人，可我的成长轨迹却跟金少天截然相反，我有人关心，有人疼爱，我比他幸福太多太多了。

这时我的手机响了，是何慧用微信发来的一张照片。看得出照片是在福利院门口的一棵桂花树下，十几岁的何慧跟十几岁的金少天站一块，何慧笑着牵起金少天的手，金少天却眉头紧锁，一脸郁郁寡欢。

何慧：今天回家整理旧东西，翻出来了这张照片。

我：原来他并没有怎么变啊。

何慧：是啊，很遗憾，我不是那个可以改变他的人，希望你会是。

金少天凑过来，我立马退出微信，但还是被他看到了照片。

我心一横，也懒得藏着掖着了："我问你，你跟何慧为什么会分手？"

金少天微微眯起眼，若有所思："这些年，我也一直在想这个问题。"

"现在有答案了吗？"

"一个人就算再爱一个人，也不可能保证每一分每一秒对他的爱都是纯粹的。"金少天答非所问。

"这很合理啊，每分每秒都爱对方到不行，不是疯子就是变态吧。比如说我也很爱我妈，但有时候我也烦她烦得要死。"

"你说得没错，但前提是你不会真切地感受到这些情绪，如果你时时刻刻都能感受到对方的厌烦、疲倦、失望、伤心，甚至还有放弃，你还能这样想吗？我没办法控制自己不去读对方的心，不读心我会恐惧和不安，读了心又难免会失望和痛苦。"

"所以，你们就分手了？"

金少天点点头："这是当时最主要的原因。但是现在想来，我跟何慧之间，其实也不是爱情，更像是亲人之间的感情。"

"亲人？"

"从小就认识，会相互依赖，相互信任，也想跟对方一直生活在一起，但是，却少了心碎的感觉。"

"心碎？"

金少天将手放在自己的胸口："当我们真的很爱一个人，是会为他而感到心碎的。"

我想到了毛毛哥，我对毛毛哥，似乎挺符合以上的描述；我对他，好像也的确没有心碎的感觉。但是我不明白，为什么要心碎呢？两个人在一起不应该是开开心心的吗？我觉得金少天在诡辩，要不他就是一个受虐狂。

02

黄昏时分，我跟金少天下了车，走了一段安静而绵长的田间小路，最后来到一个小山坡脚下的土房子前面，这就是我外婆的家了。外婆这会儿正站在篱笆院里给几只母鸡喂食，见到我们后连忙放下菜盆子，过来招呼。

外婆一眼就认出了金少天："小伙子，你也来啦！"

"婆婆好。"金少天彬彬有礼，真让我不习惯。

外婆领我们进了屋，给我们倒上一杯茶，又拿出一些自制的萝卜干让我们吃。我跟外婆表明来意，外婆说确实有这么一本族谱，不过她也不知道放哪儿去了，需要好好找找。我让金少天等着，自己跟外婆去了屋子后院的杂货间里找族谱，外婆一边找族谱一边乐呵呵地问我："珊珊啊，你跟小金谈恋爱了吧？"

"外婆，您瞎说什么呢！"

"嘿嘿，这小伙子不错，我上次说的就是他。"

"哪儿不错了……咳咳……"我拖出一个旧行李箱，激起漫天灰尘，我一边咳嗽一边打开，里面都是一些衣物。

"哪儿都不错啊，长得好，脑瓜也灵光，人还特实在。"外婆从木架上找到一个平时开坛作法的陶罐子，伸手去里面捞了捞，"哎呀，找到了……"

"真的！"我大喜，没想到这么快就找到了。

"外婆拿出一本灰扑扑的族谱，果然跟金少天那本差不多。"她用手抹开灰尘，上面用篆体字写着"张氏族谱"四个字。外婆翻开破烂的族谱，里面是一些我看不懂的古文，外婆眯着眼睛，看了半天，若有所思。

"怎么样？上面写着啥？"

外婆回头看我一眼："我也看不懂。"

"不是吧？！"

外婆呵呵地笑了，她摸了摸我的头："不过啊，看到这东西我就想起来了，我的外婆啊，小时候常常给我讲一个故事。"

我跟外婆拿着族谱回到屋里，外婆泡上一杯茶，慢慢回忆起了这个在张家口口相传的故事。我在征询了外婆和金少天的同意后，打开手机视频电话，让夏之翰也一起参与进来，这原本就是我们三家的故事，他有权知道。

故事的前半段跟江阿姨所描述的大同小异。张家原本跟金家有婚约在身，夏家从中作梗，横刀夺爱，金家就被流放了。

故事的后半段却还有隐情，张氏的小女儿张亦瑶起初嫁到夏家日日以泪洗面，思念自己的青梅竹马金林羽，后来渐渐被痴情的夏楚风给感动了，并且为他诞下一子一女。

再说被流放在外的金林羽，由于无法接受这个事实，最终因爱生恨，想方设法回到都城，潜入夏家，使用"邪术"对夏楚风进行了诅咒。

不多久，夏楚风暴毙身亡，张亦瑶也被当作克夫的不祥之人逐出夏家。再后来，朝野动荡，张氏一族倒台，张亦瑶家破人亡，独自在外流亡，辗转多年，竟然又回到了金林羽身边。此时的金林羽已经是某个藩王手下的大将，在一次醉酒后，张亦瑶才从金林羽那儿得知了他对夏楚风做的一切。

传说，金氏和张氏原本就为一大宗族，两大家族。当年，两大家族受皇帝委派，在某座山上进行秘密训练，专门从事窃听、暗杀、审讯等任务。

某日，一块陨石从天而降，落在了山脚下，两大家族的人发现其中含有闪烁青光的一块神石，他们认为是仙界的宝贝，便将其作为药引子混入训练者的餐食中，绝大多数人都中毒身亡或者心智失常，唯有金家的一名男童和张家的一名女童成为幸存者。没多久，两人的五感便被放大，男童可将五感升华为第六感，摄取人心；女童则可操控对方的五感，将人催眠。后来，两个孩子的血脉与能力便以隔代遗传的方式传承下来，拥有此能力的后代便会被选为家族的继承人，他们在历代朝堂之中都扮演着重要角色。

还传说，当初的陨石中还有一块玉佩大小的原石，此原石非同一般，犹如磁铁，碎成两半后竟会相互弹开，永不复合。这两块原石还拥有一个奇异的能力，张家的继承人和金家的继承人只要将其佩戴在身上，就能免疫对方的特殊能力。张家继承人不能对金家继承人使用催眠术，金家继承人也不能对张家继承人使用读心术。

但金林羽为了诅咒夏楚风，便将这块原石磨成粉末，趁着某次酒宴放入夏楚风的酒中，夏楚风不慎喝下，夏楚风并没有特殊能力，因此原石对他产生了其他效果；张亦瑶怀上次子没多久，夏楚风就暴毙，自此之后，他的子子孙孙都被诅咒，只要与张家女子在一起，便会发生血光之灾。

张亦瑶得知事情真相后，对金林羽爱恨交加，最终，她将自己的那块原石磨成粉末，自己吞服，她原本是求死，却没能如愿，但从此，金林羽却再也无法读到张亦瑶的心。后来，张亦瑶离开了金林羽，没人知道她去了哪里，金林羽在悔恨中度过了一生。

茶喝完了，外婆的故事也讲完了。

"小时候啊，阿婆最喜欢跟我们讲这个故事，村里的小孩都爱听，听她讲了多少遍都不腻，听完了我们就玩过家家。那时候，猜拳赢的小朋友就扮演张亦瑶，输的人就扮演夏楚风，外婆我啊，每次都是扮演张亦瑶。"外婆笑了，满脸的皱纹，可眼神之中闪烁着美好的童真，"后来有一天我突然有了这个能力，阿婆才悄悄告诉我，这不是骗小孩的故事，是真事，而我呀，就是那个张亦瑶的后人……"

"虽然像一个古言小说。"金少天吐槽，"不过这样的话，就都说得通了。我的祖先金林羽愧对张亦瑶，却没办法再偿还，所以才在族谱上写下：凡遇不能读心者，必帮之。大概是想让自己的后代偿还张亦瑶的后代吧。"

金少天苦笑着看向我："我就说，为什么老觉得自己上辈子是不是欠你了。"

"少来，我还觉得我上辈子欠你呢。"我抹了抹眼睛，我承认我泪点低，竟然被这个"古言小说"给感动了。

"现在事情已经弄清楚了，没有解决的办法吗？"手机里传来夏之翰的声音。

我将手机举起，递到外婆身边。

外婆眯着眼睛不说话，似乎在思考。

金少天一把拿过手机："认命吧，都这么多年了，要有办法早就有了。"

"我们夏家会变成这样，不也是你们金家害的吗？你现在这话未免也太无情了吧。"

金少天笑了："讲道理，那是你们夏家横刀夺爱、陷害好人在先，只能说是扯平了。"

"夏楚风的家族有错，不代表夏楚风有错，何况按照婆婆的说法，夏楚风跟张亦瑶后来也是真心相爱，还诞下一子一女；金林羽做出这种事，不管出于什么理由，都称得上是龌龊了。"

"历史不就是任人打扮的小姑娘吗？何况这个连野史都算不上，整个故事也不过是片面之词，我看还指不定……"

"你们别吵了！"我大喊一声，"再吵下去，张亦瑶的故事又要重演！"

金少天跟夏之翰都不再说话。

外婆叹了口气，这一声叹息很苍老，还带着岁月沉甸甸的力量："孩子们，阿婆问你们，你们真的想变回普通人吗？你看阿婆，有这个能力也不是坏事啊，也可以造福大家呀。"

"我好像……还好。"对于催眠术，我并没有什么概念。虽然有时候会很方便，但并未让我自豪，而且后来我基本都隐藏了，要不是加入金少天的万能委托社，我除了整张家男一般都不会使用。

"你呢？"外婆看向金少天。

金少天没有回答，读心术对于金少天来说无疑是一种负担，除了使用过度产生副作用外，他也无法正常与人交往和恋爱。但另一方面，金少天也早已把它当成一种赖以生存的能力，就像呼吸一样自然。

直到离开外婆家，金少天都没有回答这个问题。

回去的一路上，我跟金少天都没怎么说话，各自想着心事。下车时，已经赶不及大学的熄灯时间了，我干脆坐车回了自己家。妈打开门见到我时很吃惊，毕竟我很少这点突然回家。我折腾了一天，也没心情和力气多解释了，洗个澡便躺下了，然而明明很累，偏偏就是睡不着。脑子里反复琢磨着外婆说的那个故事，还有自己与金少天和夏之翰的关系。我猜那两个人此刻肯定也失眠了吧，果然，几乎同一时间，两人都给我发了一条微信。

金少天：我想变成普通人，与你一起。

夏之翰：不管怎样，我都不会离开你。

我呆呆地看着手机，不知所措。难道说，当年张亦瑶、夏楚风、金林羽的命运，真的会在我们身上重演吗？为什么这样的难题要抛给我呢？哪怕是在我被查出"脑癌"时，我也没有像此刻一样迷茫。

原来有时候，做出选择比被动承受更难。

两分钟后，我轻轻推开了妈妈卧室的门，我似乎又回到当年尿裤子的时候，无助地站在妈妈的房门前哭。

妈妈醒过来，赶紧下床抱住了我："珊珊，你怎么了？"

我不说话，只是哭。这一夜我跟妈妈睡在一起，妈妈侧身抱着我，轻轻抚摸着我的脑袋。

"妈。"我看着被月光染成灰蓝色的窗纱，"你是爱爸爸多一些，还是爱我航叔多一些？"

妈笑了："怎么忽然要问这个？"

"你先回答我。"

妈想了一会儿："这个问题很难回答啊，爱是一种感觉，没法衡量。"

"那你是因为我才和航爸结婚的吗？"

老妈用下巴蹭了蹭我的头发："我虽然很爱你，但是还不至于那么伟大啊，给你一个新家的确是很重要的因素，但另外一方面，也是因为我的确跟你航爸很合得来。"

"那爸爸呢，你现在不喜欢他了吗？"

妈抱着我微微一怔，忽然笑了，她似乎看穿了我的心思："珊珊，以后你会明白，人这一辈子并不是只会喜欢一个人，这世上有那么多人，我们有可能爱上数百万人，但这数百万人中我们能遇到的却寥寥无几。有的人很幸运，他一生只遇见一个，从此长相厮守；有的人运气不好，一个都遇不到，只能打光棍，或者随便找个人凑合着过；还有一些人吧，既幸运也不幸，因为他们同时遇到好几个，然后就陷入痛苦纠结中；我呢，在遇到你爸的时候非常爱他，愿意给他生孩子，愿意跟他过一辈子，但是老天爷不让啊，非得把他带走，那之后，我也想过要孤独终老了，可后来我又遇到了你航爸，我也很爱他，愿意跟他一起生活。"

我懵懵懂懂："那妈，你还会想起爸爸吗？"

"当然啊，我经常会想起来，有时候还会梦见。梦里我特生气，抓着他又打又闹，我说你这个负心汉，怎么能抛下我们母女就这么走了呢？醒来的时候心里还空落落的。但是，他已经走了，这是事实啊，我现在还有你，有航爸，有家男，我还有很多值得我高兴的事。"

"那如果……爸复活了呢？你现在要怎么办？"我知道自己很无理取闹，可我真的想知道。

"这事永远不会发生，所以永远不会有答案。但是珊珊啊，你跟妈妈不一样，如果你现在觉得你同时喜欢上两个人，你是可以做出选择的。"

"真的吗？"

"嗯，我们可能会同时喜欢上几个人，但在同一时间里，会爱的人只有一个。"

"怎么才能知道呢？"

"等风来的时候。"妈妈咯咯笑了，像个少女一样难为情。

"不懂。"

"你妈我啊，无论是你爸，还是航爸，在我确认自己是爱他们的时候，都有一阵风吹过，我想这可能就是所谓的时机吧。那阵风忽然吹向我，然后我立马就想明白了，确定自己是爱着眼前的男人。珊珊，不要心急，耐心等候，属于你的那阵风总会到来。那时候，你的心里就有答案啦。"

我叹了口气，真没想到啊，老妈能说出这么富有哲理的话。我转身抱住老妈，把脸埋在她怀中："妈，爱情好难啊。"

03

很多问题一时半会儿没有答案，可生活还得继续。元旦结束后，我和室友们之间的话少了，聚会也少了，大家都变得充实而忙碌起来，不是去上课就是去图书馆，为大学的第一场期末考试做准备。

晚饭后，我去图书馆温书，结果却撞见金少天和夏之翰，两人站在一个科学类的书架前，正在争一本书，谁也不肯松手。

"我先找到的。"

"我先拿到的。"

我一脸不悦，心说这两人怎么说也是长南大学的风云人物吧，怎么现在像两个小孩子抢玩具一样呢？男人是不是到老了都那么幼稚啊。

我上前抢过书："一本书有什么好抢呀，你一三五，你二四六……"我看到了封面，是一本天文学的书，微微有些吃惊，"你们……还在调查？"

夏之翰笑："珊珊，我已经有线索了，很快就不用戴头盔来见你了。"

"你那点线索离真相恐怕还有十万八千里。"金少天说。

"没我的线索，恐怕你也永远会差那一步。"

"好了，别吵了！"原来他们都没放弃，还在为解除"诅咒"而努力着，可我却想着顺其自然，想着逃避。张爱珊，你真是太没用了。我深吸一口气，做出我这辈子最勇敢的决定："我也加入。"

"不用……"

"这是我们三个人的事，我们一起想办法！"

说干就干，当晚，万能委托社再次集合了起来，这一次，张家男和林欣欣也加入了进来。王建宁跟纪律委员会的一个哥们儿关系不错，想办法弄到别墅的钥匙，当晚我们就偷偷潜入了曾经的大本营。

我们把两张桌子拼好，搬出黑板，煞有介事地把我、金少天、夏之翰的照片贴在黑板上，我学着金少天的派头，拿着教鞭在黑板上敲打："万能委托社最后一个委托案，调查张家、金家和夏家的身世之谜和能力之谜！"

"哇！莫名有点燃！"张家男高喊道。

"好了，不废话了，时间紧迫。"金少天开始指挥起来，"张家男，你去一楼用打印机把张、金、夏三家的族谱复印一份；万念，你寻找中国所有从古至今可记载关于陨石的信息。夏之翰，你不是说你有线索了吗？"

"嗯，不过我得再跟秦海轩打电话确认一遍。"夏之翰拿出手机。

"行。王建宁，你跟我去一趟地下室，帮我搬点东西。"

"没问题。"王建宁跃跃欲试。

"那我呢？我呢？！"我指着自己。

"你泡茶。"

十分钟后，会议桌上堆满了复印资料，还有金少天从地下室搬上来的一木箱石头，以及我给大家泡好的茶。

金少天对着三家族谱的资料："根据族谱的记载，事情的关键是源于一块陨石。这块陨石应该拥有某种神秘力量或者磁场，可以对人产生影响，最终让他拥有特殊能力。"

张家男从箱子里拿出一块蓝色石头打量："所以这些年你收集陨石碎片就是为了这个？"

金少天点点头："嗯，但都不是我要找的。"

夏之翰也拿出一份印好的文件，丢在了桌上，上面都是我看不懂的数据："前阵子，我拿着族谱去找了秦海轩，他帮我联系上了两个化学系的研究生前辈，他们对族谱上的一些残留物质做了观察和分析，结果显示，上面确实发现了一些目前没法解释的化学成分，所以珊珊外婆所说的故事虽然肯定有许多演绎成分，但应该有一定真实性。"

夏之翰推测："简单说，在古代的某个时期，一块陨石坠落在东方大地上，它夹杂着某种神秘的暗物质，也可能是某种外星文明的力量，它拥有自己的磁场，会让靠近的人产生某种特殊能力。我们的祖先，应该就是被陨石的磁场改变,赋予了一种能力。"

"这么玄乎?"王建宁听得咋舌了。

"这有什么,读心术、催眠术这些难道不玄乎吗?大千宇宙,无奇不有啊。"张家男倒是很坦然地接受,"咱们现在不要再用普通人的思维看待这件事了。"

夏之翰说完拿出手机,打开相册里的一张照片,我看了一眼:"啊!这不是省博物馆最新出土的那个汉朝的玉佩吗?"

"对,玉佩上的这个图案,又像眼睛,又像耳朵,你们不觉得很熟悉吗?"

夏之翰这么一说,我立刻察觉了:"是我跟金少天族谱上的那只眼睛,还有我外婆族谱上的耳朵,合在一起了。"

"没错,我的舅舅是考古学家,我特意找上他,他说这块玉佩应该也是仿制品,而真品可能出现在公元一千多年的时期,如果我没猜错,它的原形应该就是那块传说中一分为二的原石。"

"妈呀,跟演电影似的。"王建宁再次惊呼。

"公元一千多年……"金少天沉思了一会儿,"我这些天一直在查资料,网上的、书籍中的,在某个野史上记载,周武王时期的确出现过一颗陨石。"金少天看向万念,"万念,你快查查,陨石坠落前后,到底有没有流星雨出现过。"

"啊对,流星雨!"我恍悟,"前阵子我们一起到月鹿山看狮子座流星雨时,我跟金少天都有一种异样的感觉,难道这就是磁场感应?!"

"其实我也有,不过感觉没有你们的强烈。"夏之翰说。

万念噼里啪啦敲打着键盘,接下来很长一段时间没人说话,静静等待着答案。几分钟后,万念停止敲打键盘,身体往后一仰,所有人的心都提到了嗓子眼儿。

"找到了。"万念公布答案。

"Yes!"大家欢呼,跟着松了一口气。

万念将电脑屏幕转向我们:"据记载,流星雨,十八天,西北方,降陨石……"

"相隔十八天?"夏之翰对了下时间,"那就是三天后?"

金少天敲打着桌面:"难道三天后,也会有一颗陨石坠落在西北方?"

"有可能!说不定是什么双子星陨石,一个坠落在地上,另一个掉入了黑洞什么的，然后直到三千年后才再次出现。"王建宁脑洞大开。

"西北方向这个范围还是太大，我们必须第一时间找到它。"金少天说，"说不定，它可以解开所有的谜题。"

"那个，朱文天的爸爸在一个国家天文台工作。"一直没说话的林欣欣弱弱举起了手，"说不定，我们可以找他帮忙。"

"你怎么连他爸做什么都知道了，难道你们都见过家长了？！"张家男醋意十足。

我一巴掌招呼在张家男的脑袋上："现在不是吃醋的时候！欣欣，你赶紧联系朱文天，时间紧急。"

"好。"林欣欣拿起电话。

"谁？！"金少天忽然回头喊了一声。

大家立马警觉起来，夏之翰使了个眼色，张家男、王建宁和万念立刻上来收拾起桌上的资料。

"出来！我看到你了！"金少天继续喊了一声。

通过二楼的楼道间，一个黑色身影从暗处走出来，是周子俊！

"周子俊？！"夏之翰压低声音，"你来这儿干什么？！"

周子俊气焰嚣张："这里本来就是我的办公场所，我想什么时候来就什么时候来！我倒要问问你们在这里干什么？你们这种行为，我可以告你们入室偷窃。"

"王八蛋，上次的账还没找你算！"张家男气冲冲地上前揪住周子俊的衣服，扬起拳头就要揍他。

周子俊立马害怕了："你、你你想干什么？！你别动手啊！我告诉你，我不怕你！"

"张家男！你住手！"我赶快把张家男拉了回来，生怕他坏事。

金少天很震惊："我们就是还有些东西遗忘在这儿，过来拿一下而已，入室偷窃，这里是藏着黄金还是巨款啊，太夸张了吧？"

"就是！"王建宁贱兮兮地笑起来，"你哪只眼睛看到我们偷了钥匙啊，是你自己忘了锁门好不好。"

"你、你们……"

"你什么你，让开点，我们要走了。"张家男抬起一箱石头，粗鲁地撞开了周子俊的肩，大家把资料塞进书包里，一言不发地离开了。

走出万能委托社，我回过头，依依不舍地看了一眼这栋小别墅，曾经在这里发生了很多愉快的事情，但这一次，是真的要告别了呀。一直走到分手的路口，确认周子俊没有跟上来，金少天才开口提醒："大家小心点，这个周子俊似乎在密谋着什么事。"

"你刚才又读他的心呢？"我问。

金少天点点头："他一直回避我的眼神，我没能读得很清楚。时间很紧，我们抓紧行动。"

第二天下午，大家分头行动。林欣欣和张家男去找朱文天寻求帮助。王建宁跟万念去租车，一旦确定陨石的坠落地点，我们就开车提前过去等候。至于我跟夏之翰还有金少天则去堕落街的据点集合，金少天一大早就过去了，我跟夏之翰考虑到"诅咒"的存在，便各自前往了金少天的住所。

下午两点，我来到了堕落街的巷口深处。我意外地发现院子门口停了一辆面包车，我心想万念和王建宁这么快就把车准备好啦。面包车的后门敞开着，我走过去才发现里面的座位都被清空了，只有一个正在蠕动的麻袋，里面似乎传来人的呻吟声。

我背脊一阵发凉，但还是努力镇静，伸手去把麻袋解开。一个脑袋立马冒出来。

"金少天？！"金少天满脸都是伤，嘴巴里还塞着一坨布，我赶紧帮他把布扯开，"金少天你没事……"

他朝着我大喊一声："别管我，快跑！"

"你……"

"快跑啊！"金少天用头撞开我，"跑！"

我害怕地哭了，我转身要跑，但来不及了。我身后的巷口，三个戴着口罩的青年堵住了去路，我想往另一边跑，才发现另一边的去路也被人堵住了，其中一个人撤下了口罩，我惊呆了，竟然是余乐。

"你、你想干什么……你你你你们……这是在犯法……"我吓得讲话都结巴了。

"你你你你们……这是在犯法……"余乐阴阳怪气地学我说话，几个人哄堂大笑。余乐笑完，便把胸前口袋的墨镜拿出来戴上，"小心点！这两个怪胎一个会催眠，一个好像会什么读心术，大家都把眼睛保护起来。"

两个人戴上墨镜，上前将我挟持住。

"放开我！你们……想做什么……"我挣扎着，但是没有用。

这时候，将我围住的几个人让开，一个男人走上前，伸手捏住了我的下巴："张爱珊，好久不见啊！"

我看清楚了，是姜崇，原来他才是绑架案的幕后黑手！我早该想到的，陈安娜之前就跟我说过，他一直在打听我的消息。当初姜崇被金少天读心戏弄之后，估计一直怀恨在心，设法报复我们。

"竟然是你——"我什么都顾不上了，扭头朝着一个人的手咬下去，他大喊一声松开了手，我乘机想要逃跑，"救命啊！救命……"

姜崇一把抓住了我的手，狠狠一拉，我就撞到了他怀里。接着他反手一巴掌扇在我脸上，我倒在地上，只觉得脸上火辣辣地疼。

"放心吧，我们不会把你俩怎样的，你们有那么棒的能力，整天用来干些无聊的小事，真是大材小用，不如跟我……"

"别碰他！"

一抹白色身影忽然出现，他凶狠地将姜崇撞倒在地——是夏之翰！

"毛毛哥！"我惊喜地喊起来。

"快给他松绑……"夏之翰只来得及说出这句话，三个人就抓着棍子冲过来。夏之翰抬起右手扛下一棍，找住机会一脚将一人踹倒，这时一个人从身后勒住夏之翰的脖子，另一个人冲上来给夏之翰的脑袋一棍，夏之翰偏头躲开，猛地下蹲，一个过肩摔将对方放倒，接着夏之翰扑上去，把第三个人压倒在地，照着他的下巴挥出了两拳。

短短半分钟，夏之翰就以一人之力放倒三人。夏之翰颤颤巍巍地站起来，鲜血顺着额角滑落到下巴，再一点一滴地沾上白衬衫。他喘着粗气，面目凶狠，这哪里还是我见过的那个温柔的学长，根本就是一个凶狠的亡命之徒。

一时之间，剩下三个人竟然不敢上前。

夏之翰跟他们搏斗的同时，我也没闲着，爬上面包车帮金少天松了绑。

夏之翰喊起来："带张爱珊走！"

金少天抓着我的手，从车上跳下来，另外三个人上前阻拦。

"你走！"他把我推开，摸了一把嘴角的血，疯子一样冲进了人群。

他们两人便跟对方六个人陷入了混战，两人寡不敌众，不停地挨打，处在下风，但是对方六个人也没讨到好，就是制服不了他们。

"都给老子停下！"姜崇勒住我的脖子，手里多出了一把枪，"你们两个再动一下，我立刻崩了她！"

"别管我！你们快跑……"

姜崇把冰冷的枪口塞进我的嘴里："我看他们管不管你？！"

"住手！"

"别碰他！"

夏之翰和金少天同时停下，他们交换了一下眼神，纷纷举起双手，抱住了头，几个人立刻冲上去，围着他俩一顿毒打。

"别打了……你们别打了……"我哭喊着，哀求着，但他们还是没有停手。

一直打到两个人蜷缩在地彻底没有了反抗之力，他们才停止，将我们三个一起丢上了后车厢。

"动作快点，那边有人过来了！"余乐钻进驾驶座，发动了汽车。

我吃力地扶起满脸是伤的金少天，他并没看我，飞快地歪过头，对上副驾驶上姜崇的眼睛，只一眼，他立刻朝夏之翰大喊："枪是假的！"

夏之翰的眼神又被希望重新点燃，他不知哪来的力气，大喝一声，挣脱架住他的两个人，金少天也用头撞开了一个人，车厢内空间狭小，又是一番乱斗，我什么都不管了，逮住人就咬，不断地有人发出哀号声。

"关上门！用绳子绑住他们！废物！都是废物……"姜崇气急败坏地喊着，"开车！快开车！"

金少天和夏之翰一人抓住我的一只胳膊，拽着我往车下跑，我们虽然离车门只有三步之遥，但每一步都艰难万分。我觉得自己像是陷入了地狱深渊，无数只恶鬼的白爪在拉扯着我们的双脚。

眼看车子已经开动，金少天放弃了逃跑，他看了我一眼，然后转身反扑了回去，张开双臂牵制住三个人，我和夏之翰立马感觉身上的手松开了。眼看汽车已经开起来了，夏之翰抓准最后的机会，拉着我的手往车下跳。但还是有一只手揪住了我的头发，将我拖回黑暗中，那一瞬间，我似乎又回想起童年那个盛夏的小河边，毛毛哥抓着我的小手，轻轻往上一拉，我整个人都飞了起来，然而这一次，他没能带我飞起来，我坠向了无尽的深渊。

"砰——"

车门关上，黑暗降临。很奇怪，那一瞬间我似乎并没有想象中那样害怕，因为我知道还有一个人陪在我身边，他的名字叫金少天。

05

我跟金少天被捆绑起来,戴上了麻布头套。车子走走停停,不停地开着,我不知道它开了多久,可能半小时,也可能一个小时。最终,我们被扔进一个乌七抹黑的房间,整个房间充斥着一股水泥和灰尘的味道,像是什么烂尾楼的毛坯房。外面隐约传来争吵声,听得不是很清楚。

我有些害怕,这时我感觉有人靠近我:"别怕,是我。"

听见金少天的声音,我稍微安心了一点。

金少天凑过来,用嘴巴咬住我的头套,费力地替我扯开。我的眼睛渐渐适应,昏暗中,我隐约能辨别出金少天的脸,他的嘴角流着血,我很想给他擦一擦,但我们的手都被绑起来了,什么也做不了。

"别哭,不要哭。"金少天声音疲惫,又那么温柔,我还是头一次见到这么温柔的他,偏偏是在这时候,我多希望他能永远对我凶巴巴的,也永远不要遇见这样的事。

"我好怕,我想回家……"

"张爱珊,看着我。"金少天凑过来,用额头撞击我的额头,"我保证,你不会有事,绝不会有事。"

"好。"我努力忍住哭泣。

"现在,认真听我说。"金少天呼吸声很重,他艰难地挪动了一下身体,"万念有没有送过你小黄鸭?"

我猛地想起来:"啊,对了,小黄鸭!"

"嘘!小声点。"

我赶紧闭嘴。

"那是报警器,可以定位我们的地点,只连续按三下就行了。"金少天咳嗽着,"我的小黄鸭别在手机上,手机被他们没收了。"

"我的还在,我一直当钥匙扣带着,在我裤袋里。"我努力扭动,"不行,我手被绑起来了。"

"没事,你试着站起来……"

"好。"我靠着墙壁,努力撑起身体,金少天半跪着,用下巴蹭我的裤袋,虽然很艰难,但还是把钥匙扣蹭落在地。金少天埋头在黑暗中摸索了一会儿,不一会儿,他的嘴巴已经咬住了小黄鸭,但这似乎用尽了他最后一丝力气,他靠墙坐下,浑身是汗,胸口剧烈地起伏。

"成功了!"我欣喜万分,接下来就是连续按三下小黄鸭了。我忽然愣住——等等！我跟金少天都无法使用双手，怎么办？

金少天叼着小黄鸭的尾巴，仰着头，静静地看着我，他那么聪明，肯定早就想到了唯一的方法。

我知道不是场合，但那一刻我的脸唰一下红了。

张爱珊，想什么呢！生死关头，不是在意这个的时候！我心一横，闭上眼睛，把脸凑过去，紧紧咬住小黄鸭的脑袋，接着继续往前挤压，一秒后，我的嘴唇贴到了他的嘴唇。

我，张爱珊，在一个逼仄而昏暗的小黑屋里，浑身被捆绑着，努力用嘴巴咬住一只橡胶小黄鸭，跟另一个人的嘴巴碰撞着，在一阵"嘎嘎嘎"的声音中，献出了长达十秒的初吻，感觉……还不赖。

报警应该成功了，金少天吐掉了小黄鸭，淡淡笑了："全是口水。"

"你——"我面红耳赤，"刚才可是我的初吻！"

"也是我的。"

"哦，那……扯平了。"天哪，张爱珊你在干什么，都什么时候了，能不能说点生死离别的时候该说的话啊。

"张爱珊，我问你，"金少天声音变得冷沉，"你当时为什么要放弃？"

"嗯？"

"别装糊涂了，虽然你当时被人抓住了头发，但如果你再加把劲，是可以跟夏之翰一起跳下车的，你为什么没有这么做？"

"我不知道。"

"不知道？"金少天显然不满意这个回答。

"一切发生得太快了，根本来不及想……可能，我觉得不能丢下你一个人吧，这不公平。"

"张爱珊，你怎么这么傻。"

"如果是你呢，你会扔下我吗？"我反问。

金少天没有回答。

"砰——"

门被人踢开，姜崇带着几个人进来，有人用手电筒照过来，我感到一阵刺目和眩晕。

"你们到底想干什么？！"金少天大喊。

姜崇摸了摸下巴："其实呢，这是个误会。本来我不过是想找你们谈一谈，没想到搞成了现在这个局面。"

"我们之间没什么好谈的！"我也叫了起来，"你们现在去自首还来得及。"

"自首？！哈哈哈……我傻啊我。"姜崇笑了，"这样吧，咱们来合作一把。你们不是可以催眠和读心吗，跟我合作，我们一定可以干一番大事。"

"你公司破产了，欠了不少钱，现在想带我去澳门赌场帮你们赢回来，这也算是干大事？"金少天冷冷地说。

姜崇一愣，鼓起了掌："厉害啊！金大师，你果然能知道别人心里在想什么？！"

"哼。"

姜崇上前一步，饶有兴味地盯着金少天："金少天，我知道你瞧不起我，觉得我下流、无耻。但是别忘了，你这种天生就有读心术的人也是在作弊，比我高尚不到哪里去，金少天，咱们本来就是一类人。"

"我从没觉得自己高尚，但也没有你这么龌龊。"

"这不是龌龊，这是人性！你见过了那么多人心，大家不都这样吗？金少天，别自欺欺人了，这个世界就是弱肉强食，适者生存。你跟我合作，赚的钱咱们五五开，今后想赚多少就赚多少。"

"然后呢？"金少天问。

"什么然后？"姜崇愣了一下，"有了钱就可以为所欲为，房子、跑车、女人，要什么有什么，这些还不够吗？"

"无聊。"金少天往地上吐了一口痰。

姜崇的笑容慢慢僵硬，他失去耐性，眼神之中闪烁着歹毒的光芒，他一脚踹向金少天，金少天闷声倒向一边；他不解气，又一脚踹向了金少天的小腹，金少天"啊"的一声，痛苦哀号起来。

我大喊："金少天！金少天……"

"别喊了！"姜崇看我一眼，"你还是先担心你自己吧。"

姜崇打了个响指，余乐跟一个笑容猥琐的光头男忽然走向我。光头男给我松了绑，一把从身后抱住了我。

"放开我！你们……别碰我……"他力气太大，我毫无反抗之力，我想歪头咬光头男的胳膊，余乐一把捏住我的下巴。

"放开她，警告你们别碰他！"金少天嘶吼起来。

"你不是会读心术吗？难道不知道他们想干吗？"余乐继续靠近我，打量我的目光越来越下流。

金少天不再嘶吼，他猛地睁大眼睛。忽然，他朝着姜崇身旁的周子俊喊话："你想自首对吧？你后悔了对不对？现在自首还来得及，将功抵过也不用坐牢……"

周子俊愣了一下，慌了阵脚："你别乱讲，我才不怕！"

金少天又看向姜崇身后的寸头男和文身男："你们两个想代替姜崇对不对？"

姜崇猛地回头看向两个小弟。

两人脸色死灰，如临大敌，寸头男挥手辩解："老板你别听他胡说，他在血口喷人！"

金少天继续大喊："前几天你俩吃夜宵的时候还在商量姜崇别墅的保险柜里放了多少钱……"

"没有！绝没有这回事！老板，这小子在离间我们！"文身男和寸头男慌了，拼命解释。

姜崇没说话，气氛一时间僵住了，六个人你看我，我看你，眼神里流露着防备和猜疑。余乐意识到不对，放开我，他大喊起来："现在咱们可是一条船上的人，千万别内斗啊！我们不是说好了吗？只要利用这两个人的能力，钱要多少有多少……"

"他们不会乖乖就范的，要不撕票算了！"寸头男目光狠毒。

"你疯了？！我们真的要杀人吗？"周子俊胆怯了，"这跟说好的不一样，杀人可就真的没有退路了……"

"孬种！从一开始咱们就没退路了！"余乐大喊。

"都他妈别吵了！"姜崇厉声打断，他还没有失去理智，"先出去，还有时间，咱们从长计议。"

六个人离开房间，把门锁上了。仓库里一片漆黑，只有锈迹斑斑的通风口有一抹光亮倾泻进来。

我立刻冲上去，给金少天松了绑，他整个人都软绵绵的，我把他的头放在我的腿上，金少天忽然痛苦地咳嗽起来。金少天浑身是伤，刚才又使用读心术过猛，现在势必遭到副作用的反噬。我凑近观察，他的眼神变得空洞，浑身都是冷汗，他忽然抓紧我的手，但是很快，手心的力气在消失，慢慢地，他闭上眼睛，昏睡过去。

"金少天，你别睡，你醒醒啊……"我抱着他，感到前所未有的害怕，我好担心他会再也醒不来，我紧紧抱着他，可他的身体却越来越冷。时间一分一秒地流逝，那么真切和漫长，我不知道过了多久，怀里的人轻轻动了一下。

"金少天？你醒了！"

金少天重新找到我的手，喉咙里渐渐发出沙哑而断续的声音："张爱珊，告诉你……一个秘密……"

"什么？"

"其实……我们……早就相遇了……"

"我知道，高中那次占卜，是你对不对？"我眼泪直流。

"不是……更早……童年的……车祸……那天……雨很大……你坐在路边哭……"

猛然间，一道灵光闪过，我想起来了，全想起来了，封存在时光深处的记忆全部苏醒，朝我涌过来。

我三岁那年的夏天，妈妈回了一趟外婆家，爸爸工作忙，便把我带在了身边。那天他开车去乡下处理一个偷窃案，出差回来的傍晚忽然电闪雷鸣，下起了滂沱大雨，我乖乖地坐在副驾驶座上，系着安全带；后来中途又上车了一位年轻的叔叔，手里还提着一个礼物盒，说是赶着回家给孩子过五岁的生日；他跟爸爸聊起了天，我不多久就睡着了，我还做了一个梦，梦中我在坐旋转木马，忽然旋转木马解体了，我骑着的木马飞向空中……

醒来时，我发现自己正躺在倾盆大雨的高速路上，公路的尽头一眼望到头全是横七竖八的汽车，有些汽车在熊熊燃烧。身旁到处是鸣笛声和哭喊声，仿佛世界末日，大人们抬着担架跑来跑去，睡在担架上的人满身鲜血，还有人拿着铁棍在撬车门，试图从里面救出更多的人，没有人管我。

我坐在路边无助地哭泣着，我喊着爸爸，却没有人理我。也不知道哭了多久，就在我以为我已经被全世界遗忘时，一个浑身是血的小男孩跌跌撞撞地走向我，他蹲下来，张开双手抱住我，轻轻地唱着："噢，噢，噢，睡觉了，老猫猴子来到了。娃娃睡，盖花被，娃娃醒，吃油饼……"

从小，我就会唱这首歌谣，我一直以为是外婆或者妈妈教我的，原来不是，是金少天教我的。

此刻，我看着黑暗中的金少天，早已泪流满面："我想起来了，我都想起来了。是你，原来那个男孩是你！"

金少天也哭了，他滚烫的泪水顺着我的脖子流下来："张爱珊……这些年，我一直在找你……一直都在……你总说……夏之翰是……你的命中注定……对我……你才是我的命中注定啊……"

门再次被人粗暴地踢开，姜崇领着一群人涌进来，余乐和寸头男惊慌失措地冲向我。

"到底是谁报警的？！"

"这地方人都没几个，怎么可能暴露！"

"现在说这些还有屁用，把他们抓起来当人质，跟警察谈条件……"

金少天不知哪来的力气，他忽然跳起来，撞开寸头男，两人在地上扭打成一团，余乐拿着水果刀冲向我。

"放开我妹！"一个矫健的身影冲进来，当我认出张家男时，他已经和黄毛搏斗起来。之后又是七八名警察冲了进来，接下来便是一片混战，我听到了怒吼、尖叫、哀号、求饶，我闭上眼睛，一颗心终于落地：太好了，得救了！

04

从警察局录完口供时，已经是黎明时分，死里逃生的我和金少天早已伤痕累累，疲惫不堪，这时候我俩最应该跟父母报个平安——我特意拜托警察叔叔先别告诉我爸妈，不然我妈估计得吓晕过去，再去医院做个全身检查，最后再沉沉睡上一觉。可是眼下，却还有更重要的事等着我们。

警察局外的门口停好了一辆越野车，万念、王建宁、夏之翰、林欣欣都在车上，作为司机的张家男摇下窗户，朝我们喊道："行不行啊？要不你俩还是去医院？"

我跟金少天互看一眼，默契地笑了，一起钻上了汽车。

"起航了！"张家男一脚油门，越野车踏着破晓的朝阳出发了。真疯狂啊，我们刚刚经历了一场死里逃生的绑架案，现在又要马不停蹄地追逐一颗流星。

因为实在太累，上车后没多久我就在林欣欣的怀中睡去，醒来后已经过了七个小时，我们已经来到高速路的休息站，大家随便吃点东西，又继续上路了。

之后的一路上，我大致知道了事情的来龙去脉。我们遭到绑架的当天，张家男跟林欣欣找到朱文天，朱文天给他父亲打电话说明了情况。很快他父亲就回了电话，说确实观察到一颗陨石，正在慢慢接近地球，但是按照他们计算出的体积，根本不可能穿越大气层表面，它的结局跟其他在天空转瞬即逝的流星一样。但我们却坚信，这颗陨石跟普通陨石不一样，说不定会有奇迹发生。张家男拿到数据，拜托秦海轩帮忙计算，得出流星坠落的大致范围，是在四川和西藏交界处的某个村落，大概时间是五十个小时后。万念帮我们规划好了路线，走318国道，保持最高时速，张家男、夏之翰跟王建宁轮流开车，正好可以赶上。

之后的旅途中，大家一路上睡睡醒醒，我也忘记自己睡了多久，再次醒来时是夜晚，车内安静而漆黑，车窗外是被月光照亮的原野，头顶漫天繁星，天地之间寂静无声。我感觉有些闷，微微摇下车窗，深夜的冷风立马灌进来，吹乱了我的头发，我赶忙关上车窗。

"你醒啦？"正在开车的是张家男，他轻声说话了。

"嗯，咱们是不是快到了⋯⋯"

张家男看了一眼导航："已经到巴塘县了，应该就在这儿附近了。"张家男抬头看了一眼后视镜，我知道他在看林欣欣，此刻林欣欣正枕着我的肩膀沉沉睡去，像一朵安静又美丽的水仙花。

"她睡了？"

我点点头。

张家男单手揉了一下鼻子："她之前不是问我，我喜欢她什么吗？我当时真的答不上来，后来我也一直在思考这个问题。上周末我回了一趟家，我回房的时候忽然发现，房间里几乎每件东西都跟她有关，她替我缝过的球衣、送我的球鞋、吵着我教她玩的PSP，还有偷偷帮我养活的仙人掌和多肉。我以前认为，她跟你一样都是我老妹，我在罩着她，可原来我才是那个需要她照顾的人。"

张家男停下来，再次说话时我听出了哽咽声："老妹，你说得对，这些年我一直自以为是，根本不懂什么是爱。现在我终于搞懂了，真正喜欢一个人并不是想要证明什么，也不是想要轰轰烈烈地发生点什么，真正喜欢一个人其实特简单，就是想一直陪在她身边，一直希望她好。"

想不到这番话会从张家男的嘴巴里讲出来，我一时间竟然有说不出的感动，我的哥哥呀，终于长大了。暗处，一只柔软的小手忽然用力抓住我的手，从那股力量中我能感受到抑制不住的喜悦与感动。原来林欣欣并没有睡着，我微微一笑，林欣欣啊林欣欣，你什么时候也学坏了。

金少天忽然睁开眼睛,他歪过头:"张爱珊!"

"来了!"我猛地坐起身,捂紧胸口,当初看狮子座流星雨时的感觉又出现了。

副驾驶座的夏之翰也醒了过来:"我也感受到了。"

我们纷纷打开车窗,探出脑袋,果然,夜空中出现了一颗流星,它正拖着长长的金色尾迹划过天空,一时间将整个夜空都被照亮了。

张家男早已被它的美丽所震撼:"注意!我要加速了,大家坐稳了!"

如果时光倒流回我进入长南大学的那一天,即便穷尽所有的想象力,我大概也想不到有一天,我会跟生命中最重要的人坐在一辆行驶在高速路的越野车上,在满天繁星的夜空之下,追逐着一颗足以改变自己命运的流星。

尽管我们已经把车开到最快,但是几分钟后,流星还是赶在我们到之前在地平线上坠落了,瞬间发出了巨大的白色闪光,大家不由自主地遮住眼睛,很快,强光消失,一切又归于平静。张家男开始减速,把越野车开出了公路,驶向原野,这样大约又开了十分钟,汽车缓缓开进了一片沙地。

越靠近目的地,我胸口的剧痛就越强烈,仿佛在被一双手生拉硬扯。我捂紧胸口,咬牙忍耐,金少天跟夏之翰想必也在承受着同样的痛苦,他们大口呼吸,脸色惨白。车子颠簸着,慢慢靠近陨石坑,我胸口的撕裂感达到顶点,我痛苦地叫喊了起来。

其他人被我们的样子给吓坏了,林欣欣抱住我:"要不我们回去好了……"

"不要!"我咬着牙,"我们……挺住……"

我抬头看了看金少天和夏之翰:"你们……还行吗?"

夏之翰笑了:"没问题。"

金少天摆出一个OK的手势。

终于,车子在一个烧焦的沙坑前停下,空气里是一股奇异的味道,竟然有一点像桂花香。车门打开,我们三人相互搀扶着,慢慢地走到了陨石坑的边缘。

前面是一个半径三米、直径两米左右的沙坑,沙坑中间有一块冰箱大小的焦黑陨石,在石头的裂缝深处,闪烁着淡淡的荧光,一下一下。我有一种奇异的感觉,它似乎在"呼吸",很快,这呼吸的频率跟我体内的呼吸同步了,渐渐地,绿色荧光开始变弱,我的疼痛感也一点点消失,我整个人都像是卸下了什么一样变得轻飘飘的,最后,那荧光像是合上了眼皮的婴儿,彻底暗淡和沉睡了。

我慢慢回过头，果然，一旁的金少天和夏之翰也平静了下来，神色不再痛苦。这颗陨石究竟来自宇宙的何处呢？对我们而言它又意味着什么呢？这个问题或许永远不会有答案了，但是它一点都不重要了。

"读心术，没了。"一行泪水从金少天的眼中流下来。

"催眠术，也消失了。"我却笑了。

夏之翰长舒一口气："我们……终于谁也不欠谁了……"

两个男生互看一眼，忽然像是约好了似的朝我伸出一只手。

"你转正了。"

"做我的女朋友吧。"

一阵大风吹起，漫天的沙尘飞扬着，天地之间迷蒙一片。那一刻我忽然想起了妈妈的话：不要心急，耐心等候，属于你的那阵风，总会到来。此刻，我的风终于来了。

我迎着风，微微一笑。

（完）